Périlleuses retrouvailles

Un garde du corps très exigeant

JENNIFER D. BOKAL

Périlleuses retrouvailles

Traduction française de
ANDRÉE JARDAT

BLACK ROSE

HARLEQUIN

Collection : BLACK ROSE

Titre original :
COLTON'S SECRET HISTORY

HARPERCOLLINS FRANCE
83-85, boulevard Vincent-Auriol, 75646 PARIS CEDEX 13
Service Lectrices — Tél. : 01 45 82 47 47 - www.harlequin.fr
ISBN 978-2-2804-8259-2 — ISSN 1950-2753

Composé et édité par HarperCollins France.
Imprimé en décembre 2022 par CPI Black Print (Barcelone)
en utilisant 100% d'électricité renouvelable.
Dépôt légal : janvier 2023.

FSC www.fsc.org MIXTE Papier issu de sources responsables FSC® C159065

Pour limiter l'empreinte environnementale de ses livres, HarperCollins France s'engage à n'utiliser que du papier fabriqué à partir de bois provenant de forêts gérées durablement et de manière responsable.

Prologue

Le soleil n'avait pas encore pointé à l'horizon mais le ciel s'éclaircissait déjà, passant graduellement du rose pâle à l'orangé. Les lampadaires qui bordaient Main Street étaient éteints. Les magasins n'avaient pas encore ouvert leurs portes. Braxville dormait toujours.

Pour Julia Jones, c'était le meilleur moment de la journée.

Assise au volant de sa voiture, elle attendait, le moteur tournant au ralenti et le chauffage poussé à fond. Le déjeuner que lui avait préparé sa mère – qu'elle avait emballé dans un sachet en plastique – était posé sur le siège passager. Julia tenait à la main un calepin et un stylo. Comme elle le faisait chaque jour, elle se mit à écrire.

Luke, mon chéri,

Cela fait des mois que nous ne nous sommes pas parlé mais je veux que tu saches que je t'aime toujours. Je sais que, tout comme moi, tu ne supportes pas cette séparation. Tu me manques terriblement. Hier, j'ai vu une publicité à la télé, celle où on voit un chat jouer du piano. Tu la connais ? Tu crois que c'est un montage ou que le chat a été dressé ? En tout cas, ça m'a bien fait rire. Et quand je ris, je pense à toi.

Quand crois-tu que nous pourrons nous voir ? Je sais que tu es très occupé, mais tu me manques tellement ! Je donnerais n'importe quoi pour être avec toi en ce moment.

Je t'écrirai à nouveau demain.

Comme toujours, je t'assure de tout mon amour.

Julia

Elle détacha la feuille du calepin puis, après l'avoir pliée en trois, la glissa dans une enveloppe. Elle sortit ensuite de sa voiture et traversa la rue, le bruit de ses pas se mêlant au *ding-ding* du capteur radar.

Elle posa son sac à main sur la boîte aux lettres bleue qui se trouvait sur le trottoir, puis inscrivit sur l'enveloppe le nom de Luke qu'elle entoura de petits cœurs. Elle sortit le rouleau de ruban adhésif qu'elle gardait toujours au fond de son sac, en scotcha un bout sur l'enveloppe puis alla coller le tout sur la porte du magasin de bricolage de Luke. Son cœur battait la chamade. Elle caressa du bout des doigts le papier lisse et doux.

— Je t'aimerai toujours, Luke, murmura-t-elle en laissant s'échapper de ses lèvres entrouvertes de petites volutes de buée.

Sa mission accomplie, elle retourna dans sa voiture et attendit de nouveau.

Quelques minutes plus tard, Luke sortit par la porte située à côté de l'entrée du magasin. Bien qu'il ne l'ait jamais invitée chez lui, elle savait qu'il habitait l'appartement qui se trouvait juste au-dessus. Les trois autres, il les louait pour compléter ses revenus.

Ce matin-là, il portait un sweat-shirt rouge et un short de running noir, tenue qu'elle jugea inappropriée compte tenu de la température. Elle nota aussitôt sur son calepin de lui rappeler de s'habiller plus chaudement, la prochaine fois.

Les yeux rivés sur lui, elle le regarda lever les bras au-dessus de la tête puis effectuer des rotations du torse. Gauche, droite ; droite, gauche. Ensuite, il se pencha en avant pour aller toucher le bout de ses baskets et se redressa. Il recommença l'opération plusieurs fois avant d'ajuster ses écouteurs sur ses oreilles et d'esquisser à petites foulées les premiers pas de son jogging quotidien.

Le moment était venu. Il allait découvrir sa lettre.

En effet, il s'arrêta net en voyant le rectangle blanc scotché à la porte.

Il prit l'enveloppe, en sortit la feuille de papier qu'il parcourut rapidement des yeux avant de la froisser et de la jeter dans la poubelle qui se trouvait là. Puis il repartit, cette fois au pas de course.

Émue, Julia sentit ses yeux se remplir de larmes.

Il avait vu sa lettre. Il l'avait lue.

C'était bien la preuve qu'il l'aimait toujours.

Cet amour-là était différent de celui qu'elle avait vécu avec l'acteur. Un acteur de séries vraiment très beau. Luke, lui, était un homme important. Il faisait partie des notables de la ville. Quand ils sortaient ensemble, il l'avait emmenée au cinéma et au minigolf. Parfois, ils mangeaient des glaces en se promenant.

Cette relation ne finirait pas comme celle qu'elle avait vécue avec l'acteur. Elle s'en faisait la promesse. L'histoire s'était terminée au moment où la police l'avait trouvée, assise par terre, dans la cuisine. Elle était couverte de sang et tenait un couteau pressé contre elle.

Après ça, on l'avait transportée à l'hôpital où les jours

s'étaient transformés en semaines et les semaines en mois. Seules les fines cicatrices qui marquaient l'intérieur de ses poignets étaient là pour lui rappeler cette triste expérience.

Sa mère n'avait jamais parlé de ça à personne. À Braxville, on ne savait pas qu'elle était allée en Californie, ni ce qui lui était arrivé là-bas.

Mais maintenant, elle était chez elle, et plus en forme que jamais.

Parce qu'elle aimait de nouveau.

Les yeux fixés sur son rétroviseur, elle regarda Luke courir dans la rue. Il était plus grand que l'acteur, plus musclé, mais tous les deux avaient en commun les mêmes cheveux blonds et les mêmes yeux bleus. En fait, ils se ressemblaient tant qu'on aurait pu les prendre pour des frères.

Les psychiatres qu'elle avait vus à l'hôpital lui avaient tous dit que pour réussir sa prochaine relation amoureuse, il lui faudrait bien connaître la personne avec qui elle voudrait sortir. Et, surtout, que celui qu'elle aurait choisi l'aime en retour.

Cela tombait bien. Elle connaissait Luke. Elle savait même tout de lui. Il aimait le rituel qu'elle avait instauré chaque matin. La preuve : il lisait sa lettre puis la jetait pour garder leur liaison secrète. C'est comme ça qu'elle avait compris qu'ils étaient destinés à vivre l'un pour l'autre.

Rien ni personne ne pourrait les séparer.

Jamais.

1

Assise sur son lit, dans la chambre qu'elle avait occupée jusqu'à son départ pour l'université, Bridgette Colton frottait doucement ses tempes douloureuses. Il était à peine 7 h 30 mais elle sentait déjà venir les prémices d'une violente migraine. À travers les lattes disjointes du plancher, elle entendait ses parents se disputer. La journée commençait bien !

— Je vois là que tu as commandé trente carrés d'agneau, disait son père, Fitz. C'est notre famille que nous recevons à ce barbecue ou un bataillon de la garde nationale du Kansas ?

— Je te rappelle que nous avons six enfants, répliqua Lilly, sa mère, d'un ton aigre. Jordana et Brooks m'ont dit qu'ils viendraient accompagnés. Il y aura aussi Marcus Dexter et sa femme, Mary. Shep, aussi, qui est de retour en ville. Plus toi, moi, quelques amis et des voisins. Cela fait du monde à nourrir.

— Je comprends bien, mais tu as vu le prix que nous demande le traiteur pour ça ?

— Eh bien, je vais le rappeler et lui dire de mettre du poulet à la place. Ce sera moins cher.

— Et nous passerons pour des pingres.

— Mais *tu es* pingre, mon chéri.

Bridgette poussa un long soupir. Elle venait d'arriver et, déjà, il lui tardait de repartir.

Malheureusement, elle allait devoir prendre son mal en patience. La mission dont le ministère de la Santé de l'État du Kansas l'avait chargée n'allait pas se régler en quelques jours. Tenter de découvrir pourquoi tant d'hommes de Braxville développaient un cancer de l'œsophage depuis plusieurs années allait lui demander pas mal de temps.

— Comment ça, on fera l'impasse sur le dessert ? rétorqua Lilly d'une voix devenue stridente.

Bridgette posa sa valise sur son lit et fouilla dedans, à la recherche du tube d'aspirine qu'elle avait emporté. Elle avala deux comprimés d'un coup, sans eau. Heureusement, elle devait retrouver ses sœurs, Jordana et Yvette, en ville. Cela lui donnerait une bonne excuse pour quitter la maison plus vite.

Elle descendit quatre à quatre l'escalier qui menait à la cuisine. Debout contre l'îlot central, sa mère buvait son café à petites gorgées, dans son éternelle robe de chambre à carreaux.

— Bonjour, ma chérie. Tu es très en beauté, aujourd'hui.

Très en beauté ? Elle n'était pourtant pas vraiment à son avantage dans la tenue sobre et stricte – pantalon beige et twin-set marron – qu'elle avait choisie pour donner l'image d'une professionnelle sérieuse. Pourtant, son cœur se gonfla d'affection pour cette mère qui avait toujours un mot gentil pour ses enfants.

— Merci, maman, répondit-elle.

— Tu as bien dormi ?

— Très bien. Mais je dois y aller. C'est mon premier jour et je ne voudrais pas arriver en retard.

— Tu ne peux pas partir le ventre vide, ma chérie. Qu'est-ce qui te ferait plaisir ? Des pancakes ? Des œufs brouillés ? Du pain perdu ?

— Ne t'inquiète pas pour moi, maman. Je prendrai mon petit déjeuner en ville.

Le sourire de Lilly se figea sur ses lèvres en même temps qu'elle affichait une vive déception.

Un profond sentiment de culpabilité envahit Bridgette. Il n'était pas bien difficile de comprendre pourquoi ses parents se chamaillaient sans cesse. Cette maison qui avait abrité six enfants était devenue trop vide pour eux. Le silence leur était insupportable.

Si elle ne pouvait rien faire pour arranger la situation entre ses parents, en revanche, elle pouvait faire plaisir à sa mère.

— Je viendrai déjeuner demain, promit-elle. Nous regarderons ensemble le menu que vous avez prévu pour le barbecue. Qu'en penses-tu ?

Le sourire de sa mère réapparut comme par enchantement.

— J'en serai ravie, ma chérie.

Fitz, qui était resté silencieux jusque-là, leva les yeux de son journal.

— Tu as remarqué qu'elle ne m'a proposé ni pancakes ni pain perdu…, dit-il à sa fille.

— C'est parce que tu n'arrêtes pas de dire que tu es au régime. Tu veux des pancakes ou du pain perdu ? lui demanda Lilly.

— Non, mais j'aurais bien aimé que tu me le proposes.

Une minute de plus dans cette maison et Bridgette devrait subir cette fichue migraine toute la journée. À trente ans passés, elle n'avait plus l'âge de vivre chez ses parents, même de manière temporaire. Qu'est-ce qui lui avait pris, bon sang ?

— Il faut vraiment que j'y aille, dit-elle tout en prenant son sac à main qu'elle avait accroché la veille au dossier d'une chaise.

— En quoi consiste ta mission, cette fois ? s'enquit son père qui connaissait pourtant la réponse.

Une manière comme une autre d'essayer d'en savoir davantage, songea-t-elle.

— Je dois enquêter sur une série de cancers qui pourraient avoir une cause sanitaire, répondit-elle évasivement.

— De mon temps, poursuivit son père, quand on avait le cancer, c'était la faute à pas de chance. Aujourd'hui, il faut toujours trouver un coupable à tout.

— Le cancer de l'œsophage n'est pas très répandu. C'est un peu plus que de la malchance que d'en avoir un.

— Ça doit être toutes ces matières plastiques. Justement, ta mère me disait l'autre jour que nous devrions changer notre lave-linge pour en acheter un équipé d'un filtre spécial. Il paraît que tous nos vêtements sont fabriqués avec du plastique recyclé et que des petites particules se détachent au cours du lavage.

Lilly opina.

— Exactement, poursuivit-elle. Et tout cela finit dans les rivières, mangé par les poissons que nous mangeons nous-mêmes, avec les particules de plastique.

Son père grommela tout en repliant son journal.

— Tu parles ! Moi, je dis plutôt que, tout ça, c'est pour nous faire dépenser plus d'argent.

— Et moi, je dis que c'est important de préserver notre environnement, dit Lilly.

— Papa, maman, je vous aime beaucoup tous les deux. Passez une bonne journée, lança Bridgette. Moi, je dois vraiment y aller.

— Attends, ma chérie. Prends ça, dit sa mère en lui tendant une assiette recouverte de film transparent. Ce sont des muffins. Tu les partageras avec tes collègues de bureau.

Partager des muffins avec ses collègues de bureau. À croire que sa mère ne l'avait pas vue grandir et la croyait encore adolescente. Mais, une fois encore, il ne fallait voir que de la gentillesse dans ce geste. Et puis, qui sait si arriver avec des gâteaux faits maison n'allait pas faciliter son intégration au sein de sa nouvelle équipe ?

— C'est très gentil, dit-elle en plantant un baiser sur la joue de sa mère. À ce soir.

Aussitôt passée la porte d'entrée, elle prit une profonde inspiration et souffla tout aussi profondément.

Elle était revenue à Braxville, chargée d'une mission qui devait être sa priorité. Mais elle avait un nouvel objectif, plus immédiat, celui-là : se trouver un appartement, et vite !

Pour cela, elle pourrait compter sur Jordana et Yvette qui travaillaient toutes les deux pour la police de Braxville. Elles connaissaient la région par cœur. Une chose était sûre : elle ne pouvait pas rester un jour de plus dans la maison familiale.

Debout derrière son comptoir, Luke Walker regardait fixement l'écran de son ordinateur. Les chiffres ne mentaient pas, malheureusement. Le bilan du mois de septembre n'était pas bon. Que se passerait-il si la tendance persistait ? D'autant plus que les mois d'hiver n'étaient pas les plus propices à faire du chiffre d'affaires.

Heureusement, le festival d'automne était pour bientôt. L'année précédente, il avait gagné plus en un seul samedi que sur l'ensemble du mois.

Fort de ce succès, il avait décidé de s'impliquer davantage dans l'organisation de cette fête. Outre le fait que les retombées financières profitaient à tous les commerçants de Braxville, il espérait cette fois attirer une foule venue de Wichita, ville voisine distante d'environ cinquante kilomètres.

Un coup frappé à sa porte interrompit le fil de ses pensées. C'était Stacey Navolsky, la libraire. Une main en visière sur le front, elle regardait par la fenêtre.

La librairie, comme tous les autres commerces de Braxville – à l'exception de la Dolce Vita, le café du coin – n'ouvrait pas ses portes avant 10 heures. Luke n'avait pas besoin de consulter sa montre pour savoir qu'il n'était pas plus de 8 heures.

Il alla lui ouvrir tout en rentrant les pans de sa chemise dans son jean.

Stacey était un petit bout de femme aux cheveux blonds striés de mèches grises. Ses yeux bleus habituellement pétillants étaient cernés de rouge.

— Stacey ? Qu'est-ce qui t'arrive ?

— J'ai passé une nuit épouvantable, répondit-elle. Comme tu sais, George n'était pas bien ces derniers temps. Eh bien, ça y est, nous savons pourquoi.

Elle marqua une courte pause et précisa :

— Les médecins ont diagnostiqué un cancer, précisa-t-elle.

Le sol sembla bouger sous les pieds de Luke alors

que des images de son père malade surgissaient dans sa mémoire.

Agrippé au chambranle de la porte, il s'exhorta à refouler ces souvenirs encore trop douloureux.

— Stacey… je suis désolé. Est-ce que je peux faire quelque chose pour vous aider ?

— Nous devons aller consulter un spécialiste à Wichita la semaine prochaine. Nous en saurons un peu plus à ce moment-là. Pour ce qui est de nous aider… Je ne vais pas pouvoir continuer à organiser le festival. Je pensais poster un message sur les réseaux sociaux pour lancer un appel, mais je voulais d'abord voir avec toi si tu voulais t'en charger. Les gens t'apprécient beaucoup. Ils te font confiance et tu as les épaules pour présider ce genre de manifestation.

— Compte tenu des circonstances, je ne peux pas refuser. Ne t'inquiète pas. Je prends la relève. Toi, occupe-toi de ton mari.

— Tu es sûr ?

— Sûr. Je me charge de tout.

— Tiens, dit Stacey en sortant un gros classeur de son sac fourre-tout. Je l'avais apporté au cas où… C'est tout ce que j'ai fait jusque-là.

En voyant l'épaisseur du dossier, pourtant inachevé, Luke regretta de s'être engagé sans avoir pris le temps d'y réfléchir.

La tâche lui parut soudain insurmontable. Il avait besoin d'une bonne dose de caféine, et vite !

— Merci, dit-il en feuilletant les premières pages.

— Je te laisse. Il faut que j'y aille.

— Bien sûr. Salue bien George pour moi. Et je te le

répète, si tu as besoin de moi pour autre chose, n'hésite pas à me le faire savoir.

— Tu en fais déjà bien assez.

Elle se hissa sur la pointe des pieds et planta un baiser furtif sur sa joue.

— Tu es un type formidable, Luke Walker, dit-elle. J'espère que tu vas très vite trouver une femme assez intelligente pour s'en rendre compte.

Luke subissait fréquemment les commentaires de son entourage sur son célibat. Mais s'il était encore seul à trente et un ans, ce n'était pas parce qu'il le voulait ; c'était parce qu'il n'avait pas trouvé la perle rare.

Stacey sortit et lui fit un petit signe de la main avant de regagner sa librairie.

Luke resta un moment immobile sur le seuil, parcouru d'un frisson qui ne devait rien au froid piquant du matin. Il chercha du regard la berline bleue de son ex-petite amie, Julia. Elle était bien là, stationnée de l'autre côté de la rue.

Ex-petite amie n'était pas le terme approprié. Ils étaient sortis ensemble, quoi ? Une dizaine de fois, l'été précédent, avant qu'il mette un terme à leur relation.

Peu de temps après, elle avait commencé à l'épier au magasin, mais aussi chez lui, à l'étage. Au début, il avait essayé de lui parler, d'être honnête avec elle en lui disant que cette relation n'était pas censée durer.

Elle n'était pas d'accord avec lui.

Puis, comme elle continuait à l'appeler et à lui envoyer des textos, il avait bloqué son numéro.

Il l'avait bloquée de nouveau quand elle avait changé de téléphone.

Il l'avait menacée de la signaler à la police, ce qu'il n'avait pourtant pas l'intention de faire.

Peine perdue. Elle était passée aux missives quotidiennes.

Mais il ne désespérait pas de s'en débarrasser un jour. S'il continuait à se comporter comme il le faisait, ignorant ses appels et ses messages, évitant de croiser son regard, elle finirait bien par se lasser.

Fort de cette certitude, il referma la porte et verrouilla sa serrure trois points. Tant pis pour le café. Il préférait s'en passer que de prendre le risque de se retrouver face à Julia.

Il poussa un profond soupir. Ce qui s'annonçait déjà comme une journée pénible promettait de l'être encore plus. Mais là encore, il n'était pas du genre à se plaindre. Plutôt du genre optimiste, même. Alors, s'il devait présider ce festival au pied levé, eh bien, il le ferait !

Bridgette gara sa voiture le long du trottoir, derrière une berline bleue. Braxville semblait sortie d'un livre de contes avec ses rues paisibles bordées de petites boutiques pittoresques et de restaurants typiques.

Elle remonta Main Street et, en passant, jeta un coup d'œil à la conductrice de la berline, une jeune femme brune qui serrait son volant si fort que les jointures de ses articulations en étaient toutes blanches. Elle regardait fixement la porte d'entrée du magasin de bricolage.

Magasin de bricolage Walker, pouvait-on lire sur l'enseigne. Voilà bien un nom qui lui était sorti de la mémoire depuis des années.

Qu'avait bien pu devenir Luke, depuis tout ce temps ?

Vivait-il toujours à Braxville ou était-il parti vers d'autres horizons, lui aussi ?

En poussant la porte de la Dolce Vita, elle fut assaillie par l'arôme délicieux du café torréfié. Des tables rondes occupaient le centre de la salle mais Jordana, sa sœur aînée, inspectrice de police, avait choisi une table plus à l'écart, près d'une fenêtre.

Aussitôt qu'elle vit Bridgette approcher, elle se leva et la prit dans ses bras, dans une étreinte chaleureuse.

— Comment vas-tu ? Je suis tellement contente de te voir !

— Moi aussi, dit Bridgette en répondant à l'étreinte de sa sœur.

Comme à son habitude, Jordana avait rassemblé ses longs cheveux auburn en un chignon lâche. Elle portait une veste tout aussi lâche, destinée – Bridgette le savait aujourd'hui – à dissimuler son arme de service.

— En revanche, ce qui me réjouit moins, c'est de vivre chez papa et maman. Ils se disputent souvent comme ça ?

— Constamment. J'admets que c'est un peu fatigant, à la longue.

— Un peu ? répéta Bridgette d'un ton moqueur. Pour être franche, je n'arriverai pas à rester à la maison le temps que durera mon enquête. Tu ne connaîtrais pas d'appartement à louer, par hasard ?

— Tu veux louer ? Tu plaisantes ! Tu peux t'installer chez moi. Tu verras, je suis sûre que tu t'entendras très bien avec Clint.

— Tu me proposes de m'installer chez toi avec ton nouveau petit ami ? Non merci. Je préfère encore rester chez les parents.

Elle accompagna ces paroles d'un clin d'œil éloquent qui fit sourire Jordana.

— Dans ce cas, désolée, mais j'ai bien peur de ne rien pouvoir faire pour toi. Peut-être qu'Yvette pourra t'aider, elle.

— En parlant d'Yvette, où est-elle ?

— Elle risque d'avoir un peu de retard. Elle est sur une grosse affaire en ce moment.

— Quelle affaire ?

L'arrivée d'une serveuse venue apporter deux cafés accompagnés de deux pains au chocolat empêcha Jordana de répondre.

— J'ai pris la liberté de commander pour toi, dit-elle. J'espère que tes goûts n'ont pas trop changé depuis que tu vis dans une grande ville.

— Tu plaisantes ? Comment oublier les pâtisseries de Megan ? D'ailleurs, je vis à Wichita, pas sur la lune.

— Justement, comment va la vie à Wichita ? Vraiment, je veux dire.

Bridgette savait ce que Jordana entendait par là. Cela faisait presque deux ans que Henry, son mari, avait perdu la vie dans un accident de voiture. Elle eut soudain dans la bouche un goût de sable, qu'elle tenta de dissiper en buvant une gorgée de café.

— Je travaille beaucoup, éluda-t-elle.

— Bridgette, ce n'est pas le sens de ma question.

— Je ne fais pas que travailler. Je me suis inscrite à un club de lecture, je fais du yoga trois fois par semaine et je suis bénévole dans un refuge pour chiens, un samedi sur deux. Comme tu vois, j'ai une vie privée, merci beaucoup.

— Tu n'as rien repéré de mignon dans ce refuge ? la taquina Jordana.

— Si. Un labrador. Mais il a été adopté la semaine dernière.

— Très drôle. Je voulais dire un humain, sur deux jambes.

— Je n'en ai pas vu, en tout cas.

— As-tu seulement pris la peine de regarder autour de toi ?

— Honnêtement ? Non. Et puis, arrête de jouer les grandes sœurs et de vouloir me caser à tout prix.

Jordana prit dans la sienne la main de sa sœur et la pressa doucement, dans un geste plein d'affection.

— Tu es trop jeune pour renoncer à l'amour. Cela n'enlève rien aux qualités qu'avait Henry et ce ne serait pas le trahir que de refaire ta vie. À nous aussi, il nous manque, Bridgette. Il est parti et c'est tragique ; mais je ne veux pas te voir finir ta vie seule.

— C'est bien le problème. C'est *ma* vie.

— OK. Message reçu.

— Quel message ? s'enquit Yvette qui venait d'arriver. Si elle avait les mêmes cheveux auburn et les mêmes yeux bleus que Jordana, la ressemblance entre les deux sœurs s'arrêtait là.

— J'ai manqué quelque chose ? insista-t-elle.

Bridgette se leva pour étreindre sa sœur.

— Rien d'important, répondit-elle, soucieuse de ne pas remettre le sujet sur le tapis.

— Bridgette cherche un appartement à louer, annonça Jordana. Tu n'aurais pas entendu parler de quelque chose ?

— Possible. Je m'en occupe.

— Tu me sauverais la vie, répliqua Bridgette qui plaisantait à demi. Papa et maman se disputent sans arrêt. C'est insupportable. Sinon, Jordana m'a dit que tu étais sur une grosse affaire ?

Yvette lança à leur aînée un regard réprobateur.

— Je ne suis pas censée en parler, mais nous avons découvert deux corps dans un bâtiment en rénovation du centre-ville. Et c'est l'entreprise de papa qui est chargée des travaux.

Bridgette faillit avaler son café de travers.

— Quoi ? Non, laisse tomber. Après tout, ça ne me regarde pas, je ne suis pas flic. Zut ! Je n'avais pas réalisé qu'il était si tard, ajouta-t-elle après avoir consulté sa montre. Il faut que je file. Je dois combien pour le petit déjeuner ?

— Laisse. C'est pour moi, dit Jordana.

— Merci. À charge de revanche, dit-elle en partant.

Par chance, le bureau qu'on lui avait alloué se trouvait dans les locaux de l'hôtel de ville, à quelques rues seulement de l'endroit où elle s'était garée. Si elle se dépêchait un peu, elle pouvait retourner prendre dans sa voiture l'assiette de muffins que sa mère avait préparée pour elle.

En descendant la rue, elle s'émerveilla de voir que sa ville natale n'avait pas changé, ou si peu. Pourtant, elle pressentait que le centre-ville pittoresque, avec ses rues bordées d'arbres et ses maisons pimpantes, n'était qu'une façade riante.

Derrière, il y avait des cadavres dans les murs et des cancers à la chaîne. Quant à la femme qu'elle avait remarquée en allant rejoindre ses sœurs, elle était toujours au volant de sa berline, immobile, les yeux fixés sur le magasin de bricolage.

Quels mystères se cachaient encore derrière le charme et l'apparente quiétude de Braxville ?

2

Bridgette prit l'escalier jusqu'au deuxième étage, là où se trouvaient les bureaux, à l'arrière du bâtiment. Jonglant avec son sac à main et son assiette, elle ouvrit la porte du bureau d'un coup de hanche. L'horloge murale indiquait que non seulement elle n'était pas en retard, mais qu'elle avait quatre minutes d'avance.

La pièce, vaste, était divisée en plusieurs postes de travail. Au milieu trônait une table de conférence. Un tableau effaçable occupait la moitié d'un mur. D'une des fenêtres, Bridgette put voir le toit de l'entreprise de son père, l'Entreprise de construction Colton.

Deux hommes, casque sur les oreilles, étaient assis à des postes de travail séparés tandis qu'une femme était installée à la table de conférence.

— Bonjour, salua Bridgette à la ronde. Je vous ai apporté de quoi vous restaurer.

— Bonjour, lui renvoya la femme. Vous devez être Bridgette Colton. Je m'appelle Rachel Shaw ; je suis allée à l'école avec votre frère Tyler. Voici Adam Stevens, poursuivit-elle en désignant un Afro-Américain avec une barbichette. Et là-bas, c'est Carson Matthews.

Ce dernier fit pivoter son siège vers elle et lui fit un petit signe de la main.

Adam, qui avait retiré son casque, se leva pour s'approcher de la table.

— Qu'est-ce que c'est ? demanda-t-il en pointant l'assiette du menton.

— Des muffins, répondit-elle. Allez-y. Servez-vous.

Adam prit un des gâteaux dans lequel il croqua à belles dents.

— Fameux, commenta-t-il. C'est vous qui les avez faits ?

— Non. C'est ma mère. Je vis chez mes parents en attendant de me trouver un logement.

— Vous la féliciterez pour moi, dit Adam en engloutissant sa dernière bouchée.

Carson, qui en avait terminé avec son interlocuteur, vint les rejoindre autour de la table.

— Bienvenue parmi nous, dit-il.

Bridgette nota mentalement de remercier sa mère. Grâce à ses muffins, le contact avec ses collègues se trouvait facilité.

— Puisque nous sommes tous là, nous pourrions commencer, lança-t-elle.

Pendant les vingt minutes qui suivirent, ses collègues la mirent au courant de la situation. En résumé, une étude avait démontré que, six ans plus tôt, six hommes avaient développé un cancer de l'œsophage. Deux en étaient morts et les quatre autres étaient en rémission ou luttaient contre une récidive. Le phénomène s'était reproduit plus récemment avec de nouveaux cas.

— Qu'en pensez-vous ? s'enquit Bridgette.

— Ces cancers sont trop spécifiques pour que ce soit l'effet du hasard, déclara Adam qui semblait beaucoup apprécier les pâtisseries de Lilly Colton.

— Pour nous, ils auraient un lien avec un problème environnemental, précisa Rachel.

— Ces hommes sont-ils de gros fumeurs ? Boivent-ils ? s'enquit Bridgette.

— Deux des hommes du premier groupe fumaient plus d'un paquet de cigarettes par jour, répondit Carson. Quelques autres ont reconnu boire régulièrement de l'alcool avant de tomber malades. Mais si ces cancers étaient dus au tabac ou à l'alcool, les cas seraient plus nombreux.

— Exact, approuva Bridgette en allant vers le tableau où était inscrite une liste de noms. Ce sont eux ?

— Oui. Les premiers cas sont à gauche ; les récents, à droite.

Le regard de Bridgette s'arrêta sur un nom qu'elle connaissait bien.

Ernest O'Rourke.

Pendant des années, il avait travaillé comme contremaître à la Colton.

— Vous avez les coordonnées de tous ces hommes ?

— Bien sûr, répondit Rachel.

— Pouvez-vous me sortir celles de cet homme ? demanda-t-elle en pointant le nom d'Ernest.

Rachel fouilla la pile de dossiers posée devant elle et en sortit une chemise cartonnée qu'elle lui tendit.

L'adresse n'avait pas changé. L'espace d'un court instant, Bridgette se retrouva projetée des années en arrière. Elle était assise à côté de son père, dans sa camionnette, avec entre eux le repas préparé pour Ernest par Lilly.

Fitz battait la cadence d'une musique country que crachotait le vieil autoradio. Père et fille s'égosillaient sur le refrain qu'ils reprenaient en chœur avant de partir dans un fou rire inextinguible. C'étaient là des moments d'une rare perfection qui restaient chers à son cœur.

Et s'il y avait plus que ce dont elle se souvenait ? Et si c'était parce que Ernest était malade que son père prenait la peine de lui apporter lui-même à manger ?

— Je vais commencer par lui, déclara-t-elle en gardant le dossier à la main. En fait, je vais même aller le questionner tout de suite.

— Tout de suite ? répéta Adam. D'habitude, on prend d'abord rendez-vous. Il vaut mieux s'assurer que la personne en question a le temps ou l'envie de nous parler avant de débarquer chez elle.

— Ernest O'Rourke me recevra, affirma-t-elle.

— Comment pouvez-vous en être aussi certaine ? demanda Rachel.

— Parce que je le connais. À plus tard, ajouta-t-elle après avoir glissé le dossier dans son sac à main.

Elle prit la rue en sens inverse et ralentit le pas quand elle vit que la berline était encore à la même place. Sa conductrice avait toujours le regard fixé sur le magasin de bricolage. Un regard d'hallucinée qui lui donna la chair de poule.

Pour la deuxième fois de la matinée, quelqu'un vint frapper à la porte du magasin avant l'heure d'ouverture. Luke regarda par la vitre. Cette fois, c'était Yvette Colton, qui lui fit un signe de la main dès qu'elle l'aperçut.

— Salut, Yvette, dit-il en lui ouvrant la porte. Ça fait un bail que je ne t'ai pas vue. Tu as besoin de quelque chose en particulier ?

— En fait, je voulais savoir si tu avais un appartement à louer. Je connais quelqu'un qui cherche à se loger pour quelque temps.

— Il me reste celui qui se trouve sur le même palier que le mien. C'est un meublé que j'ai entièrement fait repeindre. Ce serait pour quand ?

— Rapidement. Aujourd'hui, ce serait possible ?

— Oui. Il est libre depuis cet été.

— Génial ! Nous pouvons venir le visiter à l'heure du déjeuner ?

Ce n'était pas le meilleur moment pour lui. À cette heure-là, les clients profitaient de leur pause pour venir faire leurs achats. D'un autre côté, il ne pouvait pas se payer le luxe de rater l'occasion de gagner un peu plus d'argent. Il retourna au comptoir, prit dans un tiroir un jeu de clés ainsi qu'un formulaire de bail et tendit le tout à Yvette.

— Tu peux le faire visiter pour moi ? S'il convient, cette personne n'aura qu'à signer le bail et venir me le rapporter plus tard dans la journée, ou ce soir.

— Tu es certain de ne pas vouloir rencontrer ton futur locataire d'abord ?

— Je te fais confiance. Je sais que tu ne m'amènerais pas n'importe qui.

Yvette prit les clés et les documents tandis que Luke continuait :

— L'appartement est au deuxième étage. C'est le 2A, porte de droite.

— Merci, Luke. Je te tiens au courant.

Elle sortit au moment où un retraité entrait.

— Content de voir que vous êtes ouvert, dit-il. Ma femme vient juste de m'annoncer que nous avons de la visite pour Thanksgiving. Elle m'a donné une liste de courses longue comme le bras.

Luke décida de ne pas chipoter sur l'heure d'ouverture officielle. Il prit la liste des mains de l'homme.

— Voyons un peu ce qu'il vous faut.

Tout en précédant son client dans une allée, il repensa à son locataire potentiel. Ne s'était-il pas précipité ? Ne devrait-il pas le rencontrer d'abord ? Car non seulement il serait son locataire, mais il serait surtout son voisin de palier.

Ses pensées dérivèrent vers Bridgette. Il lui était impossible de voir l'un ou l'autre des membres de la famille Colton sans penser aussitôt à elle. Elle avait été plus qu'une amie pour lui. Elle avait été son premier amour.

Bêtement, il avait cru que leur histoire était sérieuse.

Il s'était trompé. Bridgette était partie à l'université. Un jour, sans qu'il sache pourquoi, elle n'avait plus donné de nouvelles. Quelques années plus tard, il avait appris qu'elle allait se marier ; puis, encore quelques années plus tard, qu'elle avait perdu son mari.

Qu'avait-elle bien pu devenir ?

Bridgette n'avait pas besoin d'utiliser son GPS pour se rendre chez Ernest O'Rourke. Elle connaissait le chemin par cœur. Le ranch lui parut plus petit que dans son souvenir. Mais à vrai dire, la dernière fois qu'elle y était venue, elle était encore une enfant.

Elle sortit de sa voiture et claqua la portière derrière elle.

— Bonjour, jolie Bridgette.

Depuis le seuil de sa maison, Ernest O'Rourke la regardait s'approcher.

Tout comme la maison, il lui apparut plus petit que dans son souvenir. Mais cette fois, ce n'était pas sa mémoire qui lui jouait des tours. Autrefois grand et robuste, Ernest était aujourd'hui diminué par la maladie.

— Je t'ai reconnue tout de suite, ajouta-t-il.

— Bonjour, Ernest. Je suis contente de vous revoir.

— Qu'est-ce qui t'amène, ma belle ?

— J'aurais dû vous passer un coup de fil avant de venir, mais il se trouve que votre nom est mêlé à un travail dont je suis chargée. Alors, me voilà, ajouta-t-elle, ne sachant trop quoi dire d'autre.

— Tu sais bien qu'avec moi, tu n'as pas besoin d'appeler, rétorqua-t-il en lui faisant signe de le suivre à l'intérieur. Entre. Je serai très heureux de pouvoir t'aider.

L'accueil était plus chaleureux qu'elle n'aurait osé l'espérer. Ernest la conduisit jusqu'à la cuisine où il l'invita à s'asseoir autour d'une grande table ronde.

— Qu'est-ce que je te sers ? Un thé ? Un café ?

Bridgette avait pour règle absolue de ne jamais refuser l'hospitalité des gens auprès de qui elle devait enquêter. Aussi, malgré le fait qu'elle n'avait envie ni de l'un ni de l'autre, elle répondit :

— Je prendrais volontiers un thé. Merci.

Ernest remplit une bouilloire d'eau du robinet qu'il mit à chauffer sur sa vieille gazinière.

— Ça ne sera pas long à bouillir, dit-il en s'asseyant face à Bridgette. Comment vont tes parents ?

— Très bien.

— Tu disais que mon nom était mêlé à ton travail ? Comment ça ?

Avant de répondre, elle sortit le dossier de son sac et le posa devant elle.

— Je suis venue à Braxville pour enquêter sur une série de cancers.

Ernest la dévisagea en même temps que ses traits se crispaient.

— Des cancers de l'œsophage, je parie.

Elle opina tandis que la bouilloire faisait entendre son sifflement strident.

— Laissez-moi faire, dit-elle en se levant de sa chaise.

Moins de deux minutes plus tard, elle posait deux tasses de thé fumant devant eux.

— Je peux te poser une question ? demanda Ernest.

— Bien sûr.

— J'ai eu mon cancer il y a vingt ans. Pourquoi mener une enquête maintenant ?

Elle souffla sur son thé avant d'en prendre une gorgée.

— En règle générale, les cancers, quels qu'ils soient, sont tous répertoriés, finit-elle par répondre. Lorsqu'il y a plus de cas que prévu dans une communauté, nous nous en alarmons. Le ministère de la Santé a recensé douze cas à Braxville. Vous faites partie du premier groupe ; celui d'il y a vingt ans. D'autres personnes ont récemment été atteintes du même cancer et nous commençons à nous interroger.

— Pourquoi ça ?

— Parce que cela pourrait vouloir dire que ces cancers sont dus à un problème environnemental.

— Avec Tom et Bill, on avait pris l'habitude de plaisanter à ce sujet. On disait que c'était de travailler chez ton père qui donnait le cancer.

La main de Bridgette s'immobilisa au-dessus de sa tasse.

— Qu'est-ce que vous vouliez dire par là ?

— À l'époque où on travaillait pour ton père, on a tous les trois eu un cancer de l'œsophage.

Elle reposa sa tasse et prit dans son sac le calepin et le stylo qu'elle emportait toujours.

— Vous pouvez me donner le nom de ces hommes ?

— Bill Warner et Tom Cromwell.

Elle inscrivit les noms sur son carnet puis demanda :

— Vous êtes restés en contact ?

— Malheureusement, ils sont morts tous les deux.

Visiblement ému, Ernest fixa le fond de sa tasse tout en secouant la tête.

— Tom est parti le premier, il y a dix-huit ans. Bill a fait une crise cardiaque il y a quatre ans. Sa mort n'est donc pas liée au cancer.

— Apparemment, vous les connaissiez bien.

— On avait grandi ensemble. On s'est connus à la maternelle et on ne s'est jamais quittés. On pêchait et on chassait ensemble. C'est moi qui les ai fait entrer chez ton père.

Bridgette posa une main sur la peau presque translucide du bras d'Ernest, un geste qui se voulait réconfortant.

— J'aurais besoin de vous poser quelques questions. Si vous ne vous sentez pas capable d'y répondre maintenant, nous pouvons prendre un rendez-vous et je reviendrai.

— Tu sais, je n'ai pas grand-chose à faire de mes journées, ma petite Bridgette. Tu peux y aller. Va, pose tes questions.

Elle tapota son calepin du bout de son stylo. Par quoi

allait-elle commencer ? Elle se rappela la théorie émise par sa mère concernant les flots de plastique ingérés par les poissons, eux-mêmes consommés par les humains. Aucune preuve scientifique n'était venue étayer une telle hypothèse, mais elle conduisait à une autre question : une matière toxique avait-elle été déversée dans l'eau ?

— Vous pêchez toujours autant ? demanda-t-elle.

— Dès que j'en ai l'occasion.

— Vous attrapez toujours quelque chose ?

— Je serais un piètre pêcheur si je rentrais bredouille, dit-il en rigolant doucement.

— Vous consommez le produit de votre pêche ?

— Jamais. Je relâche mes prises aussitôt que je les ai attrapées.

Elle nota de demander que des échantillons d'eau soient prélevés dans la rivière afin d'être testés.

— Vous fumez, Ernest ?

— J'ai fumé adolescent, pour faire comme tout le monde ; mais il y a bien longtemps que je n'ai pas touché à une cigarette.

— Maintenant, je vais vous poser quelques questions qui vont faire appel à votre mémoire. Cela concerne l'époque où on vous a découvert ce cancer.

— OK.

— Vous arrivait-il de boire plus que de raison ? commença-t-elle. De prendre des drogues, en dehors de prescriptions médicales ? Pratiquiez-vous un sport ?

— J'étais jeune à cette époque-là. Le vendredi soir, nous étions tout un groupe d'amis à nous réunir dans un bar. Alors, oui, il nous arrivait de boire un verre de trop. Quant aux drogues, non. Je n'ai jamais touché à ça. En fait, je n'allais que très rarement chez le médecin, je n'étais jamais malade avant d'attraper cette saloperie. Pour ce qui est de l'exercice physique, j'estimais que transporter des tuiles toute la journée suffisait à me maintenir en forme.

— En effet, approuva Bridgette qui prenait soin de consigner fidèlement chacune des réponses du vieil homme dans son carnet.

Elle s'apprêtait à poser la question suivante quand son smartphone lui signala un nouveau message. Elle jeta un coup d'œil sur l'écran. C'était Yvette. Ça pouvait attendre. Elle actionna le mode silencieux puis continua son interrogatoire.

Au moment de terminer, elle avait rempli dix pages de son carnet et bu trois tasses de thé. Sa première journée de travail à Braxville touchait à sa fin.

— Merci d'avoir pris le temps de me parler, Ernest, dit-elle. N'hésitez pas à m'appeler si quelque chose vous revenait.

— Je n'y manquerai pas. D'autant plus que cela me donnerait l'occasion de te revoir.

Touchée, elle étreignit le vieil homme.

Ce n'est qu'en retournant à sa voiture qu'elle lut le texto d'Yvette.

> J'ai trouvé un appartement. Un meublé en plein centre-ville. Visite possible à l'heure du déjeuner.

Bridgette sourit et tapa aussitôt sur son écran :

> Tu es la meilleure. Dans une heure, c'est bon pour toi ?

La réponse ne se fit pas attendre :

> Parfait. Je t'envoie l'adresse.

Le problème du logement réglé, elle se concentra

sur ce qu'elle avait appris d'Ernest. Quelque chose la chiffonnait plus qu'elle ne l'avait laissé paraître. Trois employés de l'entreprise de son père avaient été atteints d'un cancer de l'œsophage.

Il y avait de grandes chances pour qu'il y en ait d'autres et que ce ne soit pas une coïncidence.

3

Bridgette avait une heure devant elle avant d'aller rejoindre sa sœur. Presque machinalement, elle prit la direction de l'entreprise familiale. Le pick-up blanc de son père était stationné à la place qui lui était dévolue, tout près de l'entrée principale. Elle alla se garer sur le parking réservé aux employés puis coupa le contact.

Tout en marchant vers le bâtiment, elle s'émerveilla d'une réussite aussi éclatante. Dire que quand elle était enfant, les bureaux se réduisaient à un mobil-home, humide et froid en hiver, étouffant l'été. Son grand-père, qui était à l'origine de la création de l'entreprise, gardait toujours des sucettes sous la main pour le cas où l'un ou l'autre de ses petits-enfants passerait par là.

À présent, un bâtiment de plus de dix mille mètres carrés, tout en vitres et en pierres apparentes, abritait les nombreux locaux de la société. Le mobil-home d'origine, pompeusement rebaptisé l'annexe, avait été conservé. À présent, on y triait le courrier et on y stockait les fournitures de bureau. Ce qui avait commencé comme une petite entreprise comptait désormais tout un bataillon d'artisans de corps de métier différents, d'architectes et d'ingénieurs.

Que penserait son grand-père de cette évolution ?

se demanda-t-elle alors qu'elle pénétrait dans le hall d'entrée. Serait-il fier de son fils ou verrait-il dans cet essor une preuve de mégalomanie ?

Aussitôt qu'elle la vit s'approcher, la responsable de l'accueil se prépara à l'accueillir.

— En quoi puis-je vous aider ? s'enquit-elle d'un ton affable.

Depuis combien de temps Bridgette n'était-elle pas passée voir son père dans son bureau ? Elle n'avait pas de réponse précise, mais cela faisait assez longtemps pour que la réceptionniste qu'elle connaissait ait été remplacée.

— Je voudrais voir Fitzpatrick Colton, répondit-elle.

— C'est à quel sujet ?

— Je suis sa fille. Bridgette.

La femme rougit un peu sous son maquillage léger.

— Votre père a mentionné le fait que vous étiez de retour à Braxville, dit-elle. C'est un plaisir de vous rencontrer.

— Le plaisir est réciproque. Vous pensez que mon père est disponible ?

— Il est dans son bureau. Allez-y, je vais le prévenir de votre arrivée.

Bridgette trouva son père assis à sa table de travail, un vaste bureau en bois massif qui trônait entre deux fenêtres. Il portait une tenue décontractée – pantalon en toile et gilet ouvert sur un polo de golf. Face à lui se trouvait son associé, Marcus Dexter, que la fratrie Colton appelait affectueusement oncle Dex.

Bridgette n'avait aucune idée de ce dont ils discutaient avant son arrivée mais la tension entre les deux hommes était presque palpable.

— Bonjour, papa. Bonjour, oncle Dex. Je vous dérange ?

— Pas du tout, affirma Dex en se levant. J'allais partir. Je vais vous laisser rattraper le temps perdu. Fitz, nous reprendrons cette discussion plus tard, si tu veux bien.

— On se voit vendredi, au barbecue ? questionna-t-elle.

— Bien sûr. Je ne manquerais ça pour rien au monde.

Aussitôt Dex parti, elle se laissa tomber dans le fauteuil qu'il venait d'occuper.

— Tout va bien ? s'enquit-elle. Oncle Dex et toi aviez l'air contrariés.

— La police enquête sur l'un de nos chantiers, répondit-il. Ça n'est jamais bon pour les affaires.

Elle se rappela les deux corps retrouvés dans un bâtiment en rénovation qu'avait évoqués sa sœur. Mais comme elle l'avait fait avec Yvette, elle prit le parti de ne pas s'en mêler.

— Je suis allée rendre visite à Ernest O'Rourke, ce matin, annonça-t-elle à la place.

Une expression fugace passa sur le visage de son père. Une expression qui ressemblait à un mélange d'étonnement et de colère. De regret aussi, crut-elle deviner.

— Comment va-t-il ? Je ne l'ai pas revu depuis son départ à la retraite, il y a quelques années de cela.

— Tu savais qu'il avait eu un cancer de l'œsophage, il y a vingt ans ?

— Bien sûr. Ça a été terrible. À cause du traitement, il n'a pas pu travailler pendant des mois. Mais le bonhomme est coriace. Il s'en est sorti.

— Il m'a dit que deux autres employés de l'entreprise avaient développé le même cancer, presque au même moment.

Fitz secoua la tête.

— Je ne crois pas. Cela m'aurait frappé. Ernest a dû se tromper.

— Ils étaient très proches, tous les trois.

Elle sortit le calepin de son sac et chercha les noms des deux hommes dans ses notes.

— Bill Warner et Tom Cromwell. Ça te dit quelque chose ?

— Non. Mais tout ça ne date pas d'hier. Et tu sais comment les choses se passent dans la construction. Des hommes arrivent quand d'autres repartent.

— Ernest dit qu'ils ont grandi ensemble et que c'est lui qui les a fait entrer dans l'entreprise.

Elle marqua une pause. Comment pouvait-elle poser la question suivante sans paraître insultante ? C'était simple : elle ne le pouvait pas.

— Crois-tu que ces hommes aient pu être exposés à des matériaux cancérigènes sur leur lieu de travail ?

— Que cherches-tu à insinuer ? Qu'ils sont tombés malades à cause d'une négligence de ma part ? Bill Warner était un grand gaillard qui souffrait d'un problème de cœur. En plus de ne jamais faire d'exercice physique, il se goinfrait de beignets toute la journée. Quant à Tom Cromwell, c'est sans doute pour lui que l'expression « fumer comme un pompier » a été inventée. Je ne sais pas ce qui est arrivé à Ernest, mais pour ce qui est de Bill et de Tom, ils n'étaient déjà pas en très bonne santé à l'époque où ils travaillaient pour moi.

— C'est curieux. Tu viens de me dire que tu ne te souvenais pas d'eux.

— C'est exact. Au début. Mais quand tu as précisé

qu'ils étaient des amis d'Ernest et qu'ils avaient grandi ensemble, ça m'est revenu d'un coup.

Cette réponse tenait la route. Pourtant, Bridgette sentit une boule d'angoisse se creuser au creux de son ventre.

— Tu penses que je pourrais avoir les dossiers des employés pour les croiser avec ceux de ma liste de malades ?

— Des dossiers vieux de vingt ans ? Ma chérie, j'aurais adoré pouvoir t'aider ; malheureusement, je ne pense pas que nous ayons conservé des dossiers aussi anciens. Je suis désolé.

Elle s'apprêtait à insister mais la sonnerie de son téléphone l'en empêcha.

— C'est Yvette, expliqua-t-elle après avoir vérifié son écran. Je dois y aller. Nous avons rendez-vous en ville.

— Va, ma chérie. Nous nous voyons ce soir, à la maison, n'est-ce pas ?

— Je ne sais pas encore, papa. À vrai dire, je cherche un appartement à louer. Je vous aime, maman et toi, mais…

— Mais tu as trente ans et vivre chez ses parents à cet âge-là n'est pas très réjouissant, termina-t-il à sa place.

— Je suis heureuse que tu comprennes.

Son téléphone sonna de nouveau. Sans doute Yvette qui commençait à s'impatienter.

— Ta mère va être déçue.

— Je sais. Je ne voudrais surtout pas la blesser.

— Dans ce cas, laisse-moi lui parler. De toute façon, elle est tout le temps en colère après moi. Ça ne me changera pas beaucoup.

— Merci, papa.

Sur ce, elle quitta le bureau et rappela Yvette dès qu'elle fut dans le couloir.

— Désolée d'être en retard. J'arrive.

Tandis qu'elle se précipitait vers sa voiture, elle se surprit à regretter de ne pas avoir le temps de flâner ou de faire un tour en voiture. Car, pour l'heure, elle avait le sentiment de courir après les pièces d'un puzzle qu'il serait compliqué d'assembler.

Elle effectua le trajet de retour vers Braxville en un temps record. Elle parvint à garer sa voiture le long du trottoir, juste à quelques mètres de l'adresse que lui avait communiquée Yvette. En fait, juste à côté de l'endroit où elle s'était garée le matin même. Elle sortit de sa voiture, cherchant du regard la berline bleue.

Elle n'était plus là.

De gros nuages noirs masquaient le soleil, colorant la ville d'une teinte sépia. Yvette l'attendait devant le magasin de bricolage, les bras croisés, dans un geste dérisoire visant à se protéger du froid. Elle avait enroulé autour de son cou une écharpe dont le rouge vif faisait ressortir le noir de ses yeux.

— Quelle élégance ! la taquina Bridgette. Tu ne chercherais pas à séduire quelqu'un, toi ?

— Parce qu'une fille ne peut pas vouloir être belle juste pour elle ? rétorqua Yvette, sur la défensive. Faut-il forcément que l'apparence soit liée à la séduction ?

Pour Bridgette, la réponse était oui. On se faisait belle pour un homme. Point. Ceci dit, Yvette avait raison de revendiquer le droit d'être apprêtée sans autre raison que de se plaire à elle-même.

— Que faisons-nous devant ce magasin ? demanda-t-elle. Tu ne devais pas me faire visiter un appartement ?

— Si. Il se trouve juste à l'étage au-dessus.

Bridgette regarda sa sœur ouvrir la porte attenante à l'entrée du magasin.

À l'époque où elle était au lycée, ce commerce était celui de Paul Walker, le père de Luke. L'idée de louer un appartement au père de son ex-petit ami ne la troubla qu'un instant. Car qu'y avait-il de pire que de vivre chez ses parents à son âge ?

— Ce magasin est toujours à Paul ? s'enquit-elle tandis que sa sœur la précédait dans un couloir sombre et étroit.

Yvette secoua la tête.

— Non. Il l'a vendu.

Bridgette se garda bien de poser plus de questions, même si elle brûlait de savoir si Luke vivait toujours à Braxville ou s'il était marié et heureux.

Lui arrivait-il de se demander pourquoi elle était sortie de sa vie et de ses pensées ?

Tout à ses interrogations, elle suivit Yvette dans l'escalier qui menait à l'étage.

— Voyons un peu, dit Yvette quand elles furent sur le palier. Appartement 2A, sur la droite. Ah, c'est là !

Elle déverrouilla la porte et s'effaça pour laisser entrer sa sœur.

Un large sourire éclaira le visage de Bridgette quand elle découvrit l'intérieur lumineux, chaleureux et confortable de l'appartement. Du parquet en bois clair au sol, une large baie vitrée qui donnait sur Main Street et laissait entrer le soleil à flots. C'était tout ce qu'elle aimait. Elle s'avança. De là où elle était, elle pouvait voir la Dolce Vita.

— Drôlement pratique, dit-elle. La prochaine fois que nous aurons rendez-vous là-bas, je n'aurai qu'à attendre que tu arrives pour descendre te rejoindre.

— Oui. Ou nous pourrons prendre des plats à emporter et venir les manger ici.

— Bonne idée.

À mesure qu'elle allait de pièce en pièce, son sourire s'élargissait. Elle trouvait tout parfait. Depuis le salon et la cuisine joliment meublés jusqu'à la chambre, en passant par la salle de bains – équipée d'une douche et d'une baignoire –, rien ne manquait pour faire de cet appartement un lieu à la fois accueillant et fonctionnel.

— C'est tout à fait ce qu'il me faut, conclut-elle. Je le prends.

— Tu peux y réfléchir un peu et essayer de faire baisser le prix. Cela fait quelques mois qu'il est inoccupé.

— Inutile. Ma décision est prise. Je serais même prête à payer un supplément pour quitter la maison plus vite. Pourtant, j'aime nos parents, tu le sais.

— Nous les aimons tous. Mais je reconnais que leurs chamailleries incessantes sont pénibles. Je te rappelle que, étant la benjamine, je vivais encore avec eux quand vous étiez tous partis. Je sais donc de quoi tu parles.

— Je suis contente que tu me comprennes, rétorqua-t-elle en reprenant les mots qu'elle avait adressés à son père un peu plus tôt.

— Le propriétaire m'a laissé un bail à signer pour le cas où tu serais intéressée.

Elle y jeta un coup d'œil rapide, relevant que le loyer était un poil trop élevé pour une petite ville comme

Braxville. Un détail pour elle qui ne rêvait que de fuir l'ambiance pesante de la maison familiale. Elle apposa sa signature au bas du document, fit un chèque du montant du loyer puis tendit le tout à Yvette.

— Si jamais tu veux te reconvertir, je te conseille de te lancer dans l'immobilier. Tu feras un malheur.

— J'y penserai, répliqua Yvette en riant. En attendant, je vais aller remettre ça au propriétaire. Viens avec moi, je te le présenterai.

Bridgette consulta l'heure à son smartphone. 13 h 30.

— J'aurais bien aimé, mais j'ai été absente du bureau toute la matinée. Il faut que j'y retourne. Merci pour l'appartement.

— Normal. Sinon, à quoi serviraient les petites sœurs ?

— À farfouiller dans les placards des grandes, peut-être ? la taquina Bridgette.

— Il y a prescription. Cela dit, je suis impatiente de voir ce que tu as emporté dans ta valise. Je n'ai toujours pas décidé de ce que j'allais mettre pour le barbecue.

Le cœur léger, Bridgette étreignit brièvement sa sœur puis quitta son nouvel appartement. Maintenant, elle allait pouvoir se consacrer totalement à la mission dont on l'avait chargée. Et tenter de trouver la raison pour laquelle trois amis d'enfance avaient eu le même cancer.

Elle descendit l'escalier en courant, ouvrit la porte qui donnait sur le trottoir et sortit. Les nuages étaient devenus plus menaçants et un vent frisquet s'était levé. On sentait que la pluie n'était pas loin. Elle boutonna sa veste tout en jetant un coup d'œil dans le magasin de bricolage. Il était rempli de monde. Son cœur se mit à battre plus fort tandis qu'elle cherchait Luke du regard.

Il ne pouvait pas être là. Trop de temps avait passé.

Mais alors, pourquoi espérait-elle en secret apercevoir son premier amour parmi ces visages inconnus ?

Ce qui avait commencé comme une mauvaise journée s'était finalement révélé une journée positive. Le magasin n'avait pas désempli et, en début d'après-midi, Yvette Colton lui avait rapporté le bail signé, accompagné d'un chèque. Il avait été tellement occupé qu'il n'avait pas encore eu le temps de se pencher sur l'identité de son nouveau locataire.

Il coupa les lumières et sortit par l'entrée principale. En même temps qu'il verrouillait la porte, il lança un regard furtif par-dessus son épaule.

Comme il s'y attendait, la berline bleue de Julia était là, garée de l'autre côté de la rue. Elle avait le regard rivé sur lui. Un regard fixe et hagard qui, avec les jeux de lumière des lampadaires, donnait l'impression qu'elle avait deux orbites vides à la place des yeux. Luke en eut la chair de poule. Finalement, il avait peut-être eu tort de ne pas en parler à la police.

Il s'empressa de passer d'une porte à l'autre et de refermer soigneusement à clé derrière lui. Le malaise se dissipa à mesure qu'il montait l'escalier. Arrivé sur le palier, il s'arrêta. Les notes d'une musique country lui parvenaient de l'appartement voisin. 18 h 30. Une heure raisonnable pour aller se présenter à son nouveau locataire.

Il frappa deux coups discrets à la porte et entendit aussitôt un bruit de pas puis une voix féminine qui lança :

— J'arrive !

La porte s'ouvrit.

Le temps s'arrêta au moment où il vit Bridgette apparaître devant lui. Les battements de son cœur s'accélérèrent. Le sang afflua à ses tempes.

Il secoua la tête, incrédule.

Pourtant, il aurait dû s'en douter. Yvette Colton qui cherchait un appartement à louer. Un locataire qui avait besoin d'un logement pour un temps assez court. S'il s'était donné la peine de jeter un coup d'œil aux documents qu'il avait à la main, il aurait su.

— Bridgette…, dit-il avec un sourire qui n'avait rien de forcé. Ça fait un bail. Waouh ! Pour une surprise, c'est une surprise.

Elle écarquilla les yeux. De toute évidence, elle était aussi étonnée que lui.

— Luke Walker… Que fais-tu ici ? Yvette m'a dit que ton père avait vendu le magasin.

Il était difficile de ne pas remarquer son ton neutre, dénué de toute émotion. Pourtant, la dernière fois qu'ils s'étaient parlé – il y avait des années de cela –, l'échange avait été plutôt cordial. C'était elle qui l'avait appelé. Ils avaient papoté un moment ; il lui avait annoncé le cancer de son père ; elle l'avait écouté parler puis elle n'avait plus jamais donné de nouvelles.

— C'est exact, répondit-il. Mais c'est à moi que mon père a vendu. Je lui ai même racheté tout l'immeuble.

— C'est donc à toi que je loue cet appartement ? Ça ne pourra pas marcher, Luke, ajouta-t-elle après avoir observé une courte pause.

— Qu'est-ce qui ne pourra pas marcher ? Il ne s'agit que de me louer un appartement pour quelques mois, Bridgette.

Même si l'effet de surprise avait joué, les sentiments

qu'il avait éprouvés pour elle s'étaient dissipés. Trop de temps avait passé.

— Tu sais quoi ? dit-il en lui tendant l'enveloppe qui contenait le bail et le chèque. Reprends ça. J'ignore pourquoi tu me traites en ennemi, mais je n'ai plus l'âge pour ces gamineries. Nous ne sommes plus au lycée.

La pluie commença à tomber, aussi soudaine que violente.

Bridgette se mordit les lèvres mais n'esquissa pas le moindre geste.

— Tu as raison, Luke, décida-t-elle finalement. Ce qui s'est passé entre nous, c'est de l'histoire ancienne. Si j'ai mal réagi, c'est parce que je ne m'attendais pas à te voir.

— Ça a même eu l'air de sacrément te contrarier. Ne te crois pas obligée de rester si tu ne te sens pas à l'aise.

— Tu me fiches à la porte ?

— Bien sûr que non.

— Alors, je te présente mes excuses. Que dirais-tu de repartir sur de meilleures bases ?

L'hostilité de Bridgette avait piqué Luke au vif, mais il n'était pas du genre rancunier.

— D'accord.

— Merci.

Elle lui sourit alors de ce sourire merveilleux qui, quinze ans plus tôt, lui faisait chaque fois chavirer le cœur.

4

Bridgette resta un long moment immobile, adossée à sa porte, le cœur battant. En toute honnêteté, elle n'avait jamais imaginé revoir Luke un jour. Encore moins être sa voisine de palier. Mais Braxville était une petite ville et il n'y avait rien d'étonnant à cela, finalement.

Mais quand même. Luke… Qui vivait là, à quelques mètres d'elle. C'était inouï !

Les fantômes du passé resurgirent, prenant tout l'espace. Elle se revit avec Henry, au moment d'échanger leur promesse de vivre un amour éternel. C'était sans compter avec le destin qui l'avait fait partir trop tôt dans un stupide accident de voiture.

Puis elle revit ses parents. Certes, ils étaient toujours là ; mais tellement éloignés du couple amoureux dont elle avait le souvenir. Était-il trop tard pour eux ? Pouvaient-ils encore sauver leur couple ?

Et enfin, il y avait Luke. Luke dont elle avait enfoui le souvenir au plus profond de sa mémoire, pendant des années. Le revoir sans y avoir été préparée lui avait fait l'effet d'un coup de poignard en plein cœur.

Un bruit de bulles qui éclataient la ramena brutalement sur terre.

Elle se précipita dans la cuisine.

— Merde, jura-t-elle.

Elle retira du brûleur le potage à la tomate qui, en bouillonnant, avait éclaboussé la cuisinière de rouge.

Elle retourna ensuite le croque-monsieur qui cuisait dans la poêle et qui, par miracle, n'était pas complètement carbonisé.

Après avoir versé la soupe dans un bol et mis le croque-monsieur sur une assiette, elle s'installa à table. Certes, ce n'était pas le repas savoureux que sa mère aurait servi, mais c'était *son* repas, préparé dans *sa* cuisine.

Assise devant sa soupe trop chaude, elle pensa à sa mère. Elle ne l'avait vue que brièvement quand elle était passée chercher ses affaires, après son travail. Si Lilly avait été déçue, elle s'était néanmoins montrée tendre et compréhensive. Cet amour inconditionnel d'une mère pour sa fille l'aurait presque dissuadée de partir. Presque.

Un frisson la parcourut alors qu'elle mordait dans son croque-monsieur.

Elle avait laissé la baie vitrée entrouverte et il pleuvait à verse. En la refermant, elle jeta un coup d'œil dehors.

Là, immobile sous la pluie, les yeux fixés sur l'appartement de Luke, se tenait la femme qu'elle avait remarquée le matin même, assise au volant de sa berline bleue.

Son sang se glaça dans ses veines. Une femme qui restait ainsi, sans bouger, sous une pluie battante, le regard fixé sur le même immeuble, cela n'avait rien de normal.

Elle hésita. Fallait-il prévenir la police ? Appeler ses parents ?

Elle tira les rideaux. La meilleure chose à faire était d'aller en parler à Luke.

Sans tarder, elle traversa le palier et alla frapper à sa

porte. Il vint lui ouvrir presque aussitôt, vêtu seulement d'un T-shirt vert et d'un boxer-short noir, le tout ne cachant rien de ses muscles saillants – ni de sa virilité. L'espace d'un court instant, elle crut sentit le contact de ses lèvres douces et chaudes sur les siennes.

— Bridgette, tu as un problème ?

Elle était si troublée qu'elle en avait presque oublié la raison de sa venue.

— Il y a une femme dehors sous la pluie qui regarde fixement ton immeuble. Je l'ai déjà repérée ce matin. Elle était dans une berline bleue garée dans la rue et elle avait les yeux rivés sur ce bâtiment. Je ne suis pas psychiatre, mais je peux quand même dire qu'elle a un comportement bizarre.

Luke poussa un profond soupir.

— Tu as raison. Elle est bizarre.

— Tu la connais ?

— Oui. Elle s'appelle Julia Jones. Nous sommes sortis ensemble cet été. Mais j'ai très vite compris que ça ne marcherait pas entre nous. Alors, j'ai rompu. Manifestement, elle n'arrive pas à tourner la page.

— Tu veux dire que cette folle est ton ex ?

— Excuse-moi si toutes mes ex ne sont pas aussi belles, intelligentes et équilibrées que toi, rétorqua-t-il d'un ton ironique.

Cette pique, au lieu de la vexer, la fit sourire.

— On peut dire que tu sais parler aux femmes, toi, répliqua-t-elle sur le même mode.

— Je le prends comme un compliment.

— Cela dit, tu ne crois pas qu'on devrait appeler quelqu'un ? On ne peut pas la laisser comme ça, sous la pluie, à fixer ce bâtiment indéfiniment. D'ailleurs, tu sais ce qu'elle veut exactement ?

— Je te l'ai dit. Je pense qu'elle n'arrive pas à se faire à l'idée que c'est fini entre nous. Pourtant, je lui ai parlé plus d'une fois. J'ai essayé de lui faire comprendre que je ne l'aimais pas et que je ne l'aimerai jamais. Jusqu'à présent, j'ai mis cet entêtement sur le compte de l'âge. Elle n'a que vingt-trois ans.

— Tu as prévenu la police ? Tu pourrais porter plainte pour harcèlement.

— Je l'ai menacée de le faire mais en réalité, elle me fait de la peine.

Il s'appuya contre le chambranle de la porte et le regard de Bridgette se porta sur ses cuisses musclées. Le souvenir de ses jambes puissantes entre les siennes était si vivace qu'elle sentit ses joues s'enflammer.

— Tu sais si elle a de la famille ou des amis à contacter en cas de problème ?

— Elle vit avec sa mère. C'est peut-être le moment de lui passer un coup de fil.

— Pauvre fille. Ça doit être dur pour elle.

— C'est ce que je me dis. Et c'est pour cette raison que je n'ai pas alerté la police.

Ils étaient arrivés au bout de la discussion. Il était temps pour Bridgette de retourner chez elle, où l'attendaient sa soupe refroidie et son croque-monsieur ramolli.

— Bien, dit-elle. Si je peux t'aider, n'hésite pas. Je serais ravie de pouvoir le faire.

— Je n'y manquerai pas. Mais je pense que le problème sera réglé dès que j'aurai parlé à Mme Jones. Elle saura sans doute faire entendre raison à sa fille.

— Je l'espère pour toi.

Elle le quitta sur un petit signe de la main. Une fois chez elle, elle appuya le front contre le bois de sa porte. Son cœur battait comme un oiseau affolé dans sa cage et elle avait du mal à respirer normalement. Ce n'était pas tant cette drôle de femme qui la mettait dans tous ses états.

C'était Luke.

En quelques années, le bel adolescent un peu timide qu'elle avait connu s'était mué en un homme sûr de lui, drôle, intelligent et attentionné. En bref, Luke Walker réunissait à présent toutes les qualités qui, à ses yeux, faisaient l'homme idéal.

Un homme idéal auquel elle ne succomberait pas. Car elle pressentait qu'il lui serait très facile de retomber amoureuse de lui et elle ne commettrait pas deux fois la même erreur, elle s'en faisait la promesse.

Luke garda les yeux fixés sur la porte de Bridgette bien après qu'elle l'eut refermée derrière elle. C'était peu de dire qu'elle n'avait pas semblé heureuse de le revoir. Sa réaction avait-elle été la conséquence d'un choc auquel elle n'était pas préparée, comme elle l'avait prétendu ? Sans doute dans un premier temps. Mais par la suite, elle lui avait paru plus bouleversée que contrariée.

Il secoua la tête et rentra enfin chez lui. Il fila droit à sa fenêtre. Julia était toujours là, figée sur place et dégoulinante de pluie. L'espace d'un instant, leurs regards se croisèrent. Elle fit alors un pas en avant, un bras tendu vers lui.

Il tira les rideaux.

Bridgette avait raison. Que Julia passe des heures

plantée là, au beau milieu de la rue ou assise au volant de sa voiture, à l'épier, n'avait rien de normal. Il fallait mettre un terme à cette obsession. Fort de cette décision, il prit son téléphone et chercha le numéro de Nancy Jones dans l'annuaire en ligne. Il n'avait rencontré la mère de Julia qu'une fois, mais elle lui avait paru être une femme attentionnée, qui se souciait vraiment du bien-être de sa fille.

Elle prit l'appel à la deuxième sonnerie.

— Oui ?

— Bonsoir, madame Jones. C'est Luke Walker à l'appareil.

Puis il s'interrompit, ne sachant comment lui présenter les choses.

Heureusement, Nancy prit les devants.

— Je me souviens très bien de vous, Luke, dit-elle. Si c'est à Julia que vous voulez parler, je suis désolée, mais elle n'est pas là. Elle m'a dit qu'elle devait travailler tard ce soir.

— Elle vous a dit ça ?

— Oui. Elle m'a appelée il y a une heure environ pour me prévenir que son patron avait besoin qu'elle reste un peu plus.

Luke écarta le rideau et risqua un œil dehors. Julia n'avait pas bougé d'un pouce.

— Madame Jones, je suis désolé d'avoir à vous le dire, mais Julia n'est pas à son travail.

— Vous devez vous tromper. Je vous dis qu'elle vient de m'appeler.

— Je ne me trompe pas, madame Jones. Croyez-moi, j'aurais préféré ça. En fait, il se trouve que, depuis un mois et demi, Julia passe son temps à m'épier au magasin ou chez moi. Elle reste des heures, là, les yeux fixés sur mon immeuble.

— Vous en êtes bien sûr ?

— Absolument certain. D'ailleurs, au moment où je vous parle, elle est là, sur Main Street, devant chez moi, immobile sous la pluie. Elle regarde en direction de mon appartement.

Nancy poussa un long soupir que Luke devina empreint de lassitude.

— Je pensais qu'elle allait mieux, lâcha-t-elle comme pour elle-même.

— Je suis vraiment désolé. J'ai pensé que le mieux était de vous prévenir.

— Vous avez bien fait. Je vais l'appeler pour essayer de la faire rentrer à la maison.

— Bonne chance, dit Luke.

Dans le vide, car Nancy Jones avait déjà raccroché.

Julia se tenait dans la rue, les yeux fixés sur les rideaux tirés. Son téléphone se mit à vibrer dans la poche de son manteau. Elle le sortit à demi et jeta un coup d'œil à l'écran. C'était sa mère. Elle ignora l'appel.

Ce n'était pas le moment de se laisser distraire.

Pas quand Luke venait juste de rétablir le contact. Le jeu auquel ils s'étaient prêtés jusque-là était terminé. Ils venaient d'en entamer un autre.

La pluie tombait à verse mais elle n'y prêtait pas attention, même si elle grelottait de froid et ne sentait plus ses mains et ses pieds, tout engourdis. Le jeu en valait la chandelle. Car Luke n'allait plus tarder à la rejoindre, maintenant. Il allait certainement lui proposer de venir se sécher dans son appartement, puis il lui servirait un potage pour qu'elle se réchauffe.

Ce serait comme dans un de ces films romantiques qu'elle aimait tant.

Sauf que là, ce serait pour de vrai, et ce serait merveilleux. Luke et elle étaient des âmes sœurs – enfin, si l'on croyait à ce genre de choses. Elle, elle y croyait, de tout son cœur, de toute son âme.

Son téléphone vibra de nouveau. Encore sa mère, sans doute. Mais elle ne pouvait pas partir alors qu'elle était si près du but ; que Luke était en train de descendre l'escalier ; qu'il allait pousser la porte. Maintenant.

Maintenant.

Maintenant.

La porte resta fermée.

Il devait être en train de mettre le potage à chauffer. Ou alors, il lui faisait couler un bain, qu'ils prendraient tous les deux dans des effluves parfumés. C'était sûr. Ce n'était plus qu'une question de secondes.

Son téléphone vibra encore. Et encore. Et encore.

Dans un geste rageur, elle sortit l'appareil de sa poche et prit l'appel.

— Quoi, maman ? dit-elle d'une manière abrupte. Tu sais bien que je suis au travail.

— Ma chérie, rétorqua Nancy d'une voix douce. Je sais que tu mens. Tu n'es pas au travail. Mais pire, tu te mens à toi-même.

Julia encaissa le choc sans rien dire. Comment sa mère savait-elle ? Qui lui avait parlé ? Depuis des mois pourtant, elle lui faisait croire qu'elle était employée comme assistante administrative dans l'entreprise de construction Colton. Ceci dit, elle ne mentait qu'à moitié. Elle travaillait bien pour eux, mais à mi-temps et au service du courrier. De toute façon, bientôt, on la remarquerait et elle bénéficierait d'une promotion. Elle deviendrait quelqu'un d'important.

— Maman, je ne peux pas te parler. Je suis en réunion.

— Je sais que tu ne travailles pas, ma chérie. Tu es sur Main Street, sous la pluie, et tu espionnes Luke Walker.

Julia sentit sa cage thoracique se contracter si fort qu'elle eut soudain l'impression de manquer d'air.

— Qui t'a raconté des bobards pareils ?

— C'est Luke. Il vient de m'appeler pour me dire que tu le harcelais.

— Mais pas du tout. Il va venir me chercher d'une seconde à l'autre.

— Il ne viendra pas, Julia. Ta relation avec cet homme est terminée. Il faut que tu rentres à la maison, maintenant.

— Non. Je ne rentrerai pas.

Elle tapa du pied comme une enfant capricieuse, s'éclaboussant un peu plus.

— Ma chérie, continua sa mère d'une voix infiniment douce, rentre. Sinon, je vais devoir appeler la police qui t'emmènera à l'hôpital. Ce n'est pas ce que tu veux, n'est-ce pas ?

Non. Pas l'hôpital. Elle ne voulait pas se retrouver encore une fois enfermée entre ces murs d'un jaune pisseux, là où on l'assommait de médicaments qui lui donnaient l'impression de voir sa vie à travers un filtre épais plutôt que de la vivre. Pas l'hôpital où ce salaud d'infirmier lui disait qu'elle était jolie tout en lui caressant la cuisse avec un sourire dégoûtant.

De toute façon, elle n'était pas folle. Elle n'avait pas besoin qu'on l'enferme.

Ce qu'il lui fallait, c'était Luke.

Luke qui allait venir la chercher.

— Julia… Dis-moi que tu vas rentrer. Dis-le-moi tout de suite. Sinon, je raccroche et j'appelle la police. Julia, tu m'entends ?

— Oui, maman.

— Voilà. Tu es une gentille fille.

— Oui, maman.

— Ça y est ? Tu es en route ?

— Oui, maman.

— Julia ?

— Oui, maman ?

— Je t'aime, ma chérie. Tu sais que c'est pour ton bien, n'est-ce pas ?

Cette fois, Julia ne répondit pas. Elle mit fin à l'appel et retourna à sa voiture. Elle mit le moteur en marche et poussa le chauffage à fond. Un air froid se répandit dans l'habitacle.

Maudite voiture !

Elle serait arrivée depuis longtemps au moment où l'air serait enfin chaud.

Elle resta assise derrière son volant, trempée jusqu'aux os et tremblante de froid.

Qu'est-ce qui avait changé ?

Luke avait-il vraiment appelé sa mère ou celle-ci avait-elle menti ?

Julia connaissait les moindres faits et gestes de Luke. Pour l'avoir observé toute la journée, elle savait que le magasin n'avait pas désempli. Il devait être content.

Dans ce cas, il n'avait aucune raison de se fâcher contre elle.

Si seulement ils pouvaient se parler !

Malheureusement, cela devrait attendre un autre jour. Si elle ne rentrait pas tout de suite, sa mère mettrait sa menace à exécution et elle se retrouverait à l'hôpital, enfermée avec les fous.

Elle conduisit en pilote automatique jusque dans la ruelle paisible où elle vivait avec sa mère. Au moment où elle s'engageait dans l'allée qui menait à la maison, un mince filet de chaleur s'échappait du système de ventilation.

— Qu'est-ce que j'avais dit ? grommela-t-elle en se garant.

La maison se trouvait au fond d'une petite cour. Comme tous les soirs, les lumières extérieures baignaient le perron d'une lueur dorée.

Elle rechignait à rentrer chez elle. Sa mère serait furieuse parce qu'elle lui avait menti.

Dommage qu'elle ne puisse pas rester éternellement assise là, dans sa voiture. Mais elle était trempée, elle avait froid et faim. Alors, si le prix à payer pour se retrouver au chaud dans la maison était d'affronter la colère de sa mère, elle était prête.

La pluie avait cessé de tomber, cédant la place à une fine brume qui flottait dans l'air. Résignée à se faire passer un savon, Julia sortit de sa voiture et gagna la porte d'un pas traînant. Dans l'entrée, une douce chaleur l'enveloppa en même temps qu'une délicieuse odeur de ragoût venait lui chatouiller les narines. Elle ôta son manteau, qu'elle suspendit à la patère, près de la porte, puis se faufila dans la cuisine sur la pointe des pieds. Avec un peu de chance, sa mère, qui regardait la télévision dans le salon, ne l'entendrait pas.

Elle appuya sur l'interrupteur. Nancy était assise à table. Un tube reliait son nez à un réservoir d'oxygène fixé à l'arrière de sa chaise roulante.

Le résultat d'années de tabagisme qui avaient atteint son corps mais pas son cerveau. Elle s'était mise à fumer le jour où son mari, le père de Julia, était parti acheter des cigarettes et n'était jamais revenu. Il y avait des années de cela.

— Assieds-toi, lui intima sa mère en désignant la chaise qui se trouvait de l'autre côté de la table, face à elle.

— Maman, j'ai froid et je suis fatiguée, dit-elle d'une voix plaintive. Et puis, j'ai faim. Je peux aller manger dans ma chambre, juste pour cette fois ?

— Tu sais bien que non. Tu mets des miettes partout et ça attire les bestioles. Julia, je n'aime pas les mensonges. Il faut que nous ayons une discussion sérieuse.

Julia ouvrit la bouche pour protester mais, ne trouvant rien à redire, la referma et se laissa tomber sur sa chaise. Sa mère se déplaça jusqu'à la gazinière. Puis, à gestes mesurés, elle se mit debout. Il lui fallut ensuite un temps infini pour rassembler sur un plateau des couverts, deux tranches de pain et l'assiette creuse qu'elle avait remplie de ragoût.

— Maintenant, explique-moi ce qui ne va pas, dit-elle après avoir posé le plateau devant sa fille.

Julia trempa un bout de pain dans la sauce et l'enfourna goulûment. Que ne ferait-elle pas pour gagner un peu de temps !

— Tout va bien, répondit-elle enfin. Pourquoi ?

— Tu mens encore. Parle-moi de ton emploi. Tu travailles pour l'entreprise Colton ou non ?

— Oui, je te le promets. Je peux te montrer ma fiche de paye si tu ne me crois pas.

— D'accord. Mais tu n'es pas assistante administrative, n'est-ce pas ?

Julia prit une nouvelle bouchée de pain qu'elle avala de travers. Elle se précipita vers l'évier pour boire de l'eau au robinet.

— Tu n'es pas assistante administrative, n'est-ce pas ? répéta Nancy d'un ton plus aigu.

Julia sentait le piège se resserrer sur elle. Elle ne savait pas quoi dire pour se défendre. Alors, elle se pencha un peu plus dans l'évier, cachant son visage derrière le rideau noir de sa chevelure. Elle laissa couler l'eau puis continua à boire au robinet à grandes goulées bien après qu'elle eut étanché sa soif.

— En quoi consiste ton travail, là-bas ? insista Nancy.

Julia s'essuya la bouche du revers de la main avant de répondre, enfin :

— Je m'occupe de trier le courrier de 10 heures jusqu'au moment où il est distribué. Des fois, je fais des copies ou je remplis des enveloppes. Comme tu vois, rien de très glamour.

— Peu importe. Le principal, c'est que tu gagnes ta vie honnêtement. Tu travailles là-bas depuis cet été ?

Julia opina.

— Oui, maman.

— Reviens t'asseoir. Finis ton ragoût et parle-moi de ton travail.

Julia obéit docilement.

— Je suis trop contente de pouvoir te dire la vérité,

maman. Si je t'ai menti, c'est parce que je voulais que tu sois fière de moi. Être une des assistantes du patron, c'était mieux qu'être chargée de trier le courrier.

— Je suis très fière de toi, Julia. De nos jours, c'est déjà difficile de trouver un emploi, mais ça l'est encore plus de le garder. Et c'est exactement ce que tu as fait. Je regrette juste que tu m'aies caché la vérité pendant tous ces mois.

— Tu as raison, maman. J'aurais dû te le dire dès le début.

— Bien. Maintenant, parle-moi de ce garçon.

— Quel garçon ?

— Luke Walker.

— Maman, ce n'est pas un garçon. C'est un homme.

— Peu importe. Tu ne peux pas rôder sans cesse autour de chez lui comme tu le fais.

— C'est parce qu'il faut que je lui parle. Une fois qu'il m'aura écoutée, il n'y aura plus de malentendu entre nous. Tu comprends ?

Nancy posa ses doigts noueux sur le poignet de sa fille.

— Il faut que tu le laisses, Julia. Même si toi, tu l'aimes toujours, lui est passé à autre chose. Tu m'entends ?

— Oui, maman.

— Très bien. Je suis contente que nous ayons eu cette discussion. Et rappelle-toi : tu peux tout me dire.

Julia répondit à sa mère par un sourire. Puis elle se leva et planta un baiser sur sa joue prématurément fripée.

— Tu veux que je fasse la vaisselle ?

Nancy secoua la tête.

— Non, merci, ma chérie. Tant que je peux le faire… Allez, va te changer, à présent. Tu dois avoir froid. Tu as les lèvres violettes.

Un nouveau sourire, puis Julia s'éclipsa dans sa chambre. Son sanctuaire. Un endroit où sa mère ne mettait jamais les pieds ; où elle était libre de faire ce qu'elle voulait.

Comme de tapisser les murs de photos de Luke. Il y avait les selfies qu'elle avait faits d'eux à chacun de leur rendez-vous et où ils posaient côte à côte et souriants. Puis il y avait les clichés qu'elle avait pris alors que Luke ne la voyait pas, à son insu. Ceux où il courait sur le trottoir, torse nu et trempé de sueur. Ceux où il traversait la rue, les mains dans les poches, pour se rendre à la Dolce Vita. Ceux encore où il en sortait, un gobelet à la main. Puis ceux pris par la vitre du magasin où on le voyait s'affairant auprès de ses clients.

Mais il y avait plus que les photos. Il y avait tout ce qu'elle gardait pieusement, comme des reliques précieuses. Les tickets des films qu'il l'avait emmenée voir au cinéma. Les serviettes en papier des fois où ils avaient mangé des glaces ou acheté des beignets à un marchand ambulant, et où il avait posé ses lèvres.

Bien caché sous son oreiller se trouvait un T-shirt que Luke avait oublié sur une échelle le jour où il avait nettoyé les vitres du magasin. Depuis, elle le portait toutes les nuits. Il était si doux sur sa peau nue ! Un peu comme ses mains sur elle.

Sa mère se trompait quand elle disait que Luke était passé à autre chose.

Elle et Luke, elle le savait, c'était pour la vie.

5

Bridgette s'éveilla à la lumière des rayons du soleil qui filtraient à travers les stores. Elle s'étira de tout son long, prenant tout l'espace avec délices. Pour la première fois depuis des années, se réveiller dans les bras d'un homme lui manquait. Elle s'immobilisa, attendant la pointe de culpabilité qui allait en général avec ce genre de pensées.

Rien.

Devait-elle voir là le signe qu'elle était prête à aller de l'avant, au risque que le souvenir de Henry s'estompe peu à peu ?

La question était surtout de savoir si elle était prête à faire confiance, à espérer et à aimer de nouveau.

Elle décida que l'heure n'était pas à ce genre d'introspection. L'heure était au café du matin. Elle repoussa sa couette, se leva, fit quelques étirements puis se rendit dans la cuisine. La veille, poussée par sa hâte à emménager dans ce nouvel appartement, elle avait fait quelques courses à la supérette du coin. Des briques de soupe, du pain, du fromage, du lait, une boîte de céréales et du café soluble. Bref, de quoi parer au plus pressé.

La perspective de démarrer la journée avec un bol de céréales et un mauvais café ne la réjouissait pas vraiment. D'autant plus que la Dolce Vita et ses délicieux petits déjeuners se trouvaient juste en face de chez elle, maintenant. Elle attacha ses cheveux en queue-de-cheval, enfila un jean et un sweat-shirt puis, après avoir fourré ses clés et sa carte de crédit dans sa poche, sortit dans la rue.

Le ciel était d'un bleu lumineux, comme lavé par les pluies diluviennes de la veille. Elle traversa la rue en courant et poussa la porte du café.

Il n'était pas encore 6 h 30 mais l'établissement comptait déjà une dizaine de clients. Megan Parker, la maîtresse des lieux, était une jolie femme brune âgée de quelques années de plus qu'elle.

— Bonjour, Bridgette.

— Bonjour, Megan. Votre petite famille va bien ?

— Les enfants, oui. C'est mon mari qui m'inquiète. En ce moment, il enchaîne les rendez-vous médicaux. Votre père est vraiment un saint. Chuck passe plus de temps à la maison qu'au travail, mais votre père continue à payer son assurance maladie. Sans lui, sans son aide, nous serions dans une situation délicate.

— Que disent les médecins ?

— Ils pensent à un cancer de l'œsophage.

Bridgette accusa le coup sans broncher.

— Vous me tiendrez au courant ?

— Oui, bien sûr. Et vous ? Comment allez-vous ? Vous comptez rester longtemps à Braxville ?

— Jusqu'à ce que mon travail ici soit terminé. Ensuite, j'irai où le ministère m'enverra.

— Vous devez être contente d'avoir retrouvé votre famille.

— Je suis ravie d'être de retour en ville, éluda-t-elle.

À Wichita, où je vis, personne ne fait un aussi bon café que vous.

— Personne, vraiment ?

— Personne.

— Ça, c'est un sacré compliment ! Alors, qu'est-ce que je vous sers ?

Bridgette allait passer commande quand elle pensa à Luke. Elle lui devait plus que des excuses pour sa réaction désagréable de la veille.

— Comme d'habitude, répondit-elle. Mais j'aimerais prendre quelque chose pour Luke. Il me loue un de ses appartements et, comme il s'est montré plus qu'arrangeant, je voudrais le remercier. Vous connaissez ses habitudes ?

— Tout à fait. J'en ai pour une minute.

Bridgette alla attendre au bout du comptoir.

Quand le carillon de l'entrée tinta, annonçant un nouveau client, elle se surprit à espérer que c'était Luke.

Ce n'était pas lui.

C'était la femme qui le harcelait. Son ex-petite amie, Julia Jones.

— Voilà, c'est prêt, annonça Megan.

Elle posa devant elle deux sachets en papier, l'un qui contenait les deux croissants de Bridgette et l'autre, le sandwich de Luke ; le tout complété par deux gobelets de café fumant enserrés dans un plateau cartonné.

— Saluez bien Luke pour moi, dit-elle avant de retourner s'affairer derrière son comptoir.

Bridgette sentit alors sur elle le regard haineux de Julia.

Son instinct lui souffla de ne pas s'attarder. Elle prit sa commande et se dirigea vers la porte en évitant de croiser son regard.

Elle allait franchir le seuil quand une pensée la fit s'arrêter net. À l'âge de Julia, ne lui était-il jamais arrivé de soupirer après un garçon qui ne voulait pas d'elle ? Ne s'était-elle pas fait plaquer, elle aussi ? Finalement, elle pouvait voir dans cette rencontre fortuite l'occasion de parler à la jeune femme et d'essayer de la raisonner plutôt que de chercher à la fuir.

Certes. Mais comment aborder le sujet ?

La réponse lui vint, immédiate. Il suffisait de laisser croire à Julia que son ex n'était plus libre. Le premier moment de colère et de déception passé, elle finirait bien par se résigner à accepter la réalité.

Elle se retourna donc vers elle, un sourire avenant aux lèvres.

— Vous êtes Julia, n'est-ce pas ?

— Oui.

— En fait, je le savais. Luke m'a parlé de vous, hier soir.

— Il vous a parlé de moi ? Qu'est-ce qu'il vous a dit ?

Ses yeux étaient devenus brillants.

— Que vous étiez sortis ensemble cet été mais que c'était fini entre vous.

Elle s'attendait à ce que la discussion en reste là mais Julia poursuivit, comme si elle n'avait pas entendu, le regard toujours éclairé du même espoir insensé :

— À quel moment vous êtes-vous parlé ?

— Comme je viens de vous le dire, hier soir.

Elle se tut un instant, laissant aux mots le temps de pénétrer l'esprit perturbé de la jeune femme.

— Excusez-moi, mais je dois y aller, continua-t-elle. Luke m'attend.

Sur ce, elle ouvrit la porte d'un coup de hanche.

— Attendez, dit Julia. Vous connaissez vraiment bien Luke ?

— Mieux que je ne me connais moi-même, répondit-elle spontanément. Nous avons grandi ensemble et sommes restés amis tout au long de notre scolarité. Nous sommes sortis ensemble à la fin de notre dernière année de lycée mais les choses se sont gâtées quand je suis partie à l'université. Je suis revenue, nous nous sommes revus et nous avons décidé de nous donner une seconde chance. Nous verrons bien, ajouta-t-elle en haussant les épaules, d'une manière qu'elle voulait désinvolte.

Sur ce, elle ouvrit la porte et sortit. En attendant de pouvoir traverser, elle jeta un coup d'œil par-dessus son épaule en direction du café. Julia se tenait à la fenêtre, les paumes à plat sur les vitres. Elle la fixait à travers la buée que formaient ses lèvres entrouvertes.

Malgré le soleil, Bridgette frissonna.

Elle traversa en courant et, une fois de l'autre côté de la rue, s'empressa de s'engouffrer dans le couloir et de refermer à clé derrière elle. Une fois à l'intérieur, elle resta immobile, le cœur battant, s'attendant à voir surgir Julia à tout instant.

Cette fille lui fichait la chair de poule.

Elle fut prise de doute. Et si sa tactique n'était pas la bonne ? Si elle avait mis de l'huile sur le feu au lieu de calmer le jeu ?

Il fallait qu'elle en parle à Luke.

Elle monta l'escalier et, une fois devant sa porte, frappa.

Pas de réponse.

Elle frappa de nouveau.

Toujours rien.

Elle frappa encore, se promettant que c'était la dernière fois. Après tout, elle ne connaissait pas le nouveau Luke. Elle ignorait tout de sa vie et de ses habitudes. Qui lui disait qu'il n'était pas en train de faire un jogging ou qu'il n'était pas descendu au magasin ? Peut-être même qu'il avait une petite amie et qu'il passait toutes ses nuits chez elle ?

Les sacs et le plateau commençaient à lui peser. Mais surtout, elle se sentait ridicule d'avoir pu croire qu'elle lui ferait plaisir en lui livrant son petit déjeuner à domicile.

Elle pivotait sur ses talons au moment où la porte s'ouvrit enfin.

— Ah, c'était toi ? demanda-t-il d'une voix endormie. Il me semblait bien que j'avais entendu frapper.

Nouvelle volte-face.

— Excuse-moi. Je t'ai réveillé. Je suis désolée.

Son regard glissa de ses cheveux tout emmêlés et de ses joues ombrées d'une barbe naissante à son torse nu qui dévoilait ses pectoraux recouverts d'un fin duvet blond. Puis il glissa plus bas, sur ses abdominaux saillants.

— D'habitude, je me lève à l'aube pour aller courir, mais je n'ai pas bien dormi cette nuit. Il y a un problème ? demanda-t-il en se frottant les yeux.

Ouf ! Il n'avait pas remarqué son regard sur lui.

— J'ai apporté le petit déjeuner, répondit-elle en désignant les gobelets du menton.

— Le petit déjeuner ?

— Tu sais, le premier repas de la journée. En fait, je me sentais redevable pour mon comportement d'hier. Vraiment, je n'ai aucune excuse.

— Je ne me souviens pas de la dernière fois où quelqu'un m'a apporté un repas chez moi. C'est vraiment très gentil à toi.

— Je réalise qu'il est très tôt. Je peux partir, si tu veux, et revenir quand tu seras prêt.

Pour toute réponse, il ouvrit la porte plus largement et l'invita à entrer.

— Ne sois pas bête. Je serai ravi de partager ce petit déjeuner avec toi. C'est tellement triste de manger tout le temps tout seul !

Elle partageait cet avis. Elle entra donc dans ce qui était le pendant de son propre appartement, mais en plus vivant. De la vaisselle sale traînait dans l'évier, des vieux journaux attendaient d'être jetés près de la poubelle et un classeur épais était ouvert sur la table basse.

— Assieds-toi, je t'en prie, lui dit-il en désignant le canapé. Je reviens. Je vais enfiler une tenue un peu moins décontractée et je reviens avec des assiettes et des couverts.

Puis il disparut dans ce qu'elle savait être sa chambre. Elle baissa machinalement les yeux sur le classeur, ouvert à une page où figurait une liste de commerçants qui souhaitaient participer au festival de Braxville. Le festival de Braxville ? Il y avait aussi un itinéraire fléché en rouge. Défilé costumé à 9 heures ; tours de chariot à foin de 10 heures à 16 heures ; éclairage des citrouilles à 17 h 30 avec distribution de cidre et de beignets ; manèges et attractions toute la journée.

Lorsque Luke revint, il avait troqué son bas de pyjama contre un jean délavé et un T-shirt portant le logo de l'université du Kansas. Même habillé, elle voyait ses muscles rouler sous ses vêtements à chacun de ses mouvements.

— Voilà, dit-il en disposant le petit déjeuner sur la table basse.

Alors qu'il s'asseyait à côté d'elle, son bras nu effleura sa cuisse. Ce contact, pourtant anodin, alluma en elle les feux d'un désir intense.

— Merci, dit-elle en buvant une gorgée de café, puis elle demanda en pointant le classeur du doigt : C'est nouveau, ce festival ? J'ai grandi ici mais je n'en ai jamais entendu parler.

— C'est parce qu'il n'existe que depuis quatre ans. Il a lieu en octobre, sur le thème d'Halloween, et il est sponsorisé par les commerçants du centre-ville. C'est l'occasion pour nous d'attirer les gens des villages voisins et d'essayer de faire entrer un peu plus d'argent dans les caisses.

— C'est une bonne idée.

— Oui, mais c'est aussi beaucoup de travail, rétorqua-t-il en mordant dans son sandwich. Jusque-là, j'étais chargé de trouver les membres du jury pour le concours de costumes et de visiter les commerçants pour leur demander d'offrir des lots. Bref, tu vois ce que je veux dire.

Elle opina alors qu'en fait elle ne voyait pas du tout.

— Malheureusement, la présidente a démissionné de ses fonctions hier et m'a chargé de la remplacer. Je me retrouve avec une bonne partie de l'organisation de cet événement sur les bras.

— Mince.

— Comme tu dis. Je n'ai pas pu refuser, mais je ne sais pas si je suis la bonne personne. Et il ne reste que deux semaines pour tout boucler.

— Pourquoi ne passes-tu pas la main à quelqu'un d'autre ?

— Parce que c'est à moi qu'elle a confié cette tâche et

que je ne me suis pas senti le courage de refuser. D'autant plus qu'elle a une bonne raison : son mari est malade.

— En effet. Dans ces conditions, tu ne peux pas lui faire faux bond.

— Il faudrait que je trouve quelqu'un à qui confier l'organisation de la parade, poursuivit-il, comme pour lui-même. Je ne peux pas assurer en même temps mon travail au magasin et la préparation de toutes ces festivités. C'est une charge trop lourde.

— Je suis certaine que tu vas vite trouver un volontaire qui sera ravi de te seconder. Personne ne voudrait voir ce festival annulé, n'est-ce pas ? Ces pauvres enfants seraient trop déçus de ne pas pouvoir se déguiser.

— Mais j'y pense… Pourquoi ne me donnerais-tu pas un coup de main, toi ?

— Moi ? Pas question. Je suis bien trop occupée par mon travail.

— Comme je viens de te le dire, moi aussi. D'ailleurs, nous le sommes tous. Mais le but est de faire connaître Braxville aux alentours et d'y faire venir des visiteurs.

Il lui donna un petit coup d'épaule en même temps qu'il lui adressait un clin d'œil de connivence.

— Ne m'as-tu pas dit que tu m'étais redevable ?

— Si. D'où ce délicieux petit déjeuner livré à domicile, rétorqua-t-elle sur le même ton malicieux.

Elle enfourna sa dernière bouchée de croissant avant de prendre le classeur en mains. Elle parcourut le descriptif du rôle de l'organisateur de la parade. Trouver des participants, adultes et enfants, et organiser dans le centre commercial le spectacle de variétés qui ponctuerait le défilé. Au vu de ce qu'elle lisait, le plus gros était déjà fait.

— Je ne veux pas prendre la responsabilité de tout le défilé, mais je veux bien t'aider, trancha-t-elle.

— Vraiment ? Merci beaucoup. Tu m'enlèves une sacrée épine du pied.

— Tu as monté un dossier comme celui-ci pour la parade ?

— Pas vraiment, non, ricana-t-il. J'ai quelques notes sur des feuilles volantes. Mais il y a une réunion prévue demain soir à 19 heures, à la Dolce Vita. Pourquoi ne viendrais-tu pas y assister ? Tu aurais une idée de ce que sera ce festival et cela te donnera peut-être envie de t'impliquer un peu plus dans son organisation.

Soucieuse de ne pas le blesser, elle se garda bien de répliquer qu'elle n'était ici que de manière temporaire, pour son travail, et qu'elle n'envisageait pas de prendre part à la vie de Braxville plus qu'elle ne le faisait déjà.

— Pourquoi pas ? éluda-t-elle en se levant.

Elle hésitait encore à rapporter à Luke la discussion qu'elle avait eue avec Julia, puis finit par décider que ça n'en valait pas la peine.

Elle attendrait de voir si son mensonge avait porté ses fruits. Si Julia avait enfin compris qu'il était inutile de poursuivre Luke de ses assiduités.

— À demain, sans doute, dit-elle avant de se diriger vers la porte.

— Bridgette…

— Oui ? dit-elle en se retournant.

— Je suis heureux que tu sois revenue. Même si ce n'est pas pour longtemps.

Cet aveu la troubla. Car si Luke avait eu connaissance du secret qu'elle lui cachait depuis tant d'années, il n'aurait sans doute pas été aussi heureux.

Julia ne se sentait pas bien. Depuis qu'elle était partie de la Dolce Vita, elle avait un nœud dans la gorge et une envie de vomir persistante. Chacun de ses pas lui coûtait un effort surhumain et elle devait s'agripper au chariot rempli de courrier qu'elle poussait devant elle pour ne pas tomber. Ses pensées, confuses, s'entrechoquaient dans sa tête.

Luke fréquentait-il vraiment cette Bridgette ?

Cette femme avait-elle pris sa place dans le cœur et la vie de Luke ?

L'avait-il déjà oubliée, elle ?

Il lui fallait trouver un moyen de le reconquérir. Et vite !

Elle baissa les yeux sur le chariot. Toutes les lettres qui se trouvaient sur le dessus de la pile étaient adressées à Fitz Colton. Comme elle en avait reçu l'ordre, elle devait les remettre en main propre à l'assistante personnelle du patron, qui n'était pas derrière son bureau au moment où Julia arriva.

Julia vit que la porte du bureau de Fitz Colton était ouverte. Elle lança un coup d'œil discret à l'intérieur. Assis à sa table de travail, il était absorbé dans l'étude d'un dossier. Elle se rapprocha, comme poussée par une force invisible. Elle n'allait pas laisser passer cette chance d'approcher de près le président et de faire bonne impression sur lui.

Elle frappa un coup discret auquel Fitz Colton répondit en levant les yeux de son dossier.

Elle sortit la pile de lettres du chariot.

— Il y a du courrier pour vous, dit-elle. Comme votre assistante n'est pas là, je me permets…

— Posez-le là, la coupa-t-il en se replongeant aussitôt dans sa lecture.

C'est alors que le regard de Julia fut attiré par les photos alignées sur une console qui se trouvait derrière lui. Des photos de famille, de toute évidence, car toutes les personnes souriant à l'objectif se ressemblaient plus ou moins. C'est alors qu'elle la vit. Là, souriante et lumineuse, un bras passé autour de la taille de M. Colton. À tous les coups, cette garce était sa fille.

Elle faillit s'en étouffer de surprise et de rage.

Elle avait dû laisser échapper un petit cri sans s'en rendre compte parce que Fitz Colton leva de nouveau les yeux vers elle.

— Je peux vous aider ? s'enquit-il d'une voix neutre.

— C'est… C'est cette photo, là, derrière vous. C'est votre fille, je suppose.

Fitz Colton fit pivoter son fauteuil à roulettes d'un demi-tour et prit le cadre entre ses mains.

— Celle-ci ?

— Oui. Je crois bien que je connais cette jeune femme.

— Bridgette ? Vous êtes peut-être allées dans la même école, suggéra-t-il.

Elle essaya de ne pas montrer qu'elle était vexée que M. Colton lui donne trente ans alors qu'elle en avait à peine vingt-trois.

— Non, je ne crois pas. Cela me revient maintenant. En fait, c'est une amie de mon fiancé.

— Vraiment ? s'étonna-t-il tandis qu'il remettait le cadre à sa place. Et comment s'appelle-t-il, votre fiancé ?

— Luke Walker, répondit-elle avec fierté.

— Luke Walker. C'était un gentil garçon. Aussi intelligent que ma Bridgette. Il aurait pu faire de grandes études. Malheureusement, son père est tombé gravement malade et il a dû prendre sa suite au magasin.

Un gentil garçon ! Elle rit en son for intérieur. Le trouverait-il aussi gentil s'il savait qu'il couchait avec sa fille ?

— Mais je ne vais pas vous retenir plus longtemps, dit-il. Je vois que vous avez encore beaucoup de courrier à distribuer.

Le message était clair. Elle était congédiée.

— Bonne journée, monsieur Colton, dit-elle.

— Mmm…, répondit-il sans plus lever les yeux.

Au début, Julia avait cru qu'elle détestait Bridgette pour lui avoir volé Luke. En fait, elle se trompait. Elle détestait Bridgette pour être ce qu'elle était. La vie de Bridgette était celle que Julia aurait dû avoir.

Elle s'éloigna avec des envies de meurtre plein la tête. Elle devait à tout prix se débarrasser de cette garce. Oui. Mais comment ?

6

Bridgette passa la matinée au bureau avec sa nouvelle équipe. Sur la base des informations fournies par Ernest O'Rourke, ils passèrent en revue les différentes causes possibles des cancers. Des polluants dans le lac Kanopolis, tout proche. Des matières toxiques naturellement présentes dans le sol. Des plaques d'amiante découvertes dans l'ancienne école primaire. Pourtant, aucune de ces hypothèses ne trouvait grâce aux yeux de Bridgette.

Si ces cancers avaient été provoqués par l'eau, la terre ou l'amiante, il y aurait eu beaucoup plus de cas avérés. D'ailleurs, il était à noter que les malades étaient tous des hommes, d'âge plus ou moins similaire. Il devait donc y avoir quelque chose qui les reliait les uns aux autres.

Cependant, même si elle n'était pas convaincue, Bridgette décida qu'aucune de ces théories ne devait être écartée. Elle conclut la réunion en dispensant ses ordres à chacun.

— Adam, je veux que vous et Carson fassiez des prélèvements des sols et de l'eau du lac. Ensuite, envoyez-les au labo pour qu'ils y soient analysés. Dites-leur que c'est urgent.

— OK, patron. On s'en occupe, dit Adam.

Elle approuva d'un hochement de tête avant de s'adresser à Rachel.

— Rachel, vous ferez des recherches sur l'amiante trouvé dans l'ancienne école. J'aimerais aussi savoir s'il y a eu d'autres types de cancers dans la région et si oui, lesquels. Quant à moi, je me charge de fouiller dans la vie de toutes les personnes qui figurent sur notre liste. Ils ont quelque chose en commun, c'est sûr. Reste à savoir quoi.

Une fois ses collègues partis, Bridgette passa un long moment sur Internet. Il y avait onze hommes au total, mais elle concentra ses recherches sur Ernest O'Rourke, Bill Warner et Tom Cromwell.

Tom Cromwell était décédé bien avant l'ère des réseaux sociaux. Ce n'était pas le cas de Bill Warner, mais elle ne trouva aucune trace de sa présence sur les moteurs de recherche. En revanche, elle parvint à accéder aux archives du *Wichita*, le quotidien local, dans lequel elle trouva la notice nécrologique des deux hommes. Elle apprit que Bill Warner était divorcé et avait deux enfants, adolescents au moment de sa mort. Elle griffonna leur nom sur un bout de papier, notant mentalement de tenter de les joindre plus tard. Tom Cromwell, lui, était marié et père de quatre enfants âgés de cinq à douze ans. Si elle n'était pas sûre d'obtenir d'eux quelque chose d'intéressant, de sa veuve, en revanche, elle le pourrait certainement. Enfin, si celle-ci était toujours en vie.

Une recherche rapide plus tard et elle avait l'adresse et le numéro de téléphone de la veuve Cromwell.

Quelqu'un prit son appel à la deuxième sonnerie.

— Allô ? s'enquit une voix féminine.

— Bonjour. Mon nom est Bridgette Colton. Je travaille

pour le ministère de la Santé de l'État du Kansas, se présenta-t-elle. Vous êtes madame Cromwell ?

— Oui, c'est moi.

— Je vous appelle au sujet de votre défunt mari, Tom. J'ai été chargée par le ministère d'enquêter sur une série de cancers, tous plus ou moins analogues, et il se trouve que le nom de votre mari figure sur la liste des malades qui nous a été communiquée.

— Mais c'était il y a des années !

— Je sais, madame, mais nous nous posons des questions auxquelles nous aimerions avoir des réponses.

— Et c'est maintenant que vous vous en souciez ? Au bout de vingt ans ?

La voix était teintée d'un sarcasme que Bridgette trouvait bien légitime. Quel argument pouvait-elle opposer à cela ?

— Madame Cromwell, je travaille à Wichita mais je suis de Braxville. Quelque chose, nous ignorons encore quoi, est à l'origine de ces cancers et je suis bien déterminée à découvrir de quoi il s'agit.

— Comment vous appelez-vous, déjà ?

— Bridgette. Bridgette Colton.

Les petites villes étant ce qu'elles sont, elle crut bon de préciser :

— Je sais que votre mari travaillait pour mon père, Fitz Colton. Et j'ai parlé à Ernest O'Rourke, hier. Il m'a dit que Tom était un de ses meilleurs amis.

— Vous voulez me parler, si j'ai bien compris ?

— Cela m'aiderait, oui.

— J'ai un rendez-vous à midi.

Bridgette consulta l'heure à l'horloge murale. Il était 9 h 45.

— Je peux être chez vous dans un quart d'heure, dit-elle. Je vous promets d'être repartie à 11 h 30 au plus tard.

Le timing parfait. Elle serait à l'heure pour déjeuner avec sa mère, comme elle le lui avait promis.

— D'accord. Je vais vous donner mon adresse.

Bridgette attendit patiemment qu'elle lui dicte ce renseignement qu'elle avait déjà, puis elle mit fin à l'appel.

La maison des Cromwell se trouvait à la sortie de Braxville, là où commençaient les terres agricoles. Bridgette se gara un peu à l'écart dans l'allée gravillonnée, puis remonta à pied les quelques mètres qui la séparaient de la porte d'entrée. Elle n'était pas arrivée que Mme Cromwell lui ouvrait. Bridgette s'amusa de ce que la tonalité d'une voix pouvait vous faire imaginer. Au lieu de la petite femme permanentée en robe de chambre à fleurs à laquelle elle s'attendait, elle se retrouva face à une femme grande – aussi grande qu'elle-même qui mesurait un bon mètre soixante-douze –, aux cheveux noir de jais coupés en un carré impeccable et vêtue d'un jean et d'un T-shirt rayé à manches longues des plus modernes. Elle avait autour du cou une chaîne en or au bout de laquelle pendait une croix.

— Bridgette, je suppose ? s'enquit-elle en lui tendant la main. Vous ressemblez beaucoup à votre mère.

— Merci, madame Cromwell. Je le prends comme un compliment.

— Vous pouvez. Lilly est une bonne personne. Mais entrez, je vous en prie. Et appelez-moi Trish.

Elles pénétrèrent directement dans un petit salon meublé d'un canapé à fleurs et d'un fauteuil inclinable assorti, ainsi que d'une table basse en bois. Sur le manteau de la cheminée trônait un téléviseur à écran plat dont les dimensions paraissaient démesurées dans un si petit espace. Trish invita Bridgette à s'asseoir dans le fauteuil tandis qu'elle s'installait à un bout du canapé.

La table basse était en partie recouverte de vieux journaux jaunis et d'albums photos. Trish prit le journal qui se trouvait au-dessus de la pile et le tendit à Bridgette. Il était ouvert à la rubrique nécrologique.

— C'est l'article qui est paru dans le journal à la mort de mon mari. C'était il y a dix-huit ans. Parfois, j'ai l'impression que c'était il y a un siècle ; d'autres fois, que c'était hier. Il m'arrive aussi d'oublier qu'il ne va pas rentrer à la maison et je m'attends alors à le voir passer la porte d'entrée.

Bridgette avait beau essayer de se fermer à toute émotion – elle était là dans le cadre d'une enquête –, son cœur se serra tandis qu'elle écoutait Trish parler.

— Moi aussi, j'ai perdu mon mari, s'entendit-elle dire. Il y a deux ans, dans un accident de voiture. Je ne compte plus les fois où j'ai vu ou entendu quelque chose en me disant que ça l'aurait fait rire ou qu'il aurait trouvé cela intéressant. Parfois, je prends mon téléphone pour l'appeler et puis la réalité me rattrape de manière violente. Il ne me répondra plus jamais et, chaque fois, c'est comme si je le perdais de nouveau.

Trish prit un des albums photos et, tout en le pressant contre son cœur, en caressa la couverture.

— Le temps ne guérit pas les blessures mais il les atténue, affirma-t-elle.

— Merci, répondit Bridgette tandis qu'elle s'exhortait à refouler les larmes qui menaçaient de couler. C'est si rare de pouvoir parler à quelqu'un qui comprend ce que l'on ressent.

— Non mais regardez-nous un peu, répliqua Trish avec un petit rire nerveux destiné à chasser leur émotion débordante. Allons ! Nous n'allons pas passer la matinée à nous apitoyer sur notre sort. Vous avez un travail à faire. Comme vous m'avez dit que vous veniez chercher des informations qui pourraient vous aider à avancer dans votre enquête, j'ai déterré tous ces vieux trucs.

Elle tendit à Bridgette un album dont la date de création était inscrite au feutre bleu sur la couverture.

— C'était il y a vingt ans. À cette époque, j'adorais faire du scrapbooking. Je prenais des photos que je collais dans cet album et que j'agrémentais selon mon inspiration du moment. Celui-ci date de l'année où Tom est tombé malade.

Bridgette feuilleta les pages tout en écoutant Trish les commenter. Les premières étaient remplies de photos du réveillon du nouvel an qui avait eu lieu chez Ernest O'Rourke. Nombre de clichés représentaient les trois amis se tenant par l'épaule et posant sous une bannière sur laquelle était inscrit : Les Trois Amigos.

Que se cachait-il derrière cette amitié ? Quel était le dénominateur commun qui avait fait que, six mois plus tard, ces trois hommes avaient souffert du même cancer ? Y avait-il sur ces clichés un indice qui disait que la maladie allait se déclarer et qui lui échappait ?

Les autres photos étaient des photos de famille. On y voyait pêle-mêle des batailles de boules de neige, une fête de Saint-Valentin dans une classe de primaire, une photo de Tom, les cheveux recouverts d'une fine pellicule de poussière blanche. Elle se pencha plus attentivement sur l'arrière-plan. On y voyait un des anciens entrepôts de la Colton, devenu le centre commercial de Braxville. Bridgette se souvenait d'autant mieux de ce projet qu'il avait été le premier gros contrat passé avec l'entreprise Colton ; celui qui avait hissé la petite firme familiale au rang de plus grosse entreprise de la région.

La photo suivante représentait Tom posant dans le parc de la ville, près d'un chêne centenaire. Déjà, on pouvait voir les stigmates de la maladie sur son visage creusé et ses membres décharnés. Il avait le teint bistre et de grands cernes noirs soulignaient ses yeux.

— Comment vous êtes-vous rendu compte que Tom était malade ? demanda-t-elle.

— Il avait attrapé ce que nous pensions être un banal rhume. Les symptômes persistant et s'aggravant, Tom a fini par aller consulter un spécialiste qui a tout de suite pensé à un cancer. Au terme de plusieurs cures de chimiothérapie, les médecins l'ont déclaré en rémission. Malheureusement, elle a été de courte durée. Tom a rechuté moins de deux ans plus tard.

— Votre mari et ses deux meilleurs amis ont déclaré le même cancer de l'œsophage. Pas le plus courant. En parlaient-ils entre eux ? Avaient-ils une idée de ce qui avait pu provoquer cette maladie ?

— Ils avaient pris le parti d'en rire. Ils pratiquaient beaucoup l'autodérision. C'était leur manière à eux de ne pas vouloir croire qu'ils pouvaient en mourir.

— C'est ce que m'a dit Ernest. Ils disaient que c'était de travailler pour mon père qui les avait rendus malades.

Trish esquissa un pauvre sourire.

— Ce n'est pas très malin, ni très gentil de la part d'Ernest de vous avoir dit une chose pareille.

— Ne vous inquiétez pas pour ça. Fitz Colton est mon père. Je sais donc qu'il peut être dur, parfois. Et vous, Trish, que pensez-vous de tout cela ? demanda-t-elle après avoir marqué une courte pause.

— Honnêtement, je pense qu'ils étaient si proches – plus proches que des frères, même – qu'ils ne supportaient pas l'idée de ne pas tout partager. Même la maladie. Je pense qu'il y a du psychosomatique, là-dessous.

— Très touchant, dit Bridgette pour qui cette théorie manquait de rationalité. Votre mari travaillait-il ailleurs que chez Colton ?

Trish lui fit la liste des différents employeurs de son mari, tous localisés dans l'État du Kansas, à l'exception de la courte période où il avait travaillé dans le Mississippi, sur une plate-forme pétrolière. Ce n'était un secret pour personne que l'industrie pétrolière avait usét de substances cancérigènes avant que la sécurité des travailleurs soit prise en compte.

Si cela pouvait expliquer le cancer de Tom, en revanche, cela n'expliquait pas celui de Bill, d'Ernest et des autres. Bridgette passa encore une heure avec Trish. Pourtant, au terme de ces échanges, elle eut l'impression que son enquête n'avait pas avancé d'un pouce.

Bridgette s'engagea dans l'allée circulaire qui menait à la maison familiale puis gara sa voiture à sa place habituelle. Certes, les chamailleries incessantes de ses parents l'avaient poussée à aller vivre ailleurs, mais il n'empêche ; elle était heureuse d'être là.

Elle entra sans frapper, comme elle avait l'habitude de le faire. Déjà, des éclats de voix lui parvinrent.

Pourtant, elle n'avait pas vu le pick-up de son père devant la maison.

Elle fit glisser son sac à terre puis se laissa guider par les voix, qui venaient de la cuisine.

— J'aimerais vraiment que tu cesses d'exercer sur moi une telle pression, Shep, disait sa mère. D'autant plus que cela ne te regarde pas.

Ainsi donc, c'était avec Sheperd, le demi-frère du père de Bridgette, fraîchement retraité de la marine, que Lilly se disputait. De quoi parlait sa mère ? Qu'est-ce qui ne regardait pas oncle Sheperd ?

Elle s'approcha sans faire de bruit et les observa depuis le couloir. Sa mère tournait le dos au comptoir et faisait face à Shep qui se tenait tout proche d'elle. Au moment où il tendit la main vers son visage, Bridgette jugea bon de manifester sa présence.

— Salut ! dit-elle d'un ton plus enjoué que nécessaire.

Sa mère s'essuya furtivement les yeux avant de se retourner. Elle plaqua un sourire forcé sur ses lèvres.

— Ma chérie ! Tu es arrivée. J'ai préparé une salade césar et une tarte aux pommes. J'espère que tu as faim.

— Si ça n'avait pas été le cas, tu m'aurais ouvert l'appétit. J'en salive d'avance.

Elle avança dans la pièce et alla prendre son oncle dans ses bras.

— Shep a décidé de repartir vivre en ville, annonça Lilly qui s'affairait à mettre le couvert. Pourquoi ne reviendrais-tu pas t'installer ici ?

Était-ce là le sujet de discorde entre eux ? Désireuse de ne pas froisser sa mère qui, visiblement, ignorait la véritable raison de son départ, elle répondit :

— C'est gentil, maman, mais c'est plus pratique pour moi d'être près du bureau.

— Je vais vous laisser, dit Sheperd. J'ai dit à Fitz que j'allais passer lui faire une petite visite.

Lilly, immobile et silencieuse, garda les yeux rivés sur la porte après le départ de Sheperd. Elle semblait tellement perdue dans ses pensées que Bridgette jugea bon de la ramener sur terre.

— Maman, tout va bien ?

— Quoi ? Oh oui, pardon, ma chérie.

— Tu en es sûre ? Tu m'as semblé bien loin, tout d'un coup.

— Ce n'est rien. Un petit coup de fatigue passager, voilà tout.

— Veux-tu que nous annulions le barbecue ?

— Certainement pas. Je me réjouis tellement de vous avoir tous à la maison ! Allez, viens t'asseoir, ma chérie, ajouta-t-elle en tapotant un des tabourets qui encadraient le comptoir. Veux-tu que je te serve un thé, un café, un soda ?

— Un verre d'eau, plutôt. Merci, maman.

— Va pour de l'eau ! répliqua joyeusement Lilly qui semblait avoir retrouvé toute sa verve.

Elle posa un verre rempli devant Bridgette puis s'installa à sa gauche.

— Tiens, dit-elle en poussant une feuille de papier vers elle. C'est le devis que m'a envoyé le traiteur.

Bridgette passa en revue les différents articles. Elle avait hérité de son père un sens pratique qui faillit la faire s'étouffer quand elle vit le montant total qui figurait au bas de la page.

— Et si tu faisais moitié carrés d'agneau, moitié

poulet ? suggéra-t-elle. Ce serait plus varié et, en plus, ça vous coûterait moins cher.

— Pourquoi pas ? Je pourrais aussi supprimer les haricots verts, puisque nous avons déjà des courges rôties et des épis de maïs. De toute façon, les gens mangent plus de viande que de légumes à un barbecue.

Bridgette griffonna quelques chiffres dans la marge, additionna le tout, puis présenta le nouveau montant à sa mère.

— Même papa n'y trouvera pas à redire, déclara-t-elle en souriant.

Lilly éclata d'un rire amer.

— Penses-tu ! Il faudra bien qu'il pinaille sur quelque chose.

Bridgette laissa passer quelques secondes avant de dire :

— Tu sais, maman, je m'inquiète pour vous deux. Vous avez l'air de ne plus vous entendre du tout.

Du bout de sa fourchette, Lilly piqua un morceau de poulet qu'elle laissa sur le rebord de son assiette. L'espace d'un instant, Bridgette eut l'espoir que sa mère allait se confier à elle.

— Je suppose que c'est ce qui arrive aux vieux couples, dit-elle simplement. C'est drôle mais, vois-tu, pendant des années, nous avons été heureux alors que je devais gérer nos enfants en plus de mon travail dans l'entreprise. Ton père, lui, se tuait à la tâche pour faire des constructions Colton une entreprise florissante. À cette époque-là, nous rêvions d'être riches et d'avoir une belle maison. Pourtant, c'est quand notre rêve a fini par se réaliser que les choses ont commencé à se gâter entre nous. Nous sommes plus malheureux aujourd'hui que lorsque nous n'avions rien. Quelle ironie du sort, tout de même !

Elle s'essuya furtivement les yeux avec le coin de sa serviette.

— Je suis tellement désolée pour vous, maman, déplora Bridgette en prenant dans la sienne la main de sa mère. Vous devriez partir un peu tous les deux ; prendre quelques jours de vacances pour essayer de vous reconnecter l'un à l'autre.

— Peut-être, concéda Lilly sans grande conviction.

Il sembla à Bridgette que la discussion touchait à sa fin alors qu'elle n'avait même pas mangé la moitié de son assiette. Mais un détail la fit rebondir.

— Je ne savais pas que tu avais travaillé avec papa.

— Cela revenait moins cher de me payer, moi, que de prendre quelqu'un d'extérieur. Comme ton père n'avait pas les moyens d'embaucher beaucoup de personnel, je m'occupais un peu de tout. Je tenais les registres, je réglais les factures, je payais les salaires des quelques employés qu'il s'était autorisé à engager.

Ce dernier détail piqua la curiosité de Bridgette.

— Vous avez gardé les dossiers des employés de cette époque ?

— Bien sûr. Tu connais ton père. Avec sa manie de ne rien jeter, il a fait en sorte que tout soit bien archivé sur des disquettes. Mais je ne sais pas si on peut en tirer quelque chose sur les ordinateurs d'aujourd'hui. La technologie évolue si vite !

Bridgette encaissa la nouvelle sans broncher. La veille, son père lui avait assuré qu'il ne restait aucune trace des dossiers datant de plus de vingt ans. Avait-il menti ou oublié ?

— Tu sais où sont ces disquettes ?

— Bien sûr. Ton père les a stockés dans le vide sanitaire de la dépendance du jardin.

— Je peux les emprunter ? Elles pourraient m'être utiles pour l'avancée de mon enquête.

— Je ne vois pas bien comment ces vieux dossiers pourraient t'aider, objecta Lilly.

Comment ? songea Bridgette. Eh bien, parce qu'il semblait que son père lui avait menti à ce sujet. Qu'il lui cachait quelque chose. Pourquoi ? Cela restait à découvrir.

7

Comme tous les jeudis, Luke commença sa journée par un footing matinal. Il fut soulagé de voir qu'aucune enveloppe n'était scotchée sur la porte. Il se prit à espérer que le coup de fil passé à Nancy Jones avait porté ses fruits.

Il se demandait bien pourquoi il avait tant tardé à le faire.

Le reste de la journée s'écoula sans événement notable. Malgré l'activité constante, il se surprit à plusieurs reprises à guetter l'heure sur l'horloge murale.

Enfin, elle indiqua 19 heures.

L'heure de fermer la boutique et de se rendre à la réunion du comité des fêtes où il allait retrouver Bridgette.

Son classeur sous le bras, il traversa la rue, cherchant du regard la berline bleue de Julia.

Elle n'était pas là.

Il poussa la porte de la Dolce Vita, le cœur léger et le visage fendu d'un large sourire. Enfin, il était débarrassé de Julia Jones !

En entrant, il ne vit que Bridgette, qui se tenait debout près du comptoir. Elle avait attaché ses cheveux en une queue-de-cheval placée haut sur le crâne qui mettait en valeur les traits délicats de son visage et dégageait son cou gracile.

L'espace de quelques secondes, il s'imagina effleurant la peau fine de sa gorge de ses lèvres brûlantes de désir.

Il secoua la tête et s'exhorta à revenir sur terre.

Il se dirigea vers les tables du fond autour desquelles plusieurs personnes s'étaient déjà installées. Bridgette quitta alors le comptoir pour venir les rejoindre.

Le moment était venu de se lancer.

— Tout d'abord, je tiens à vous remercier d'être venus ici ce soir, dit-il d'une voix forte. Si je prends la parole en premier, c'est parce que Stacey m'a demandé de la remplacer. Son mari connaissant des problèmes de santé, elle ne sera pas en mesure de présider le festival cette année. Pour nous aider, j'ai fait appel à Bridgette Colton, que voici, qui sera responsable de la parade.

Tous les regards se braquèrent sur Bridgette qui répondit à cette manifestation de curiosité par un petit signe de la main.

— Bonsoir à tous. Je suis très heureuse de participer à l'organisation de cette parade qui, je n'en doute pas, doit être un des moments forts du festival. À Wichita, où je vis, je suis bénévole dans un refuge pour animaux abandonnés. Comme vous devez le savoir, il est difficile de trouver un foyer à ces pauvres bêtes. Aussi, l'idée m'est venue que nous pourrions les faire participer à ce défilé afin de leur donner plus de visibilité et multiplier ainsi les chances de les faire adopter.

— Très bonne idée ! s'enthousiasma Megan. Nous sommes allés chercher notre chien, Skippy, dans un refuge et aujourd'hui, il fait partie intégrante de notre famille.

— Je suis d'accord avec Megan, approuva Luke. C'est une excellente proposition. En fait, je suis un peu jaloux de Bridgette et de son imagination fertile. Je lui avais à peine proposé de se joindre au comité que cette idée lui est venue spontanément.

Un gloussement parcourut la petite assemblée.

— Mais poursuivons, reprit-il. Gladys, tu as du nouveau pour le concours de la meilleure pâtissière ?

Une heure plus tard, la réunion était sur le point de se conclure.

— Aujourd'hui, nous sommes jeudi. Le festival démarre samedi prochain. Cela nous laisse un peu plus d'une semaine pour tout finaliser. Si nous nous y mettons tous, nous allons faire du festival de cette année un événement à marquer d'une pierre blanche. Cela m'amène à penser que nous pourrions demander aux médias locaux de couvrir l'événement. Quelqu'un a une suggestion ?

Le regard de Luke passa de l'un à l'autre, mais chacun resta silencieux.

Bridgette leva la main pour prendre la parole.

— Je connais la productrice d'une chaîne locale, annonça-t-elle. Nous partagions la même chambre à l'université. Je ne promets rien, mais je peux essayer de la contacter.

Joignant aussitôt le geste à la parole, elle s'empara de son smartphone et se mit à pianoter sur l'écran. Quelques secondes plus tard, elle avait la réponse qu'elle espérait.

— Elle dit qu'elle peut nous aider. Elle demande juste que nous lui fassions parvenir un communiqué de presse. Quelqu'un a ça sous la main ?

— Non, répondit Megan. Nous n'avons jamais fait appel aux médias jusque-là.

— Dans ce cas, je m'en charge. Il m'est arrivé d'en rédiger pour le ministère.

Sur ces paroles, la séance fut levée mais, comme chaque fois, tout le monde rechignait à partir. Megan servit des cafés, donnant ainsi à chacun la possibilité d'échanger sur d'autres sujets.

Gladys, la préposée au concours de pâtisserie, vint s'asseoir à côté de Bridgette. Une assiette de biscuits à la main, Luke arriva à leur table au moment où il l'entendait dire :

— N'oubliez pas de parler de ce concours à votre mère. Douée comme elle l'est, elle gagnerait, c'est sûr.

— Comptez sur moi, rétorqua Bridgette alors que Gladys allait déjà rejoindre une autre table.

Luke prit la chaise que cette dernière venait de quitter puis fit glisser l'assiette devant Bridgette.

— Tu t'en es bien sorti, finalement, dit-elle en mordant dans un des cookies. En fait, tu l'ignores, mais tu as l'âme d'un leader.

— Et toi, tu fourmilles d'idées.

— À nous deux, nous formons l'équipe idéale.

— Ça a toujours fonctionné comme ça entre nous, non ?

Le regard de Bridgette se perdit au loin tandis que son visage se faisait grave. Luke s'interrogea : que devait-il deviner dans ce revirement d'humeur ? Des regrets ? De la peine ? De la contrariété ?

— Je pourrais t'emprunter ton classeur ? demanda-t-elle au bout d'un long moment. Je suis sûre qu'il y a tout ce qu'il faut là-dedans pour rédiger notre communiqué de presse.

— Je n'ai fait qu'y jeter un coup d'œil et je n'ose pas appeler Stacey avec ce qu'elle traverse en ce moment.

— Que se passe-t-il ?

— Son mari a eu un cancer il y a quelques années, mais il semble qu'il ait rechuté.

— Un cancer ? Un cancer de quoi ?

— Je l'ignore. Mais la première fois, c'était un cancer de l'œsophage.

— Tu en es sûr ?

— Certain.

Elle reposa dans l'assiette son cookie à demi mangé puis s'essuya les doigts sur une serviette en papier.

— Que fait cet homme dans la vie ? s'enquit-elle.

— Un peu de tout, mais surtout des travaux de dépannage chez les particuliers : peinture, carrelage, menuiserie, jardinerie. Je sais qu'en ce moment il travaille chez Mme Soames.

Bridgette se pencha à son oreille et baissa la voix pour n'être entendue que de lui.

— Tu sais s'il a travaillé pour mon père ?

— Il me semble que oui. Il y a six ou sept ans.

Cette nouvelle la laissa muette.

— Bridgette, ça va ?

Elle continuait à le fixer sans rien dire.

— Bridgette ?

Revenue sur terre, elle se leva de sa chaise et marmonna un vague :

— Il faut que j'y aille.

— Attends, insista-t-il. Dis-moi au moins ce qu'il se passe.

Pour toute réponse, elle secoua la tête puis traversa la salle d'un pas vif. Luke se rendit à la fenêtre et la regarda traverser la rue en courant, puis s'engouffrer dans le couloir qui menait aux appartements.

Son téléphone à la main, Bridgette fit défiler la liste de ses contacts. Elle venait de passer son appel au moment où elle arriva sur son palier. Son cœur cognait dans sa poitrine. Une sonnerie, deux, trois…

« Vous êtes sur la boîte vocale de Rachel. Je ne peux pas répondre à votre appel mais laissez-moi un message et je vous rappellerai au plus vite. »

Bip…

Bridgette lâcha un juron, raccrocha puis rappela.

Cette fois, Rachel répondit à la première sonnerie.

— Bonsoir, Bridgette. Désolée, j'ai raté votre appel mais j'étais en train de faire la vaisselle.

— Je crois que je tiens quelque chose d'important, répondit Bridgette.

— Allez-y. Je vous écoute.

Bridgette attendit d'avoir déverrouillé sa porte pour répondre :

— J'ai des disquettes que je voudrais pouvoir lire. C'est de votre ressort ?

Un long silence s'ensuivit.

— Des disquettes, vous dites ?

— Oui. Il se pourrait que la réponse au mystère des cancers se trouve sur ces disquettes.

— J'ai un ami qui collectionne les vieux ordinateurs. Je vais lui en parler et il me dira s'il peut faire quelque chose.

— Et s'il ne peut pas ?

— Dans ce cas, nous passerons par le service d'État. Mais cela risque de prendre du temps.

— Combien de temps ? Des jours ? Des semaines ?

— Des mois, plutôt. Je dirai trois, voire quatre.

— Impossible. Contactez votre ami et tenez-moi au courant.

Elle mit fin à l'appel et se laissa tomber sur le canapé. Elle prit une des disquettes dans la boîte que lui avait confiée sa mère et l'examina sous tous les angles. Dire que la vérité se trouvait peut-être là-dessus…

Pour la première fois, elle se surprit à vouloir se tromper.

Tapie à l'angle d'une rue sombre, Julia épiait l'appartement de Luke. Tout son corps vibrait d'un mélange de haine et de nostalgie. Luke l'avait-il remplacée par Bridgette Colton ? Qu'avait-elle que Julia n'avait pas ? Un nom de famille prestigieux ? Des diplômes universitaires ? Un poste important ?

Tu parles d'une réussite ! Tout lui était tombé tout cuit dans le bec. Dans ces conditions, ce n'était pas bien difficile de réussir dans la vie.

Julia, elle, avait de quoi être fière. Elle avait du mérite. La vie n'avait pas été tendre avec elle, mais elle avait persévéré et, un jour, elle serait l'égale de Bridgette.

Luke ne pouvait pas ne pas voir à quel point elle était courageuse.

Quelques minutes plus tôt, elle avait vu Bridgette quitter la Dolce Vita et s'engouffrer dans le couloir de l'immeuble. Mais une chose étrange l'avait frappée.

Elle avait vu s'allumer la lumière de l'appartement qui se trouvait sur le même palier que celui de Luke. L'appartement qui était vide depuis des mois. Bridgette habitait-elle là ?

Une autre chose l'avait interpellée. Bridgette avait traversé la rue en courant, comme si elle avait le diable à ses trousses. Manifestement, quelque chose l'avait contrariée. Il lui avait même semblé qu'elle pleurait.

Cela soulevait une question importante : qu'est-ce qui pouvait bien bouleverser une fille à qui la vie souriait depuis sa naissance ? Une seule hypothèse lui vint à l'esprit : Bridgette s'était disputée avec Luke.

Soudain, tout s'embrouilla dans sa tête. Jusque-là, elle était certaine qu'ils couchaient ensemble. Que, sans doute, cette femme s'était installée chez Luke. Mais alors, pourquoi l'appartement voisin s'était-il éclairé quelques secondes après que Bridgette était entrée dans l'immeuble, alors que celui de Luke restait plongé dans l'obscurité ?

Julia ne devait-elle voir dans le petit déjeuner que Bridgette avait apporté à Luke qu'une preuve du savoir-vivre qu'on inculquait aux enfants dans les familles privilégiées ?

De plus, M. Colton lui avait dit que sa fille n'était à Braxville que temporairement. Pour son travail. Dans ce cas, pourquoi ne résidait-elle pas chez ses parents plutôt que dans un appartement du centre-ville ?

Julia avait fait des recherches sur Internet. La résidence des Colton était immense. Un manoir. Elle tuerait pour vivre dans un endroit pareil.

Elle vit soudain Luke sortir du café, un énorme classeur sous le bras. Il marchait tête baissée, visiblement contrarié, lui aussi. Elle ressentit au creux de ses reins l'habituelle chaleur qui l'envahissait quand elle le voyait. Prudente, elle se tapit un peu plus dans l'ombre.

Luke avait tout gâché en appelant sa mère.

Mais ce n'était pas sa faute. Elle savait que c'était cette garce de Bridgette qui l'avait forcé à le faire.

Après avoir regardé des deux côtés de la rue – précaution bien inutile à cette heure de la soirée où le trafic était quasiment nul –, Luke traversa et entra à son tour dans l'immeuble. Elle attendit, le cœur battant et le souffle court. C'est alors qu'elle vit son appartement s'éclairer.

Elle éclata d'un rire dément.

Luke ne vivait pas avec Bridgette Colton.

Cela signifiait que Julia avait encore toutes ses chances avec lui. Bridgette n'était pas sa rivale.

Cette garce allait quand même devoir disparaître de la vie de Luke. Pour de bon. Et le plus tôt serait le mieux.

Tout en laissant tomber le classeur sur la table basse, Luke s'effondra sur son canapé. Comme pour tous ceux qui dirigeaient une petite entreprise, ses journées n'en finissaient jamais. Il lui restait encore des factures à honorer, des commandes à passer, des rayons à remplir.

Pourtant, la motivation n'était pas là.

Bridgette. Son manque de motivation avait pour nom Bridgette. Elle n'était de retour dans sa vie que depuis vingt-quatre heures, mais il l'avait déjà dans la peau. Il éprouvait sans cesse le besoin de la voir, de lui parler, de la toucher. Plus d'une fois dans la journée, ses pensées avaient dérivé vers elle et il avait eu du mal à se reprendre. Il suffisait qu'il lise un article pour avoir envie d'en parler avec elle ; d'entendre une chanson qu'ils avaient aimée pour repenser à la nuit qu'ils avaient passée ensemble dans le chalet de ses parents. Lui apporterait-elle de nouveau son petit déjeuner, comme elle l'avait fait le matin même ?

Pour la première fois, il se sentit à l'étroit dans son appartement. Surtout, elle était trop près de lui, là, de l'autre côté du palier. Il ressentait cette proximité comme une véritable torture. Mieux valait ressortir que de rester ici à tourner comme un lion en cage. Il redescendit l'escalier tout en passant un appel.

— Salut, mon vieux, lui répondit Reese Carpenter à la quatrième sonnerie. Quoi de neuf ?

— Ça te dirait d'aller prendre une bière ?

— Avec toi ? Absolument. Où et quand ?

— Maintenant, au pub à côté de chez moi.

— Maintenant ? Qu'est-ce qui t'arrive ? D'habitude, tu ne sors jamais le soir, tu dis toujours que tu dois te mettre au boulot à l'aube.

— On a le droit de changer, non ?

— Parfaitement. Et je m'en réjouis.

— Je viens d'arriver. Je t'attends.

Pour un jeudi soir, il n'y avait pas grand monde. Seule la moitié des tables était prise. La télé diffusait un match de foot vers lequel tous les regards étaient braqués. Luke s'installa au comptoir.

— Qu'est-ce que je vous sers ? s'enquit le serveur.

— Une bière et une assiette de Buffalo Wings.

— La même chose pour moi, commanda Reese en prenant le tabouret voisin.

— Merci d'être venu, mon vieux, dit Luke en serrant la main de son ami.

— Je me suis dit que, pour que tu en arrives là, l'heure devait être grave, le taquina Reese. Raconte.

Luke attendit que le barman ait posé les deux bières devant eux pour répondre :

— J'ai besoin de tes conseils avisés. C'est au sujet d'une femme.

— La brune de cet été ?

— Non. J'ai rompu avec elle aussi vite que notre histoire a commencé.

— Qui, alors ?

Comment parler de Bridgette à Reese qui, en plus d'être son meilleur ami, était aussi le compagnon d'Yvette Colton ? Il devait prendre garde à ne pas lui faire de confidences qui pourraient le mettre dans une situation délicate.

— J'ai retrouvé une ex-petite amie, commença-t-il prudemment.

— Jusque-là, rien de rare. Et ensuite ?

— Elle a paru contrariée de me revoir. Mais ce matin, elle a débarqué chez moi avec le petit déjeuner et elle s'est excusée. Nous nous sommes vus ce soir. Tout allait bien jusqu'à ce qu'elle me plante là, sans que je comprenne pourquoi. Elle m'a juste dit qu'elle devait partir et c'est ce qu'elle a fait. Son humeur a changé comme ça, ajouta-t-il dans un claquement de doigts.

— Elle est peut-être cyclothymique.

Luke but une longue gorgée de bière.

— En tout cas, on pourrait le croire.

— Elle était comme ça, avant ?

— Pas du tout. Elle était drôle, attentionnée et surtout d'humeur égale.

— Et maintenant ?

— Maintenant… Elle est encore plus belle et c'est peu de le dire. C'est juste que…

Il s'interrompit quand le serveur posa devant eux les deux assiettes d'ailerons de poulets marinés. Il secoua la tête tout en en plongeant un dans son pot de sauce barbecue.

— C'est juste que quoi ? insista Reese. Tu ne sais pas où tu en es ?

— Quelque chose comme ça, oui.

— Tu ne l'avais pas revue depuis combien de temps ?

— Une dizaine d'années.

— Alors, c'est normal qu'elle ait changé. Toi aussi, mon vieux, tu as évolué. Cela fait de vous deux étrangers. Tu veux que je te dise ? Laisse tomber et passe à autre chose.

Reese avait raison. Il ne lui restait plus qu'à se sortir Bridgette Colton de la tête.

Plus facile à dire qu'à faire.

8

Le vendredi matin, Bridgette arriva au bureau la première. Elle avait apporté la boîte de disquettes qu'elle avait posée au milieu de la table de conférence. Le cœur battant, elle la fixait du regard avec autant de crainte que s'il s'agissait d'une bombe à retardement.

Si ses soupçons étaient fondés et que les cas de cancer étaient liés à l'entreprise de son père, la nouvelle serait en effet explosive.

La porte qui s'ouvrait sur Rachel la tira de ses pensées. La voyant ployer sous le poids d'une énorme boîte en carton, elle se précipita pour l'aider.

— Bon sang ! Qu'est-ce que vous transportez, là-dedans ? Des briques ?

— Un vieil ordinateur modèle 2005 que j'ai emprunté à mon ami. J'ai pensé que nous gagnerions du temps si je l'apportais ici.

— Qu'est-ce que je peux faire pour vous aider ?

— Pour commencer, me dire pourquoi nous avons absolument besoin de lire ces disquettes.

— Je voudrais vérifier d'éventuels recoupements entre les noms des personnes qui figurent sur notre liste et ceux qui se trouvent sur ces disquettes.

Rachel en prit une et en lut l'intitulé tout haut :

— Données fiscales des employés de la Colton.

Elle fronça les sourcils.

— La Colton, dit-elle. Comme l'entreprise de votre père ? Quel rapport avec notre série de cancers ?

Bridgette hésita à la renseigner. Pour le moment, tout ce qu'elle avait, c'étaient des suppositions. Moins que cela, même. Des intuitions. Elle pouvait donc se tromper, ce qu'elle espérait de tout son cœur. Était-elle vraiment prête à mettre en péril la réputation de sa famille sur de simples soupçons ?

Elle décida que ces considérations n'étaient pas à prendre en compte. Elle avait une mission à remplir et, pour cela, la confiance qu'elle attendait de son équipe devait être réciproque.

— Mardi, se lança-t-elle, j'ai remarqué que l'ancien contremaître de mon père, Ernest O'Rourke, figurait sur la liste de nos malades. Je suis allée le voir et il m'a dit que ses deux meilleurs amis, eux aussi employés de la Colton, avaient développé le même cancer.

Elle s'approcha du tableau blanc sur lequel était inscrit le nom des victimes. Elle entoura au marqueur rouge ceux d'Ernest et de ses amis puis continua :

— Ces deux-là sont décédés. Le premier des suites de son cancer ; l'autre, d'une crise cardiaque.

— C'est curieux, en effet.

— Hier soir, j'ai appris que George Navolsky, malade lui aussi, travaillait pour la Colton.

— Ce qui porte à quatre le nombre de malades ayant travaillé pour votre père. Quatre sur douze, ce n'est pas rien.

— Exactement. Ces disquettes renferment des renseignements sur les employés de la Colton depuis sa création. Aussi, une fois que nous aurons accès à ces données, nous verrons si nous pouvons faire des recoupements.

— Excusez-moi de vous le demander, mais comment avez-vous obtenu ces disquettes ?

— C'est ma mère qui me les a données. Au début, elle travaillait avec mon père.

— Elle mère a dû être étonnée. Vous lui avez expliqué la raison pour laquelle vous en aviez besoin ?

— Je lui ai dit qu'elles pourraient servir mon enquête, mais je ne suis pas entrée dans les détails. En revanche, j'ai déjà parlé d'Ernest et de ses amis à mon père. Il est au courant qu'il peut y avoir un lien.

— Ces personnes étant vos parents, vous leur devez une transparence totale, objecta Rachel.

— Qu'êtes-vous en train de me dire, Rachel ? Que je suis une mauvaise fille ?

— Bien sûr que non ! Je dis juste que cela peut se retourner contre vous ; vous pourriez faire l'objct de poursuites judiciaires.

Jusque-là, Bridgette ne s'était préoccupée que de l'impact que son enquête pourrait avoir sur sa relation avec son père. Mais elle s'était vite rassurée en se disant qu'il aurait à cœur d'être mis au courant s'il avait une quelconque responsabilité dans cette affaire. Car il n'y avait rien de plus important pour un patron que la sécurité de ses employés, n'est-ce pas ?

D'un autre côté, une Colton enquêtant sur la famille Colton, cela pouvait faire mauvaise impression et remettre en question son intégrité.

Rachel formula tout haut les craintes qu'elle nourrissait tout bas.

— Bridgette, il s'agit de votre père. De son entreprise. Vous sentez-vous capable de mener votre enquête en toute impartialité ?

— C'est mon boulot, rétorqua-t-elle sèchement. J'ai été missionnée à Braxville pour découvrir ce qui a provoqué ces cancers à la chaîne et j'ai bien l'intention de mener cette enquête à son terme, en suivant toutes les pistes, famille ou pas. Pourquoi aurais-je apporté ces disquettes si ce n'était pas le cas ?

— C'est vrai, concéda Rachel.

— Si cela peut vous rassurer, je parlerai à mes deux parents dès ce soir.

— Le problème est réglé, alors. Maintenant, au travail. Je vais essayer de configurer cet engin et voir ce que l'on peut en tirer.

Bridgette fixa la liste des noms sur le tableau. Ils étaient plus que les victimes d'une maladie. Ils avaient été des époux, des pères, des frères, des amis. Nombre de vies avaient été chamboulées par cette tragédie. À tous ces gens, malades ou pas, elle devait la vérité. Au risque d'être reniée par sa propre famille.

Obtenir des renseignements utiles à son enquête à partir de ces vieilles disquettes s'était avéré plus difficile que Bridgette ne l'avait prévu. En fin d'après-midi, elles n'avaient pas encore révélé leurs secrets. Le moment était venu de faire le point avec son équipe.

— Moi, je continue à travailler sur l'ouverture de ces disquettes, déclara Rachel. J'ai encore plusieurs options à tenter avant de m'avouer vaincue.

— Combien de temps cela va-t-il prendre ? demanda Carson.

— Deux jours. Peut-être trois.

— Je vous donne jusqu'à mercredi, décida Bridgette. Si d'ici là nous n'avons pas progressé, nous les enverrons au service d'État.

— Nous pourrions en envoyer une au labo tout de suite, suggéra Adam. Nous aurions les résultats en fin de semaine prochaine.

— OK. Occupez-vous-en.

— En attendant, nous avons mené notre petite enquête de notre côté, annonça Carson. Et nous avons trouvé quelque chose d'intéressant.

— Je vous écoute.

Adam ouvrit un dossier duquel il sortit des copies de vieux articles de presse.

— Il y a vingt-deux ans, Braxville a été submergée dans une inondation mémorable. Du genre qui ne se produit qu'une fois par siècle.

Cette année-là, Bridgette était à l'école primaire. Elle n'avait qu'un vague souvenir de cet événement. Et encore, elle ne se le rappelait que parce que l'école était restée fermée plusieurs jours.

— Poursuivez.

— Toute la ville a été touchée et les dégâts ont été considérables. Mais notre attention a été attirée par une station-service qui a été emportée par les flots et n'a jamais été remplacée. L'effort de nettoyage a été massif. Il semblerait que toute la population ait participé. Aussi le lien entre les hommes qui figurent sur cette liste et leur cancer est-il facile à établir.

— Où voulez-vous en venir ? demanda Bridgette.

— Cette station-service n'est pas un cas isolé. Des polluants toxiques ont dû être charriés dans l'eau, répondit Adam. En participant au nettoyage de la ville puis, plus tard, à sa reconstruction, les gens ont été en contact avec ces substances.

— Dans ce cas, c'est une grande partie de la population locale qui aurait dû être contaminée. Or il n'y a eu que douze cas déclarés. Mais pourquoi pas ? Continuez à creuser cette piste. De mon côté, je vais me pencher d'un peu plus près sur ces articles. J'ai grandi à Braxville, mais je n'ai qu'un vague souvenir de cette inondation.

— C'est normal, répliqua Carson. Vous ne deviez pas être bien grande à cette époque.

— Exact. Maintenant, si vous n'avez rien à ajouter, vous pouvez y aller. Bon week-end à tous.

— Merci. Mais vous ? Vous comptez passer la soirée ici ?

— Ne vous inquiétez pas pour moi. De toute façon, je voudrais rester que je ne le pourrais pas. Mes parents organisent leur barbecue annuel et il n'est pas question que je n'y participe pas.

— Bon week-end, alors.

Une fois seule, elle se lança dans une lecture attentive des articles de presse. Tous déploraient la catastrophe qui s'était abattue sur la petite ville de Braxville, puis relataient le formidable élan de solidarité qui avait poussé les habitants à participer à la reconstruction de la ville. Son père était mentionné à plusieurs reprises, les journalistes louant la générosité de ce chef d'entreprise si empathique. Elle fut soulagée, au plus profond de son cœur, d'avoir le début d'une piste qui ne la conduisait pas à la Colton.

Un *bip* lui annonça l'arrivée d'un nouveau texto sur son smartphone.

Tu es bientôt là ?

Elle consulta sa montre. 18 h 30.

Zut ! Elle était en retard.

Elle répondit tout en se levant de son siège.

J'arrive.

Elle se précipita dehors et traversa la rue en courant. Tandis qu'elle se dirigeait vers sa voiture, garée juste en face du magasin de Luke, elle imagina Main Street noyée sous les eaux. Des eaux charriant tout et n'importe quoi.

Ces cancers étaient-ils dus à des eaux polluées ? Ces hommes étaient-ils tombés malades pour s'être conduits en bons citoyens ? Son père avait-il raison de parler de malchance ?

Elle n'était plus qu'à quelques mètres de sa voiture quand elle vit le couteau qui se trouvait dans le caniveau. Elle comprit tout de suite, avant même d'avoir vérifié. Quelqu'un avait crevé ses pneus.

Une colère sourde gronda en elle. Remplacer un pneu un vendredi soir après 18 heures était déjà compliqué. En remplacer quatre, c'était mission impossible.

Comme tous les vendredis soir, Luke avait fermé le magasin à 17 h 30. Ce qui ne voulait pas dire pour autant que sa journée était terminée. Il lui restait encore les rayons à remplir pour un week-end qui s'annonçait chargé.

Encore une demi-heure et il pourrait remonter chez lui. Machinalement, il regarda par la fenêtre. Même de dos, il reconnut tout de suite Bridgette. Sa cascade de cheveux blonds. Ses jambes interminables. L'espace d'un court instant, son regard fut comme aimanté. Ce qu'il vit tout de suite après, ce furent les quatre pneus à plat.

Il posa précipitamment le carton qu'il portait pour voler au secours de la jeune femme.

— Besoin d'aide ?

— Des gamins ont dû trouver ça drôle, dit-elle en guise de réponse.

— Je pourrais remplacer un de tes pneus, mais pas les quatre. Il faudra appeler une dépanneuse demain matin pour qu'elle l'amène dans un garage.

— Demain ?

Elle afficha un air dépité en même temps qu'elle poussait un profond soupir.

— Tu veux que je te conduise quelque part ?

Elle balaya sa proposition d'un geste de la main.

— Je dois aller chez mes parents. Tu en aurais au moins pour une heure aller-retour. Je ne veux pas gâcher ton vendredi soir. Tu as sans doute mieux à faire.

— Et si je te disais que je n'ai rien de prévu ? Sans compter que te conduire chez tes parents me sortirait un peu de chez moi.

— Tu te fiches de moi ? Tu veux vraiment me faire croire qu'un homme aussi beau et charmant que toi n'a pas de rencard un vendredi soir ? Permettez-moi de trouver ça très louche, monsieur Walker.

Son ton badin laissa penser à Luke qu'elle flirtait avec lui. Cela le flattait plutôt. Le tout était de garder en mémoire que son humeur était aussi changeante que la météo du Kansas.

— Crois-le ou non, mais je ne suis pas sorti avec une fille depuis des mois.

— Des mois ? Comment est-ce possible ? Pardon, Luke. Oublie ce que je viens de dire. Je me comporte comme mes sœurs qui tiennent absolument à me voir casée. Elles me poussent sans cesse à sortir plus souvent, à oublier le passé. Je sais qu'elles ne veulent que mon bien mais, parfois, elles sont trop intrusives.

— Moi, ce sont des clients bien intentionnés qui me demandent qui je vois et quand je compte me marier.

Elle éclata d'un petit rire ingénu qui l'enchanta.

— Sérieusement, Bridgette. Je peux t'amener chez tes parents. La distance n'est pas un problème.

— D'accord. À une condition.

— Tout ce que tu voudras.

— Reste au barbecue. Passe la soirée avec nous. Mes parents seront ravis de te voir. Tout le monde sera là. Tu pourras rattraper le temps perdu avec Brooks et Neil.

— Je ne sais pas… J'ai encore du boulot à finir avant demain.

— Je comprends. Tu as des responsabilités. Mais je ne vais pas t'obliger à faire tout ce chemin si tu ne restes pas. Je me débrouillerai autrement.

Luke hésita. Venait-il vraiment de décliner une invitation à dîner alors qu'il se plaignait régulièrement de manquer de vie sociale ? Venait-il vraiment de refuser de passer une soirée avec Bridgette alors qu'elle occupait toutes ses pensées ?

— Finalement, je vais accepter ton invitation, se rattrapa-t-il. Je serai ravi de revoir ta famille au grand complet.

Téléphone en main, elle se mit à taper un message.

Sans doute pour prévenir sa mère qu'il y aurait un invité de dernière minute.

— Donne-moi juste le temps de fermer le magasin, dit-il.

— À ce propos, rétorqua-t-elle en lui emboîtant le pas, tu as des caméras de sécurité qui auraient pu filmer celui qui a fait ça ? Ça me permettrait d'aller déposer une plainte.

— Malheureusement, non. Braxville est une petite ville tranquille. Je n'ai jamais eu besoin de m'équiper en caméras.

Il n'avait pas besoin de caméras pour savoir que ce n'était pas une bande de vauriens qui avaient commis cet acte de vandalisme. Il savait avec certitude que c'était Julia Jones.

Ce qu'il ignorait, en revanche, c'était pourquoi elle s'en prenait à Bridgette.

Assise au volant de sa voiture, Julia regardait la scène qui se déroulait sous ses yeux. Quand elle vit Luke ouvrir à Bridgette la portière du côté passager de son pick-up, tout son corps se mit à trembler de rage et de dépit. Son plan avait lamentablement échoué. Pire, même, il se retournait contre elle.

Elle regarda encore Luke se glisser sur son siège et mettre le contact. Puis le pick-up quitter son emplacement.

Ivre d'une colère qu'elle ne pouvait plus contenir, elle frappa le volant de ses paumes ouvertes.

— Non, non, non !

Bridgette était censée se retrouver comme une idiote, privée de sa voiture au moment où elle en aurait besoin.

Luke n'était pas censé se comporter comme un chevalier volant au secours de sa belle.

Et surtout, ils n'étaient pas censés partir ensemble.

Elle se tassa un peu plus dans son siège au moment où ils amorcèrent la courbe où elle s'était garée. Elle les suivit du regard jusqu'à ce que les feux arrière ne soient plus que deux petits points lumineux dans l'obscurité croissante.

Elle n'hésita qu'un instant avant de démarrer et de se lancer à leur poursuite.

Ils quittèrent Braxville, longèrent des terres agricoles puis un lotissement résidentiel où les maisons étaient spacieuses, avec des allées longues et sinueuses et une piscine à l'arrière.

Même sans carte, Julia savait qu'ils se rendaient dans la demeure familiale des Colton.

Tandis qu'elle se concentrait sur sa conduite, son téléphone se mit à sonner. La photo de sa mère apparut sur l'écran.

Merde !

Elle prit l'appel.

— Oui, maman, dit-elle d'un ton mielleux. Tu as besoin de quelque chose ?

— Quand comptes-tu rentrer, ma chérie ?

— Pas tout de suite. Je vais chez une amie. Une des filles du bureau. Elle s'appelle Bridgette ; elle m'a invitée à dîner.

— C'est vrai ?

Julia serra les dents pour ne pas exploser. Bon sang ! Quel besoin sa mère avait-elle de la persécuter comme ça ?

— C'est vrai, maman. Je ne te mens pas.

— Où habite-t-elle ? insista Nancy.

— Tu ne connais pas, maman. C'est en dehors de la ville.

Deux précautions valant mieux qu'une, elle inventa une adresse qu'elle livra à sa mère.

— Très bien. Amuse-toi bien, ma chérie.

— Merci, maman, dit-elle au moment où Luke s'engageait dans l'allée qui menait chez les Colton.

Le manoir était situé au cœur d'un domaine qui, en plus d'être strictement privé, était surveillé par un gardien. Une véritable forteresse ! Elle passa lentement devant les hautes grilles qui fermaient la propriété puis longea les murs qui les prolongeaient. Après avoir roulé sur plusieurs dizaines de mètres, elle trouva l'endroit parfait d'où elle pourrait épier tranquillement sans être vue. Une brèche dans le mur qui donnait pile sur le manoir.

Elle sortit la paire de jumelles qu'elle gardait toujours dans sa boîte à gants puis effectua la mise au point. Avec sa multitude de guirlandes électriques, la maison avait un côté féerique que ne reflétaient pas les images qu'elle avait vues sur Internet.

Parfaitement calée contre le tronc d'un immense chêne, elle retint son souffle. Luke allait-il repartir aussitôt ? Bridgette l'avait-elle utilisé comme un simple chauffeur qu'elle allait congédier maintenant qu'elle n'avait plus besoin de lui ?

Le cœur battant, elle vit les deux portières s'ouvrir et Luke et Bridgette descendre du pick-up en même temps. Les lueurs orangées d'un feu incendiaient le ciel obscur.

Luke et Bridgette se mirent à marcher côte à côte. De là où elle se trouvait, Julia pouvait les observer à sa guise. Elle voyait même des choses qu'eux ne voyaient pas. Comme les coups d'œil furtifs qu'ils se lançaient l'un l'autre. Des regards chargés de séduction, d'une attirance réciproque et… d'amour.

Ce n'était pas possible.

Elle se refusait à perdre Luke.

Jusqu'où serait-elle capable d'aller pour le garder ?

Qu'était-elle prête à faire ?

9

Bridgette conduisit Luke jusqu'au jardin. Ils marchaient si près l'un de l'autre que leurs mains se frôlaient sans cesse. Elle sentait sa chaleur se propager à tout son corps. La sensation était si vive qu'elle s'écarta un peu et croisa les bras sur sa poitrine, dans une posture défensive.

L'odeur âcre de la fumée, les bruits de voix et les éclats de rire emplissaient l'air. Toute la famille et les amis étaient rassemblés à l'arrière de la maison. Un grand buffet recouvert d'une nappe blanche supportait des plateaux débordant de nourriture. Des tables rondes avaient été dressées sur la pelouse, chacune décorée d'un photophore renfermant une bougie de couleur différente. Le barbecue avait été installé un peu à l'écart, près des rives du lac.

Pour la circonstance, la mère de Bridgette avait revêtu un jean slim et un pull à col roulé, qu'elle portait sous une veste en toile.

— Ah, te voilà enfin, ma chérie, dit-elle en voyant sa fille. Je commençais à m'inquiéter.

Bridgette se pencha pour embrasser sa mère.

— J'ai eu un problème de voiture, expliqua-t-elle évasivement. Tu te souviens de Luke Walker, bien sûr. Il a gentiment proposé de me ramener, précisa-t-elle sans laisser à sa mère le temps de répondre. Il va rester avec nous.

Luke s'avança vers elle.

— C'est un plaisir de vous revoir, madame Colton.

— Vous pouvez m'appeler Lilly, voyons, dit-elle en dédaignant sa main tendue pour le prendre dans ses bras.

— C'est bon de te revoir, Luke.

Bridgette reconnut tout de suite la voix rocailleuse de son frère Brooks.

— Salut, mon vieux.

Les deux hommes s'étreignirent brièvement en se donnant de petites tapes amicales dans le dos.

— Salut, sœurette, dit Brooks en se détournant de Luke pour plaquer un baiser sonore sur la joue de sa sœur. Comment vas-tu ?

— Bien, répliqua Bridgette. Toi, tu as l'air en forme. Comment va le boulot ?

— J'essaie toujours de comprendre comment deux corps ont pu finir ensevelis dans le mur d'un immeuble en rénovation du centre-ville.

— La police n'est pas sur le coup ?

— Si, bien sûr, mais ils ont jugé bon de faire appel à mes talents de détective privé. Et toi ? Qu'est-ce qui t'amène à Braxville ?

— Le travail, répondit-elle de manière évasive.

— C'est secret, à ce que je vois.

Puis ce fut au tour de Jordana de s'approcher. Elle portait un jean assorti d'un pull rouge qui lui allait à merveille. À côté d'elle se tenait un homme brun aux yeux noirs que Bridgette ne connaissait pas. Sans doute était-ce son nouvel amoureux.

— Bridgette, je te présente Clint. Clint, voici ma sœur, Bridgette.

— Enchantée, dit Bridgette. Je suis d'autant plus ravie de vous rencontrer que je sais que vous rendez ma sœur très heureuse.

— C'est réciproque.

— Dis-moi, Jordana, tu n'aurais pas entendu parler d'une bande de gamins qui s'amuseraient à crever les pneus des voitures ?

— Non. Pourquoi ? Ça t'est arrivé ?

— Oui. J'ai retrouvé mes quatre pneus à plat.

— Nous n'avons reçu aucune plainte, mais je vais me renseigner. Je te dirai si j'entends parler de quelque chose. Tu viens avec moi ? ajouta-t-elle en pointant la maison du menton. Je vais voir si maman a besoin d'aide. Je crois que la nouvelle petite amie de Brooks est déjà avec elle.

— Brooks a amené une fille ? Allons voir ça de plus près.

Tandis qu'elles se dirigeaient vers la maison, elles croisèrent Dexter qui arrivait avec sa femme, Mary, accrochée à son bras.

— Bridgette, Jordana, content de vous voir, assura-t-il. Où allez-vous ?

— Voir si maman a besoin d'aide, répondit Jordana.

— Et faire la connaissance de la nouvelle petite amie de Brooks, ajouta Bridgette.

— J'espère que ce sera la bonne, cette fois, rétorqua Dex. Comment s'appelle-t-elle ?

— Gwen, répondit encore Jordana. Gwen Harrison.

Dex blêmit d'un coup.

— Ça va, Dex ? s'inquiéta sa femme. Tu es blanc comme un linge. On dirait que tu as vu un fantôme.

— Ce n'est rien. Un peu d'hypoglycémie, je pense. Il faudrait que j'aille manger un bout. Ça ira mieux après ça.

Bridgette regarda Dex rejoindre le groupe des hommes et accepter la bière que l'un d'eux lui tendait. Son visage avait retrouvé ses couleurs. Avait-elle rêvé ou Dex avait-il vraiment accusé le coup en entendant prononcer le nom de Gwen ?

Mais très vite, elle renonça à savoir. Elle avait des préoccupations autrement plus pressantes que celles qui consistaient à tenter de deviner ce que pensaient les uns et les autres de la petite amie de son frère.

Par exemple, annoncer à ses parents qu'il pourrait y avoir un lien entre les cas de cancer et l'entreprise familiale.

Il lui sembla soudain que derrière chaque habitant de Braxville se cachait un terrible secret. Ces secrets étaient-ils si lourds qu'ils valaient le coup de commettre l'irréparable ?

Pour être tout à fait honnête, Luke adorait se retrouver en compagnie des membres du clan Colton. Une famille bien différente de celle au sein de laquelle il avait grandi, seul entre ses deux parents.

— Tu te rappelles ? demanda Tyler. À cette époque, Brooks et toi étiez en terminale et c'étaient les quarts de finale du championnat de base-ball.

— Ne m'en parle pas, gémit Luke.

Mais rien ne semblait vouloir arrêter Ty qui poursuivit avec un brin de sadisme :

— Vous étiez tous les deux joueurs de champ extérieur. Le batteur a frappé la balle et vous, vous la suiviez des yeux en courant sans vous regarder et vous vous êtes percutés si violemment que vous vous êtes retrouvés par terre, cul par-dessus tête, à moitié assommés.

À ce souvenir, les quatre hommes partirent d'un rire sonore qui leur fit retrouver leur complicité d'antan.

Enfants, Luke et les fils Colton étaient inséparables. Cette amitié avait été renforcée quand il était sorti avec Bridgette. Puis elle était partie et il avait coupé les liens avec la famille. Les souvenirs heureux qui le reliaient à eux étaient trop douloureux.

— À ce jour, je n'ai encore jamais assisté à pire match que celui-là, affirma Tyler en essuyant d'un revers de main ses yeux mouillés de larmes.

— Il paraît que c'est toi qui organises le festival, cette année, dit Neil.

— Disons que je remplace Stacey. Heureusement, elle avait déjà fait une grosse partie du travail. Je vais quand même avoir une semaine bien chargée mais si tout le monde joue le jeu, cela vaudra le coup. Les retombées financières seront importantes non seulement pour les commerçants mais aussi pour la ville.

— En plus, cela va créer un élan de solidarité qui ne peut être que bénéfique pour la communauté, rétorqua Neil.

— Espérons, répliqua Luke avant de boire d'un trait le restant de sa bière.

— Tu en veux une autre ? La glacière est vide. Je vais en chercher à l'intérieur.

Le regard de Luke se porta sur la maison. Par l'une des fenêtres de la cuisine, il aperçut Bridgette. Elle souriait en secouant la tête. Puis il la vit lancer un coup d'œil par-dessus son épaule, dire quelque chose et éclater de rire. Ce dont il se souvenait avec le plus de précision, c'est qu'à l'issue de ce match de base-ball pitoyable, il avait invité Bridgette au bal de promo qui avait lieu le soir même.

Il ressentait encore les battements désordonnés de son cœur alors qu'il lui courait après à la fin du match. Les mêmes qu'il ressentait encore aujourd'hui, chaque fois qu'il la voyait. Avec, toujours tapi au fond de lui, l'espoir que quelque chose de meilleur l'attendait.

— Désolée pour le match, avait-elle dit quand il était arrivé à sa hauteur.

Sa bouche était devenue sèche et ses mains moites.

— La saison est terminée. Il est temps de passer à autre chose.

— Tu veux parler des examens de fin d'année et de l'inscription à l'université, j'imagine.

— Non, je voulais parler du bal de ce soir.

— Ah ! De toute façon, je n'y vais pas.

L'espoir avait fait place à une profonde déception.

— Pourquoi ?

— Parce que personne ne m'a invitée.

— Tu veux bien y aller avec moi ? Je veux dire… Je peux t'y emmener. Enfin… Ça me ferait vraiment très plaisir d'être ton cavalier.

Elle avait croisé les bras tout en le fixant d'un air suspicieux.

— C'est mon frère qui t'envoie ?

— Qui ? Brooks ? Pas du tout !

— Pourquoi m'invites-tu, alors ?

Le moment était venu. Il avait senti le sang battre à ses tempes alors qu'il se lançait :

— Parce que je t'apprécie beaucoup. Tu es une fille super.

Elle lui avait alors souri, d'un sourire qui avait fait chavirer son cœur. Rendre Bridgette heureuse, c'était tout ce qui comptait.

— Alors, c'est oui ?

— C'est oui.

La voix de Neil le ramena brutalement sur terre.

— Combien de bières ? demanda-t-il à la ronde.

Quatre mains se levèrent.

— Je m'en occupe, décréta Luke dont le regard restait aimanté à Bridgette.

Les frères Colton ayant approuvé, il traversa la pelouse en direction de la maison. Il ouvrit la porte au moment où Lilly Colton sortait avec un plateau chargé de carrés d'agneau badigeonnés de ce qui semblait être une sauce barbecue. Il lui tint la porte ouverte et s'effaça pour lui laisser le passage.

— Merci, Luke.

Lui emboîtèrent le pas Jordana, qui portait les cuisses de poulet, Yvette, une énorme salade composée et une jeune femme rousse – dont il supposa qu'elle était la petite amie de Brooks –, un plat débordant d'épis de maïs à griller.

— Les entrées ne vont pas tarder à être servies, Luke, lança Lilly par-dessus son épaule. Voyez si vous arrivez à faire sortir Bridgette de la maison.

— Je vais essayer, dit-il en se glissant à l'intérieur.

Il se dirigea tout droit vers la cuisine, attenante à

l'immense salle à manger. Bridgette se tenait près de l'évier, les mains plongées dans une eau savonneuse.

— Le traiteur n'a pas fourni les couverts, alors je lave ceux de maman, expliqua-t-elle quand il s'approcha.

— Tu as besoin d'aide ? Je suis le roi de la vaisselle.

Seigneur ! Venait-il vraiment de se vanter d'une pareille ânerie ? La pire stupidité qu'il ait jamais proférée.

Bridgette pointa du menton les couverts en argent qu'elle avait disposés sur un torchon.

— Tu peux les essuyer si tu veux.

Il attrapa le torchon propre qui se trouvait sur le comptoir au moment où elle sortait précipitamment sa main de l'eau en poussant un petit cri de douleur.

— J'ai dû me couper avec un couteau, dit-elle en pressant son pouce entre deux doigts.

Il lui prit aussitôt la main et enveloppa son doigt dans le torchon.

— Tu aurais du désinfectant et des pansements quelque part ?

— Dans le cellier. Tu trouveras une armoire à pharmacie. Il devrait y avoir tout ça là-dedans.

Un court instant plus tard, il était de retour dans la cuisine.

— Voilà. J'ai trouvé ce qu'il me faut.

Bridgette passa son doigt sous l'eau froide et le tamponna doucement avec un coin du torchon pour le sécher. Luke appliqua la pommade par petites touches délicates sur la coupure puis enroula un pansement sur son doigt tendu.

— Voilà, dit-il. Comme neuf.

Il garda sa main prisonnière dans la sienne un long moment mais Bridgette ne chercha pas à la dégager. Il baissa les yeux sur elle. Son regard brûlait d'une lueur intense. Il s'approcha d'elle, si près qu'il pouvait sentir les effluves fleuris de son parfum.

C'est elle qui combla l'infime distance qui les séparait encore.

Il se pencha, effleurant ses lèvres des siennes. Leurs souffles se mêlaient, ne faisant qu'un.

C'est alors qu'ils entendirent la porte d'entrée claquer et Neil crier :

— Vous êtes là ? Maman a besoin de ses couverts et nous, nous attendons toujours nos bières.

Bridgette s'échappa des bras de Luke à l'instant même où Neil arrivait.

En voyant leur mine embarrassée, celui-ci s'arrêta net, sourcils froncés.

— Qu'est-ce qu'il se passe, ici ?

— Eh bien..., commença Luke.

— Qui s'est blessé ? demanda encore Neil en avisant le torchon taché de sang.

— Ce n'est rien, s'empressa de répondre Bridgette. Je me suis coupée avec un couteau en faisant la vaisselle. Tiens, finis plutôt d'essuyer ces couverts. Luke, prends les bières. Elles sont dans le frigo.

Luke fut saisi par le ton froid de Bridgette. Ce moment de douce intimité qu'ils venaient de partager ne l'avait-il pas émue autant que lui ? Était-elle déjà passée à autre chose ?

De la fenêtre où elle était postée, Bridgette avait une vue dégagée sur la pelouse qui descendait en pente douce jusqu'au lac.

Les tables étaient baignées de la lueur des bougies. Quelques-uns des convives avaient déjà trouvé leur place. Son regard s'attarda sur Luke. Elle effleura sa bouche du bout des doigts, imaginant le baiser que l'arrivée intempestive de Neil avait empêché.

Seule face à elle-même, elle dut s'avouer que Luke l'attirait toujours autant.

Cette attirance allait bien au-delà d'une simple attraction physique. Car si elle ne pouvait pas rester insensible au bleu profond de ses yeux – dans lequel elle adorait se perdre – ou à sa stature imposante – qui lui donnait l'impression d'être toute petite entre ses bras –, plus que tout, c'est l'homme qu'il était qu'elle aimait. Un homme doux, délicat, attentionné.

Pourtant, en dépit de cette prise de conscience, elle ne prendrait pas le risque de se retrouver de nouveau sur le carreau, le cœur en bandoulière. Rupture ou deuil, elle ne voulait plus souffrir d'amour.

La porte d'entrée s'ouvrit une nouvelle fois, la ramenant brutalement sur terre.

— Bridgette ? appela Jordana. Tu es toujours là ?

— Oui. Dans la cuisine.

— Qu'est-ce que tu fiches ? On n'attend que toi. Tu sais comment est maman. Elle ne laissera personne prendre la première bouchée tant que tout le monde ne sera pas à table. Et moi, je meurs de faim.

— Je suis désolée. Allons-y vite.

— Attends une minute. Tu n'as pas l'air dans ton assiette, tout d'un coup. C'est à cause de ta voiture ?

— Non, tout va bien. Je t'assure. Ne traînons pas. Je m'en voudrais de faire attendre nos invités plus longtemps.

Elles sortirent de la maison sans un mot mais Jordana ne fut pas longue à revenir à la charge.

— Pourquoi es-tu si nerveuse ? insista-t-elle.

— Je ne suis pas nerveuse. Mais toi, pourquoi es-tu si curieuse ?

— Je suis ta grande sœur, alors je m'inquiète pour toi. En plus, je suis flic. C'est mon boulot de poser des questions.

Bridgette éclata d'un petit rire clair.

— En fait, revenir à la maison m'a fait réaliser que nous avons tous nos petits secrets. Des secrets que nous voulons garder enfouis au plus profond de nous.

— Comme ce que tu ressens pour Luke, par exemple ?

— Voilà ce qui s'appelle manquer de délicatesse.

— Ne pas tourner autour du pot, c'est aussi mon boulot.

— Pour répondre à ta question, je n'éprouve aucun sentiment particulier pour Luke.

— Pourtant, tu l'aimais bien à une époque, non ?

— Oui. Mais tu viens de le dire : à une époque. En fait, je ne sais même pas où j'en suis avec Henry.

Jordana posa une main sur l'épaule de sa sœur, dans un geste plein d'affection.

— Bridgette, tu aimais ton mari, cela ne fait pas l'ombre d'un doute. Mais il n'est plus là, alors que Luke Walker est bien vivant, lui. Je vois bien comment il te couve du regard. Et comment tu le regardes, toi aussi.

Son regard se porta aussitôt sur le groupe d'hommes réunis autour du barbecue. Parmi eux, Luke, en grande discussion avec son père et son frère, Tyler. Sans doute attiré par son regard sur lui, il tourna la tête dans sa direction et leva sa canette de bière vers elle.

— Qu'est-ce que je te disais ? dit Jordana en éclatant de rire.

— N'importe quoi, ronchonna Bridgette.

Sur ce, elle accéléra le pas pour mettre de la distance entre sa sœur et cette discussion qu'elle ne voulait pas avoir.

Car Jordana avait raison. Luke éveillait en elle des émotions dont elle pensait qu'elles étaient mortes en même temps que son mari.

10

La nuit avait drapé le ciel de son manteau de velours sombre. Les desserts venaient tout juste d'être servis. Luke s'amusa à regarder Bridgette et Yvette faire griller des cubes de guimauve au bout d'une pique puis s'esclaffer comme deux gamines.

— Luke, viens, lui dit Brooks. J'aimerais te présenter ma petite amie, Gwen Harrison.

Gwen lui adressa un sourire cordial en même temps qu'elle lui tendait la main.

— Ravie de vous rencontrer, dit-elle.

Dex, qui se trouvait à côté d'eux, émit un ricanement moqueur.

Brooks se retourna vivement vers lui.

— Tu as un problème, Dex ? gronda-t-il d'une voix sourde.

— Moi, non. Toi, en revanche, tu aurais pu trouver mieux.

— Pardon ?

De sourde, sa voix s'était faite clairement menaçante. Il s'avança vers Dex, les poings serrés le long du corps.

— Mon garçon, je connais un peu la vie et je sais reconnaître une putain quand j'en vois une.

— Répète un peu ce que tu viens de dire, le pressa Brooks.

Sentant la menace se préciser, Luke s'interposa entre les deux hommes.

— Brooks, calme-toi, mon vieux.

— Comment veux-tu que je me calme quand ce crétin traite ma fiancée de putain ?

Les bavardages s'étaient tus, cédant la place à un silence assourdissant. On n'entendait plus rien que le crépitement des flammes dans le barbecue.

— Il est tard, dit Luke. Tout le monde est fatigué. Dex a trop bu, mais je suis d'accord avec toi. Il a dépassé les bornes.

D'une main ferme placée sur son torse, Luke fit doucement reculer Brooks.

— Crois-tu que tu vas arranger les choses en cassant la figure de l'associé de ton père ? Crois-tu que Gwen t'en aimera davantage ? Et ta mère ? Souhaites-tu vraiment lui infliger une scène pareille alors qu'elle est entourée de sa famille et de ses amis ?

Quand il vit les muscles de Brooks se détendre un peu, il comprit qu'il avait choisi les bons mots. La tension ambiante commençait à se dissiper.

— Allez, viens, poursuivit-il sur le même ton. Ne reste pas là.

— Gwen, ça va ? s'enquit Brooks tandis que Dex, qui semblait peu conscient du malaise qu'il avait provoqué, s'éloignait déjà, l'air dédaigneux.

— Je suis très choquée, répondit Gwen. Et offensée. Je ne connais pas cet homme. Je ne l'ai même jamais vu. Je ne comprends pas pourquoi il m'a insultée de cette façon.

— Le problème vient de Dex, affirma Brooks. Il ne vient pas de toi.

Décidant que le moment était venu de laisser le jeune couple seul, Luke s'éloigna pour s'enfoncer dans l'obscurité. La journée avait été riche en émotions. Lui aussi avait besoin de se retrouver en tête à tête avec lui-même.

Il n'avait fait que quelques mètres quand il entendit Bridgette l'appeler. Il ralentit le pas pour lui laisser le temps de le rattraper.

— Où vas-tu comme ça ? s'enquit-elle.

— Nulle part. J'avais besoin de marcher un peu.

— C'est vrai que tout le monde a été bouleversé par cette scène. Tu vois, c'est en partie pour ça que j'ai quitté Braxville. Je ne supportais plus cette mentalité de village où on ne peut bouger une oreille sans que tout le monde soit au courant de tout.

Elle se tut, mais il ne fit aucun commentaire. Il se contenta d'acquiescer en fuyant son regard.

— Je voulais juste te remercier d'être intervenu, reprit-elle. Sans toi, les choses auraient vraiment pu mal tourner.

— Je n'ai pas fait grand-chose.

Elle se tut de nouveau mais n'esquissa pas le moindre geste laissant à penser qu'elle allait partir.

Qu'attendait-elle de lui ? Qu'il lui parle de ce qui s'était passé dans la cuisine ? Qu'il cherche de nouveau à l'embrasser ?

— Bien. Je vais te laisser, alors, dit-elle finalement. Je ne voudrais pas te déranger plus longtemps.

Elle lui tourna le dos mais, alors qu'elle s'apprêtait à partir, il s'entendit lui dire, dans l'espoir de la retenir :

— Reste, si tu veux. On peut être seul à deux, tu sais.

Elle éclata d'un petit rire de gorge qui eut sur lui l'effet d'un baume lénifiant.

— À vrai dire, j'apprécie vraiment beaucoup ta compagnie, admit-il. Je ne connais même personne d'autre avec qui j'aime autant passer du temps.

— Waouh ! Ça, c'est une déclaration !

— C'est surtout la vérité.

— Pourtant, avant qu'on se revoie, cela faisait des lustres que nous ne nous étions pas parlé. Il se pourrait que j'aie changé, que je ne sois plus la jeune fille que tu as connue.

— Je te retrouve assez dans la femme que tu es aujourd'hui. Tu n'as pas changé tant que ça, tu sais.

Elle secoua la tête.

— Je n'en suis pas aussi sûre.

Ils laissèrent filer quelques secondes de silence, puis Luke reprit la parole en premier.

— Tu as trouvé un refuge prêt à s'investir dans la parade ?

— En réalité, je n'ai pas encore eu le temps de m'en occuper, dit Bridgette. J'ai été trop prise par ma mission. Mais je te promets de m'en occuper.

— Si j'insiste un peu, reprit Luke, c'est parce que je pense que c'est une très bonne idée. Ça peut être un plus pour cet événement. Sans compter que ces pauvres bêtes pourraient être adoptées. Je me disais que si le festival était un succès, nous pourrions renouveler l'expérience pour les fêtes de fin d'année.

— Tu aimes vraiment cette ville, n'est-ce pas ?

— C'est vrai. Je me sens bien ici. Je me sens chez moi. Et toi ?

Elle haussa les épaules, dans un mouvement qui semblait exprimer un grand détachement.

— Je me sens chez moi, moi aussi. Mais je ne suis pas aussi attachée que toi à cet endroit. Et puis, tant de choses semblent avoir changé !

— Comme quoi ?

— Eh bien, j'ignore si tu le sais, mais la police a retrouvé deux corps dissimulés dans les murs d'un immeuble en rénovation.

— Effectivement, j'en ai vaguement entendu parler. Que dit la police ?

— Il faut le demander à Yvette. C'est elle qui est sur l'affaire.

— C'est tout ou cette bonne vieille ville recèle-t-elle d'autres cadavres dans ses placards ? demanda-t-il d'un ton ironique.

— Qui sait ?

Son ton évasif, plutôt que de le dissuader, l'incita à vouloir en savoir plus.

— Pourquoi as-tu été envoyée ici, Bridgette ? En quoi consiste ta mission ?

— Plusieurs hommes ont eu un cancer de l'œsophage à Braxville. Si l'on se fie aux statistiques, il ne peut pas s'agir d'un simple hasard.

Soudain, la voix de Bridgette parvint jusqu'à Luke comme à travers un filtre. Lointaine. Sa poitrine se comprima. Il ouvrit la bouche pour aspirer un air qui, brusquement, venait à lui manquer.

— Des cancers de l'œsophage ? répéta-t-il, comme pour lui-même.

— C'est bien ce que j'ai dit. Luke, ça va ? Tu n'as pas l'air bien, tout d'un coup.

Il essuya de la main les perles de sueur qui s'étaient mises à couler sur ses tempes.

— Mon père a eu un cancer, lui aussi, commença-t-il d'une voix blanche.

— Oui, je m'en souviens.

Même dans l'obscurité, il devinait qu'elle avait blêmi d'un coup.

— Oh non ! Ne me dis pas que c'était un cancer de l'œsophage.

— Si.

— Je ne comprends pas pourquoi ton père ne figure pas sur la liste des malades établie par le ministère de la Santé, mais il est impératif que j'aille lui parler, Luke. Demain, ce serait possible ?

— Bien sûr. Je peux t'arranger un rendez-vous. Dis-moi simplement où. Veux-tu qu'il vienne à ton bureau ou préfères-tu aller le voir chez lui ?

— Ma famille possède un chalet sur le lac.

Comme s'il l'ignorait ! C'était là que Bridgette et lui s'étaient donnés l'un à l'autre pour la première fois. Avait-elle oublié un moment si important de leur vie ?

— Je sais, rétorqua-t-il d'un ton brusque.

— Nous pourrions nous retrouver là-bas. Ce serait plus discret.

— D'accord, mais après 14 heures. C'est l'heure de fermeture du magasin.

Il fut soudain assailli de pensées qu'il se refusait à formuler tout haut. Pourtant, il y avait tant de choses qu'il aurait aimé pouvoir dire ! Tant de questions qu'il aurait aimé poser !

— Dans ce cas, disons 14 h 30. Et maintenant, si nous

retournions vers les autres ? Ils doivent se demander ce que nous faisons.

— Attends. J'imagine que cette mission est confidentielle, mais que pourrais-tu me dire qui ne trahirait pas le secret professionnel ?

— Pour le moment, pas grand-chose. J'essaie juste de voir ce que ces hommes avaient en commun. Je cherche le fil, aussi ténu soit-il, qui pourrait relier chaque victime à une autre. Alors, seulement, nous pourrons avancer dans une direction qui sera peut-être la bonne.

— La période où mon père a été malade a été très éprouvante pour moi, confia-t-il. J'ai longtemps été en colère. Je lui en voulais d'être tombé malade ; j'en voulais à ma mère de me charger de responsabilités qui n'étaient pas de mon âge. Et je m'en voulais d'avoir autant de colère en moi. Je peux dire que mon enfance a pris fin avec la maladie de mon père. Par la suite, j'ai compris que personne n'était coupable d'un tel coup du sort.

Il rejeta la tête en arrière et regarda sans le voir le ciel scintillant d'étoiles.

— Et maintenant, tu me dis que quelque chose ou quelqu'un pourrait être la cause de toute cette souffrance ?

— Pour le moment, je ne peux rien affirmer.

Bridgette… je n'ai pas le doit de te demander ça, mais promets-moi que tu feras tout ce qui est en ton pouvoir pour découvrir la vérité.

— Luke, c'est pour cela que je suis ici.

Il fit un pas vers elle. Puis un autre. Puis un autre encore, jusqu'à se retrouver si près d'elle qu'il pouvait sentir son souffle.

— Promets-le-moi quand même, insista-t-il d'une voix presque suppliante.

Elle détourna le regard. L'espace d'un instant, le temps s'arrêta. Elle allait refuser, c'était sûr.

Quel imbécile il était ! Que s'était-il imaginé ? Qu'elle l'estimait au point de céder à ce chantage déguisé ?

— Je te le promets, répondit-elle finalement.

— Merci.

Là encore, et alors qu'il s'attendait à la voir s'éloigner, elle resta auprès de lui. Il lui aurait suffi de lever la main pour la toucher. Il se souvenait parfaitement de la douceur de sa peau sous ses doigts. De la chaleur de son corps contre le sien. Dans ses bras, il était devenu un homme. Pas seulement parce qu'il avait découvert le sexe ; mais aussi parce qu'il avait développé à son égard un instinct de protection qui ne l'avait jamais quitté depuis.

Des éclats de rire les firent se retourner en même temps.

— Allez, viens, dit-elle d'un ton plus léger. Allons faire griller quelques chamallows avant qu'il n'en reste plus.

Ils regagnèrent la fête sans se parler. Luke réalisa qu'il s'était tellement focalisé sur ce pan douloureux de son passé qu'il en avait oublié les doutes et les tourments que Bridgette faisait naître en lui. La réalité lui apparut soudain, évidente.

Tout ce qu'il attendait du présent, c'était un avenir avec Bridgette.

Une veuve qui pleurait encore son mari.

Cela faisait-il de lui un doux rêveur ?

Si elle faisait abstraction de ses pneus crevés et de la dispute entre Dex et Brooks, Bridgette estimait que la soirée était plutôt réussie. En fait, elle en était à regretter qu'elle tire à sa fin.

Tandis qu'elle prenait congé de ses parents, elle réalisa qu'elle ne leur avait pas parlé, comme elle avait promis à Rachel de le faire.

Certes, Luke avait occupé son esprit une bonne partie de la soirée, mais ce n'était pas la seule raison de sa distraction.

En fait, elle avait le choix entre trahir les siens ou son employeur.

Luke et elle marchaient en silence, chacun plongé dans des pensées qui n'appartenaient qu'à eux. Arrivés devant le pick-up, Luke lui ouvrit sa portière puis alla se glisser derrière son volant. Toujours en silence, il mit le moteur en marche et descendit la longue allée au bout de laquelle il prit la direction de Braxville.

— Je pensais à notre rendez-vous de demain, dit-il enfin. Si tu veux, nous pouvons y aller ensemble. C'est ridicule de prendre deux voitures.

— D'autant plus que la mienne ne sera peut être pas réparée, fit-elle remarquer.

— Exact.

Le ronronnement du moteur berçait Bridgette qui n'était pas loin de sombrer dans une douce torpeur.

— Pour ta voiture…

— Mmm…

— Je crois savoir qui a fait ça. En revanche, ce que je ne sais pas, c'est pourquoi.

L'adrénaline la réveilla d'un coup.

— Qu'est-ce que tu dis ?

— Tu te souviens de la femme que tu as vue l'autre soir, en face de chez moi ?

— Tu veux dire ton ex ? Julia Jones ?

— Exactement.

— Et alors ?

— Quand tu es partie, j'ai appelé sa mère et je l'ai mise au courant des agissements de sa fille. Elle a été très choquée de l'apprendre. Et Julia a dû être contrariée. Je pense que c'est elle qui a crevé tes pneus, en guise de représailles. En revanche, ce que je ne m'explique pas, c'est la raison pour laquelle elle t'a fait ça à toi. Pourquoi elle ne s'en est pas prise à mon pick-up, plutôt ?

— Moi, je sais pourquoi. Je l'ai vue à la Dolce Vita l'autre matin. C'était le jour où je t'ai apporté ton petit déjeuner chez toi. Julia m'a entendue parler de toi avec Megan.

— Et après ?

Elle bénit l'obscurité de l'habitacle qui empêchait Luke de la voir rougir.

— Je voulais te débarrasser d'elle, tu comprends ? Alors, je lui ai dit que nous étions sortis ensemble quand nous étions au lycée.

— C'est tout ce que tu lui as raconté ? Et d'abord, comment en êtes-vous arrivées à aborder le sujet ?

— Je lui ai aussi laissé entendre que nous avions passé la nuit ensemble.

— Quoi ?

Luke donna un coup de volant alors qu'il tournait la tête vers elle.

— Tu te rends compte ? Laisser croire à cette folle que nous sommes ensemble ! Elle n'est pas près de me lâcher, maintenant, tu peux me croire. Mais où avais-tu la tête ?

— Je n'ai pas réfléchi.

Maintenant qu'elle y repensait, en effet, elle se rendait compte que ce n'était pas la meilleure chose à faire. Mentir à cette fille ne pouvait qu'exacerber sa jalousie au lieu de la calmer.

— Excuse-moi. Je pensais bien faire. Tu m'avais dit qu'elle traînait autour de chez toi depuis des mois. J'ai cru qu'en lui disant ça, elle se résignerait enfin à tourner la page.

— La preuve que non. Ça l'a rendue folle de rage.

— Tu as raison. Mais tu penses bien que si j'avais su que je ne ferais qu'empirer la situation, je me serais abstenue.

— Julia ne me semblait pourtant pas déséquilibrée quand nous nous fréquentions. Je crains bien qu'elle soit capable de tout.

— Il vaudrait peut-être mieux que je retourne chez mes parents.

— Tu peux si c'est ce que tu veux. Mais j'ai une meilleure idée.

— Quoi ? Tu connais d'autres appartements à louer à Braxville ?

— Non. Mais tu peux emménager chez moi, lâcha-t-il d'un trait.

Julia conduisait tous feux éteints, se fiant à la voiture de Luke pour se diriger. Elle se fichait bien du risque qu'elle prenait. Car, à cet instant précis, la seule chose qui la préoccupait, c'était Bridgette Colton.

Elle resserra ses mains tremblantes autour du volant, les crispant si fort qu'elle se demanda si elle n'allait pas le casser. Des gouttes de sueur coulaient entre ses omoplates, la tête lui tournait et elle ressentait un vide énorme au creux du ventre.

Elle allait mourir d'amour, c'était sûr.

L'idée de savoir Luke et Bridgette en couple la rongeait de l'intérieur tant elle lui était insupportable.

Il l'avait ramenée chez ses parents mais au lieu de repartir, il y avait passé la soirée. Julia n'était pourtant pas dupe. C'était Bridgette qui l'avait berné. Comme elle s'en voulait d'avoir facilité leur rapprochement ! Elle leur avait déroulé le tapis rouge. Quelle idiote !

Elle ne se consolait pas de voir leurs silhouettes côte à côte dans l'habitacle. Des silhouettes qui se détachaient plus nettement maintenant qu'ils étaient en périphérie de Braxville.

Ils traversèrent un lotissement baigné par la lumière crue des lampadaires. Il était temps qu'elle renonce à sa filature si elle ne voulait pas se faire prendre.

De toute façon, ce n'était pas comme si elle ignorait où ils allaient.

Elle bifurqua donc dans une rue perpendiculaire et alla se garer le long d'un trottoir peu éclairé. Elle coupa le moteur et inclina son dossier pour pouvoir s'étendre un peu.

Là, au calme, elle allait pouvoir décider de la suite à donner aux événements.

11

Au moment où Luke s'engageait dans Main Street, Bridgette se sentit vidée, de corps et d'esprit. Trop de problèmes se télescopaient dans sa tête. Ce qu'il lui fallait, c'était une bonne nuit de sommeil. Alors, seulement, elle pourrait espérer avoir enfin les idées claires.

Sauf sur un sujet.

Quels étaient ses sentiments réels pour Luke ?

Elle lui coula un regard en biais. La lumière provenant de la rue éclairée accentuait le bleu de ses yeux et les angles de son visage. Sa bouche aux lèvres charnues avait la couleur du vin. Elle l'imagina sur la sienne.

Ce n'était pas un souvenir d'adolescente.

C'était un fantasme de femme.

— Quelque chose te tracasse ? demanda-t-il.

Zut ! Il avait surpris son regard sur lui. Qu'était-elle censée répondre à cette question ? Qu'elle avait envie de lui ?

— Je me demandais ce qui avait changé dans cette ville depuis que j'en suis partie, mentit-elle. En réalité, beaucoup de choses.

— C'est peut-être que tu remarques ces changements pour la première fois.

— Peut-être, concéda-t-elle alors qu'il manœuvrait pour se garer juste derrière sa voiture.

— Tu sais, je pensais vraiment ce que je t'ai dit, tout à l'heure. Tu peux t'installer chez moi, si tu veux. Mon canapé convertible est très confortable et je promets de ne rien laisser traîner derrière moi dans la salle de bains.

— Je ne doute pas que tu sois le colocataire parfait, rétorqua-t-elle en souriant.

— Ce qui veut dire ? Oui, non ?

— Je suis partie de chez mes parents pour échapper à leurs disputes incessantes, mais aussi parce que je voulais préserver mon indépendance, éluda-t-elle.

— Je te promets de me faire tout petit. C'est juste que je te saurai en sécurité si tu es avec moi.

— C'est très gentil, Luke. J'apprécie vraiment que tu te soucies de moi comme tu le fais. Mais tu vis juste en face, sur le même palier. Si je me sens en danger, je peux être chez toi en deux secondes.

— D'accord. Mais tu me permets d'aller jeter un coup d'œil à ton appartement ? J'aimerais m'assurer que tout est normal.

Elle hésita à accepter. Ce luxe de précautions était-il vraiment justifié ?

— OK, répondit-elle finalement.

Aussitôt à l'intérieur, il alla faire le tour de l'appartement.

Bridgette l'attendit, postée à la fenêtre de la cuisine. Julia était-elle tapie quelque part, à les épier comme elle le faisait avec Luke depuis des mois ?

— Je n'ai rien remarqué d'anormal, dit-il en revenant.

— Merci pour tout, Luke. Merci de m'avoir ramenée chez moi et d'être resté à la soirée. Avec une famille comme la mienne, un peu… foldingue, ce n'était pas évident.

— Toutes les familles le sont, non ?

Bridgette, qui ne savait trop quoi répondre, préféra reporter son attention sur la rue en contrebas. Elle s'attendait à voir surgir Julia à tout moment.

— Je vais y aller. Une grosse journée m'attend, demain, dit Luke.

Soudain, l'idée de se retrouver seule parut insupportable à Bridgette.

— Tu ne veux pas que je te prépare une infusion, avant ? proposa-t-elle dans l'espoir de le retenir.

— C'est gentil, mais je crains de ne rien pouvoir avaler, avec tout ce que j'ai mangé et bu ce soir.

— Bien sûr. Je comprends.

Soudain, dans le renfoncement d'un salon de coiffure, juste de l'autre côté de la rue, elle crut voir quelque chose bouger. Comme une ombre mouvante là où, à cette heure tardive, il n'aurait dû y avoir personne. Le cœur battant, elle fit un pas en arrière.

— Quoi ? s'enquit Luke en se rapprochant.

Il était si près que Bridgette sentait son torse la frôler. Elle aimait la chaleur de son corps qui se propageait au sien et le contact de ses muscles durs contre sa peau. Elle aimait qu'il éveille en elle un désir qu'elle pensait mort.

— Je ne suis pas sûre. Quelque chose a attiré mon attention, là, en face.

Il se tenait toujours derrière elle, la main à présent posée au creux de son dos.

— Qu'est-ce que tu as vu exactement ?

— Rien de précis. J'ai perçu comme une sorte de mouvement.

C’est alors qu’un chat surgit du renfoncement, son poil noir luisant tout hérissé. Il détala comme s’il avait le diable à ses trousses.

Bridgette éclata d’un rire nerveux.

— Finalement, je n’ai pas rêvé. J’avais bien vu quelque chose.

— Quelqu’un a vandalisé ta voiture. C’est bien normal que tu sois sur le qui-vive.

Elle pivota et planta le regard dans le sien. Elle brûlait de le toucher, de le caresser. Au lieu de ça, elle serra les poings et s’exhorta à ne risquer aucun geste qu’elle pensait pouvoir regretter par la suite.

— Finalement, je crois que je vais accepter cette infusion, décida-t-il.

— Super ! Je vais mettre de l’eau à bouillir.

Pourtant, elle ne bougea pas d’un pouce, comme hypnotisée par le regard de Luke accroché au sien.

Il se pencha sur elle, si près que son souffle lui caressa la joue. Leurs bouches se frôlèrent.

— Tu es certaine que c’est bien ce que tu veux ? murmura-t-il.

— À vrai dire, il n’y a qu’une chose dont je suis certaine.

— Quoi ?

— Embrasse-moi.

Luke était aux anges. Il ne se lassait pas d’embrasser les lèvres sensuelles de Bridgette. Tour à tour, il les léchait, les mordillait, les lâchai pour mieux les reprendre.

— Luke..., laissa-t-elle échapper dans un souffle.

Il glissa une main sous sa chemise, impatient de

retrouver la douceur de sa peau sous ses doigts devenus fébriles. Il brûlait soudain de la prendre, de la posséder tout entière.

C'est alors que la fenêtre vola en éclats. Des débris de verre retombèrent en pluie tandis qu'un pavé en béton heurtait avec fracas le carrelage de la cuisine. Durant un court instant, la sidération leur fit perdre l'usage de la parole. Puis, très vite, réalisant le danger, Luke plongea au sol en entraînant Bridgette avec lui.

— Bon sang ! s'exclama-t-elle. Qu'est-ce qu'il se passe ?

Pour toute réponse, il se releva à demi et risqua un œil par la fenêtre fracassée. La rue était déserte, à l'exception d'une silhouette solitaire qui s'enfuyait en courant sur le trottoir.

Une silhouette qu'il aurait reconnue entre mille.

Celle de Julia Jones.

— Espèce de folle, rugit-il, les mains tremblantes de rage.

— Luke… Dis-moi…

Il lui tendit la main pour l'aider à se relever.

— C'était Julia, répondit-il. Elle a explosé la vitre avec ce pavé. Tu n'es pas blessée au moins ?

— Non. Mais je t'avoue que je suis sous le choc.

— Je n'en reviens pas qu'elle soit allée jusque-là. Je ne sais pas quoi dire.

— Comme quoi, il ne faut pas se fier aux apparences, nota-t-elle sur un ton ironique.

Qu'elle garde son sens de l'humour dans de telles circonstances était plutôt bon signe, mais cela ne le rassurait pas pour autant.

— Prends ce dont tu as besoin pour la nuit, lui ordonna-t-il.

— Pourquoi ?

— Parce qu'il n'est pas question que tu restes seule ici. Tu vas dormir chez moi cette nuit, puis nous verrons demain ce que nous ferons.

Le regard de Bridgette alla de la porte de sa chambre au pavé qui gisait au sol, puis revint se poser sur Luke. Il imaginait très bien les doutes qui lui traversaient l'esprit.

— Bridgette, si je me permets d'insister, c'est parce que je pense que tu es en danger.

Contre toute attente, elle ne chercha pas à argumenter. Elle acquiesça simplement d'un hochement de tête.

— Tu as raison. Je vais chercher mes affaires. J'en ai pour une minute.

Il attendit d'être seul pour passer un appel qu'il n'aurait jamais imaginé devoir passer un jour.

— Détective Reese Carpenter, répondit son interlocuteur à la deuxième sonnerie. En quoi puis-je vous aider ?

— Salut, Reese. C'est Luke. Il faut que je te parle.

Il ne fallut que quelques minutes à Bridgette pour fourrer quelques affaires dans un sac. Luke l'attendait dans le salon, la mine sombre.

— Tout va bien ?

— Tu connais Reese Carpenter ? demanda-t-il en guise de réponse.

— Bien sûr. C'est le petit ami d'Yvette. Il fait équipe avec elle.

— Je viens de l'appeler pour lui parler de Julia. Jusqu'à ce soir, j'avais tendance à minimiser les choses.

Je pensais que ça allait lui passer, que son comportement n'était pas si grave ; mais ce qu'elle vient de faire doit être signalé à la police.

Tout s'emmêlait dans la tête de Bridgette. Elle ne savait pas trop ce qui l'emportait, de la terreur que lui inspirait cette fille ou de l'émotion que la bienveillance de Luke faisait naître en elle.

— Que compte-t-il faire ? demanda-t-elle avec une désinvolture qu'elle était loin de ressentir.

— Il va venir se rendre compte sur place, prendre des photos et faire un rapport, je suppose. Il m'a dit qu'il parlerait à Julia.

Il allait poursuivre quand le bip lui annonçant l'arrivée d'un SMS se fit entendre.

— C'est lui. Je descends lui ouvrir. Ça va aller ?

— Oui, bien sûr, affirma-t-elle alors que l'idée de se retrouver seule, même quelques secondes, la terrifiait. Va. Je vous attends.

Quelques secondes plus tard, elle entendit les deux hommes parler.

— Merci d'être venu aussi vite, dit Luke.

— C'est normal, rétorqua le détective. Peux-tu m'en dire un peu plus maintenant qu'au téléphone ?

— Pas beaucoup plus. Julia me harcèle depuis des mois alors que nous ne sommes sortis ensemble que très peu de temps. C'est moi qui ai rompu. Jusque-là, je n'ai pas voulu aller déposer plainte, parce que je me disais qu'elle finirait bien par se lasser. Mais non. J'ai eu beau lui dire que c'était fini, elle ne veut rien entendre.

— Je vois.

— Et maintenant, elle s'en prend à Bridgette Colton.

Depuis mardi, Bridgette occupe l'appartement en face du mien.

— Bridgette Colton… Tu veux dire la sœur d'Yvette ?

— Tout à fait. Julia l'a prise en grippe. Elle a crevé les quatre pneus de sa voiture. Et ce soir, elle a lancé un pavé à travers la fenêtre.

— Comment peux-tu être sûr que c'est elle ?

— Je l'ai vue s'enfuir en courant.

— Mais tu ne l'as pas vue lancer ce pavé, n'est-ce pas ?

— Non.

— Tu ne l'as pas surprise non plus en train de crever les pneus de la voiture de Bridgette ?

— Non plus, répondit Luke qui voyait où Reese voulait en venir.

— Malheureusement, sans flagrant délit, je ne peux pas l'accuser de quoi que ce soit. Je vais quand même commencer par faire une enquête de voisinage. Quelqu'un aura peut-être vu quelque chose et pourra témoigner.

— Et si personne n'a rien vu ? Julia va s'en tirer sans être inquiétée et recommencer en toute impunité ? Cette fille est folle. Elle vient de prouver qu'elle peut aller très loin. Quelle sera la prochaine étape ?

Sa voix exprimait un mélange de colère et de révolte qu'il avait bien du mal à contenir.

— Calme-toi. Qu'on ne puisse pas l'inculper ne signifie pas qu'on va rester sans réaction.

— Que vas-tu faire ?

— Lancer une recherche sur Internet pour vérifier si elle a des antécédents judiciaires.

— Et ensuite ?

— S'il ne ressort rien du fichier, j'irai lui rendre une

petite visite. Il y a des chances pour que l'uniforme de la police la calme un moment.

— Ce n'est pas pour un moment que je veux qu'elle se calme ! Je veux que tu mettes fin à ses agissements de manière définitive.

— Fais-moi confiance. Je ne la lâcherai pas tant qu'elle n'aura pas bien intégré le fait que son comportement est susceptible d'être puni par la loi. Si je me souviens bien, Bridgette et toi êtes sortis ensemble par le passé. Je me trompe ?

— Non. Mais cela remonte à loin. Nous étions au lycée.

— C'était d'elle que tu voulais parler l'autre soir, n'est-ce pas ?

Luke marmonna quelque chose que Bridgette, qui tendait toujours l'oreille, ne comprit pas.

— Bridgette a été mon premier amour, entendit-elle plus clairement. Elle a une place à part dans mon cœur et je ne veux pas que cette folle lui fasse du mal.

— C'est tout à ton honneur. Mais c'est mon boulot de protéger les gens. Si tu permets, j'irais bien jeter un coup d'œil à l'appartement.

Bridgette referma doucement la porte, troublée par la confidence que Luke venait de faire à Reese.

Avait-il vraiment des sentiments pour elle ?

Que devait-elle penser du baiser qu'ils avaient échangé ?

Elle avait passé les deux dernières années accrochée à son passé. À l'heure qu'il était, elle n'avait aucune idée de la forme qu'allait prendre son futur ; mais ce qu'elle ignorait surtout, c'était si elle souhaitait y inclure Luke.

Julia avait envie de vomir. Comment avait-elle pu être aussi stupide ?

Pour être tout à fait honnête, elle ne se rappelait pas avec précision avoir lancé ce pavé dans la fenêtre. Un pavé qu'elle avait trouvé sur le trottoir et qu'elle avait projeté sans réfléchir à ce qu'elle faisait, ni aux conséquences que son geste pourrait impliquer. Elle avait agi sur une impulsion.

En revanche, ce dont elle se souvenait, c'était de la colère qui avait enflé en elle quand elle avait vu Luke et Bridgette s'embrasser. Puis du soulagement qu'elle avait ressenti quand elle les avait vus s'écarter l'un de l'autre.

Arrivée devant chez elle, elle ouvrit précipitamment sa portière et, sans même sortir de sa voiture, se pencha en avant pour rendre tout ce qu'elle avait dans l'estomac. Comment avait-elle pu être aussi stupide ? se demanda-t-elle encore une fois alors qu'elle s'essuyait la bouche avec une serviette en papier.

La lueur vacillante du téléviseur filtrait à travers les stores des fenêtres du salon. Malgré l'heure tardive, sa mère n'était pas encore couchée. Elle allait devoir rendre des comptes. Zut ! Zut ! Zut !

Elle coupa le moteur et sortit de sa voiture.

— C'est toi, Julia ? s'enquit sa mère aussitôt qu'elle entendit la porte s'ouvrir.

Julia s'attarda dans l'entrée. Surtout, gagner du temps.

— Oui, maman. C'est moi.

— Tu as passé une bonne soirée avec ton amie ?

— Super ! Je vais vite manger un bout et monter me coucher. Je suis crevée.

— Manger ? Mais tu m'as dit que ton amie t'invitait à dîner.

Avait-elle vraiment dit ça ? Là encore, tout était flou. Elle ne se rappelait pas. Il ne s'était écoulé que quelques heures depuis qu'elle avait quitté la maison, mais elle avait l'impression qu'elle était partie depuis une éternité.

— C'est exact, mais je n'ai pas mangé grand-chose. Je n'aimais pas les sauces.

— C'est que je ne t'ai rien préparé, fit remarquer sa mère, toujours depuis le salon. Je peux te faire un sandwich si tu veux.

— Ne te dérange pas, maman. Je vais juste prendre un bol de céréales.

C'est alors qu'elle entendit une voiture se garer dans l'allée et le chien des voisins aboyer.

Elle se figea sur place.

Son cœur s'emballa en même temps que ses paumes devenaient moites. Luke et Bridgette avaient dû la voir. À coup sûr, ils avaient prévenu la police.

La soirée allait mal se terminer.

Elle alla ouvrir la porte. Une voiture de police était stationnée à quelques mètres de là. Un flic était assis au volant et regardait en direction de la maison.

— Julia ? J'ai entendu la porte. Où vas-tu ?

— J'ai oublié quelque chose dans ma voiture. Je reviens tout de suite.

Elle referma la porte et resta immobile sur le perron, les yeux fixés sur l'officier de police qui venait vers elle.

— Julia Jones ? s'enquit-il.

Elle fut tentée de mentir. Mais, très vite, la raison reprit le dessus. Mentir n'était pas la solution. Pire, même. Cela ne ferait qu'aggraver son cas. Elle acquiesça d'un bref hochement de tête.

— Oui.

— Je suis l'officier Reese Carpenter, de la police de Braxville, se présenta l'homme. Pouvez-vous me dire où vous vous trouviez ce soir ?

— Je sais que ce que j'ai fait est mal, dit-elle en affichant un air contrit. Je regrette tellement ! Je suis vraiment, vraiment désolée.

— Qu'avez-vous fait de mal ?

Qu'est-ce qu'il racontait ? S'était-elle trompée sur la raison de sa venue ici ? Non. D'instinct, elle savait pourquoi il était là. Il essayait de lui tendre un piège. Aussi, le mieux était-il de jouer cartes sur table. Avec un peu de chance, sa franchise pourrait lui sauver la mise.

— Je ne sais pas ce qui m'a pris, commença-t-elle d'une petite voix. Je n'ai pas réfléchi. J'ai pris ce pavé qui traînait sur le trottoir, puis je l'ai lancé sur la vitre. Après, je n'ai pas demandé mon reste, je me suis enfuie en courant.

— Autre chose ?

Au point où elle en était, autant tout déballer. Elle était tellement fatiguée ! Elle voulait juste que tout ça s'arrête pour pouvoir aller se coucher.

— Oui. J'ai aussi crevé les pneus de la voiture de Bridgette Colton. Cet été, Luke et moi sommes sortis ensemble. J'étais très amoureuse de lui, alors quand je l'ai vue avec une autre femme, je ne l'ai pas supporté, expliqua-t-elle comme si cela pouvait tout justifier.

— Vous savez que vandaliser un véhicule est un acte puni par la loi ? Je ne vous parle même pas de ce pavé que vous avez lancé chez Mlle Colton. Vous auriez pu les blesser sérieusement, elle et Luke. Je pourrais vous conduire au poste de police pour tentative d'homicide.

Pleurer jouerait-il en sa faveur ? se demanda-t-elle alors que sa vue se brouillait de larmes.

— Je sais, répondit-elle en pleurnichant. Comme je vous l'ai dit, je regrette. Je paierai pour tous les dégâts que j'ai occasionnés.

— Cela, ce n'est pas à moi d'en décider. En revanche, ce que je veux, c'est que vous vous teniez éloignée de Luke et de Bridgette. Si j'entends dire que vous avez essayé de les approcher, je reviendrai et là, croyez-moi, ce ne sera pas la même histoire. Ce sera directement la garde à vue. Compris ?

— Compris.

C'était tout ? Elle cacha le sourire qui lui montait aux lèvres.

— Rentrez chez vous à présent et rappelez-vous ce que je vous ai dit.

— Je vous le promets.

L'officier Carpenter poussa un profond soupir puis retourna à sa voiture. Elle le vit secouer la tête alors qu'il se glissait derrière son volant et remettait le moteur en marche. Elle le regarda s'éloigner, les jambes tremblantes. Elle se retint au mur pour ne pas tomber et attendit de se calmer. Dans l'ensemble, elle était satisfaite de la tournure qu'avaient prise les choses. Au regard de ce qu'elle risquait, elle s'en sortait plutôt bien.

Sa faiblesse passagère dissipée, elle ouvrit la porte, le cœur plus léger. Elle déchanta aussitôt qu'elle vit sa mère qui bloquait l'entrée avec sa chaise roulante. Elle était livide.

— Est-ce que j'ai bien compris ce que tu as dit à ce policier ? demanda-t-elle, les lèvres pincées. Tu as vraiment vandalisé une voiture et lancé un pavé chez quelqu'un ?

— Puisque tu as tout écouté, tu m'as aussi entendue dire que je regrettais et que j'étais désolée. Et aussi que je n'embêterai plus Luke.

— Et sa petite amie ?

Elle revit la bouche de Luke se presser sur celle de Bridgette, comme celle d'un poisson ventouse. Tout son corps se mit à vibrer d'une rage contenue.

— Je ne ferai plus rien contre elle non plus, parvint-elle à articuler d'un ton ferme.

— Il faut vraiment que tu t'en tiennes à la promesse que tu as faite, Julia. Car il y a des endroits pires que l'hôpital psychiatrique.

— Ça m'étonnerait, grommela-t-elle.

— Si tu persévères, tu iras en prison. Et oui, la prison est pire que l'hôpital, tu peux me croire.

— Oui, maman, dit-elle pour avoir la paix. Je vais me coucher, maintenant.

— Je croyais que tu voulais manger.

— Je n'ai plus faim.

Sur ce, elle contourna la chaise roulante et s'engagea dans le couloir de sa chambre.

— Fais attention, ma fille, lança sa mère par-dessus son épaule.

Elle immobilisa sa main sur la poignée et se retourna.

— Oui, maman. Je ferai attention.

— Il faut que tu fiches la paix à Luke Walter, insista sa mère. Tu as compris ?

— Oui, maman. J'ai compris.

Une fois dans l'intimité de sa chambre, elle prit une

photo de Luke – sa préférée – et traça le contour de son visage du bout de l’index.

— Ne t’inquiète pas, mon chéri, murmura-t-elle. Je ne compte pas t’abandonner aux griffes de cette garce de Bridgette.

12

Bridgette se réveilla dans un lit qu'elle savait ne pas être le sien. En une fraction de seconde, les événements de la veille lui revinrent en mémoire dans une parfaite chronologie. Sa voiture vandalisée. La soirée chez ses parents. Le baiser échangé avec Luke. Le pavé lancé sur sa fenêtre. La visite du policier. Et enfin, la décision de rester chez Luke, du moins tant que sa vitre ne serait pas remplacée.

Luke avait insisté pour lui laisser sa chambre. Il dormirait sur le canapé. Elle était tellement fatiguée qu'elle n'avait pas cherché à discuter. Elle enfouit le visage entre les draps imprégnés de son odeur. Un mélange délicieux d'épices et d'écorces de bois qu'elle ne se lassait pas de respirer.

Malheureusement, elle n'avait pas le temps de traîner au lit. Elle rassembla ses cheveux en un chignon lâche qu'elle maintint en place avec le bandeau qu'elle portait la veille en guise de serre-tête puis se rendit dans la cuisine. Elle était déserte, tout comme le salon. Mais Luke avait eu la délicatesse de lui laisser un mot sur la table basse.

Bonjour,
Je suis au magasin. Prends ce que tu veux dans

la cuisine. J'ai fait du café, il devrait être encore chaud quand tu te lèveras. Je t'ai sorti des serviettes propres dans la salle de bains. Passe me voir si tu as le temps. Sinon, à plus tard.

Elle remit le billet sur la table, un peu mélancolique de se retrouver seule.

Mais très vite, sa nature dynamique reprit le dessus. Elle avait des tonnes de choses à faire. D'abord, appeler un garage pour qu'ils envoient une dépanneuse récupérer sa voiture immobilisée. Ce qu'elle s'empressa de faire. Ensuite, s'occuper du communiqué de presse qu'elle avait promis de rédiger.

Moins d'une heure plus tard, elle avait passé en revue tout le dossier concernant l'organisation du festival et rédigé son article. Après cela, elle alla se doucher puis, une fois habillée, chercha sur Internet une adresse qu'elle rentra dans les notes de son smartphone. Le moment était venu de sortir.

Quand elle passa devant la vitrine du magasin, elle ne put s'empêcher de jeter un coup d'œil à l'intérieur. Une douzaine de clients faisait la queue à la caisse pour payer leurs achats. Ce n'était pas le moment d'aller déranger Luke, mais devoir renoncer au plaisir de le voir suscita en elle une vive déception.

Elle revit des images de leurs bouches pressées l'une sur l'autre. Un frisson de désir la parcourut tout entière. Que se serait-il passé si Julia n'avait pas lancé ce pavé ? Jusqu'où seraient-ils allés ?

La réponse, elle la connaissait. Luke et elle se seraient réveillés dans le même lit.

Aurait-elle éprouvé des regrets ?

Elle préféra ne pas y penser. Elle n'avait fait que

quelques mètres quand elle entendit la voix de Luke derrière elle.

— Bonjour, Bridgette.

Elle s'arrêta net et se retourna. Il se tenait sur le seuil de son magasin, un large sourire aux lèvres.

— Je voulais te dire que j'ai reçu un texto de Reese Carpenter, annonça-t-il. Il est passé voir Julia chez elle hier soir. Elle n'a pas fait d'histoires. Elle a tout reconnu et a promis de nous laisser tranquilles.

— Tant mieux. Je suis contente que tout finisse par s'arranger.

Il acquiesça.

— Moi aussi. Est-ce indiscret de te demander où tu vas ?

— J'ai trouvé l'adresse de ce refuge sur Internet, lui apprit-elle en lui donnant le nom du lieu. Je vais voir s'ils veulent faire participer quelques-uns de leurs chiens au défilé.

— Je t'accompagne. Je connais le directeur.

— Et tes clients ?

— Mon père est au magasin. Il vient me donner un coup de main le samedi. Il ne verra pas d'inconvénient à ce que je m'absente un moment.

Se présenter au refuge avec Luke allait lui faciliter les choses, c'était certain. Mais surtout, elle voyait là l'occasion de passer du temps avec lui.

Au fil des jours, elle découvrait qu'il réunissait toutes les qualités qu'elle appréciait chez un homme. À ses yeux, il était même proche de la perfection. Et elle n'était pas loin de retomber amoureuse de lui.

C'était bien le problème.

Serait-ce une si mauvaise chose ?

Le ciel d'un bleu lumineux était la promesse d'une belle journée. Tous les magasins devant lesquels ils passaient étaient remplis de monde, ce dont Luke se réjouit intérieurement.

Le refuge était à deux pâtés de maisons du quartier commerçant du centre-ville. Situé dans une demeure de l'époque victorienne, il était reconnaissable à son enseigne en bois représentant la silhouette d'un chien de profil.

— Nous y sommes, annonça Luke en pointant le bâtiment du menton.

Aussitôt passée la porte d'entrée, ils furent accueillis par des aboiements joyeux.

À leur arrivée, Steven Faulkner, le directeur, leva les yeux du bureau d'accueil derrière lequel il se trouvait.

— Luke ! s'écria-t-il en s'avançant vers eux. Je suis content de te voir. Qu'est-ce qui t'amène ?

— Je voudrais vous présenter Bridgette Colton, qui est chargée de l'organisation du défilé du festival.

— Colton… Vous êtes une des filles de Lilly et Fitz ?

— Absolument, répondit Bridgette en lui souriant. C'est un plaisir de vous rencontrer, monsieur Faulkner.

— Bridgette a eu une idée géniale pour la parade, reprit Luke. À vrai dire, c'est même la raison de notre visite. Nous avons besoin de votre aide.

— Je suis curieux d'entendre ça. Allez-y. Je vous écoute.

Bridgette passa plusieurs minutes à exposer son plan au vieil homme. Elle conclut en mettant l'accent sur le fait que c'était là pour ces chiens une occasion unique d'être adoptés.

— Qu'en pensez-vous, monsieur Faulkner ?

Steven hocha la tête en souriant ce qui, aux yeux de Luke, était bon signe.

— J'en pense que c'est une excellente idée, mademoiselle Colton. En revanche, il nous faudra sélectionner des chiens que la foule n'effraiera pas.

— Bien sûr, dit Bridgette.

— Laissez-moi vous faire visiter.

Il les fit passer par des portes métalliques qui conduisaient à l'arrière de la maison. Steven leur expliqua qu'il avait fait abattre toutes les cloisons du rez-de-chaussée pour créer une immense salle divisée en une douzaine d'enclos.

Bridgette s'agenouilla à côté du premier et passa les doigts à travers le grillage.

Un chien blanc et noir au pelage ras vint timidement vers elle.

— C'est Pocco, dit Steven. Un amour de compagnon, mais trop craintif pour se retrouver dans des rues saturées de monde.

Déjà conquise, Bridgette lui caressa les oreilles.

— Pas question de te stresser, mon trésor.

— On dirait qu'il s'est pris d'affection pour vous, commenta Steven. Cela fait des mois qu'il est là et, d'habitude, il se méfie des étrangers.

— Il a senti que j'aimais les animaux.

Depuis son retour à Braxville, Luke avait eu l'occasion d'apprécier le sérieux et les compétences de Bridgette. Mais la facette qu'il découvrait d'elle – une Bridgette sensible à la cause animale – gonflait son cœur d'une émotion qu'il eut bien du mal à contenir.

Une heure plus tard, Bridgette et Luke avaient en leur possession une liste de dix chiens capables de supporter la foule aussi bien que le bruit. Avant de repartir, Bridgette exprima son désir de repasser par l'enclos où se trouvait Pocco.

— Au revoir, trésor. Je reviendrai te voir très bientôt.

Comme en réponse, l'animal secoua frénétiquement la queue tout en jappant joyeusement.

— C'est la première fois que je le vois aussi expansif, dit Steven. Il faut croire qu'il vous apprécie vraiment beaucoup.

— Si vous avez besoin de quelqu'un pour le sortir, je me porte volontaire.

— Justement, c'est l'heure de sa promenade. Vous êtes libre ?

— Oui.

— Je peux t'accompagner ? demanda Luke qui n'allait pas rater cette occasion inespérée de passer un peu plus de temps avec Bridgette.

— Avec plaisir.

— Dans ce cas, allons-y.

Le soleil, à présent plus haut, avait réchauffé l'air. Luke et Bridgette marchaient en silence, Pocco reniflant le sol en trottinant devant eux au bout de sa laisse.

— J'espère que quelqu'un craquera pour lui, dit-elle. Ça me brise le cœur de le savoir dans un refuge depuis des mois, même si je sais qu'il y est bien traité.

— Cette cause te tient à cœur, n'est-ce pas ?

— Oui. Ces pauvres bêtes me touchent. Elles ne demandent qu'à donner de l'amour et à en recevoir en retour.

Elle se tut mais Luke comprit qu'elle n'en avait pas fini avec ce sujet.

— Il y a deux ans, j'avais le moral au plus bas,

reprit-elle en effet. Avec Henry, j'ai perdu plus qu'un mari. J'ai perdu mes repères, mon avenir, les projets que nous avions échafaudés ensemble.

— Tu n'avais plus d'espoir.

— C'est cela. Je ne trouvais de répit à mon mal-être que dans le travail. Le temps que je passais au bureau me permettait de ne pas trop penser. Et puis, après des mois de ce rythme infernal, j'ai eu envie d'autre chose.

— C'est là que tu t'es tournée vers le bénévolat ?

— Oui. J'avais envie de la douceur que procure un animal de compagnie ; et puis, avec eux, je n'étais pas obligée de parler.

— Et maintenant, comment te sens-tu ?

Elle haussa les épaules.

— Quand je suis revenue ici, je pensais avoir retrouvé un certain équilibre.

— Ce n'est pas le cas ?

— Disons que ma famille complique un peu les choses.

— Tu as de nouveau des projets d'avenir ?

— Je peux me projeter dans un futur très proche, mais pas au-delà. Henry et moi, nous voulions des enfants, ajouta-t-elle dans un souffle.

— Tu as renoncé à en avoir ?

Pour toute réponse, elle consulta l'heure à sa montre.

— Il se fait tard, dit-elle. Je crois qu'il est temps de ramener Pocco.

Luke comprit qu'il serait inutile d'insister. Bridgette avait décidé que le sujet était clos. Il le regrettait. Tant de questions restaient encore sans réponse…

Ils venaient de tourner à l'angle d'une rue quand il

aperçut l'arrière d'une berline bleue qui venait de les dépasser.

Son cœur s'emballa. Était-ce Julia ? Avait-elle décidé de continuer à le persécuter en dépit des avertissements de Reese Carpenter ?

Le trajet entre Braxville et le lac Kanopolis prit moins de trente minutes. Durant tout ce temps, Paul Walker régala Bridgette d'anecdotes sur Luke qui la firent beaucoup rire en même temps qu'elles embarrassaient le principal intéressé.

— Il y a eu aussi la fois où nous sommes partis en randonnée, poursuivit Paul, intarissable. Luke devait avoir dans les trois ans. Il ne portait plus de couches et, quand il a été pris d'une envie pressante, nous avons été obligés de nous arrêter en catastrophe sur le bord de la route. Mais le pauvre petit avait tellement l'habitude de faire sur un pot qu'il refusait de se soulager dans de telles conditions.

— Je te remercie, papa, grommela Luke. Ce que tu racontes là me met très à l'aise.

Pour des raisons pratiques, il avait été convenu qu'ils prendraient la voiture de Paul, plus spacieuse, mais surtout plus confortable que le pick-up de Luke. Ce dernier avait pris le volant, tandis que son père s'était installé sur le siège passager et Bridgette à l'arrière.

— En plus, poursuivit-il, je ne suis pas certain que cela intéresse vraiment Bridgette.

— Tu te trompes. J'adore !

— Et moi, je me sens humilié.

— C'est bon, j'arrête, dit Paul.

— Au point où nous en sommes, tu peux terminer ton histoire.

— J'en étais où, déjà ?

— Luke sur le bord de la route, sans son pot, répondit Bridgette.

— Ah oui ! Sa mère a fini par le convaincre qu'il y avait des cas de force majeure et surtout qu'il n'y avait pas d'autre solution.

Tous trois s'esclaffèrent avant d'effectuer en silence les quelques kilomètres restants. Ils longèrent sur une courte distance le lac qui scintillait de mille feux à cette heure de la journée, puis s'engagèrent dans l'allée qui conduisait au chalet. Une fois la voiture garée à proximité, Bridgette les conduisit à l'intérieur.

La maison n'étant ouverte que les week-ends d'été, il flottait dans l'air une forte odeur de renfermé.

— Quelle vue magnifique ! s'extasia Luke qui avait suivi Bridgette jusqu'à la baie vitrée dont elle venait d'écarter les rideaux.

Elle frissonna de désir au contact de son corps qui frôlait le sien.

Des images de la nuit qu'ils avaient passée ici jaillirent dans sa mémoire. C'était la veille de son départ pour l'université. Ils s'étaient assis sur une couverture, face au lac, pour contempler le coucher de soleil, somptueux à cette période de l'année. Puis, quand la nuit avait commencé à tomber, leurs étreintes s'étaient faites plus fougueuses. Ils avaient fait l'amour pour la première fois. La suite restait floue. Elle se rappelait juste qu'au moment de se quitter, ils s'étaient juré de garder le contact.

Une promesse qu'ils n'avaient réussi à tenir que quelques mois.

Comment Luke réagirait-il s'il savait pourquoi elle avait préféré sortir de sa vie ?

Ellc sccoua la têtc, s'exhortant à chasser de ses pensées cette période douloureuse de sa vie.

— Donnez-moi un instant, dit-elle. Je vais débarrasser les fauteuils et le canapé des draps qui les protègent, et ensuite, j'allumerai un feu. C'est qu'il fait frisquet, ici.

— Je m'en occupe, décida Luke. Indique-moi juste où je peux trouver du bois.

— La réserve se trouve à gauche, en sortant par la porte de derrière.

Tandis que son fils sortait, Paul s'installa sur un tabouret, au comptoir de la cuisine.

— C'est un très bel endroit, dit-il.

Bridgette prit ce compliment avec un mélange de fierté et de gêne. Comme chaque fois que quelqu'un laissait entendre qu'elle était issue d'une classe privilégiée, elle préféra changer de sujet.

— J'ai appris qu'il y avait eu une terrible inondation en ville, il y a vingt-deux ans, dit-elle.

— C'est exact. Braxville a bien failli être rayée de la carte ce jour-là.

— Vous avez fait partie des gens qui ont participé au grand nettoyage, monsieur Walker ?

— Appelez-moi Paul, je vous en prie. Pour répondre à votre question, bien sûr que j'en étais. Mon magasin a été presque entièrement dévasté.

Il s'interrompit, semblant hésiter à poursuivre.

— Luke m'a dit qu'à la suite de ça, il y avait eu plusieurs cas de cancer de l'œsophage, reprit-il finalement. Vous pensez que l'eau aurait charrié des polluants toxiques ?

— C'est une possibilité.

— Quelles sont les autres ?

— Pour être franche, c'est la raison pour laquelle je suis ici. Pour essayer de découvrir ces autres possibilités, monsieur Walker.

— Paul, la reprit-il avec un sourire bienveillant.

— Difficile de se débarrasser des vieilles habitudes, répliqua-t-elle en lui souriant, elle aussi.

— De quelles habitudes parlez-vous ? s'enquit Luke qui revenait, les bras chargés de bûches.

Elle le suivit du regard, le désir chevillé au corps. Elle ne s'étonnait plus d'avoir voulu perdre sa virginité avec lui. Au-delà du sexe, elle avait aussi aimé ses qualités de cœur, qui faisaient de lui un homme à part.

— J'ai proposé à Bridgette de m'appeler par mon prénom plutôt que par mon nom. Mais je comprends que ce ne soit pas facile. Petite, déjà, elle me donnait du « Monsieur Walker ».

Un sourire aux lèvres, Luke alla déposer son fardeau près de la cheminée puis entreprit de démarrer le feu.

— Paul, parvint à dire Bridgette sans trop se forcer, comme Luke vous l'a déjà dit, je vais devoir vous soumettre à un questionnaire de santé. C'est la procédure. Cela me permettra peut-être d'établir un lien entre vous et les autres hommes qui souffrent ou ont souffert du même cancer que vous.

— Vous pouvez y aller. Je serai ravi de vous être utile.

Le poids de la responsabilité se fit aussitôt sentir sur les épaules de Bridgette.

Car ce cas était différent. Il la touchait de près.

Saurait-elle se montrer impartiale ?

13

Bridgette sortit de son sac le dossier qu'elle avait constitué avant de partir. La première page était le questionnaire de santé qu'elle venait d'évoquer. Elle y inscrivit l'âge, le poids et la taille de Paul Walker.

— Vous fumez ? poursuivit-elle.

— Non.

— Vous avez déjà fumé ?

— Est-ce qu'essayer deux fois dans mon adolescence compte ?

— Non, répondit Bridgette qui, cependant, nota l'information en marge du document. Avant d'avoir votre cancer, vous buviez ?

— Oui.

— À quelle fréquence ?

— Une à deux bières par semaine.

— Vous preniez de la drogue ?

— Jamais.

Elle continua ainsi pendant les trente minutes suivantes. Comme elle s'y était attendue, elle ne releva rien qui aurait pu nuire à la santé de Paul Walker. Elle passa ensuite à des questions relatives à son parcours professionnel.

— J'ai toujours travaillé au magasin, comme les

deux générations qui m'ont précédé, dit-il. J'y étais six jours sur sept, de dix-huit à cinquante-huit ans.

— Pourquoi avoir arrêté à cet âge-là ?

— Parce qu'il a pris sa retraite, répondit Luke à la place de son père.

C'étaient les premiers mots qu'il prononçait depuis que, le feu allumé, il était venu s'installer sur un tabouret, à côté d'eux.

— Vous étiez encore jeune pour prendre votre retraite, non ? insista Bridgette qui avait bien conscience de se montrer indiscrète.

S'immiscer dans la vie des gens comme elle le faisait était pourtant le seul moyen de découvrir un début de piste.

— En réalité, je fatiguais vite. Encore aujourd'hui, je peux difficilement passer une journée entière sans éprouver le besoin d'aller m'allonger un peu.

— Les médecins connaissent-ils la raison d'une telle fatigue ?

— Papa a subi toute une batterie d'examens qui n'ont rien donné, intervint Luke encore une fois.

— Pour le corps médical, c'est le cancer qui m'a fait vieillir prématurément, ajouta Paul.

Elle repensa à Ernest O'Rourke. Lui aussi avait l'allure d'un vieillard. Même silhouette courbée, mêmes cernes noirs sous les yeux.

— Vous n'avez jamais travaillé ailleurs que dans votre magasin ? insista-t-elle encore.

— Non. Comme je vous l'ai dit, nous y travaillons de père en fils depuis trois générations.

C'est alors que Bridgette remarqua l'extrême lassitude qui marquait ses traits.

— Si vous alliez vous installer sur le canapé pour profiter un peu du feu ? proposa-t-elle d'un ton qu'elle voulait léger. Je vais chercher la glacière dans la voiture. Nous allons manger un morceau avant de reprendre le questionnaire.

Elle sortit, talonnée par Luke.

— Je vais t'aider.

Le ciel se reflétait dans le lac, donnant l'illusion que deux paysages se télescopaient.

Quand ils revinrent, Paul somnolait sur le canapé.

Elle ressentit une pointe de culpabilité.

— Je suis désolée, s'excusa-t-elle. Je l'ai fatigué avec toutes mes questions.

— Tu n'y es pour rien. Mais maintenant, tu comprends pourquoi il a dû arrêter de travailler.

— Il a de la chance que tu aies pu prendre la relève.

— Ça n'a pas été un sacrifice. Tu es bien placée pour savoir quelle est l'importance de la transmission.

Elle acquiesça d'un hochement de tête.

— Si nous allions faire un tour pendant que papa dort ? suggéra-t-il.

— Avec plaisir.

Ils prirent un sentier tapissé de feuilles sèches qui crissaient sous leurs pas.

— Quand j'étais petite, mes frères et moi prétendions que des elfes et des fées peuplaient cette forêt, dit-elle. Nous pouvions l'assurer parce que chaque fois que nous laissions de la nourriture en évidence pour eux, le lendemain, il n'y avait plus rien. Ty et Jordana, qui étaient plus âgés, se moquaient de nous, mais nous ne voulions pas en démordre. Alors, j'ai voulu en avoir le cœur net. Une nuit, je suis sortie pour les surprendre.

— Et… ?

— En fait d'elfes et de fées, je n'ai vu que de vulgaires ratons lavcurs qui sc régalaicnt dc nos offrandes, dit-elle en éclatant de rire.

Ils continuèrent à marcher jusqu'à une clairière au milieu de laquelle se trouvait un puits dont la pierre, usée par le temps et les intempéries, était à demi recouverte de mousse.

À proximité se trouvait un banc en bois sur lequel elle s'assit.

— Cette nuit-là, reprit-elle, j'ai grandi d'un coup. Mais j'ai gardé en moi une part d'enfance qui croit toujours que cet endroit est magique.

Troublée par la proximité de Luke qui venait de s'asseoir à côté d'elle, Bridgette glissa les mains sous ses cuisses pour les garder prisonnières.

— Je comprends ce que tu veux dire, rétorqua-t-il. C'est vrai qu'il émane de cet endroit quelque chose de mystérieux, pour ne pas dire mystique. Bridgette… veux-tu que nous parlions de la nuit dernière ? ajouta-t-il après avoir marqué un temps d'hésitation.

— Tu veux dire… du baiser ?

— Oui. C'était juste un baiser ou il y a plus ?

Cette question, elle se l'était posée plus d'une fois et elle n'avait toujours pas la réponse, ce qui était déjà une réponse en soi.

— Je suis sincèrement heureuse que nos chemins se soient à nouveau croisés, commença-t-elle prudemment. Tu es vraiment un homme extraordinaire.

— Mais ?

— Je suis désolée. Nous avons déjà vécu notre histoire et je ne veux pas reproduire les mêmes erreurs.

Elle sentit soudain la jambe de Luke se raidir contre la sienne.

— Une erreur ? C'est tout ce que je suis pour toi ? Une putain d'erreur ?

Elle se figea, surprise par la violence de sa réaction.

Puis le souvenir de ce jour lui revint avec clarté. Elle avait quitté Braxville et Luke pour l'université depuis deux mois. Elle avait tout juste dix-neuf ans. C'était la première fois qu'elle partait loin de chez elle. Elle se revit enfermée dans les toilettes, son test de grossesse à la main. Elle ne pouvait pas détacher les yeux des deux lignes rouges qui étaient apparues dans la lucarne du stylet. Elle était enceinte.

Une fois le choc encaissé, elle avait enroulé le test dans du papier toilette et l'avait jeté à la poubelle.

En même temps qu'elle voulait rester seule, elle avait ressenti le besoin irrépressible de se confier à quelqu'un. Mais qui appeler ?

Sa mère ? Lilly frôlait la perfection. Elle serait en colère. Elle ne comprendrait pas comment sa fille – « une fille aussi intelligente que toi » – avait pu faire une erreur aussi stupide.

Jordana ? Yvette ? Certes, elles auraient compris, mais elles ne lui auraient pas été d'une grande aide.

Il lui était alors apparu comme une évidence que la seule personne à appeler était Luke, le père du bébé qu'elle portait. Elle avait fait défiler la liste de ses contacts et passé son appel.

Luke avait répondu à la deuxième sonnerie, mais

elle s'était retrouvée muette, incapable d'articuler le moindre mot.

— Bridgette ? Bridgette, tu m'entends ?

Elle avait séché ses yeux avant de prendre une grande inspiration.

— Luke… Ça va ?

— Ça pourrait aller mieux. Mon père n'est pas très bien en ce moment. Je dois être au magasin en permanence. Du coup, j'ai dû abandonner mes cours d'ingénierie.

— Je suis sincèrement désolée pour toi, Luke.

— Merci, mais je m'inquiète surtout pour mon père.

— Je comprends.

C'est à ce moment-là qu'elle avait pris la décision de ne rien dire. Elle ne voulait pas accabler Luke plus qu'il ne l'était déjà.

— Tu m'appelais pour une raison précise ou juste pour discuter ?

— Pour discuter.

— Zut, un client vient d'entrer. Il faut que je te laisse. Tu me manques, bébé. À bientôt.

Elle n'avait pas eu le temps de répondre qu'il avait déjà mis fin à l'appel, la laissant seule et désemparée.

C'est à ce moment-là qu'elle avait ressenti les premières douleurs. Des contractions intenses qui l'avaient fait se plier en deux. Elle avait tout de suite compris.

Les saignements avaient commencé en pleine nuit, en même temps qu'une interrogation tournait en boucle dans sa tête.

Si elle avait parlé à Luke, les choses se seraient-elles passées différemment ?

Le moment était venu de se décharger de ce fardeau qui venait encore la tourmenter à intervalles réguliers.

— Luke, je ne veux pas que tu croies que tu n'étais rien pour moi, commença-t-elle.

Mais il ne semblait pas l'écouter. Il regardait fixement derrière elle.

— Tu as entendu ? demanda-t-il.

— Entendu quoi ? dit-elle en se retournant.

— Il y a quelque chose dans ces buissons.

Il se dirigea alors vers un bosquet envahi de broussailles épaisses.

— Ce sont peut-être des elfes, le taquina-t-elle. Ou des ratons laveurs.

— Non. Cela ressemblait à un bruit de pas étouffés.

— C'est une propriété privée, ici. Personne n'est censé venir s'y promener.

— Je vais quand même aller vérifier. Ne bouge pas d'ici.

Son ton alarmiste lui fit peur. Elle s'accrocha à son bras.

— Pas question que je reste seule ici. Je viens avec toi.

Il hésita avant de répondre :

— D'accord. Mais reste bien derrière moi.

— C'est peut-être le vent qui a fait bouger les feuilles, suggéra-t-elle alors qu'ils approchaient des buissons.

— Bridgette, il n'y a pas de vent.

— En tout cas, je n'entends aucun bruit.

Avec Bridgette agrippée à lui, Luke fit le tour du bosquet, en inspecta le moindre recoin, la moindre broussaille.

— J'ai dû rêver, admit-il.

Ils revinrent sur leurs pas en marchant côte à côte.

— Luke, il y a quelque chose que je voudrais te dire. Mais d'abord, je veux que tu saches que tu as une place à part dans mon cœur. Des choses se sont produites qui ont compliqué la situation. Tu comprends ?

— Non, répondit-il avec brusquerie. Comment veux-tu que je comprenne ?

Elle n'avait plus le courage de poursuivre. Elle se sentait incapable de lui confier ce secret qu'elle gardait pour elle depuis si longtemps.

— Retournons au chalet, dit-elle. Si ton père se réveille, il va se demander où nous sommes passés.

Mais Luke lui attrapa le bras, l'obligeant à s'arrêter.

— Bridgette, tu en as trop dit. Ou plutôt, pas assez. Tu semblais sur le point de me révéler quelque chose d'important, alors vas-y. Je t'écoute.

Au lieu de répondre, elle secoua la tête et se dégagea de son emprise.

— Oublie ce que j'ai dit.

— Bridgette, quel que soit le problème, j'ai le droit de savoir.

Elle n'hésita qu'un instant.

— La dernière fois que nous sommes venus ici…, commença-t-elle.

— La veille de ton départ pour l'université.

— Oui. Nous avons fait l'amour.

— Et ?

Elle chercha la meilleure façon de lui annoncer la nouvelle. En vain. Il n'y avait pas cinquante façons de dire ce qu'elle s'apprêtait à dire.

— Je suis tombée enceinte, lâcha-t-elle d'un trait.

Le visage de Luke devint blanc comme de la craie.

— Pardon ?

— Deux mois après mon entrée à l'université, j'ai découvert que j'étais enceinte.

— Je peux savoir pourquoi tu ne m'as rien dit ?

— Je t'ai appelé le jour même où j'ai fait le test de grossesse, se défendit-elle. Mais tu m'as dit que tu étais inquiet pour ton père, que tu devais renoncer à tes cours pour t'occuper du magasin. Alors, je n'ai pas voulu ajouter un souci supplémentaire à tes problèmes. J'avais décidé de te rappeler plus tard. Mais…

Sa voix se brisa à l'évocation de ce souvenir qui lui était encore douloureux. Ses yeux se brouillèrent de larmes qu'elle laissa couler sur ses joues sans chercher à les contenir.

— Mais ? insista Luke.

— J'ai perdu le bébé. Il n'y avait plus rien à dire.

Il resta un long moment silencieux avant de demander :

— Tu en as parlé à quelqu'un ou tu as gardé ce secret pour toi tout ce temps ?

— Je n'en ai parlé qu'à Henry.

Au moment où elle prononçait ces mots, elle réalisa ce que ces mots pouvaient avoir de blessant pour Luke.

— Je suis désolée. Je pensais que cette fausse couche était le point final de notre histoire. Je réalise que j'ai eu tort. J'aurais dû t'en parler à un moment ou à un autre.

Au lieu de lui faire des reproches, il l'attira à lui et l'enveloppa de ses bras, dans un geste d'une infinie tendresse.

— Je ne suis pas en colère après toi, Bridgette. Je suis juste triste. J'aurais aimé que les choses se passent différemment.

Dans les jours qui suivraient, Bridgette se demanderait si c'était elle qui avait initié ce qui s'était passé ensuite. Qui, de lui ou d'elle, avait posé en premier sa bouche sur celle de l'autre ?

Ce qu'elle saurait, en revanche, c'était que, de baisers en étreintes, ils avaient fait l'amour et qu'elle avait adoré ça.

14

Luke regarda Bridgette rajuster ses vêtements. Il ne ferait jamais peser sur elle aucune pression. Car il la connaissait suffisamment pour savoir que plus il se montrerait insistant, moins il aurait de chances d'obtenir ce qu'il attendait d'elle.

Les mots qu'elle prononça lui donnèrent raison.

— Je ne peux rien te promettre pour l'avenir, Luke, dit-elle tandis qu'elle démêlait sommairement ses cheveux avec ses doigts. Tout ce que je peux t'offrir, ce sont les prochaines semaines. Ensuite…

— Je comprends.

Il s'exhorta à calmer les battements de son cœur. Ce n'était pas comme s'il s'attendait à autre chose, n'est-ce pas ? Il savait, depuis la seconde où il l'avait revue, qu'elle serait comme du sable qui lui glisserait entre les doigts. Insaisissable.

Pourtant, il était meurtri. Il avait nourri le secret espoir qu'elle répondrait à ses attentes. Il avait pensé – à tort – que l'annonce de sa grossesse avortée les avait rapprochés.

Il en était là de ses questionnements intérieurs quand son regard capta une lueur à travers les bois.

— Qu'est-ce qu'il y a là-bas ? demanda-t-il en pointant l'endroit du menton.

— Les bois, répondit-elle.

— Pas d'habitations ? Pas de voisins ?

— Non. La propriété s'étend sur plusieurs hectares.

Son sang se glaça dans ses veines. Sans un mot, il s'élança en direction du halo lumineux. Même en courant, même avec le bruit assourdissant que faisait son cœur qui cognait dans sa poitrine, il entendit le bruit caractéristique d'une voiture qui démarrait.

Julia aurait juré que Luke était trop loin pour pouvoir entendre sa voiture redémarrer.

Elle s'était trompée.

Le cœur battant, elle appuya sur la pédale d'accélérateur. Paniquée à l'idée de se faire prendre, elle accéléra encore, prenant à toute allure la piste cahoteuse qui serpentait dans le bois. Sa voiture, qui bondissait d'ornière en ornière, arracha un jeune arbre au passage.

Merde…

Le bruit métallique qu'elle entendait, qui semblait provenir du châssis, n'était pas fait pour la rassurer. Qu'est-ce qu'elle avait bien pu casser ? Peu importait, pourvu que cette fichue voiture roule toujours et qu'elle puisse mettre autant de distance qu'elle le pouvait entre Luke et elle.

Enfin, la piste devint moins accidentée et plus large. Elle entrevit au bout un tronçon de route. Bientôt, elle serait sortie de ce fichu bois. Mais ce n'était pas la fin de ses ennuis.

La veille, elle avait fait la promesse à ce flic, ce

Reese Carpenter, qu'elle n'irait plus importuner Luke ni Bridgette. Qu'elle se tiendrait éloignée d'eux. Et qu'avait-elle fait ? Elle les avait suivis jusqu'au lac et les avait regardés faire l'amour.

La police viendrait-elle la cueillir chez elle pour la conduire au poste, comme le flic l'en avait menacée ?

Retournerait-elle à l'hôpital psychiatrique ou pire, irait-elle en prison ?

Elle allait payer cher pour ce qu'elle avait fait. Elle le pressentait.

Mais, très vite, et alors qu'elle avait regagné la route, ses pensées dérivèrent vers Luke. Elle avait été à la fois fascinée et horrifiée de le voir faire l'amour à Bridgette. Depuis, elle ne pouvait s'enlever de la tête les images de leurs corps imbriqués, de leurs bouches l'une sur l'autre, de leurs langues qui s'emmêlaient.

Elle avait essayé de ne pas regarder. Vraiment. À plusieurs reprises, elle avait détourné la tête. Mais chaque fois, malgré elle, son regard retournait voir ce spectacle qui lui rongeait le cœur.

Le dépit fit soudain place à une colère aveugle. Une rage qui ne faisait qu'enfler et qu'elle allait devoir évacuer très vite si elle ne voulait pas y laisser la raison.

Luke courait à perdre haleine, insensible aux ronces qui le griffaient au passage. Il trébucha plusieurs fois sur des racines d'arbres, manquant s'affaler de tout son long mais parvenant toujours à garder l'équilibre et à reprendre sa course effrénée.

Julia était dans les bois. C'était elle. Il en était certain. Elle les avait espionnés alors qu'ils faisaient l'amour.

Ivre de rage, il continua de courir jusqu'à ce qu'il tombe sur un enjoliveur cabossé qui gisait au pied d'un jeune arbre fraîchement arraché.

Bridgette arriva un moment plus tard. Hors d'haleine, elle se pencha en avant pour reprendre son souffle.

— Tu as pu voir qui c'était ? demanda-t-elle dès qu'elle fut en mesure de parler.

Il secoua la tête.

— Non. Malheureusement, je suis arrivé trop tard. Mais cet enjoliveur va nous conduire à son propriétaire.

Autre chose attira son attention. Il s'agenouilla dans l'herbe et passa un doigt sur une flaque sombre.

— C'est de l'huile de moteur, dit-il après avoir reniflé la matière graisseuse qui souillait le bout de son doigt.

— Compte tenu de l'état de cette piste, notre espion a dû sacrément endommager le châssis de sa voiture.

— Un indice de plus qui nous permettra de lui mettre la main dessus. Ne traînons pas ici. On ne sait jamais. Si celui ou celle qui était là était assez tordu pour revenir…

— Luke… Tu crois que c'est encore un coup de Julia Jones ?

À quoi bon lui mentir ? Elle ne lui avait posé la question que pour la forme.

— Je le crois, oui.

— Ce qui veut dire qu'elle nous a vus pendant que nous… Enfin, tu vois ce que je veux dire.

— Je vais appeler Reese tout de suite. Ce sera facile de voir s'il manque un enjoliveur à la voiture de Julia.

Joignant le geste à la parole, il sortit son smartphone de la poche arrière de son jean puis passa son appel après avoir actionné la fonction haut-parleur.

— Luke ? Que se passe-t-il ?

— C'est Julia. Elle a recommencé.

Il prit quelques minutes pour expliquer à Reese de quoi il retournait.

— J'ai trouvé un enjoliveur sur place. Tu peux aller vérifier sa voiture ?

— Je m'en occupe. Ça va ? Vous n'êtes pas blessés ?

— Un peu sous le choc mais c'est tout.

— OK. Je vous laisse. Je reviendrai vers vous dès que j'aurai vu Mlle Jones.

— Et ensuite ? le pressa Bridgette.

— Si j'arrive à prouver que cet enjoliveur provient bien de son véhicule et que c'est bien elle qui était au volant dans ces bois, je la conduirai immédiatement au poste de police. Elle sera alors poursuivie pour intrusion, vandalisme et harcèlement avec récidive. Je pense que ce sera suffisant pour la convaincre de mettre un terme à cette obsession maladive.

— Merci, mon vieux. J'apprécie vraiment ce que tu fais pour nous.

Sur ce, Luke mit fin à l'appel.

— Voilà. Nous n'avons plus qu'à laisser la police faire son boulot.

Ils marchèrent en silence un court moment au terme duquel Bridgette parla la première.

— Tu te souviens de la grande inondation, quand nous étions enfants ?

— Bien sûr. Nous étions à l'école primaire quand c'est arrivé. J'étais jeune mais je me rappelle avoir aidé mon père à transporter des débris à la décharge.

— On m'a dit que beaucoup de gens avaient participé au nettoyage. Avec tous les vieux bâtiments qui se trouvaient en centre-ville, il est possible que des substances toxiques aient été libérées dans les eaux des crues. Ce qui pourrait expliquer les cas de cancer qui se sont déclarés en même temps. Mais quelque chose me chiffonne là-dedans. Tu viens de me dire que tu avais participé à ce nettoyage. Or, tu n'as pas été malade. Si des polluants cancérigènes avaient été libérés, on aurait dénombré bien plus de victimes. Il y en aurait eu des centaines, peut-être. En plus, cela n'explique pas ce qui a pu provoquer les cas récents.

Pour tout commentaire, il hocha la tête. Il n'avait pas la réponse à ces questions.

Quand ils arrivèrent en vue du chalet, ils virent Paul qui les attendait sur le seuil. De toute évidence, il était inquiet.

— Enfin, vous voilà ! Je me demandais où vous étiez passés !

— Nous sommes juste allés faire un tour, résuma sommairement Luke.

— Qu'est-ce que tu as dans les mains ? C'est un enjoliveur ?

Avant de répondre, Luke ouvrit le coffre du SUV et lança le disque métallique dedans.

— Oui. On l'a trouvé dans les bois.

— Allez, les enfants. Rentrez vite. Je meurs de faim.

Un court instant plus tard, les sandwichs étaient prêts. Tout en mangeant le sien, Luke laissa ses pensées vagabonder. Il n'était parti du chalet que depuis une heure et pourtant tout avait changé.

Il avait fait l'amour avec Bridgette et Julia était plus déterminée que jamais à lui nuire.

Ce qui voulait dire que Bridgette serait en danger tout le temps qu'elle resterait à Braxville.

15

Comme ils l'avaient fait à l'aller, Bridgette s'installa à l'arrière du SUV, Paul sur le siège passager et Luke au volant.

Une fois garés sur Main Street, ils sortirent tous les trois du véhicule. Un vent frais s'était levé, qui faisait tourbillonner des feuilles mortes. Bridgette frissonna de froid.

— Je vous remercie infiniment d'avoir accepté de me rencontrer, Paul, dit-elle.

— Vous savez, ce cancer a changé ma vie, rétorqua le vieil homme. Je suis meilleur aujourd'hui car j'ai conscience de la fragilité de la vie. J'apprécie ma famille et mes amis à leur juste valeur et je considère chaque jour vécu comme un cadeau du ciel. Mais la maladie m'a aussi sacrément diminué. Alors, si vous trouviez ce qui en a été la cause, j'avoue que je vous en serais reconnaissant.

— J'ai déjà promis à votre fils que je ferais tout mon possible pour découvrir la vérité.

— Merci. Passez une bonne soirée, les enfants. Moi, je rentre me coucher. Bridgette, soyez gentille de saluer votre père pour moi, ajouta-t-il alors qu'il s'était installé sur le siège conducteur. Il passait souvent au magasin avant. J'ai même travaillé à mi-temps pour lui à un moment où le magasin connaissait des difficultés. Mais je comprends qu'avec toutes les affaires qu'il a à gérer, il doit être très occupé.

Elle ne se souvint pas du trajet entre la rue et l'appartement de Luke. Quand elle reprit pied dans le présent, elle se trouvait dans le salon, assise sur le canapé du salon. Le sang pulsait dans ses veines.

— Bridgette, ça va ? Tu es blanche comme un linge. Tu veux que je prévienne ta famille ? Que j'appelle un médecin ?

— Peux-tu éteindre une de ces lampes, s'il te plaît ? J'ai un peu mal à la tête.

— Bien sûr. Que s'est-il passé ? J'ai remarqué que tu te sentais mal quand mon père t'a parlé, au moment de partir. Tu n'as plus été là, tout d'un coup. Tu étais comme absente.

— C'est exactement ce qu'il s'est passé. J'ai été comme assommée.

— Attends, je vais te chercher un verre d'eau.

Il revint avec un verre plein qu'elle porta à sa bouche d'une main tremblante.

— Maintenant, dis-moi ce qui t'a bouleversée à ce point.

— Ton père m'a donné une information qui pourrait confirmer ce que je me refusais jusque-là à accepter.

— Cela a quelque chose à voir avec l'inondation ?

— Non.

— Avec quoi alors ?

Son téléphone sonna avant qu'elle ait pu décider dans quelle mesure elle pouvait tout raconter à Luke.

— Rachel ? Il y a un problème ?

— Non, mais j'ai une bonne et une mauvaise nouvelle. La bonne, c'est que j'ai réussi à ouvrir une disquette.

Son cœur se mit à cogner fort dans sa poitrine.

— Et la mauvaise ?

— Les données sont protégées par un mot de passe. Tant que nous ne pourrons pas le contourner, nous n'aurons accès à aucune information. Je suis bloquée. Je crois que le mieux est de passer le relais au département informatique de l'État.

— Vous avez juste besoin du mot de passe ?

— Oui, mais ce n'est pas si simple.

— Ne bougez pas. J'arrive.

— Pourquoi ? Vous pensez l'avoir ?

— En tout cas, j'ai quelques idées.

— OK. À tout de suite.

Bridgette mit fin à l'appel et se leva d'un bond. Elle eut soudain l'impression de se trouver sur un bateau pris en pleine tempête. Elle sentit la main de Luke l'agripper fermement.

— Je ne te demande pas si ça va mieux, dit-il. De toute évidence, ce n'est pas le cas. Rassieds-toi.

— Je ne peux pas. Il faut que j'aille au bureau.

— Maintenant ?

— Oui. C'est important.

— Je ne peux pas te laisser partir dans cet état. Je vais te conduire.

Elle n'hésita pas longtemps. Elle n'avait aucune bonne raison de refuser l'aide d'un ami.

— Très bien, acquiesça-t-elle. Allons-y.

— Ma voiture n'est pas garée très loin. Ça ira ?

— Oui, mais je préférerais que nous y allions à pied.

Mon bureau n'est qu'à quelques rues d'ici et la marche me fera du bien.

— Comme tu voudras. Me diras-tu cnfin ce que tu as découvert ?

— Au début, je n'ai écarté aucune piste, commença-t-elle. Je me disais que cette histoire d'eau contaminée tenait la route, finalement. Mais il y a une autre hypothèse. Il se trouve que les hommes malades que j'ai interrogés travaillaient tous pour l'entreprise Colton.

— Comme mon père, même si ça n'a été que temporaire, termina Luke.

— Oui. Et les nouveaux cas ont tous un lien avec la rénovation du centre commercial, gérée elle aussi par la Colton.

— Il pourrait y avoir une autre cause à ces cancers, suggéra Luke. Une cause que tu n'as pas encore découverte.

— C'est gentil d'essayer de me rassurer, Luke. Mais plus j'y pense et plus je me dis qu'il y a des chances pour que la Colton ne soit pas étrangère à ce phénomène.

Quand ils furent arrivés devant l'entrée principale du bâtiment administratif, elle passa sa carte d'identification devant un détecteur puis poussa la porte de l'épaule.

Dans son bureau du deuxième étage, Rachel tentait encore de déverrouiller la disquette.

— Vous avez fait vite, dit-elle en levant les yeux de son écran.

— J'habite tout près, expliqua-t-elle rapidement. Rachel, je vous présente Luke Walker, un ami.

— Je vous connais. C'est vous qui tenez le magasin de bricolage de Main Street.

— C'est exact.

Bridgette s'assit devant l'écran, la bouche sèche et le

cœur battant. Ces disquettes allaient-elles lui révéler l'impensable ?

— Je sais déjà que notre mot de passe contient six caractères, précisa Rachel. Il peut s'agir de chiffres, de lettres ou d'une combinaison des deux.

— Commençons par le plus courant : les dates d'anniversaire. Celle de ma mère, d'abord.

Six points apparurent pour disparaître aussitôt.

Mot de passe incorrect.

— Celle de mon père, maintenant.

Mot de passe incorrect.

Elles entrèrent ainsi la date d'anniversaire de tous les membres de la famille Colton.

Peine perdue.

Le message d'erreur s'affichait encore et encore.

— Nous n'y arriverons pas, dit Rachel qui commençait à se décourager. Il y a tant de possibilités…

— C'est ma mère qui a créé ce mot de passe. Elle a forcément fait appel à un détail familier ; quelque chose qu'il lui serait facile de se rappeler. Essayons l'initiale du prénom de chacun de ses enfants.

Mot de passe incorrect.

Après plusieurs autres tentatives infructueuses, il restait à Bridgette une dernière idée. La date d'anniversaire de son oncle Shep.

Elle entra les six chiffres. Le champ mot de passe disparut puis l'écran devint noir.

— J'ai fait une bêtise ? s'inquiéta Bridgette.

— Je n'en sais rien, répondit Rachel. Je ne suis pas vraiment habituée à ce système d'exploitation.

C'est alors que l'écran s'alluma sur une page d'accueil affichant une liste de dossiers.

— Je crois que nous sommes y sommes, jubila Rachel.

Les mains de Bridgette devinrent froides et moites. Elle cliqua sur un dossier intitulé : « Contrats employés » dans lequel étaient consignées une liste de noms ainsi que la date de durée de contrat correspondant à chacun. Parmi eux figuraient ceux qu'elle s'attendait à y trouver : Ernest O'Rourke, Tom Cromwell et Bill Warner, mais aussi tous les autres, ceux qui se trouvaient sur la liste communiquée par le ministère de la Santé.

— Cela vous aide ? s'enquit Rachel.

— Oui, répondit-elle. C'est la preuve qu'il y a un lien entre l'entreprise de construction Colton et tous ces hommes malades d'un cancer de l'œsophage.

Julia n'avait nulle part où aller. Aucun endroit où elle serait en sécurité. Luke avait prévenu la police, c'était certain. À l'heure qu'il était, le flic devait être chez elle, prêt à l'embarquer au poste.

Plutôt mourir qu'être de nouveau enfermée, que ce soit à l'hôpital ou en prison.

Elle conduisait en pilote automatique, sans but véritable. Des images de Luke chevauchant Bridgette tournaient en boucle dans sa tête. Pourquoi ce n'était pas à elle qu'il avait envie de faire l'amour ? Ne voyait-il pas qu'ils étaient des âmes sœurs, destinées à être ensemble pour la vie ? S'il n'avait pas conscience de cette réalité, c'était à elle de lui ouvrir les yeux.

Un bref signal sonore l'avertit que le réservoir d'essence n'allait pas tarder à être à sec. Elle n'avait pas d'autre choix que de rentrer chez elle.

Quelques minutes plus tard, elle s'engageait dans sa rue au ralenti, tous feux éteints. Aucune trace de la présence de policiers. Rien.

Le cœur battant, elle se gara devant chez elle et coupa le contact. C'est alors qu'elle comprit que quelque chose clochait.

Pourquoi sa mère n'avait-elle pas allumé les lumières extérieures comme elle le faisait toujours ?

Pourquoi n'y avait-il aucune lumière filtrant des stores du salon où elle devrait se trouver, devant son téléviseur ?

Elle se précipita vers la maison, ouvrit la porte à la volée. Toutes les pièces étaient plongées dans le noir. Aucune odeur ne s'échappait de la cuisine.

— Maman ? appela-t-elle, le cœur battant d'appréhension.

Seul un silence sépulcral lui répondit

— Maman ? appela-t-elle plus fort.

Toujours rien.

Elle se rua dans la chambre de sa mère et appuya sur l'interrupteur mural d'une main tremblante. Le lit était fait. Le pyjama de sa mère étalé sur les oreillers, prêt à être utilisé pour la nuit. Les yeux brouillés de larmes, elle se rendit dans la salle de bains.

Personne.

Elle passa dans chaque pièce, appelant sa mère d'une petite voix plaintive d'enfant en détresse.

— Maman ? Maman ? S'il te plaît, maman, réponds-moi.

Surtout, ne pas céder à la panique. Prendre le temps de réfléchir calmement. Elle ne pouvait pas craquer au moment où sa mère avait sans doute besoin d'elle.

Voyons. Récapitulons les faits.

Sa mère ne se trouvait pas dans la maison, mais elle ne pouvait pas conduire. Elle ne pouvait pas non plus être chez des voisins ; elle n'en fréquentait aucun.

Des dames de la paroisse étaient-elles passées la chercher pour une raison ou pour une autre ? Si c'était le cas, elle lui aurait laissé un mot pour ne pas l'inquiéter.

En passant devant le miroir de l'entrée, elle jeta un coup d'œil à son reflet.

Mon Dieu ! Elle avait une tête à faire peur avec toute cette boue sur la figure et ces débris de feuilles mortes accrochées à ses cheveux. Sa chemise, toute froissée, était pleine de terre et un large accroc à son pantalon laissait voir son genou. Il lui fallait retrouver sa mère mais, avant cela, elle devait faire un brin de toilette et se changer.

Elle courut vers sa chambre et en poussa la porte. La vue de sa mère qui l'attendait dans le noir, assise dans sa chaise roulante, la laissa figée de stupeur sur le seuil.

— Maman, tu es là, dit-elle dans un souffle. Dieu merci, tu vas bien.

Sa mère ne répondit rien.

— Tu ne m'as pas entendue t'appeler ? insista-t-elle. J'étais inquiète. J'ai cru qu'il t'était arrivé quelque chose de grave.

Toujours rien. Sa mère semblait murée dans un silence abyssal.

C'est alors que Julia remarqua les murs nus de sa chambre.

Disparues, toutes les photos de Luke. Disparues, les reliques qu'elle chérissait comme de précieux trésors.

À présent, elles se trouvaient enfouies dans sa corbeille à papier métallique, au pied de la chaise roulante. Sa mère, le visage fermé, tenait dans une main une bouteille d'alcool à brûler ; dans l'autre, une boîte d'allumettes.

— Tu m'avais promis de laisser Luke Walker tranquille, dit-elle enfin d'une voix blanche.

— C'est vrai, admit Julia qui ne pouvait détacher les yeux de la corbeille à papier, pleine de ce à quoi elle tenait le plus au monde. C'est ce que j'ai fait.

— Reese Carpenter est passé tout à l'heure.

Julia crut que le sol allait se dérober sous elle. Le flic était venu. Il reviendrait. Il ne la lâcherait pas.

— Qu'est-ce qu'il a dit ? demanda-t-elle d'une voix tremblante.

— Il voulait savoir où tu étais. Figure-toi que quelqu'un qui n'avait rien à y faire se trouvait dans la propriété des Colton aujourd'hui.

— Je peux t'expliquer, maman, commença-t-elle d'une voix suppliante.

— Ça suffit, Julia ! J'en ai assez de tes mensonges.

Sur ces mots, elle versa un peu d'alcool à brûler dans la corbeille et gratta une allumette qu'elle lâcha.

Les photos s'embrasèrent instantanément. Les flammes orange et bleu se mirent à dévorer chaque souvenir, chaque moment passé avec Luke. Il ne lui restait plus rien.

— Maman, qu'est-ce que tu as fait ? dit Julia, les yeux pleins de larmes.

— Je t'aide à te débarrasser de cette obsession malsaine, répondit sa mère. Tu t'accroches à une relation amoureuse qui n'existe que dans ta tête. Tu recommences tes bêtises mais, cette fois, je ne te laisserai pas faire.

Julia n'entendait pas. Elle n'entendait plus. Elle voulait juste sauver ses trésors. Elle tendit la main mais se brûla contre le métal bouillant. En retirant précipitamment sa main, elle renversa la corbeille. Aussitôt, des flammes se mirent à lécher le bas de pantalon de sa mère.

— Fais quelque chose ! cria cette dernière. Ne me laisse pas comme ça !

Affolée, Julia se précipita vers son lit pour prendre une couverture.

Puis elle s'arrêta net.

— Pourquoi t'aiderais-je ? dit-elle d'une voix glaciale. C'est toi qui as mis le feu, non ? Alors, tu peux bien brûler en enfer !

16

Bridgette regretta de ne pas être plus couverte. Le vent froid qui soufflait en rafales la faisait grelotter. Elle croisa les bras et pressa le pas. Il lui tardait d'arriver, de boire une infusion brûlante et d'aller se coucher, dans son propre lit.

— Tu as l'air bien pensive, souligna Luke alors qu'il tenait la porte du couloir ouverte.

— Je n'arrête pas de penser au lien qui existe entre la Colton et ces cas de cancer. Je ne sais pas quoi faire de cette information.

— J'imagine que ça ne doit pas être la première fois qu'une entreprise est liée à un scandale sanitaire. Comment as-tu procédé, ces fois-là ?

— J'ai fait fermer l'entreprise.

Ce à quoi Luke ne trouva rien à redire. Mais qu'aurait-il pu ajouter ?

— Je vais me coucher, dit-elle.

— Bridgette, ta vitre n'a toujours pas été changée.

— Je sais. Mais j'ai envie d'être seule. Ne t'inquiète pas. Il ne m'arrivera rien.

Il secoua la tête.

— Tu sais comme moi que c'était Julia qui nous espionnait dans les bois.

— Je suis une grande fille et cette folle ne me fait plus peur. S'il lui prenait l'envie de revenir à la charge, crois-moi, cette fois, ellc trouverait à qui parler.

— Loin de moi l'idée de te traiter comme une enfant, rétorqua-t-il. Mais ici, dans ma maison, je me dois de te protéger.

Juste à ce moment, son téléphone se mit à sonner, lui épargnant la corvée de devoir encore justifier sa décision.

— Oui ? s'enquit-il sans avoir pris la peine de regarder l'identité de son interlocuteur.

Bridgette, qui se tenait à moins d'un mètre, put entendre ce qui se disait.

— Luke, c'est Nancy Jones, la mère de Julia.

— Bonsoir, madame Jones.

— Il s'est passé quelque chose d'horrible, poursuivit-elle d'une voix empreinte d'effroi.

— Quoi ?

— Avez-vous vu ma fille ? A-t-elle cherché à vous contacter ? demanda-t-elle en guise de réponse.

Le mutisme de Luke était une réponse en soi.

— Je veux juste savoir si elle est en sécurité, insista Nancy d'une voix tremblante d'émotion.

— Je n'en sais rien. Et si je la vois traîner dans les parages, j'appellerai aussitôt Reese Carpenter. Que s'est-il passé, madame Jones ?

— Les médecins prennent bien soin de moi, dit-elle sans répondre à sa question. Ensuite, j'irai chez une de mes amies de la paroisse. Vous savez, reprit-elle après avoir marqué une courte pause, Julia n'est pas une mauvaise personne. C'est juste ces idées qui lui tournent en boucle dans la tête et dont elle n'arrive pas à se débarrasser.

Sur ce, elle mit fin à l'appel.

— Bridgette, j'ai bien compris que tu es une femme indépendante qui tient à sa liberté, mais je sais aussi que je ne te laisserai pas seule tant que Julia rôdera dans la nature.

— Compter sur quelqu'un pour me protéger serait donner raison à Julia, répliqua-t-elle.

— Et la laisser te faire du mal aussi.

Il ouvrit sa porte et, d'un geste, l'invita à le précéder.

— Finissons cette discussion à l'intérieur, si tu veux bien.

Bridgette avait beau chercher à s'en défendre, cela lui plaisait que Luke se soucie d'elle comme il le faisait.

— D'accord. Je vais rester chez toi cette nuit encore, capitula-t-elle.

Elle entendait par là, dormir sur le canapé.

Mais aussitôt que Luke eut posé sur elle son regard ardent de désir, elle sut qu'elle n'aurait plus aucun contrôle sur elle-même. De toute évidence, faire l'amour dans les bois n'avait pas assouvi ses sens. Coucher de nouveau avec lui avait réveillé une sensualité débordante qu'elle avait essayé – vainement, fallait-il croire – d'enterrer avec son mari.

Les yeux rivés aux siens, il s'approcha et l'enveloppa de ses bras, lui faisant sentir la force de son désir.

Elle ferma les yeux et lui offrit sa bouche et son corps, impatiente de le sentir bouger en elle.

Plus tard, ils restèrent un long moment allongés l'un contre l'autre sur le canapé, pantelants et en nage.

— C'était terriblement bon, avoua-t-elle dans un souffle.

— Pour moi aussi, répondit-il sur le même ton. Ne bouge pas, je vais te chercher une couverture.

Elle profita de ce moment dc solitude pour renfiler sa culotte et se couvrir de la chemise en flanelle de Luke.

Puis elle regarda fixement le plafond.

Ne s'était-elle pas juré, en revenant à Braxville, de ne franchir aucune limite qui la pousserait à s'impliquer personnellement dans cette communauté qu'elle avait quittée pour ne pas y revenir ? Malheureusement, c'était sans compter sur le lien existant entre l'entreprise familiale et la mission dont elle était chargée.

Et Luke ?

Luke… , se dit-elle alors qu'elle se sentait gagnée par un sommeil bienfaisant. Il lui serait facile de retomber amoureuse de lui.

17

Bridgette se réveilla avec le sentiment merveilleux d'être aimée et de se trouver en totale sécurité. Pendant des années, c'était ce qu'elle avait ressenti en ouvrant les yeux chaque jour au côté de son mari. L'espace d'une seconde, elle oublia que Henry n'était plus là. Mais la réalité la rattrapa très vite. Une boule d'angoisse se forma alors dans sa gorge, en même temps que sa vue se brouillait.

À travers ses larmes, elle regarda Luke qui l'avait rejointe dans la nuit et dormait à côté d'elle, un bras posé en travers de sa taille.

Il se dégageait de lui une force tranquille qui, si elle la rassurait, n'éclipsait pas pour autant le sentiment de culpabilité qu'elle éprouvait à se retrouver dans le même lit qu'un homme qui n'était pas son mari.

Mais cette fois, cette tendance flagrante à l'autoflagellation ne la dévastait pas. Elle était même supportable. Un peu comme si son deuil commençait à s'alléger.

Devait-elle y voir le signe d'un avenir moins tourmenté ?

Luke, qui s'étirait en grognant, interrompit le fil de ses pensées.

— Bonjour, dit-il en effleurant son épaule d'un baiser tendre.

En réponse, elle se lova avec délice entre ses bras.

— Bonjour, répondit-elle avec un sourire.

— Quand je suis revenu avec ma couverture, tu dormais déjà. Je n'ai pas pu résister à l'envie de m'allonger à côté de toi.

— Tu as bien fait. C'est si bon de se réveiller dans les bras d'un homme.

— Justement… Que dirais-tu de passer la journée ici ?

— Sur le canapé ? demanda-t-elle d'un ton taquin.

— Si tu veux. Ou dans mon lit, ou sous la douche.

La proposition était tentante. L'espace d'un court instant, elle songea à accepter.

— Je ne peux pas, répondit-elle finalement.

Elle se leva et, après avoir rassemblé ses vêtements épars, entreprit de s'habiller.

— Il faut que je parle à mon père de ce que j'ai découvert. Et, dans la foulée, je passerai un coup de fil à Elise Willis.

— La maire ? Pourquoi ? Qu'est-ce que tu as à lui dire ?

— La Colton est la principale pourvoyeuse d'emplois de la région. Si je la fais fermer, non seulement il y aura des répercussions économiques, mais il faudra aussi s'attendre à une crise sanitaire. Il faut bien que Mme Willis en soit informée et que nous en discutions. En plus, il est avéré que les hommes souffrant actuellement de cancers travaillaient à la rénovation du centre commercial.

— Tu le ferais fermer aussi ? s'enquit-il d'un ton inquiet. Juste avant le festival ? Comment la population de Braxville va-t-elle prendre la nouvelle ?

— Rien n'est encore décidé. Mais dans le cas où

la fermeture serait envisagée, il faudra bien qu'ils comprennent qu'il s'agit d'un problème de santé publique et que c'est grave. D'ailleurs, je ne vais pas attendre plus longtemps. Je vais envoyer un message à Willis tout de suite.

Joignant le geste à la parole, elle tapa :

Madame Willis,

Je sais qu'il est encore tôt et que nous sommes samedi mais je dois vous entretenir d'un sujet très important. Pourriez-vous me recevoir dans la journée, au moment qui vous conviendra le mieux ?

Bridgette Colton

La réponse lui parvint, presque immédiate :

Dans une heure, à mon bureau ?

Parfait.

— Alors ? demanda Luke qui, entre-temps, s'était levé et avait enfilé un boxer.

— J'ai rendez-vous avec elle dans une heure.

— Rectification : *nous* avons rendez-vous avec elle dans une heure.

— Luke, tu ne peux pas m'accompagner. Je ne peux pas t'autoriser à faire partie de l'enquête.

— Je crois que tu n'as pas bien compris. Je te rappelle que Julia court toujours dans la nature et qu'elle représente un danger pour toi. Alors, à partir de maintenant, je ne te lâche plus d'une semelle.

— J'avais oublié à quel point il est agréable de vivre dans une petite ville, dit Bridgette alors que, suivie par

Luke, elle se dirigeait vers l'hôtel de ville. À Wichita, il y a toujours du bruit et de l'agitation et il est compliqué de se déplacer autrement qu'en voiture.

Il opina d'un hochement de tête mais ne fit aucun commentaire.

Il avait l'air préoccupé.

C'est toujours sans échanger un mot qu'une fois arrivés à l'hôtel de ville, ils prirent l'ascenseur pour le troisième étage.

Le bureau d'Elise Willis était à son image : moderne et chaleureux.

— J'avoue que votre texto m'a intriguée, dit-elle après qu'ils eurent tous échangé des poignées de main cordiales. Vous dites que c'est important ? Mais je vous en prie, asseyez-vous.

Elle désigna d'un geste de la main l'élégant canapé en velours qui occupait une partie de la pièce.

— Le ministère de la Santé du Kansas m'a envoyée ici, à Braxville, pour enquêter sur une série de cancers qui lui semble anormale, commença Bridgette.

— J'en ai été informée, en effet. Avez-vous pu avancer dans votre enquête ?

— Oui. Malheureusement, il se trouve que ces cas de cancers sont en lien étroit avec la Colton, l'entreprise de construction de mon père.

— Vous en êtes certaine ?

— Oui.

Pour preuve, elle tendit à Elise Willis le dossier qu'elle avait constitué et qui contenait les copies des documents incriminant la Colton.

La maire feuilleta le dossier en silence, l'air soucieux.

— Et maintenant, que comptez-vous faire ? demanda-t-elle alors qu'elle refermait le classeur.

— Je n'ai pas d'autre choix que de faire fermer l'entreprise, répondit Bridgette, le cœur serré. L'entreprise, mais également le centre commercial, dont le chantier de rénovation a été confié à la Colton.

— Je comprends.

— Nous allons tester la qualité de l'eau et de l'air à différents endroits du centre et des bâtiments de l'entreprise, poursuivit Bridgette. Ensuite, j'aurai tout pouvoir pour prendre la décision que je jugerai nécessaire.

— Ne devriez-vous pas être accompagnée par quelqu'un de nos services ? s'enquit Elise Willis, d'un ton devenu soudain suspicieux.

— Ce ne sera pas nécessaire, répondit Bridgette qui, comprenant le sous-entendu, était vexée de voir son intégrité remise en question.

— S'il s'avère que votre famille est impliquée dans ce scandale sanitaire, insista Elise Willis, vous pourriez – malgré vous, sans doute – manquer d'objectivité.

— J'ai été missionnée par l'État du Kansas pour mon professionnalisme.

— Je n'en doute pas, affirma la maire en lui rendant son dossier. Vous me tiendrez au courant des résultats des tests ?

— Je n'y manquerai pas. Je vous remercie de m'avoir reçue aussi rapidement.

Sur ce, elle quitta le bureau, talonnée par Luke qui, là encore, s'abstint de tout commentaire.

— Je suis désolée de te mettre à contribution, dit-elle, mais ma voiture est toujours immobilisée et, comme je te l'ai dit, je dois aller voir mon père.

— Comme je te l'ai dit, moi aussi, je ne vais pas te lâcher, avec l'ombre de Julia qui plane autour de toi. Ça va aller ? ajouta-t-il après avoir marqué une courte hésitation.

Elle n'eut pas à demander. Elle savait ce qu'il entendait par là.

Saurait-elle faire abstraction de son lien de parenté avec Fitz Colton ? Serait-elle capable de tenir le coup et d'aller au bout s'il se révélait coupable ?

Diriger cet empire qu'il avait fondé était pour son père plus qu'un travail. C'était un véritable sacerdoce. Un bien précieux qu'on lui avait transmis et qu'il se devait de transmettre à son tour.

— À vrai dire, je ne suis sûre de rien, avoua-t-elle simplement.

Julia s'était enfuie de chez elle en pleine nuit. Elle avait abandonné sa voiture à moins de deux kilomètres de la sortie de Braxville, derrière un entrepôt désaffecté. Depuis, elle marchait, hagarde, la peur au ventre.

Elle était terrifiée à l'idée d'avoir laissé mourir sa mère dans des conditions affreuses. Terrifiée à l'idée que chaque minute qui passait la rapprochait du moment fatidique où la police allait l'arrêter. Terrifiée, enfin, à l'idée de passer le restant de ses jours enfermée, que ce soit dans une prison ou dans un asile psychiatrique.

Au bout d'un temps qu'elle n'était pas capable de mesurer, elle réalisa que ses pas l'avaient conduite devant les bâtiments de l'entreprise Colton. Un lieu où elle serait en sécurité.

Dieu merci, elle possédait la clé de l'annexe où

étaient stockés le courrier en attente et les fournitures de bureau. Il y avait là un canapé, de quoi se faire un café et surtout, la pièce était chauffée. Car en dépit des kilomètres qu'elle venait de parcourir, elle était transie de froid.

C'est là qu'elle se réveilla en sursaut, quelques heures plus tard. Elle chercha du regard ce qui avait bien pu la mettre en alerte de manière aussi soudaine. Ne voyant rien d'alarmant, elle alla jeter un coup d'œil par la fenêtre.

Elle se figea sur place en même temps que son cœur se mettait à cogner dans sa poitrine.

Bridgette et Luke venaient de se garer sur le parking réservé aux employés.

Que venaient-ils faire ici ?

Avaient-ils retrouvé sa trace ?

Certes, il y avait les caméras de sécurité mais Julia, qui connaissait l'emplacement de chacune d'elles, avait pris bien garde à les éviter.

Elle se sentit comme un animal pris au piège. Il n'y avait pas de solution. Aucun moyen de fuir d'ici sans être vue. Elle n'avait plus qu'à se résigner.

Une chose qu'elle se refusa pourtant à faire.

— Apparemment, ton père est là, fit remarquer Luke en pointant du menton le 4-4 impeccable de Fitz Colton, stationné juste devant l'entrée du bâtiment principal.

Bridgette ne répondit pas tout de suite. Elle était perdue dans des pensées lointaines.

— Il y a deux choses qui me tiennent vraiment à cœur, finit-elle par dire. Ma famille et mon métier. Je n'aurais jamais imaginé devoir un jour choisir entre les deux.

— Tu pourrais demander à quelqu'un de parler à ton père à ta place. Elise Wallis, par exemple ? Ou un de tes collègues du ministère.

— Ce serait fuir mes responsabilités et il n'en est pas question, répondit-elle sur un ton qu'elle voulait ferme. Je connais mon père. Il va mal réagir. Il va se sentir humilié. C'est pourquoi il vaut mieux que ce soit moi qui lui annonce la nouvelle.

— Je comprends. Veux-tu que je t'attende dans la voiture ?

— Non, répondit-elle un peu trop vite. Si cela ne te dérange pas, je préfère que tu viennes avec moi.

Il acquiesça en souriant.

— Tu es prête ?

— Pas vraiment, mais allons-y quand même.

Fitz, qui avait dû les entendre arriver, les attendait à la porte. Il portait une tenue décontractée – jean légèrement délavé et polo de golf bleu marine frappé au logo de la Colton.

— Je vous ai vus sur la caméra de sécurité du parking, expliqua-t-il en leur souriant. J'avoue que c'est une agréable surprise. Mais ne restons pas là. Entrez.

— Papa, commença Bridgette d'une voix mal assurée. Il faut que nous parlions.

Fitz prit le dossier que sa fille lui tendait puis le feuilleta, les sourcils froncés.

— Comment t'es-tu procuré ces vieux documents ? s'enquit-il, perplexe.

— C'est maman qui m'a donné d'anciennes disquettes.

Il lui rendit le dossier.

— C'est triste que tous ces hommes soient tombés malades, dit-il.

— Papa, ce ne sont pas juste des hommes qui sont tombés malades. Ce sont des hommes qui ont travaillé dans ton entreprise. Tous, sans exception.

— Je ne peux que te répéter ce que je viens de te dire : c'est triste.

Le cœur battant d'appréhension, elle jugea le moment venu de lui annoncer la nouvelle.

— Nous allons devoir effectuer des tests. J'en ai déjà parlé à Elise Willis.

— Elise Willis ? Tu lui as parlé ? Mais pourquoi ?

— Parce qu'elle est la maire de cette ville et qu'il lui incombe de protéger ses habitants. Nous allons devoir fermer l'entreprise, de même que le centre commercial, le temps de procéder aux tests, ajouta-t-elle d'une traite.

— Fermer l'entreprise ! Tu n'y penses pas ! C'est un coup de cette Elise. Elle déteste notre famille. C'est une vengeance personnelle parce que Neil n'a pas voulu d'elle.

— Ce n'est pas elle qui l'a décidé, papa. C'est moi.

Fitz éclata d'un rire sonore qui lui donna la chair de poule.

— Pendant une minute, j'ai failli te croire, lâcha-t-il d'une voix rauque. Tu m'as bien eu avec ton dossier.

— Papa, je suis sérieuse. Quelque chose provoque des cancers à la chaîne et c'est mon travail de trouver quoi. Tant que nous ne pourrons pas prouver le contraire, nous considérerons que le danger vient de cette entreprise.

— Qu'est-ce que tu racontes, ma pauvre fille ?

Son visage avait viré au rouge cramoisi et une grosse veine pulsait dans son cou.

— C'est ton boulot de te mettre ta famille à dos ?

Ignorant l'attaque, elle poursuivit :

— En tant que patron, tu es responsable de la sécurité de tes employés.

— Ne me dis pas ce que je dois faire, mademoiselle Je-sais-tout !

À présent, des gouttes de sueur perlaient à son front.

— Je suis ton père, tonna-t-il. Je t'ai payé des années d'études. Tout ça pour quoi ? Pour que tu te retournes contre moi à la première occasion ? Que tu me poignardes dans le dos ?

— Monsieur Colton, intervint Luke, Bridgette n'est pas votre ennemie. Elle cherche juste à connaître la vérité.

— Je te préviens, dit-il en pointant sur sa fille un doigt menaçant, si tu fais fermer mon entreprise, je vous poursuivrai en justice, toi et ton ministère.

— Papa, sois raisonnable. Il en va de la santé des gens qui travaillent pour toi.

Elle n'eut pas le temps d'argumenter davantage. Son père lui agrippa l'épaule et tomba à genoux avant de s'écrouler, face contre terre.

18

— Papa ! hurla Bridgette.

— Monsieur Colton, vous m'entendez ?

Fitz battit plusieurs fois des cils avant d'ouvrir les yeux. Son visage avait viré du rouge au blanc crayeux.

— Ça va, dit-il d'une voix faible tout en cherchant à se relever. J'ai été pris d'un vertige, c'est tout.

— Restez tranquille, lui intima Luke, d'une voix douce mais ferme. Il se peut que vous fassiez une crise cardiaque. Bridgette, peux-tu aller chercher la trousse de secours qui se trouve dans ma boîte à gants, s'il te plaît ? Il faut lui donner de l'aspirine.

Un court instant plus tard, elle était de retour avec la trousse en question et faisait prendre deux comprimés à son père. La sirène de l'ambulance se fit entendre au loin.

— Tu entends, papa ? Les secours seront là d'une minute à l'autre. Ça va aller.

En guise de réponse, Fitz serra la main de sa fille.

— Appelle ta mère pour la prévenir, articula-t-il avec peine. Tu veux bien ?

— Bien sûr, papa. Je le ferai, ne t'inquiète pas.

Une fois les secours sur place, elle alla se mettre un peu à l'écart.

— C'est ma faute, dit-elle à Luke, qui l'avait suivie.

S'il lui arrive quelque chose, je ne me le pardonnerai jamais, ajouta-t-elle d'une voix tremblante.

Luke prit ses mains dans les siennes et les pressa doucement, dans un geste qui se voulait réconfortant autant que tendre.

— Bridgette, tu n'es responsable de rien, tu m'entends ?

— Comment peux-tu dire ça ? Tu as bien vu sa réaction quand je lui ai annoncé que c'était moi qui avais pris la décision de fermer la Colton.

— Si ton père a fait cette crise cardiaque, c'est que cela devait arriver. Dis-toi plutôt qu'il a eu beaucoup de chance que nous soyons là.

— Excuse-moi, dit-elle en dégageant ses mains. Il faut que j'appelle ma mère.

Elle venait de mettre fin à l'appel au moment où les brancardiers embarquèrent son père dans l'ambulance.

— Nous le transportons à l'hôpital, annonça l'un d'eux.

— Nous vous suivons, décida Luke.

— Merci, dit Bridgette quand ils se furent installés dans le pick-up.

— Tu n'as pas besoin de me remercier. Tu le sais bien.

— Il semble que je ne t'apporte que des problèmes, dit-elle en soupirant.

— Arrête de dire des bêtises, rétorqua-t-il.

C'était vrai. Car il n'en fallait pas beaucoup pour qu'il retombe fou amoureux de cette femme venue du passé et qui se refusait à faire partie de son futur.

Bridgette ne se souvenait pas d'avoir vécu pire journée depuis le décès de son mari. Elle retrouva avec angoisse les longs couloirs silencieux, l'odeur forte des antiseptiques, le bourdonnement des rampes lumineuses du plafond qui se reflétaient sur le carrelage.

Elle patientait dans la salle d'attente, en compagnie de sa mère, de Luke et de tous ses frères et sœurs. Ils étaient là depuis des heures quand, enfin, un médecin vint les trouver. Une grande femme brune aux yeux noirs dont le badge accroché à sa blouse indiquait qu'elle était le Dr Jamapal.

— Docteur… Comment va mon mari ? s'enquit aussitôt Lilly d'une voix vibrante d'inquiétude.

— Il va bien. Il se repose. Un caillot s'était formé dans l'artère coronaire et a provoqué une crise cardiaque, mais tout est rentré dans l'ordre maintenant. Il est hors de danger. Je dois ajouter qu'il a eu beaucoup de chance. S'il avait été seul ou si vous ne lui aviez pas administré des comprimés d'aspirine aussi rapidement, je vous tiendrais sans doute un discours différent.

Sur ce, elle les salua à la ronde et repartit vers ses patients.

— Comment t'est venue l'idée de lui faire prendre de l'aspirine ? demanda Tyler à Bridgette.

— Ce n'est pas moi, c'est Luke.

— Il n'y a pas de quoi se vanter, rétorqua modestement celui-ci. Comme je suis commerçant, j'ai suivi une formation de secouriste. Je ne voulais pas rester les bras ballants au cas où un client viendrait à faire un malaise.

— En tout cas, merci, mon vieux. Notre père te doit une fière chandelle. Vous voulez aller voir papa en premier ?

Bridgette secoua la tête. Le nœud qui s'était formé dans sa gorge lui rendait la parole difficile.

— Allez-y avec maman, les garçons, parvint-elle péniblement à articuler.

Yvette attendit qu'ils aient quitté la salle pour demander :

— Tu vas me dire ce qu'il se passe, à la fin ? Tu n'as pas décroché un mot depuis que nous sommes là.

— Je crois qu'il est temps que nous y allions, décida Bridgette en guise de réponse. Luke m'a assez consacré de temps. Il doit retourner travailler.

— Arrête un peu tes salades, tu veux ? insista Yvette. Et crache plutôt le morceau.

Elle hésita encore un court instant. Résister ne servirait à rien. Ses sœurs ne la lâcheraient pas tant qu'elle n'aurait pas parlé.

— Papa et moi, nous nous sommes disputés, commença-t-elle. C'est pour ça qu'il a fait une crise cardiaque.

— C'est faux, intervint Jordana. Tu as entendu ce qu'a dit le médecin. C'est même un miracle que vous soyez allés le voir à ce moment-là.

— Vous ne comprenez pas. Je n'étais pas juste passée le voir. J'y suis allée pour lui dire que j'allais fermer son entreprise, le temps d'y faire effectuer des tests. J'ai découvert que tous les hommes malades du cancer de l'œsophage avaient travaillé pour papa. De manière temporaire ou non.

— C'est à ce moment-là qu'il a fait son attaque ? demanda Yvette.

— Oui. Vous comprenez maintenant pourquoi je me sens coupable ? C'était stupide de ma part de croire que j'étais la mieux placée pour lui annoncer cette terrible nouvelle.

— Je vois ce que tu veux dire, rétorqua Yvette. J'ai

le même problème avec les deux cadavres découverts dans un immeuble restauré par la Colton. Des officiers de police pensent que je dois être dessaisie de l'affaire. À leurs yeux, l'enquête est forcément faussée puisque je suis la fille de l'entrepreneur. À Braxville, quoi que nous fassions, nous resterons toujours les enfants de Fitz Colton.

— C'est vrai, dut reconnaître Bridgette. Excusez-moi, les filles, mais il faut vraiment que nous y allions.

— J'expliquerai à maman quand elle reviendra, dit Jordana.

Elle embrassa ses sœurs et sortit dans le couloir, suivie de près par Luke qui devait presque courir pour rester à sa hauteur.

— Pourquoi est-ce que tu cavales comme ça ?

— Je ne supporte pas l'ambiance des hôpitaux.

— Je comprends à quel point tout cela te bouleverse. Et à quel point tu peux être tiraillée entre ton besoin de faire ton travail proprement et l'amour que tu portes à ton père.

Elle acquiesça alors qu'elle n'était pas certaine qu'il ait raison. Car elle venait de découvrir que quelque chose avait plus d'importance que l'envie de découvrir la vérité.

Sa famille.

Au cours de la semaine suivante, Bridgette se coula avec bonheur dans une routine rassurante. Le matin, elle allait au bureau. Ensuite, elle passait l'heure du déjeuner à promener Pocco, le chien du refuge, et enfin, le soir, elle dînait et dormait chez Luke.

Elle n'y était plus une invitée. Désormais, elle partageait sa chambre et son lit, comme si c'était là la chose la plus naturelle au monde.

Deux événements majeurs étaient venus troubler cette quiétude relative. D'abord, elle n'était pas retournée visiter son père à l'hôpital – et il n'avait pas demandé à la voir. Ensuite, elle avait appris qu'on avait diagnostiqué un cancer de l'œsophage à Chuck, le mari de Megan, lui aussi employé de la Colton.

L'idée de confier l'enquête à un de ses collègues commençait à faire son chemin. Aussi imparfait qu'il soit, Fitz Colton n'en demeurait pas moins son père et elle l'aimait.

Elle prit sa décision le samedi matin.

Après la parade, elle appellerait son chef et lui annoncerait qu'elle renonçait à cette mission. Et tant pis pour les conséquences éventuelles sur sa carrière !

Comme à son habitude, Luke se réveilla en s'étirant et en grognant.

— Bonjour, dit-il en lui souriant.

— Bonjour, répondit-elle en lui souriant en retour. Qu'est-ce qui te rend d'humeur si joyeuse ?

— J'adore me réveiller à tes côtés. Et puis, à la fin de cette journée, je serai libéré de mes fonctions de président.

— Tu crois vraiment qu'ils vont te laisser partir aussi facilement ? Tu es droit, honnête, charismatique, organisé. Toutes les qualités requises pour rester à la tête de l'association des commerçants du centre-ville. Mieux, même, pour te faire un jour élire maire de Braxville.

— Je laisse cette responsabilité à Elise. Et toi ? Tu ne m'as pas parlé de l'avancée de ton enquête depuis plusieurs jours.

— C'est parce que je réfléchissais. Mais ça y est. J'ai pris une grande décision.

— Laquelle ?

— Je vais demander à être dessaisie de l'affaire.

— Quoi ?

— Elle est étroitement liée aux affaires de ma famille. Je pensais pouvoir me montrer impartiale mais, en réalité, je n'y arrive pas. Il m'est impossible d'avoir le recul nécessaire. Surtout après ce qui est arrivé à mon père.

— Et c'est tout ? En clair, tu abandonnes.

Il avait haussé le ton, exprimant une colère qui la prit de court.

Le sang de Bridgette ne fit qu'un tour. C'était tellement injuste !

— C'est quoi, ton problème ? répliqua-t-elle sur le même mode offensif.

— Mon problème, c'est que mon père a cessé de mener une vie normale avec ce cancer. Mon problème, c'est que tu nous avais promis de découvrir la vérité.

— Si je comprends bien, il n'y a que la santé de ton père qui compte. Celle du mien n'a aucune importance, c'est ça ?

Elle avait commencé à s'habiller à grands gestes rageurs.

Son argument fit mouche. La colère de Luke retomba comme un soufflé.

— Bien sûr que non. Ce n'est pas ce que j'ai voulu dire. Tu le sais bien.

— Mon père a eu une crise cardiaque, poursuivit-elle,

indifférente au ton de Luke devenu plus doux. En ce moment même, il est encore à l'hôpital. Tout ça par ma faute. J'ai déjà perdu un enfant et un mari, je n'enterrerai pas mon père. De plus, ce n'est pas comme si l'enquête allait être abandonnée. Elle se poursuivra, mais avec quelqu'un d'autre.

— C'est justement ça qui me chagrine, répliqua-t-il d'un ton las. Le fait que ce ne sera pas toi qui la conduiras.

— Peu importe. Le principal, c'est de découvrir la vérité. Je vais y aller. Je pense que nous avons besoin de prendre un peu de distance, non ?

— Bridgette, nous pouvons ne pas être d'accord sur un sujet sans pour cela mettre un terme à notre relation.

— D'accord. Mais j'ai besoin d'aller prendre un peu l'air. Une dure journée nous attend. Mieux vaut que toute cette colère soit évacuée avant.

— Tu as raison.

— Je vais aller promener Pocco, puis je rentrerai chez moi. Rendez-vous à la Dolce Vita à… 8 heures, ça te va ? demanda-t-elle après avoir consulté sa montre.

— Parfait.

Sans décrocher un mot de plus, elle descendit l'escalier et sortit dans la rue. C'était la première fois depuis des jours qu'elle se retrouvait seule. Après des années de veuvage, elle s'y était habituée. Était-ce le fait d'être entourée en permanence qui la mettait ainsi sur les nerfs ?

Ou était-ce la dispute qu'elle venait d'avoir avec Luke ? Avaient-ils une vision des choses si différentes ? De toute façon, elle allait être rappelée à Wichita dès que sa hiérarchie aurait été informée de son désistement. Finalement, c'était mieux ainsi.

Peut-être était-il temps de renvoyer Luke Walker à son passé. Et de l'y laisser.

Julia se pencha sur son volant, s'efforçant de voir quelque chose à travers son pare-brise crasseux. Elle avait passé des jours terrée dans son annexe, ne se nourrissant que d'en-cas rassis et de litres de café.

L'avantage, c'était qu'elle avait eu le temps de réfléchir et d'élaborer un plan. Une nuit, elle s'était réveillée en sueur, tremblant de tous ses membres. C'est alors que l'idée lui était venue. Elle n'avait pas perdu un mot de la discussion entre Bridgette et son père. Son plan en tête, elle avait épluché tout le courrier qui lui passait entre les mains et avait constitué un dossier.

C'était le matin du festival. Il n'était que 6 h 45, mais la ville bourdonnait déjà de vie. Elle braqua ses jumelles sur les fenêtres de l'appartement de Luke. C'est alors qu'elle vit Bridgette franchir la porte qui donnait sur la rue. Elle avait l'air contrarié.

Julia s'attendait à la voir traverser pour se rendre à la Dolce Vita mais au lieu de cela, elle tourna à l'angle de la rue. Julia mit le contact et fit le tour du pâté de maisons. Avec le flic qui devait être à ses trousses, ce n'était pas le moment de se faire remarquer.

Le temps qu'elle rejoigne l'endroit où elle pensait retrouver Bridgette, celle-ci avait disparu.

— Merde, merde, merde, jura-t-elle en frappant violemment son volant du plat de la main.

Cette garce ne devait pas être bien loin. Sauf si quelqu'un était venu la chercher en voiture.

Le meilleur moyen de le savoir était de patrouiller

dans le coin. De toute façon, il n'était pas question d'abandonner alors qu'elle était si près du but.

Elle en était à son deuxième tour de ronde quand elle la vit, qui marchait sur le trottoir, tenant en laisse un chien blanc et noir. Enfin, la chance lui souriait.

Elle alla se garer un peu plus loin, descendit de voiture et alla à la rencontre de Bridgette, son dossier sous le bras.

— Salut, Bridgette. Il faut que nous parlions. Vous avez une minute ?

Bridgette s'était figée sur place. De toute évidence, elle ne s'attendait pas à se retrouver nez à nez avec elle.

— Il faut que je vous montre quelque chose, poursuivit-elle en pointant du menton son précieux classeur qu'elle ne tenait que d'une main.

L'autre, elle la gardait plaquée contre sa cuisse.

— Vous n'en avez pas assez fait ? répliqua vertement Bridgette. Ma voiture. La vitre de mon appartement. L'intrusion dans notre propriété familiale.

— Je sais, je sais. Mais il y a quelque chose que vous devez savoir. Ça concerne la Colton et les cas de cancer.

— Comment êtes-vous au courant ?

— Je travaille au service du courrier et j'ai trouvé des documents qui devraient vous intéresser.

Le poil hérissé, Pocco se mit à grogner.

— L'entreprise est actuellement fermée, remarqua Bridgette. Mais vous devriez le savoir si vous travaillez là.

— En fait, j'ai eu un problème avec ma mère. J'ai dû m'installer dans l'annexe parce que je ne pouvais pas rentrer chez moi, vous comprenez. J'ai surpris la discussion que vous avez eue avec votre père, alors je me suis mise à chercher de mon côté. Et j'ai trouvé des choses intéressantes.

— Qu'est-ce que vous avez trouvé ? s'enquit Bridgette, toujours sur le qui-vive.

— Des documents qui pourraient disculper votre père.

Un demi-sourire naquit sur les lèvres de Bridgette. Elle s'avança d'un pas et prit le classeur que Julia lui tendait.

Les grognements de Pocco redoublèrent d'intensité. Cette fois, il montrait les dents.

— Pocco, arrête un peu, lui ordonna Bridgette tout en parcourant les documents du regard. Je ne comprends pas. Il n'y a rien là-dedans qui pourrait mettre mon père hors de cause.

Si Bridgette réalisa le danger qu'elle encourait, elle ne le montra pas. Ce n'est que quand elle vit la main de Julia brandir le démonte-pneu qu'elle poussa un cri étouffé.

Julia abattit violemment son arme sur le crâne de Bridgette qui s'écroula par terre, les yeux écarquillés d'effroi. Puis un filet de sang se mit à couler sur son front.

Julia regarda fixement ce corps inerte qui gisait sur le trottoir.

Et maintenant ?

19

Luke relut pour la centième fois les SMS qu'il avait envoyés à Bridgette, restés jusque-là sans réponse.

Tu es en chemin ?

Il est 8 h 15. Où es-tu ?

Elise vient d'arriver.

L'équipe de la télé est là. Envoie-moi un texto.

Et enfin :

Ce n'est pas parce que nous nous sommes disputés que tu dois me lâcher

— Toujours pas de nouvelles ? s'enquit Elise.
— Non. Rien.
— C'est curieux. Bridgette m'a paru être quelqu'un de fiable.
— À vrai dire, nous nous sommes disputés ce matin. J'ai bien peur qu'elle ne soit repartie à Wichita.
— Elle vous a dit qu'elle comptait le faire ?
— Non. Au contraire. Elle m'a dit que nous nous parlerions plus tard parce que la journée s'annonçait chargée pour nous deux.
— Eh bien, voilà qui est rassurant.

— Elle a pu changer d'avis.

— Je ne connais pas Bridgette, mais elle ne m'a pas donné l'impression d'être du genre à agir sur un coup de tête. Pour être franche, je suis plutôt inquiète. Vous a-t-elle dit où elle allait quand elle a quitté l'appartement ?

— Elle devait aller promener un des chiens du refuge. D'ailleurs, Steven Faulkner n'est pas encore arrivé, lui non plus.

— Ils ont peut-être eu un problème.

— Je vais lui passer un coup de fil.

Il avait sorti son téléphone de sa poche quand le vieil homme poussa la porte du café, tiré par trois chiens tenus en laisse.

— Désolé, je suis en retard, dit-il, légèrement essoufflé. J'attendais que Bridgette me ramène Pocco, mais elle n'est pas venue. Elle est là ?

— Non. Vous ne l'avez pas vue ?

D'un coup, ce qui n'était jusque-là que de la contrariété se transforma pour Luke en une profonde angoisse.

— Non. Pas depuis qu'elle est venue au refuge chercher le chien. Il était environ 7 heures.

— Excusez-moi, dit le présentateur venu les rejoindre. Tout le monde est là ? Nous lançons le direct dans trois minutes.

— Elise, Steven, occupez-vous de l'interview. Moi, je pars chercher Bridgette.

Aussitôt dehors, Luke se mit à courir à en perdre haleine. Pour l'avoir accompagnée tous les jours, il connaissait le chemin qu'elle prenait avec Pocco. Des scénarios terrifiants lui traversaient l'esprit qu'il s'empressa de chasser de son esprit.

Il était à trois rues du refuge quand il avisa Pocco, blotti contre une clôture.

La tête basse, la queue repliée entre ses pattes, la pauvre bête tremblait comme une feuille.

L'appréhension de Luke monta d'un cran. Bridgette n'aurait jamais abandonné Pocco en pleine rue. C'était le signe évident qu'il lui était arrivé quelque chose.

Il venait d'enrouler sa main autour de la laisse du chien quand son regard fut attiré par une tache sombre qui se détachait sur la chaussée, en bordure du trottoir. Une tache d'huile. La même que celle qu'il avait trouvée dans les bois.

Son cœur cognait fort dans sa poitrine tandis qu'il appelait Bridgette.

« Vous êtes bien sur le portable de Bridgette Colton. Je ne suis pas joignable pour le moment mais laissez-moi un message. Je vous rappellerai très vite. »

Les battements de son cœur redoublèrent d'intensité. Bridgette était en danger. Cela ne faisait plus aucun doute.

Il appela Jordana mais, là encore, son appel bascula vers la boîte vocale.

— Jordana, c'est Luke. J'ai des raisons de croire qu'il est arrivé quelque chose à Bridgette. Rappelle-moi.

Il connut le même échec avec Yvette, Brooks et Reese.

— Bon sang ! jura-t-il tout haut. Pourquoi personne ne décroche son fichu téléphone ? Allez, viens, Pocco. Nous allons devoir nous débrouiller tout seuls.

Moins de dix minutes plus tard, ils roulaient en direction du sud. Il avait une idée de l'endroit où Julia avait pu aller. Il espérait seulement qu'il n'arriverait pas trop tard.

La bouche de Bridgette était sèche et sa tête lui faisait horriblement mal. Elle ouvrit les yeux mais ne vit qu'une profonde obscurité. Elle était allongée sur une surface recouverte d'un tapis rugueux. Une forte odeur d'huile de moteur et de gaz d'échappement lui emplissait les narines.

Elle tenta de se redresser mais sa tête endolorie se heurta à quelque chose de dur et – lui sembla-t-il – de métallique.

Bon sang ! Où était-elle ? Que s'était-il passé ?

Elle s'exhorta au calme, refusant de céder à la panique. C'est alors que des images lui revinrent en rafales avant de s'assembler les unes aux autres, comme les pièces d'un puzzle.

Elle se revit promener Pocco, être abordée par Julia, puis subir l'attaque, aussi soudaine que violente.

Elle compta lentement jusqu'à dix puis prit une profonde inspiration qu'elle exhala tout aussi profondément.

Les idées plus claires, elle comprit qu'elle se trouvait dans le coffre d'une voiture.

Julia l'avait kidnappée alors qu'elle était inconsciente.

Elle se rappela que l'intérieur de chaque coffre était équipé d'un système de sécurité, prévu pour de telles urgences. À tâtons, elle trouva une poignée sur laquelle elle tira de toutes ses faibles forces.

Le miracle se produisit.

Le coffre s'entrouvrit, laissant filtrer une lumière aveuglante qui l'obligea à fermer les yeux quelques secondes. Le temps pressait. Elle ne se laissa pas le temps d'hésiter. Elle ouvrit grand le coffre et se laissa rouler hors de la voiture.

Elle venait de heurter durement le sol quand la berline freina brutalement.

Une douleur aiguë irradiait dabs son épaule et sa cheville gauche lui faisait un mal de chien. Du sang coulait de sa main écorchée.

— Où croyais-tu aller ?

La voix caverneuse de Julia la fit frissonner de terreur. Portée par le désespoir, elle parvint à se relever mais sa cheville endolorie se déroba aussitôt sous elle. Elle s'affaissa lourdement au sol.

Julia s'avança vers elle, menaçante, le démonte-pneu à la main.

— Tu n'aurais pas dû me voler Luke. J'ai essayé de te mettre en garde mais tu n'as rien voulu savoir. Tu t'es accrochée à lui comme une sangsue.

Son visage était défiguré par la haine.

— Il m'aimait. On était bien ensemble. Tu as tout gâché.

Si Bridgette avait une chance infime de s'en sortir, ce serait en cherchant à gagner du temps. Sa seule arme était la ruse.

— Julia, je dois repartir lundi à Wichita. Luke ne m'aime plus. Il est en colère contre moi. Laisse-moi ici. Je me débrouillerai pour rentrer. Je te promets que je ne dirai rien à personne.

Julia resta silencieuse. Elle semblait considérer sa proposition. Mais, soudain, ses traits se durcirent.

— Non. C'est trop tard.

— Trop tard ?

Pour toute réponse, Julia s'approcha et l'attrapa brutalement par le bras. D'un geste brusque, elle la força à se relever.

Bridgette hurla de douleur. Elle ne pouvait pas rester entre les mains de cette folle. Elle rassembla le peu de force qui lui restait et, portée par un instinct de survie désespéré, frappa Julia de son bras valide.

L'effet de surprise joua en sa faveur. Julia relâcha son emprise et Bridgette se mit à courir, ignorant la douleur qui envahissait tout son corps. La sueur qui lui coulait dans les yeux lui brouillait la vue mais elle continuait à fuir, terrifiée.

C'est alors qu'elle ressentit une douleur fulgurante à l'arrière de son crâne. Tandis qu'elle s'effondrait par terre, elle comprit que Julia l'avait encore frappée.

Elle regarda le ciel devenir flou. Elle essaya de crier, mais aucun son ne sortit de sa bouche. Elle allait mourir.

Elle était à demi inconsciente mais elle sentait qu'on la tirait par les pieds. Quel sort horrible cette folle lui réservait-elle ?

Elle le comprit très vite quand elle se sentit basculer dans le vide avant d'atterrir brutalement sur le dos. Des gerbes d'eau glacées lui giflèrent le visage. Elle ouvrit la bouche, avide d'air.

Elle était au fond d'un puits. Le puits de la clairière.

Les parois, recouvertes d'une épaisse couche de mousse verdâtre et gluante, rendaient impossible toute tentative d'évasion.

Elle regarda en l'air. La tête de Julia se découpait sur le ciel d'un bleu lumineux. Elle lui adressa un sourire haineux puis rabattit avec fracas la plaque métallique qui fermait le puits.

Bridgette se retrouva de nouveau dans une obscurité totale.

Le visage de Luke jaillit dans son esprit. Elle n'était

de retour à Braxville que depuis quelques jours, mais elle savait avec certitude qu'ils étaient faits l'un pour l'autre.

Quelle ironie du sort !

Personne ne savait où elle était.

C'est ici, au fond de ce puits, qu'elle allait mourir d'une mort atroce.

Luke prit deux fois moins de temps que la normale pour aller jusqu'au lac Kanopolis.

Dans un crissement de freins, il immobilisa son pick-up devant l'entrée du chalet et courut vers la porte. Elle était verrouillée. Il leva la jambe, prêt à la défoncer, quand son téléphone sonna. C'était Elise.

— Dites-moi que Bridgette est avec vous, dit-il d'une voix suppliante.

— Malheureusement, non. C'est pour cela que je vous appelle.

Il prit deux minutes pour lui expliquer quels soupçons il nourrissait à l'encontre de Julia Jones et pour lui dire où ces soupçons l'avaient conduit.

— Le domaine est immense, par là-bas, commenta-t-elle.

— C'est vrai, mais je ne partirai pas tant que je n'aurai pas retrouvé Bridgette.

— Je comprends. Je vais appeler Jordana pour la mettre au courant de la situation. Elle va vous envoyer du renfort.

Il ne prit pas la peine de la remercier. Il mit fin à l'appel, cherchant par où commencer ses recherches.

C'est alors que lui parvinrent les aboiements furieux de Pocco, qu'il avait oublié dans la voiture.

Il retourna lui ouvrir. Aussitôt libéré, le chien se mit à renifler le sol.

— Cherche, mon chien. Cherche.

Tirant sur sa laisse, il entraîna Luke dans une course effrénée qui les conduisit jusqu'à un puits. Celui de la clairière où ils s'étaient assis sur un banc. Il remarqua tout de suite que la chaîne métallique qui sécurisait la fermeture avait été sectionnée.

Libéré de sa laisse, Pocco gratta frénétiquement la terre en poussant de petits gémissements plaintifs.

Luke souleva le lourd couvercle en métal.

Là, en bas, immergée dans l'eau jusqu'à la taille, se trouvait Bridgette.

Luke se pencha à demi dans le puits et lança la laisse qu'il avait fermement enroulée autour de son poignet.

Bridgette essaya de l'attraper mais il manquait de la longueur.

— Vas-y, Bridgette. Tu peux y arriver.

— Non, gémit-elle. Elle est trop courte.

Elle avait raison. Mais il ne pouvait pas se pencher plus sans prendre le risque de se retrouver au fond du puits avec elle.

— Attends une minute. J'ai une idée.

— Tu ne vas pas me laisser, n'est-ce pas ?

La terreur s'était inscrite sur ses traits.

— Non. Je serai là tout le temps. Je te le promets.

Prenant soin de rester en vue, il défit sa ceinture et la passa dans la poignée de la laisse, créant une boucle que Bridgette pourrait saisir.

L'espoir chevillé au corps, il la regarda progresser

centimètre après centimètre. Enfin, il put attraper sa main. Rassemblant toutes ses forces, il la tira hors du puits. Ils roulèrent ensemble dans l'herbe humide.

Il la garda serrée contre lui un long moment. Leur émotion était si intense qu'elle en était presque tangible.

— Comment m'as-tu retrouvée ? demanda-t-elle quand elle fut en mesure de parler.

— Grâce à Pocco. Il était resté dans la rue, terrorisé, le pauvre chou. Et c'est lui qui m'a conduit jusqu'ici. C'était Julia, n'est-ce pas ? demanda-t-il après avoir marqué une courte pause.

Elle acquiesça en silence.

— Je sais que tu es choquée, mais il faut que tu appelles Yvette pour lui dire que tu vas bien.

Bridgette hocha la tête puis appela sa sœur à qui elle raconta en détail les heures traumatisantes qu'elle venait de vivre. En l'écoutant parler, Luke éprouva un profond sentiment de culpabilité. Il n'aurait jamais dû la laisser seule en sachant Julia Jones dans la nature.

Bridgette venait de raccrocher quand ils entendirent hurler la sirène du véhicule des secours.

Tandis que les ambulanciers examinaient Bridgette, il alla passer un coup de fil à Reese.

— Reese, il est urgent que tu mettes la main sur Julia Jones, attaqua-t-il sans préambule.

— Ne t'inquiète pas. Elle n'ira pas bien loin. Elle a toutes les forces de police de l'État à ses trousses.

— Bridgette m'a dit qu'elle se cachait dans une annexe de la Colton. Un mobil-home qui se trouve derrière le bâtiment principal.

— Je vais aller y faire un tour tout de suite.

— Merci, mon vieux.

Son appel terminé, il retourna auprès de Bridgette.

— Qu'est-ce qu'ils disent ? s'enquit-il.

— Ils vont m'emmener à l'hôpital pour des examens complémentaires. Je t'appellerai une fois que ce sera fait.

— En clair, tu cherches à te débarrasser de moi ? dit-il, plaisantant à moitié.

— Luke, c'est le festival, aujourd'hui. Tu t'es donné trop de peine pour l'organiser. C'est important que tu y sois.

— Ce qui est important, c'est toi. Si tu veux que je te laisse, dis-le-moi. Sinon, je …

— Excusez-nous, monsieur, mais nous devons y aller.

Il regarda l'ambulance s'éloigner en cahotant sur le chemin caillouteux.

Qu'aurait répondu Bridgette si les ambulanciers lui en avaient laissé le temps ?

— Qu'est-ce que tu en penses, toi ? demanda-t-il à Pocco alors que celui-ci venait quémander des caresses.

Comme en réponse, Pocco jappa en se dressant sur ses pattes arrière.

— Je suis d'accord. Allons la retrouver.

20

Après avoir roulé quelques minutes droit devant elle, Julia avait décidé de retourner à l'annexe.

Elle s'assit par terre et entoura ses genoux de ses bras. Elle se sentait mal.

Allait-elle éprouver ce sentiment de culpabilité toute sa vie ?

Parce qu'elle n'avait pas voulu tuer Bridgette.

À l'heure qu'il était, celle-ci devait être morte et elle ne pouvait pas la ressusciter.

Pour la première fois depuis des mois, les cicatrices à son poignet se mirent à la démanger.

Elle les gratta d'abord pour se soulager, puis plus fort, jusqu'au sang.

Soudain, une voix d'homme s'éleva, la faisant violemment sursauter.

— Julia Jones, je suis le détective Reese Carpenter, de la police de Braxville. Je suis avec l'officier Colton. Sortez, les mains en l'air.

Quelle idiote d'être revenue ici ! Qu'est-ce qu'elle allait faire, maintenant ? En réalité, elle n'avait pas trop le choix.

— Julia, si vous ne sortez pas immédiatement, je vais venir vous chercher.

Elle se mit à plat ventre et rampa jusqu'à une étagère où se trouvait un cutter.

Munie de son arme, elle retourna dans son coin. Elle abaissa les yeux sur son poignet. Elle pressa la lame sur les lignes encore nettement visibles.

C'est alors que la porte s'ouvrit à la volée sur Reese Carpenter et une femme flic qu'elle ne connaissait pas. Tous les deux pointaient leur arme sur elle.

— Julia, lâchez ce cutter lui enjoignit Yvette d'une voix étrangement douce et ferme. Vous ne voulez pas vous faire de mal, n'est-ce pas ?

— J'ai laissé ma mère brûler vive, j'ai tué Bridgette. Je suis mauvaise. Je dois mourir.

Elle enfonça la lame dans sa chair. Du sang coula sur la moquette.

— Julia, on a retrouvé Bridgette vivante. Quant à votre mère, elle s'en est tirée avec quelques brûlures superficielles. Elle vous réclame.

— Maman ? dit Julia d'une voix flûtée de petite fille.

Elle lâcha le cutter et n'opposa aucune résistance quand Reese et Yvette l'aidèrent à se relever pour l'embarquer dans le véhicule de police.

Les examens effectués sur Bridgette révélèrent une légère commotion cérébrale, un grand nombre d'ecchymoses, une profonde entaille au cuir chevelu et une hypothermie due à son immersion dans l'eau glacée du puits.

Finalement, elle s'en tirait plutôt bien.

— Nous allons vous garder en observation pour la nuit, décida le Dr Jamapal, le même qui suivait son père.

Luke Walker est dans la salle d'attente. Souhaitez-vous le voir ?

— Oui, bien sûr, répondit Bridgette.

Quelques minutes plus tard, la porte s'ouvrait, non sur Luke mais sur son père.

— Papa ?

— Ma chérie, je suis venu aussitôt qu'on m'a informé de la situation. Je peux entrer ?

Elle se mordit l'intérieur des joues dans l'espoir de refouler les larmes d'émotion qui lui brouillaient la vue.

— Bien sûr. Papa… Je suis désolée de ne pas être passée te voir cette semaine. Je me sens tellement responsable de ce qui t'est arrivé. J'avais peur que tu me le reproches. Que tu ne veuilles pas me pardonner.

— Pour être franc, je t'en ai voulu. Jusqu'à ce que j'apprenne ce qui t'était arrivé et que je réalise qu'il n'y avait rien de plus important dans ma vie que mes enfants.

— J'ai décidé de me retirer de l'affaire.

Fitz s'assit au bord du lit et prit la main de sa fille dans la sienne.

— Bridgette, il y a quelque chose que tu dois savoir.

Il s'interrompit au bruit de la porte qui s'ouvrait sur Luke.

— Excusez-moi, dit ce dernier. Je ne savais pas que ton père était avec toi.

— J'étais juste passé embrasser ma petite fille, expliqua Fitz.

— C'est bien que vous soyez là tous les deux parce que j'ai eu un coup de fil de Jordana. Ils ont arrêté Julia. Elle se cachait bien dans l'annexe, comme tu l'avais indiqué.

— Tout est bien qui finit bien, répliqua Fitz en se levant. Ma chérie, je vous laisse. Je dois appeler ta mère.

— Papa, qu'est-ce que tu voulais me dire ?

Il fit un geste vague de la main, comme pour lui signifier que ce n'était pas important.

— Nous en reparlerons plus tard. Pour l'instant, repose-toi.

Une fois Fitz sorti, Luke s'approcha d'elle et lui pressa doucement la main dans un geste d'une infinie tendresse.

— Comment te sens-tu ?

— Comme une miraculée. Mais dis-moi… qu'as-tu fait de Pocco ?

— Je l'ai confié à mon père. À l'heure qu'il est, ils doivent partager un bon hot-dog. Ah, et au fait… J'ai décidé de l'adopter. On forme une bonne équipe, tous les deux.

— Luke… Quand j'étais au fond de ce puits, j'ai vraiment cru que j'allais mourir là. Je m'en suis alors terriblement voulu de ne pas t'avoir parlé de ce que je ressentais vraiment.

La pression sur sa main se fit plus forte.

— Je regrettais de ne pas t'avoir avoué que je t'aimais. Que je voulais faire ma vie avec toi.

— Et maintenant ? Tu le penses toujours ?

— J'ai réalisé que j'avais tellement souffert de la perte de mon bébé, puis de celle de mon mari, que je préférais me fermer à l'amour, poursuivit-elle, les yeux brillants. Pour ne plus souffrir. Jamais. Mais j'ai tellement de chance d'être en vie, Luke. Je veux me donner une chance d'être heureuse avec toi. Enfin… si tu veux toujours de moi.

— Je n'ai toujours voulu que toi, Bridgette.

Il se pencha alors sur elle et lui donna un baiser dans lequel elle devina toute une palette d'émotions.

Un baiser qu'elle pressentait porteur des promesses d'un bonheur infini.

RACHEL LEE

Un garde du corps très exigeant

Traduction française de
CAROLE PAUWELS

BLACK ROSE

HARLEQUIN

Titre original :
CONARD COUNTY: CHRISTMAS BODYGUARD

1

— Tu as besoin d'un garde du corps.

Allie Burton resta sans voix en entendant le vieil ami de son père, l'inspecteur Max Role, prononcer ces mots.

Il lui fallut quelques instants pour réagir.

— Oh ! voyons, Max, tu exagères ! Je suis sûre que M. Ellis parlait de l'ensemble de ses entreprises à l'international, et de la façon de les protéger. Il a dit qu'il allait demander à la compagnie d'audit d'y regarder de plus près.

Max prenait de l'âge. Ses bajoues le faisaient ressembler à un basset hound chauve. Allie le connaissait depuis toujours, grâce à l'amitié qu'il avait entretenue avec son père, aujourd'hui décédé. Elle lui faisait confiance, mais là, il exagérait quand même un peu.

— Quels ont été ses mots exacts ?

Elle fit un effort pour se les remémorer. Elle en avait fait part à Max d'un ton détaché, mais il n'avait pas du tout pris cela à la légère.

— Il a dit, exactement, que je ne devais parler à personne de ce que j'avais découvert dans les livres comptables.

— Et la suite ?

Allie haussa les épaules.

— Il a dit, et je cite, « personne n'est à l'abri d'un problème ». Ça se comprend. C'est un magnat des affaires, il possède des sociétés partout dans le monde. La moindre irrégularité dans les comptes pourrait lui causer de gros ennuis.

— Exact, dit Max tout en sirotant son sempiternel café. Mais je veux que tu réfléchisses bien au sens de ces mots. « Personne n'est à l'abri d'un problème. »

— Eh bien ?

— Ne me rétorque pas « eh bien » et écoute-moi.

Allie plissa le front.

— Je me rends compte que je n'aurais pas dû t'en parler. Je m'imaginais que tu en rirais et que tu ne raconterais ça à personne.

— Je n'en parlerai qu'au garde du corps que tu vas engager.

— Mais enfin, Max, comment je vais le payer ?

Il haussa les épaules.

— Ton grand-père t'a laissé une petite fortune, non ?

— Et je suis supposée la dilapider ?

— Ce n'est pas du gâchis si ça te sauve la vie, répliqua brusquement Max. Et maintenant, vas-tu m'écouter au lieu de n'en faire qu'à ta tête, comme mon idiot de chien ?

Allie fit un effort pour ne pas sourire à la pensée de l'énorme mastiff de Max et, croisant sagement les mains sur son estomac, capitula.

— Je t'écoute.

— Il était temps.

Max alluma une cigarette, une habitude qu'Allie avait souvent essayé de lui faire abandonner, et elle chassa ostensiblement la fumée d'un geste de la main.

— Arrête ton cinéma, dit-il, tu ne vas pas être victime de tabagisme passif pour une demi-heure.

Elle soupira.

— Dis-moi simplement ce que j'ai besoin de savoir.

— Heureusement – ou malheureusement –, tu connais les affaires de Jasper Ellis de l'intérieur. Tu sais qu'il est comme une pieuvre, avec une multitude de tentacules.

— Il a du succès. Et alors ?

Max se pencha vers elle.

— Je n'ai rien contre la réussite professionnelle. Ce que je peux te dire, c'est que nous enquêtons sur lui depuis des années, et que nous n'avons jamais rien trouvé pour l'incriminer. Il est doué pour dissimuler les preuves. Il est même excellent. Le gouvernement pourrait s'en inspirer. Quoique ses méthodes n'aient rien de légal.

— Vous enquêtiez sur quoi ?

Max souffla un nuage de fumée.

— Sur les disparitions inexpliquées et les suicides supposés d'un certain nombre de ses employés.

Allie sentit un frisson courir le long de sa colonne vertébrale. Elle voyait bien que Max ne plaisantait pas et se sentait maintenant bien naïve d'avoir pris la situation à la légère.

— Tu me fais marcher, murmura-t-elle.

— J'aimerais bien. Mais laisse-moi t'expliquer. Au début, ces choses pouvaient passer inaperçues. Puis leur nombre a fini par attirer notre attention et nous avons commencé à creuser. Rien ne conduit directement à Ellis, si ce n'est qu'il se trouve en haut de la pyramide. Ou qu'il est la tête de la pieuvre, pour en revenir à ma première analogie. Souviens-toi que j'ai essayé de te dissuader de travailler pour lui.

Allie n'avait pas oublié les mises en garde répétées de Max. Ils avaient même failli se disputer, chose qui n'arrivait jamais. Et qui était sur le point de se produire à nouveau.

L'attitude de Max l'inquiétait tout autant que ses paroles, car il était évident qu'il croyait à la culpabilité de Jasper Ellis.

Ce n'était pas un homme porté sur les théories du complot, mais un inspecteur dur à cuire, qui s'en tenait strictement aux faits. Or, il semblait avoir des faits à exposer.

— Allie, il faut que tu comprennes que la police ne peut pas te protéger. La menace est trop indirecte pour justifier notre intervention. Il est pourtant évident que tu as touché un point sensible, et Jasper Ellis n'est pas un homme qu'on peut contrarier impunément.

La voix d'Allie était de moins en moins assurée.

— Si je lui ai parlé, c'est uniquement pour qu'il puisse remédier au problème. De façon à ce que ça ne lui cause pas de tort.

— Tu possèdes des informations qui peuvent lui nuire. Généralement, il sait comment mettre un terme à ce genre de risque.

Oubliant les bonnes manières que sa tante lui avait inculquées à force de réprimandes, Allie s'affala sur sa chaise.

— Vraiment, Max ?

— Vraiment. Je vais donc appeler ce garde du corps. Je l'ai connu du temps où il était dans les marines. J'ai en lui une confiance aveugle. Et il n'est pas question que tu partes d'ici avant son arrivée.

— Franchement…

— Va te préparer une tasse de ce que tu veux, ou te servir un jus d'orange, mais ne sors pas de la maison.

Sincèrement remuée par la sévérité avec laquelle Max avait prononcé ces derniers mots, Allie se leva pour se servir un thé glacé.

Était-ce possible ? Elle avait une totale confiance en Max. Il avait été comme un oncle pour elle, durant la plus grande partie de sa vie. S'il affirmait quelque chose, c'est que c'était vrai.

En traversant l'étroit couloir, elle surprit son reflet dans le miroir en pied de l'entrée. La femme de Max l'y avait placé trois ans plus tôt, peu avant d'être mortellement touchée par une balle perdue lors d'une fusillade de rue.

Allie marqua une pause pour observer cette femme qui lui faisait face, en se demandant qui elle était. Elle se sentait si différente, à l'intérieur, que cette femme d'affaires aux cheveux blonds et courts, en tailleur-pantalon bleu nuit et chemisier rayé bleu marine et blanc, ne lui ressemblait plus.

Un garde du corps ? Cette pensée lui arracha un frisson. Sérieusement ?

Avant qu'elle ait eu le temps d'aller plus loin, Max l'interpella.

— Sors la tarte au citron vert du congélateur, tu veux ? Elle plaît à tout le monde. Hale sera là dans une heure, elle aura eu le temps de décongeler.

L'association entre une tarte au citron vert et une menace de mort semblait absurde, mais Allie ne pouvait même pas en rire, tant son visage s'était figé, à la façon d'une statue de glace.

— Bien sûr, dit-elle, soulagée que sa voix ne chevrote pas, quand toutes ses sensations évoquaient les prémices d'un tremblement de terre.

Elle sortit la tarte de sa boîte et la laissa sur le plan de travail. Puis, réalisant qu'elle n'avait absolument pas soif, elle retourna dans le petit salon les mains vides.

— Tu penses vraiment que je suis en danger ? demanda-t-elle.

Ce n'était que le début de la guerre qui faisait rage en elle.

— Il ne fait pas bon provoquer un homme tel que Jasper Ellis.

— Je peux toujours tenir ma langue à l'avenir.

Max se répéta, lentement et avec fermeté :

— Tu détiens des informations dangereuses pour lui. Tout ce qu'il veut, c'est que tu gardes le silence en attendant d'avoir réglé le problème.

Le monde d'Allie était en train de quitter son axe. Elle se demanda vaguement si elle verrait désormais la vie différemment. Une toute nouvelle réalité s'insinuait en elle, et elle détestait ça.

— Par pitié, Max…

Que voulait-elle dire ? « Par pitié, Max, répare ma vie. »

— Je sais, dit-il. C'est un choc. Un peu comme la première scène de crime pour un flic. Après, plus rien n'est jamais pareil.

Max redevint silencieux et alluma une autre cigarette. Cette fois, Allie ne prit pas la peine de chasser la fumée.

À quoi bon se soucier d'éventuels soucis de santé, si sa vie était vraiment menacée ?

— Bon sang, murmura-t-elle. Je ne parviens pas à y croire.

Les paroles de Max l'avaient transpercée comme une flèche. La sensation de malaise qui montait en elle lui nouait douloureusement l'estomac.

— Contente-toi d'écouter Hale. Il saura quoi faire. C'est son métier.

Allie le dévisagea. La conviction que tout cela ne pouvait pas être réel tentait toujours de s'imposer dans son esprit.

— M. Ellis pourrait très bien apporter une solution au problème que j'ai détecté.

— Il pourrait. Mais si on considère que l'homme est sous la surveillance constante de l'administration fiscale, qui n'a pas encore réussi à l'épingler, il est possible que tu aies découvert l'irrégularité susceptible de tout faire voler en éclats.

Elle n'avait pas réfléchi à cela. Les arriérés d'impôt et les pénalités de retard qui en découleraient pouvaient s'avérer considérables. Cela affecterait le cours de l'action et écornerait la richesse de Jasper Ellis. Ou pire.

— Bon sang, murmura-t-elle à nouveau.

Max la laissa ruminer en silence.

Elle pouvait se lever et partir. Reprendre le travail le lendemain comme s'il ne s'était rien passé.

Sauf qu'il s'était passé quelque chose.

Max avait raison.

L'expert en protection rapprochée arriva un peu plus tôt que prévu. Lorsque Max ouvrit la porte, la première chose qu'Allie remarqua fut sa taille. Vêtu d'un coupe-vent large et d'un jean, il ne paraissait pas spécialement athlétique, mais ce n'était probablement pas nécessaire pour ce qu'il faisait.

En tout cas, il ne semblait pas musclé, jusqu'à ce qu'il salue Max, entre dans la maison et pivote légèrement pour jeter un coup d'œil à Allie. En s'ouvrant, son coupe-vent révéla les larges épaules et les bras puissants d'un homme en parfaite forme physique.

Allie savait ce qu'on disait sur les premières impressions… Apparemment, cet homme était intimidant et il essayait de le cacher. Son visage, partiellement dissimulé sous une barbe, était aussi impassible que celui d'une statue. Ses cheveux, un peu trop longs et emmêlés, étaient d'un noir d'encre. Ses yeux, d'une couleur indéterminée sous l'éclairage blafard de l'entrée, semblaient sombres également. En résumé, son apparence était passablement inquiétante.

Max fit les présentations.

— Alicia Burton, Hale Scribner. Assieds-toi, Hale. Allie se trouve mêlée à une drôle d'histoire impliquant Jasper Ellis.

Hale haussa les sourcils tout en prenant place sur le canapé, le seul endroit encore disponible puisque Max s'était, comme d'habitude, installé dans son fauteuil à dossier inclinable, tandis qu'Allie se perchait sur le rebord d'un fauteuil crapaud. Le velours marron capitonné dissimulait probablement de nombreuses taches accumulées au cours des années.

Jambes écartées, coudes posés sur les genoux, Hale prit la parole, d'une voix profonde et rocailleuse qui évoquait les ténèbres.

— Jasper Ellis, tu dis ? De quoi s'agit-il ?

— En parlant à Allie, il a insinué que « personne n'était à l'abri d'un problème ».

Le visage du visiteur s'assombrit encore, si une telle chose était possible.

— Ce n'est pas bon signe.

— C'est ce que je m'évertue à faire comprendre à Allie. Mais elle a du mal à y croire.

Hale fit la grimace, tout en secouant la tête.

— Jasper Ellis est quelqu'un de très dangereux.

Allie frissonna.

— Vous croyez vraiment tous les deux qu'il serait capable de me tuer ?

Hale répondit d'une voix calme et ferme.

— Absolument. Et vous ne seriez pas la première.

Épouvantée, Allie se prit la tête dans les mains.

— Mon Dieu, gémit-elle.

— Il ne t'aidera pas. Ellis a perdu son âme depuis longtemps.

Comme Hale gardait le silence, Allie lui glissa un regard en biais.

— Qu'allez-vous faire ? demanda-t-elle. Surveiller mon appartement ?

— Non.

Cette réponse laconique ne l'aidait pas à y voir plus clair.

— Quoi, alors ?

— Vous allez quitter votre appartement. Il me faudrait toute une équipe pour vous protéger chez vous, et il existerait toujours une façon de vous atteindre. Même les meilleurs groupes peuvent être infiltrés.

Allie sentit son estomac se nouer un peu plus.

— Et ensuite ?

— Si nous en discutions autour d'une tarte au citron vert ? proposa Max.

Il ne se laissait jamais abattre. Il disparut dans la cuisine et revint avec trois assiettes blanches, pourvues chacune d'une part de tarte et d'une fourchette à dessert, qu'il fit passer.

— Mangez ! ordonna-t-il. La nourriture est un remède à tout.

Allie n'était pas certaine que ça l'aiderait, mais elle obtempéra en portant une minuscule fourchetée à ses lèvres.

Hale ne fut pas aussi délicat. De toute évidence, il était doté d'un appétit féroce.

Tandis qu'Allie s'exhortait à la patience, il finit par repousser son assiette, s'essuyer les lèvres sur une serviette en papier et porter son attention sur elle.

— Nous allons partir en cavale.

Cette fois, son estomac se révulsa, tandis que son cerveau cherchait un moyen de rejeter cette idée.

— N'est-ce pas un peu excessif ? Jusqu'où pensez-vous aller ?

— Aussi loin qu'il le faudra, en attendant que les hommes de main d'Ellis soient arrêtés et que je sois assuré de votre sécurité.

— Allons donc ! répliqua Allie, qui recouvrait sa détermination. Ce n'est pas nécessaire.

— Ça l'est si vous voulez être encore en vie dans une semaine.

— Je ne comprends pas, dit-elle d'une voix affaiblie. Il ne m'a pas menacée.

— Bien sûr que si, rétorqua Hale. J'ai déjà été confronté

aux menaces indirectes, et je sais les reconnaître. En outre, je sais de quoi Ellis est capable. Il faut partir.

Un recoin sombre semblait une bonne idée à Allie. Une cave. Les égouts. À ce stade, elle n'était pas en mesure de faire la difficile.

— Ça servira à quoi ? demanda-t-elle.

— À vous sortir de la ligne de tir, le temps que j'élimine la menace, répondit Hale.

— Comment ferez-vous si vous êtes avec moi ?

— J'ai des contacts.

Comme si ça expliquait tout. Peut-être était-ce le cas, mais elle avait du mal à analyser la situation. Il lui aurait fallu plus de précisions…

Indécise, elle regarda Max.

— Fais-le, Allie. Tu sais que je t'aime comme ma fille. Fais-le pour moi.

C'était une supplique qu'elle ne pouvait ignorer. À nouveau, elle s'adressa à Hale.

— Comment allons-nous procéder ?

— Pour commencer, nous allons nous rendre à votre banque et retirer un maximum d'espèces afin de couvrir nos frais. L'argent liquide ne peut pas être tracé, contrairement à une carte de crédit.

— Et ensuite ?

— Nous irons à votre appartement. Je vais vous donner des sacs de voyage, plus faciles à manipuler que des valises. Prévoyez des vêtements confortables et résistants, comme pour aller camper. Inutile d'emporter des tailleurs.

Luttant contre un regain de nausée, elle se répéta que, si Max estimait que c'était une bonne chose, elle devait le faire.

— Nous quitterons la ville au plus vite, reprit Hale. Au premier arrêt pour la nuit, vous vous teindrez les cheveux. Puis nous reprendrons la route.

— Seigneur, murmura-t-elle, abasourdie.

Elle avait l'impression de cauchemarder.

— N'appelez pas vos amis, ajouta Hale. Ne leur expliquez pas votre absence et ne laissez aucun indice concernant nos plans.

Il consulta l'impressionnante montre noire à son poignet.

— Il est encore temps de passer à la banque. Ensuite, nous irons à votre appartement, et nous partirons. Ensemble.

Il lui adressa un regard vibrant de détermination.

— Ellis pense probablement qu'il a encore quelques jours devant lui. Je suppose que vous êtes allée travailler aujourd'hui.

Elle hocha la tête.

— Donc, il doit se dire que vous ne soupçonnez rien pour le moment. Mais, dès demain matin, il comprendra.

Il marqua une pause.

— Attendez-moi ici. J'ai quelques préparatifs à faire avant de revenir vous chercher.

Hale retrouva son meilleur ami dans un petit café de quartier, à l'abri des regards indiscrets. Stu Dembrowski s'était battu à ses côtés sur différents théâtres d'opérations à l'étranger. Ils s'étaient mutuellement sauvé la vie et se vouaient une confiance absolue.

— Jasper Ellis, dit-il à Stu.

Ce fut suffisant pour que son ami comprenne la situation.

— Bon sang, mon vieux, tu ne vas pas encore t'opposer à lui !

— Il le faut. Et j'ai besoin que toi et les gars équipiez de traceurs les voitures de son équipe de sécurité locale. Au besoin, suivez-les jusqu'à ce que l'occasion de les placer se présente. Je t'appellerai régulièrement pour que tu me donnes leurs positions.

— Tu seras où ?

— En train de rouler comme un dingue à travers le pays. Ça ira ?

— Il faudra bien. Mais rappelle-toi que ces transmetteurs ne fonctionnent pas partout. Il y aura forcément des passages à vide.

— Je m'en contenterai.

Stu haussa la tête et se leva.

— Eh bien, il n'y a plus qu'à se mettre au travail.

Hale attendit cinq minutes après le départ de Stu pour quitter le café. Puis il emprunta un circuit tortueux et complexe pour rejoindre Max et Allie.

Il n'y avait pas de temps à perdre.

2

Hale accompagna Allie à la banque, comme il l'avait annoncé. À la seule pensée de la somme considérable qu'il voulait lui faire retirer, elle avait des palpitations.

— On va vous demander de signer des documents pour l'administration fiscale, la prévint-il. Faites-le sans rechigner.

Elle s'acquitta de cette tâche pendant qu'il l'attendait dehors avec un sac de sport en toile noire, et elle dut pratiquement jurer à l'employé de banque qu'elle savait ce qu'elle faisait. Puis elle signa tous les papiers et, vingt minutes plus tard, ressortit avec une épaisse pochette marquée au logo de la banque.

Hale lui tendit le sac ouvert, et elle y laissa tomber la pochette.

— Maintenant, votre appartement.

Allie eut du mal à conduire tant ses mains tremblaient, et cela tint du miracle qu'elle n'ait pas d'accident.

Au volant de son massif SUV noir, Hale s'engagea à sa suite dans le parking souterrain de son immeuble et se gara sur un emplacement réservé aux visiteurs. Comme promis, il s'était équipé de plusieurs sacs de voyage.

Pour la première fois, elle se demanda s'il était

armé. Si tel était le cas, on ne remarquait rien sous son coupe-vent.

Non sans une certaine grossièreté, remarqua-t-elle, il ne cessa de l'observer pendant qu'elle préparait ses bagages. Sa garde-robe ne contenait pas beaucoup de jeans et de sweat-shirts. En réalité, elle n'avait que quelques vêtements d'intérieur confortables et deux ou trois tenues décontractées pour les week-ends avec ses amis.

— Prenez des sous-vêtements pour quelques jours. Vous pourrez faire des achats en route.

Avec le cash impossible à tracer, supposa-t-elle. La meilleure solution était peut-être de prétendre qu'elle regardait un film policier… Pour le moment, en tout cas. Faire semblant, et se débarrasser de cette corvée.

— N'emportez pas votre téléphone portable. Il peut être pisté même si vous l'éteignez. Chaque antenne relais devant laquelle vous passerez enverra une requête ping.

Laisser son téléphone ? Ce serait comme se couper un bras. Il attendit tandis qu'elle prenait le temps de supprimer quelques applications, comme celle de sa banque.

— Mes amis vont remarquer que je suis partie.

— Je n'en doute pas, mais vous ne voulez quand même pas les entraîner dans ce désastre. Je ferai en sorte que vous puissiez les appeler dans quelques jours.

Hale porta ses sacs, les jeta dans le coffre de son SUV et lui fit signe de monter à l'avant. Puis ils s'éloignèrent, et elle eut l'impression de laisser sa vie derrière elle.

Saisie d'un nouveau malaise, tandis qu'elle regardait défiler derrière les vitres teintées le paysage familier de son quartier, Allie ferma les yeux et essaya de dédramatiser la situation.

Hale, lui, ne desserrait pas les dents.

Contre toute attente, Allie avait dû s'endormir. En effet, lorsqu'elle regarda à nouveau dehors, la nuit était tombée et ils traversaient une morne banlieue. Sur la voie rapide, la circulation s'amenuisait, l'heure de pointe étant largement dépassée. Hale roulait légèrement au-dessus de la limitation de vitesse.

— Nous allons bientôt nous arrêter pour acheter de quoi nous restaurer, dit-il, parlant pour la première fois depuis leur départ. Je suppose que vous avez faim, depuis le temps.

— Je ne sais pas si j'aurai un jour envie de manger à nouveau.

— Voyez cela comme de la survie.

À l'idée qu'il lui fallait désormais penser en ces termes, Allie fut horrifiée.

— Sommes-nous vraiment obligés de voyager de cette façon ?

— Faites-moi confiance. Je connais mon métier.

Pas de conversation, elle avait bien compris. Pas de divertissement non plus, apparemment.

— Je peux allumer la radio ?

— Ma p'tite dame, j'ai retiré de ce véhicule tout ce qui pourrait être tracé. Pas de voix amicale pour me guider sur la route, ou me demander quelle musique je veux écouter, ou qui je souhaite appeler.

Elle détestait cette expression, « ma p'tite dame ».

D'ailleurs, elle avait l'impression qu'elle allait détester ce type avant longtemps.

— Vous n'avez même pas de radio ?

— Rien de rien. Je n'ai voulu prendre aucun risque. On ne sait jamais ce que la technologie permet de nos jours. Nous aurons peut-être l'occasion d'acheter un lecteur et quelques CD en route.

Comme si elle allait perdre son temps à acheter des CD pendant cet épouvantable voyage…

Elle étouffa un soupir, redoutant qu'il puisse s'entendre par-dessus le discret ronronnement du moteur.

— C'est bientôt Noël, remarqua-t-elle, tout à fait hors de propos.

— À ce qu'il paraît.

Le sujet était clos.

Allie n'avait pas l'habitude de rester assise sans rien faire. Si ses amis ne lui rendaient pas visite ou ne l'appelaient pas, il lui restait la musique, les livres, et la pâtisserie – qui était sa grande passion. À présent, elle n'avait rien d'autre que cet homme taciturne, sur qui il ne fallait de toute évidence pas compter pour la distraire.

Oh ! Max, songea-t-elle. *Dans quoi m'as-tu embarquée ?*

Bien plus tard, quand les habitations et les êtres humains se furent réduits à presque rien, Hale s'arrêta dans une station-service accolée à une gargote.

Chouette, la meilleure nourriture du monde, songea-t-elle, sarcastique. Du gras et encore du gras. Et des légumes surcuits sortis d'une boîte de conserve.

— Restez dans la voiture pendant que je fais le

plein, dit-il. Puis nous vous trouverons des toilettes et de la nourriture.

Les toilettes seraient probablement sordides…

Balayant cette pensée, elle s'efforça de ne pas céder au pessimisme. De toute façon, maintenant qu'elle était dans cette galère, elle n'avait plus d'autre choix que de suivre le mouvement.

À sa grande surprise, Hale ne l'accompagna pas aux toilettes – qui étincelaient de propreté.

Les tables et les banquettes en skaï de la salle étaient tout aussi propres. Visiblement, quelqu'un avait à cœur de prendre soin de cet endroit. Et le menu démontrait une volonté de s'adapter à des goûts plus urbains.

— Il faut manger plus qu'une salade, lui ordonna Hale. Il est possible que nous ne puissions pas trouver de nourriture avant demain.

Il voyait loin, songea-t-elle. Mais, pour une fois, elle ne s'entêta pas. À quoi cela aurait-il servi ?

Elle lui obéit d'autant plus volontiers que cela lui donnait l'occasion de déguster de la nourriture qu'elle appréciait, mais dont elle se privait habituellement pour préserver sa bonne santé.

Un hamburger et des frites, avec un peu de salade quand même pour se donner bonne conscience. Quand s'était-elle fait plaisir pour la dernière fois avec un hamburger et des frites ? Et c'était vraiment bien cuisiné, avec des aliments de bonne qualité… Elle était prête à se trouver toutes les excuses pour justifier le fait qu'elle appréciait beaucoup ça.

Hale dîna en silence, ce qui n'avait rien d'étonnant. Il avait commandé deux burgers, une double portion de frites et des beignets d'oignons.

Il dut penser que ce modeste établissement, avec son cuisinier et ses deux serveuses, était suffisamment sûr pour qu'il l'y laisse seule le temps de passer lui aussi par les toilettes. Quand il revint, il jeta quelques billets sur la table et insista pour qu'elle sorte avant lui et regagne la voiture, tandis qu'il la suivait à distance, tout en observant probablement leur environnement.

Ils roulaient depuis quelques minutes quand Allie reprit la parole.

— Cette voiture a dû coûter une petite fortune. J'ai l'impression que vous ne vous refusez rien.

— Pas depuis que j'ai quitté les marines. Vous vous inquiétez de mes capacités financières ?

— Je suis curieuse, c'est tout.

— Quarante mille dollars.

Mince !

— Effectivement, vous ne lésinez pas sur le prix.

— La qualité se paie.

— Max semble absolument sûr de vous. Il n'a appelé personne d'autre.

— Nous nous connaissons depuis très longtemps. Je lui ai déjà rendu des services.

Allie se demanda de quel genre de services il s'agissait, mais elle doutait qu'il veuille lui en parler. C'était mieux ainsi. Elle ne tenait pas à ce que les bornes de leurs vies privées respectives soient franchies.

Résignée à admettre que ce voyage risquait de durer un moment, elle chercha une position plus confortable sur le siège de cuir.

Tandis que Hale dévorait les kilomètres, empruntant des routes secondaires parfois tortueuses et traversant des villes minuscules, il jugea qu'Allie Burton allait lui donner du fil à retordre.

Il percevait en elle une résistance constante, même quand elle ne protestait pas. Tôt ou tard, elle finirait par exploser. Visiblement, elle n'était pas comme ses précédents protégés, terrifiés et prêts à suivre aveuglément ses ordres.

Peut-être n'avait-elle pas encore pris pleinement conscience de la menace…

En attendant, il devait trouver une supérette pour qu'elle puisse s'acheter une teinture capillaire. Ses cheveux blond platine étaient suffisamment spectaculaires pour être remarqués.

Le fait qu'elle soit dans le collimateur de Jasper Ellis l'inquiétait au plus haut point. Il connaissait la réputation d'Ellis et savait combien la police était préoccupée. Il avait eu vent, par l'intermédiaire de son réseau de contacts, du nombre considérable de cadavres que l'homme semait sur sa route.

Aujourd'hui, pour la première fois, il lui revenait de protéger quelqu'un des agissements d'Ellis. Ce ne serait pas facile. Son activité dans le domaine de la sécurité était encore modeste, et il s'appuyait beaucoup sur des amis qui savaient où glaner l'information. Il n'avait pas les ressources d'Ellis. Loin de là.

Mais il connaissait ses propres capacités.

Pour commencer, il devait éloigner Allie le plus discrètement possible. Ensuite, il pourrait affronter le danger et rassembler des éléments qui aideraient la police à faire tomber ce criminel.

Ce cas était tout à fait inhabituel. La plupart des gens qu'il protégeait étaient visés par une menace parfaitement identifiée et personnelle. Avec Allie, on entrait dans un nouveau processus.

Et il savait très bien qu'elle finirait par freiner des quatre fers, à un moment ou à un autre. Il fallait espérer que ça ne se produirait pas trop tôt.

Cette nuit-là, Hale s'arrêta devant un hôtel miteux situé à l'écart des grands axes. À n'en pas douter, on était loin des prestations auxquelles Allie était habituée.

Il présenta de faux documents d'identité et paya en espèces, sous le regard morose d'Allie qui devait pester de voir son argent utilisé ainsi.

— Il y a une supérette ou une pharmacie dans le coin ? demanda-t-il au réceptionniste quand celui-ci leur remit les clés.

— En haut de la rue, à huit cents mètres, vous trouverez une épicerie. Ils y proposent à peu près tout ce dont on a besoin par ici.

Y compris de la teinture pour les cheveux, espéra Hale.

Il s'attendait à des protestations de la part d'Allie, et il n'allait pas être déçu.

Tout d'abord, il insista pour qu'elle reste dans la voiture, verrouillée, tandis qu'il allait acheter la teinture. Afin de ne pas se faire remarquer, il ajouta quelques bouteilles d'eau, des barres de céréales et d'autres menus articles anodins.

Quand il prit à nouveau place au volant, Allie était manifestement agacée. C'était compréhensible. Lui aussi serait contrarié que quelqu'un d'autre dirige sa vie et prenne tout en charge à sa place.

Faire la conversation, parler de la pluie et du beau

temps n'avait jamais été son fort. Moins il en disait, mieux il se portait.

À côté de lui, Allie avait résolument tourné la tête vers sa vitre, et un silence pesant s'installa dans la voiture durant le court trajet de retour vers l'hôtel.

Laissant tous les bagages dans le coffre, il ne prit que la teinture – ils ne resteraient pas très longtemps, de toute façon – et s'arma de courage pour affronter la réaction qu'Allie ne manquerait pas d'avoir.

Comme il s'y attendait, elle fixa la boîte et s'exclama :

— Pas question !

— Vous avez une couleur de cheveux qui sort de l'ordinaire.

— Ça me plaît comme ça.

Il puisa dans le peu de patience qu'il possédait.

— Je comprends. C'est très joli, mais ça vous rend facilement reconnaissable. Il va falloir vous y résoudre.

Pour toute réponse, elle lui adressa un regard têtu. Mais, après quelques secondes de réflexion, elle se dirigea vers la salle de bains.

— Vous êtes toujours aussi implacable ? demanda-t-elle par-dessus son épaule.

— Quand c'est nécessaire. Si vous avez besoin d'aide, n'hésitez pas à me le dire.

Comme si elle avait la moindre envie qu'il pose les mains partout sur sa tête. Pas question !

Au comble de l'agacement, Allie ouvrit sans ménagement la boîte, déchirant le carton avec une joie mauvaise, et lut rapidement les instructions.

Si elle avait besoin d'aide ? Est-ce qu'il la prenait pour une idiote ?

Elle s'observa une dernière fois dans le miroir et se mit au travail. Hale avait été recommandé par Max. Elle dut se le rappeler plusieurs fois tandis qu'elle détruisait ses cheveux.

Une heure plus tard, la femme qui la regardait ne lui ressemblait plus. Ces cheveux bruns lui donnaient un air triste et la vieillissaient. Elle attrapa une nouvelle serviette pour achever de les sécher, à grands gestes rapides et impatients. Inutile de passer le peigne dans ses courtes mèches coiffées à la garçonne. Puis elle observa les serviettes-éponges blanches maculées de taches et pesta.

— C'est beaucoup mieux, approuva Hale quand elle regagna la chambre.

— Permettez-moi de penser le contraire.

— Vous vous y ferez. Allons-y, maintenant.

Elle écarquilla les yeux.

— Où ?

— Il faut reprendre la route.

Elle sentit son visage se crisper en une expression butée qui lui était familière.

— Pourquoi diable ? Vous nous avez enregistrés pour la nuit.

— Uniquement pour donner le change. Nous nous sommes déjà trop attardés dans cette ville. D'autant que j'ai pu me faire repérer à l'épicerie.

— Oh ! bon sang, Hale ! Vous perdez la tête.

— Je connais mon travail. Allons-y.

Elle étudia le monolithe inamovible qu'était Hale Scribner et tenta de se convaincre qu'il savait ce qu'il faisait. D'accord, c'était son travail, mais elle n'était pas obligée de l'apprécier.

Marmonnant un juron, elle se dirigea vers la porte.

— Quand ce sera terminé, je trouverai un moyen de vous le faire payer ! déclara-t-elle.

Il ne répondit pas, et cela faisait longtemps qu'elle en avait pris son parti. Même s'il avait déjà expliqué pourquoi il pensait qu'il fallait partir, elle estimait qu'ils n'étaient pas là depuis assez longtemps pour courir un risque quelconque. Elle ne voyait pas qui aurait pu les repérer à ce stade.

Il était paranoïaque, songea-t-elle amèrement en s'installant dans la voiture. Paranoïaque au dernier degré.

Mais cela aussi semblait faire partie de son travail.

3

Des kilomètres de route de campagne s'étiraient derrière eux, ondulant comme un serpent. Concentré sur sa conduite, Hale était toujours à l'affût d'éventuels poursuivants.

Pour le moment, la voie était libre.

Ils avaient jusqu'au lendemain matin pour s'éloigner le plus possible. Dès qu'Ellis ou un de ses hommes de main s'aviserait qu'Allie n'était pas venue travailler et ne répondait pas au téléphone, la chasse commencerait.

Si ce n'était pas déjà fait.

À côté de lui, Allie s'était endormie

Elle devait être épuisée après une journée aussi éprouvante. Mais il était à peu près sûr que, dès qu'elle serait réveillée, elle le bombarderait de questions.

Heureusement qu'elle pouvait compter sur un ami comme Max. Sinon, il était fort probable qu'elle n'aurait jamais pris au sérieux la menace que représentait Ellis.

À l'est, le ciel commençait à s'illuminer de zébrures écarlates lorsque Allie s'étira.

— Mince, murmura-t-elle, d'une voix endormie. Je

ne crois pas que je supporterai une minute de plus dans ce siège. J'ai mal partout.

— Je ne suis pas surpris. Tenez bon encore un peu. Il y a une aire de repos à quelques kilomètres, ce qui est surprenant compte tenu du fait que nous sommes sur une route secondaire.

Elle s'étira à nouveau et se redressa pour regarder autour d'elle.

— Où sommes-nous ?

— Au milieu de nulle part.

— Eh bien, ça semble engageant.

Malgré son sarcasme, elle ne croyait pas si bien dire, songea Hale.

Ils se dirigeaient vers la zone montagneuse de Californie du Nord, une région absolument splendide. Tandis qu'autour d'eux des champs s'étiraient à perte de vue, loin devant, les sommets perpétuellement enneigés du mont Shasta baignaient dans une lumière flamboyante.

— Pourquoi sommes-nous ici ? voulut savoir Allie.

Il répondit à sa question par une autre question.

— À quel point connaissez-vous Jasper Ellis ?

Elle soupira.

— Il m'a toujours fait l'effet d'un homme charmant. Pas le moins du monde menaçant.

— Ce n'est pas son intérêt.

Hale s'engagea sur un chemin de traverse, prévoyant de reprendre un peu plus loin un embranchement qui le conduirait non loin de l'aire de repos.

— Il ne serait pas où il en est s'il avait la réputation d'être un malfrat.

Allie observa un silence.

— Je suppose. Mais pourquoi Max et vous êtes aussi certains qu'il est dangereux ?

Hale réfléchit à la façon de répondre au mieux à cette question, étant donné qu'il n'y avait pas de preuves.

— Parce que, dit-il en pesant bien chacun de ses mots, beaucoup trop de personnes travaillant pour lui ont disparu ou se sont suicidées. Plus que ne peuvent l'expliquer les statistiques.

Elle devrait se montrer sensible à cet argument, puisqu'elle était comptable. Les chiffres constituaient son quotidien.

Naturellement, elle eut quelque chose à rétorquer.

— Les statistiques se bornent à établir une corrélation, sauf si les chiffres sont particulièrement élevés.

— La police les a jugés suffisamment hauts pour enquêter sur lui.

Cela la fit taire, mais pas pour longtemps.

— Comment quelqu'un peut-il être sûr du rôle joué par Ellis dans cette situation ?

— Obsédé du contrôle comme il est ? Vous savez bien que personne n'oserait prendre de telles initiatives sans son approbation. Le risque serait trop grand.

Allie se tut quelques instants avant de demander :

— Qu'allons-nous faire ?

— Faute de vous voir au bureau, et dans l'impossibilité de vous joindre, Ellis va très vite comprendre que vous avez pris la fuite.

— Ça n'explique toujours pas ceci.

— Au contraire. Je dois vous conduire le plus loin possible avant qu'il envoie quelqu'un à votre recherche. Je dois faire en sorte que nous ne puissions pas être repérés.

Le seul obstacle à ce plan serait que quelqu'un ait

réussi à poser un mouchard sur sa voiture. Il ne voyait pas comment, compte tenu de la rapidité de sa réaction, mais il vérifierait quand même à la prochaine occasion.

— C'est donc pour cette raison que nous nous trouvons au milieu de nulle part ?

À mesure qu'ils progressaient vers l'est, l'aura lumineuse autour du mont Shasta devenait plus vive, plus blanche.

— Exactement.

— Je n'aurais pas pu rester en ville ?

Hale ralentit aux abords d'un croisement dépourvu de panneau indicateur et bifurqua à gauche, empruntant une petite route en lacets.

— Ce qui a de curieux avec les villes, c'est qu'on croit y vivre dans un total anonymat. Mais vous seriez surprise d'apprendre combien de personnes vous ont croisée et seraient capables de vous reconnaître sur photo. Ça va des serveurs de restaurant et des vendeuses de magasin aux paticnts dans la salle d'attente de votre dentiste, en passant par des joggeurs ou des promeneurs de chiens croisés au parc. C'est pour cette raison que le programme de protection des témoins déplace les personnes concernées à des centaines de kilomètres.

Allie s'enferma quelques minutes dans le silence, avant de réclamer :

— J'ai besoin d'aller aux toilettes.

— Il vous faudra patienter encore quelques kilomètres, à moins que vous vouliez que je m'arrête au bord de la route.

Apparemment non, puisqu'elle ne répondit pas.

Ils finirent par trouver l'aire de repos. Elle était petite, et probablement mal tenue, mais quand la nature commandait on ne faisait pas le difficile.

Un distributeur automatique proposait une sélection de boissons en canette et d'aliments sous vide de piètre qualité.

Il faudrait s'en contenter.

Lorsque Allie émergea du baraquement en béton, il lui demanda ce qu'elle voulait.

— Il risque de s'écouler un moment avant que nous puissions trouver un repas décent, précisa-t-il.

Elle hocha la tête, son instinct de rébellion envolé pour le moment. Il ne tarderait pas à revenir, Hale n'en doutait pas un instant.

— Tout à l'air horrible, sauf le jus de cranberry en canette.

— Prenez quand même quelque chose. Vous devez vous nourrir si vous voulez avoir assez de force pour vous disputer avec moi.

Elle lui jeta un regard surpris, puis esquissa un sourire, avant de sélectionner un sachet de chips et une barre chocolatée. Il l'incita à prendre plusieurs canettes de jus de cranberry, persuadé qu'elle serait contente d'en disposer plus tard.

Il se demanda si elle savait à quel point elle était ravissante – d'une façon qui marquait les esprits. Probablement. La plupart des jolies femmes avaient conscience de l'effet qu'elles produisaient sur autrui.

Il lui octroya presque dix minutes pour marcher et s'étirer.

Il fit de même, tout en surveillant les parages du coin de l'œil, à l'affût d'une voiture qui ralentirait en passant.

Puis ils reprirent la route.

— J'ai besoin de prendre une douche.

— Aujourd'hui, c'est promis. Ça ne me fera pas de mal non plus. Ça évitera que vous passiez tout le trajet à vous pencher par la fenêtre pour fuir mon odeur.

Cela eut au moins pour mérite de lui arracher un petit rire.

Calée dans le profond siège de cuir, Allie finit par se laisser bercer par le ronronnement du moteur et les légères oscillations du lourd véhicule, dont les suspensions épousaient le rythme parfois cahoteux de la route.

L'assise lui paraissait nettement plus confortable qu'à son réveil, mais la situation était loin de la satisfaire.

Toutes proportions gardées, c'était un peu comme un enlèvement. Elle ne savait même pas où elle était. Enfin, si. Plus ou moins. Dans les vastes terres de Californie du Nord, avec le mont Shasta pour boussole, elle en avait une vague idée. Très vague. S'il lui prenait l'envie de tenter de sauter de la voiture et de s'enfuir en courant, elle était certaine de se perdre avant d'avoir trouvé un téléphone pour appeler à l'aide.

La seule chose qui pouvait la rassurer, c'était que Max était à l'origine de cette situation, et qu'il avait une entière confiance en Hale. Néanmoins, si ce dernier prétendait savoir ce qu'il faisait, il ne lui avait pas donné beaucoup d'éclaircissements, et elle avait toujours beaucoup de mal à croire qu'Ellis était le monstre que les deux hommes lui avaient décrit.

Pourtant, si elle analysait les deux ans, ou presque, durant lesquels elle avait travaillé pour Ellis, il lui fallait admettre qu'elle avait entendu des bruits courir. Elle n'avait jamais voulu les prendre en considération, car les rumeurs étaient rarement fondées et très souvent le fruit de la malveillance.

Contemplant à la dérobée le profil énergique de Hale, qui se découpait dans la lumière rougeoyante, elle détailla le front caressé par une mèche rebelle, les fines rides autour des yeux, l'expression sévère des lèvres pleines, la force de la mâchoire anguleuse…

L'homme assis à côté d'elle ne lui avait guère fourni d'explication. Juste le strict nécessaire. Et il se montrait par trop silencieux.

Mais il représentait son seul lien avec son passé.

Et sa seule promesse d'une vie meilleure.

Comment diable allait-il s'y prendre pour identifier la personne envoyée pour la neutraliser, et mettre définitivement un terme à la menace qui planait sur elle ?

Bon sang, c'était un véritable cauchemar, dont elle ne voyait pas la fin. Si seulement elle connaissait mieux son compagnon d'infortune… Pour le moment, elle savait juste qu'il avait fait partie du corps des marines.

Sa frustration atteignait des records. Elle n'était pas habituée à concéder à autrui le moindre contrôle sur sa vie. Elle préférait prendre ses décisions seule. Elle avait aussi conscience de pouvoir se montrer extrêmement têtue à ce sujet.

Cette fois, pourtant, il fallait compter avec Max. Elle en revenait toujours à lui. Il avait fait vaciller ses certitudes, et c'était à cause de lui qu'elle voyageait vers l'inconnu avec un monolithe de silence.

Le restaurant évoqué par Hale se matérialisa deux heures plus tard. On y annonçait des plats faits maison. Allie imagina aussitôt de la malbouffe congelée.

— Ce n'est sûrement pas ce à quoi vous êtes habituée, remarqua Hale, mais voilà ce que j'appelle un vrai petit déjeuner. Il n'y a aucun équivalent au monde.

— Parce que vous avez goûté la cuisine du monde entier ?

— Presque.

Quand ? Comment ? Pourquoi ? Sachant qu'il l'ignorerait, elle ne perdit pas son temps à l'interroger.

Pour le moment, elle garderait bouche cousue mais, bientôt, elle exigerait des réponses. Après tout, elle avait engagé cet homme, et elle avait bien le droit d'en avoir pour son argent. Toutefois, comme sa vie semblait dépendre de Hale à présent, il n'était peut-être pas dans son intérêt de trop l'énerver. Pas tout de suite, en tout cas.

Après une omelette aux poivrons, cuite sous leurs yeux par un rôtisseur impressionnant à regarder, Allie se sentit beaucoup mieux. Elle fit même l'effort d'étaler un peu de marmelade d'oranges sur un toast non beurré.

En comparaison, le repas commandé par Hale était pantagruélique. Allie n'en fut pas étonnée. Sous son coupe-vent trop ample se cachait un homme athlétique. Il devait avoir une faim de loup.

Cette fois, lorsqu'ils sortirent du restaurant, il ne lui permit pas de vagabonder à l'extérieur. Une façon de préserver le secret sur leur situation, sans doute.

Dans ces conditions, le voyage n'allait pas tarder à devenir terriblement ennuyeux.

Le ciel s'était obscurci, empêchant Allie de se faire

une idée du paysage. Tout ce qu'elle savait, c'était que le mont Shasta avait maintenant disparu derrière eux.

Selon toute vraisemblance, ils continuaient à se diriger vers l'ouest. L'autre possibilité était l'océan Pacifique.

Elle adorait cet océan, surtout dans l'Oregon, où ses eaux turbulentes venaient s'écraser avec fracas au pied des falaises. Régulièrement battue par des tempêtes, cette côte offrait au monde la preuve spectaculaire de la force invincible de la nature.

De temps en temps, elle se prenait à rêver d'une maison perchée en haut de ces falaises, au royaume des embruns et du vent. De forme cubique, avec un toit plat se confondant avec la végétation, elle aurait de grandes baies vitrées pour ne pas perdre une miette de ce paysage exceptionnel.

Hélas, ce n'était plus possible aujourd'hui. L'Oregon protégeait sa côte, et l'essentiel de l'habitat se trouvait à proximité de la plage. Autrefois peuplés de pêcheurs, ces villages étaient passés aux mains des riches et puissants de la planète, qui semblait déterminés à annexer les plus beaux endroits du monde.

Elle aurait adoré rouler le long de cette côte, au lieu d'être brinquebalée sur les routes sinueuses des terres.

Quelques heures plus tard, à force de détours et de circonvolutions, ils avaient avalé trois ou quatre cents kilomètres.

Soudain, une perspective de répit leur apparut sous la forme d'une station-service.

Allie se rendit aux toilettes. À son retour, elle vit que

Hale était au téléphone. Elle attendit qu'il ait terminé son incompréhensible conversation en langage codé.

— Que se passe-t-il ? demanda-t-elle ensuite, d'autant plus agacée qu'il ne l'avait pas autorisée à prendre son propre téléphone.

Il leva la main pour la réduire au silence.

Tout en se mordant la lèvre pour s'exhorter au calme, elle le regarda se diriger vers un pick-up dont les portières affichaient le logo d'une entreprise de jardinage.

Après avoir glissé le téléphone dans la benne du véhicule tout-terrain, Hale lui ordonna de monter dans leur voiture.

Tandis qu'ils s'éloignaient, il lui livra des nouvelles glaçantes.

— Mon contact vient de m'apprendre qu'Ellis est déjà à votre recherche.

Elle eut du mal à encaisser le choc. Ainsi, Jasper Ellis serait vraiment l'homme que Max et Hale avaient dépeint ?

Une dizaine de kilomètres plus loin, elle ne put réprimer davantage son exaspération.

— Quel genre de téléphone utilisez-vous ? Un modèle à carte prépayée ?

— Pas exactement.

Elle attendit un complément d'information et, comme rien ne venait, elle s'impatienta.

— Bon sang, Hale ! Qu'est-ce que c'est, si ce n'est pas exactement un téléphone à carte prépayée ?

Il ne répondit pas tout de suite, et elle comprit qu'il ne lui dirait que ce qu'il jugeait nécessaire.

C'était vraiment contrariant ! Après tout, il l'avait

embarquée contre son gré dans une quête dont elle ne comprenait pas totalement le sens.

— Les téléphones à carte prépayée ne sont pas aussi intraçables qu'on le montre dans les films.

— Pourquoi ?

— Parce que chaque téléphone doit garder un contact avec le service souscrit, et ça implique que sa position soit connue. Sinon, comment sauraient-ils que vous avez dépassé vos heures ? Comment sauraient-ils à quel moment couper le service ?

Elle hocha la tête.

— Je comprends. En quoi le vôtre est-il différent ?

Il soupira.

— Je crois qu'il est temps de faire votre éducation. J'en ai tout un lot à l'arrière, dans une boîte blindée qui empêche l'envoi d'une requête ping au passage d'une antenne relais. Leur achat remonte à plusieurs mois, et j'ai retiré les batteries. Au bout d'un moment, le service cherche à se connecter moins souvent, puis plus du tout, et le téléphone est considéré comme perdu. Par contre, les heures de communication octroyées restent utilisables.

— Je n'avais jamais pensé à ça, remarqua-t-elle, pensive.

— Pourquoi l'auriez-vous fait ?

Après avoir laissé passer un silence, le temps de mener sa pensée à son terme, elle demanda :

— Une fois que vous vous en êtes servi…

— J'utilise chaque téléphone une fois seulement. Ce n'est pas suffisant pour attirer l'attention des algorithmes. Puis je m'en débarrasse.

— À l'arrière d'une voiture quelconque ?

— Oui. S'il devait être repéré d'une façon ou d'une

autre, ce serait dans une direction différente de celle que nous avons prise.

Cela lui donnait matière à réflexion. Tous ces mystères… cette activité clandestine… et cela dans un seul but : la protéger.

La peur s'insinua en elle, lui glaçant le sang tandis qu'ils continuaient leur voyage vers nulle part.

4

Trois nuits plus tard, la rébellion que Hale redoutait se produisit.

— Je vais aller vous chercher des vêtements dans une friperie, dit-il.

Allie se renfrogna aussitôt.

— Pourquoi je ne peux pas vous accompagner ?

— Pour des raisons qui devraient être évidentes à ce stade. Si votre poursuivant a réussi à se rapprocher, je ne veux pas qu'il puisse vous repérer. Je vous l'ai déjà dit. Donnez-moi votre taille.

— Vous qui savez tout, vous l'ignorez ? dit-elle, sur un ton querelleur. Je devrais au moins avoir le droit de choisir ce que je porte.

— Pas cette fois.

— Bon sang, Hale, nous avons séjourné dans une ville différente chaque soir. Nous sommes arrivés après la tombée de la nuit et repartis avant le lever du jour. Je doute que même un chien de chasse soit capable de nous retrouver.

Il répondit stoïquement :

— Bien sûr que non. Un chien ne peut pas indéfiniment suivre une voiture à la trace.

— Et donc, pourquoi je ne peux pas choisir moi-même mes vêtements ?

Veillant à ne laisser transparaître aucune émotion sur son visage, il répondit avec une patience qu'il était loin d'éprouver.

— Si je vous laissais faire, vous choisiriez des tenues qui vous plaisent.

—Évidemment !

— C'est bien le problème. Je ne veux pas que vous ressembliez à celle que vous étiez avant. Le style, les couleurs… vous voyez ce que je veux dire.

— N'importe quoi ! Vous croyez que, dans la boutique où vous irez, personne ne trouvera étrange qu'un homme achète des vêtements de femme ?

— Je dirai que c'est pour mon épouse.

Allie se laissa tomber sur une chaise, agacée au plus haut point.

Elle avait tellement hâte que cette situation grotesque trouve une issue !

L'idéc que ce type puisse avoir une femme la laissait perplexe. Qui voudrait d'un homme mutique comme lui ? Qui le laisserait partir en voyage plusieurs fois dans l'année, sans explication, et sans recevoir de nouvelles ?

Une femme beaucoup plus conciliante qu'elle, en tout cas.

Lorsque Hale revint, une heure plus tard, aucun miracle ne s'était produit et il se comporta comme à son habitude. Jetant trois grands sacs sur le lit, il ordonna :

— Changez-vous. Nous abandonnerons tout ce que

vous avez emporté dans une poubelle quelque part sur la route.

— C'est illégal d'utiliser la poubelle de quelqu'un d'autre.

— La plupart des choses que je fais sont illégales. Il faut vous y habituer. Maintenant, changez-vous.

— Mais…

— Nous partirons dès que vous serez prête.

Encore ? Traînant les pieds, elle se résolut à obtempérer.

Il avait raison : les vêtements qu'il avait rapportés ne ressemblaient en rien à ceux qu'elle aurait choisis. Ils étaient tous de couleur terne et de piètre qualité.

La femme dans le miroir était devenue encore moins reconnaissable.

Lorsqu'elle sortit de la salle de bains avec ses anciens vêtements roulés en boule, Hale avait lui aussi opté pour une apparence différente. Son coupe-vent noir avait été remplacé par une veste militaire kaki aux multiples poches.

Dans l'entrebâillement de la veste, elle repéra un holster d'épaule.

Elle n'en fut pas choquée. Son père en portait souvent quand il était en civil. Mais à présent, elle savait pourquoi Hale ne se promenait jamais en bras de chemise.

Il avait gardé le même jean, mais ses santiags noires avaient disparu au profit de bottillons militaires, comme ceux que portaient les combattants.

Mais la plus grande transformation concernait ses cheveux. Ses longues boucles emmêlées avaient cédé la place à une coupe nette et structurée.

— Vous vous êtes coupé les cheveux tout seul ? demanda-t-elle.

— J'ai juste retiré les extensions.

Balayant cette explication d'un geste de la main, comme s'il jugeait qu'il en avait déjà trop dit, il ajouta :

— Je vous ai acheté une parka. Prenez-la avec vous, vous risquez d'en avoir besoin. Tout le reste ira dans le coffre.

— Et le contenu des sacs de voyage ?

— Je vous l'ai déjà dit. Il faut s'en débarrasser.

Ce type était infernal !

Heureusement, si ses vêtements de randonnée affichaient tous des marques célèbres, il ne s'agissait pas des articles les plus chers de sa garde-robe. Loin de là.

— Ne jetez pas mes sous-vêtements.

— Inutile. Personne ne les verra.

Sauf lui, qui allait faire le tri dans ses effets personnels et tripoter sa lingerie !

Observant son expression sévère, elle comprit qu'elle ne gagnerait pas cette bataille.

Suivant son conseil, elle trouva la parka, dont la triste couleur grisâtre lui arracha une grimace. Elle découvrit aussi une chemise de nuit en flanelle.

— C'est une plaisanterie ! s'exclama-t-elle.

Comme si quelqu'un d'autre que lui risquait de la voir en tenue de nuit !

Elle songea avec nostalgie aux nuisettes en satin ou en soie qu'elle affectionnait. À son peignoir en éponge duveteuse. À sa robe de chambre en coton égyptien, qu'elle portait occasionnellement pour se réchauffer.

Inutile de se lamenter. Les objets pouvaient toujours se remplacer.

Si ce cauchemar se terminait un jour.

Chaque journée passée sur la route avait tempéré

sa peur, mais le sort réservé à ses vêtements la faisait déferler à nouveau sur elle. C'était cela, la réalité.

Tout comme était tristement réel cet homme qui dormait toutes les nuits sur le sol de sa chambre, ne lui laissant pas un instant de solitude, sauf quand elle se réfugiait occasionnellement dans une salle de bains sans fenêtre.

Max et Hale prenaient la menace au sérieux. Elle le devait aussi. Cependant, elle détestait chaque minute de ce voyage.

Tandis qu'ils se dirigeaient vers la voiture, sous un ciel d'encre uniquement éclairé par le halo pâle de quelques réverbères, Hale remarqua que l'entêtement sur le visage d'Allie avait fait place à de la tristesse.

Il l'aida à prendre place sur le siège passager et, cette fois, ne reçut pas d'objection. C'était assurément mauvais signe, mais il ne savait pas quoi faire.

L'éclairage glauque de la rue céda bientôt la place à l'obscurité de la route. Seuls leurs phares apparaissaient, aucun autre véhicule ne se déplaçant sur ce tronçon, et Hale s'autorisa à se détendre.

Puis la lune commença à se lever, dans sa quatrième phase, suffisamment forte pour éclabousser le monde d'une aura bleue.

Peu après, le vent forcit, faisant rouler les feuilles argentées des arbres comme les vagues de l'océan. Un orage se préparait.

Hale regrettait de ne pas pouvoir consulter la météo sur sa montre connectée, à présent réduite à ses fonctions les plus basiques. Cette technologie sur laquelle il avait pu s'appuyer pendant des années était maintenant devenue une menace possible.

Même s'il était habitué à affronter le danger sous toutes ses formes, il n'aimait pas davantage que sa passagère cette cavale.

Mais c'était la carrière qu'il s'était choisie, mettant à profit ses compétences pour protéger les autres. Ce n'était jamais gratifiant. La seule vraie satisfaction qu'il en tirait – à défaut de véritables remerciements –, c'était de savoir qu'il avait sauvé la vie de quelqu'un.

Peu importait qu'il s'agisse d'une personne qu'il méprisait, ou d'un malfrat dont la mort ne serait pas une grande perte.

Ce n'était pas à lui d'en juger. Il s'en remettait à la loi.

C'était différent avec Allie. Elle était réellement innocente. Elle n'avait rien fait pour mériter ce qui lui arrivait.

Et à présent, elle était malheureuse, ou peut-être désespérée. Il n'avait aucun moyen de le savoir, mais ça le désolait.

Parce qu'elle avait essayé de bien se comporter, de faire les choses de façon juste, Allie avait dû changer de vie du tout au tout. Plus jamais elle ne verrait le monde de la même façon. L'homme qui était à l'origine de cette situation devait passer le reste de ses jours en prison, privé du pouvoir qu'il chérissait, et de l'argent qu'il vénérait.

Hale ferait tout pour parvenir à cela. Pour s'assurer qu'Allie n'aurait pas à vivre dans l'angoisse jusqu'à la fin de ses jours.

Mais de quelle façon ? Cette question le hantait.

Allie ouvrit les yeux sur un cocon de ténèbres. Elle avait dormi pendant la plus grande partie du trajet, au point qu'elle se demandait si elle serait capable de trouver le sommeil cette nuit.

Un éclair déchira soudain le ciel, aveuglant de luminosité.

— Un orage, murmura-t-elle.

— Je pensais que nous le prendrions de vitesse, mais ce n'est pas le cas, apparemment.

— Ça ne risquait pas d'arriver, vu que vous arpentez tous les chemins de la carte routière, et même ceux qui n'y sont pas répertoriés.

Elle fut surprise de l'entendre rire doucement. Il n'était donc pas dénué d'émotions, après tout.

— Vous savez, ce serait plaisant d'avoir une vraie conversation, suggéra-t-elle. À propos de vous, par exemple.

Il mit du temps à répondre.

— Je ne suis pas un livre ouvert. Un de mes amis *geek* m'a retiré de toutes les bases de données qui existent. Je dois être invisible pour faire ce travail.

Elle n'y avait même pas pensé. Après quelques secondes de silence, elle demanda :

— Pouvez-vous m'effacer aussi ?

— Pas si vous souhaitez retrouver une partie de votre vie d'avant. Je doute que vous vouliez devenir personne.

Après quelques secondes de silence, il reprit la parole.

— Je vous ai promis que vous pourriez appeler des amis. Choisissez-en un ou une qui pourra prévenir les autres. Mais il faudra rester très prudente pendant cet échange. Je vous dirai comment faire.

Évidemment !

Il régentait toute sa vie, et même ses conversations avec ses amis, maintenant. Mais, compte tenu du mal qu'il se donnait pour faire en sorte qu'on ne puisse pas les repérer, elle le comprenait. Elle détestait cela, mais elle le comprenait.

Finalement, le ciel d'orage s'éclaircit suffisamment pour révéler des cumulus à basse altitude. Des éclairs exprimaient plus fréquemment la rage des cieux. Puis une pluie torrentielle se déversa sur la voiture, renforçant l'impression de cocon suffoquant.

Hale avait réglé les essuie-glaces sur la puissance maximum, mais ceux-ci peinaient à évacuer l'eau qui ruisselait sur le pare-brise.

— Hale ?

— Oui ?

— Avez-vous la moindre idée de l'endroit où nous allons ? Un point de chute ?

Une fois encore, il observa un temps de réflexion avant de répondre.

— Je fais de mon mieux pour vous épargner d'aller en enfer.

Le calme de son intonation était aussi effrayant que ses paroles.

Allie se pelotonna sur son siège, observant un moment le ciel qui s'obscurcissait à nouveau, et se laissa gagner par une douce somnolence.

La pause méridienne s'accompagna d'une nouvelle incursion dans une gargote de bord de route.

Allie soupira.

— Je crois que je vais pouvoir établir la liste de tous les routiers entre la maison et la région des Rockies.

— Vous pourriez avoir de plus mauvaises fréquentations, rétorqua Hale.

Ce qui était apparemment déjà le cas.

Sans qu'il ait à le lui dire, elle attendit dans la voiture tandis que Hale faisait le plein.

Dérogeant à ses habitudes, il démarra sans même avoir consulté le menu du restaurant et, croyant peut-être la rassurer, expliqua :

— Je crois qu'il y a une autre petite ville plus loin. Nous y trouverons sûrement un endroit où nous restaurer.

— Vous avez une carte détaillée dans votre tête ?

— Non, mais j'en consulte une chaque nuit.

— Je ne vous ai jamais vu le faire

— Tout ce que je fais n'est pas visible.

Loin de là, songea Allie.

Indéchiffrable, et maintenant invisible. Ou peut-être le contraire, puisqu'il avait déjà disparu de tous les radars.

Elle essaya de s'imaginer ce que ce serait d'effacer tout son passé. D'avancer dans la vie, avec toutes ces années vécues réduites à néant.

— Vous n'avez jamais eu envie d'être un homme normal ? voulut-elle savoir.

— Je ne l'ai jamais été. Qu'est-ce que la normalité, après tout ? Seulement l'idée que les autres s'en font.

Allie réfléchit longuement à cette formule, tandis que les kilomètres défilaient.

Hale avait peut-être raison.

Qu'est-ce qui lui permettait de se sentir normale ?

Faire partie d'un groupe. Croire qu'elle y avait sa place, qu'elle était comme les autres.

Était-ce ainsi que tout le monde envisageait la normalité ?

Son « gang du déjeuner », comme ses amies et elle aimaient se surnommer, se composait de femmes d'horizons différents mais qui, pour la plupart, travaillaient pour Jasper Ellis. Certaines se connaissaient depuis le lycée. Une bande de femmes sur la même longueur d'onde, avec des intérêts similaires.

C'est ce qui aidait à créer des liens, n'est-ce pas ?

La petite ville qui se dressait devant eux semblait accueillante, en dépit d'un ciel promettant les pires vengeances.

— Il y a une brasserie, dit Hale. Vous y trouverez peut-être un menu plus à votre goût.

Il emprunta un premier rond-point, longea un interminable terre-plein central orné de végétation et s'engagea dans un second rond-point afin de se garer du côté opposé de la rue.

Sans doute destinée à améliorer l'apparence du centre-ville, l'infrastructure occupait une place folle, compliquant la manœuvre pour se garer en créneau. Hale se glissa dans un emplacement relativement petit, avec l'aisance d'un professionnel.

Allie était incapable de se rappeler la dernière fois qu'elle avait fait ça. Pour elle, le stationnement en épi était ce qui se faisait de mieux.

— C'est là, dit-il en désignant une vitrine du doigt.

La pluie s'était réduite à un faible crachin.

Allie sortit de la voiture, les longues heures passées sur la route se faisant sentir dans chacun de ses muscles, et elle se demanda si une crampe pouvait devenir permanente.

Elle se sentait mal à l'aise dans ses nouveaux vêtements. Comme déclassée. Elle devait présenter une bien piètre apparence, très éloignée de son élégance habituelle.

En regardant les gens autour d'elle, elle s'aperçut vite qu'elle ne semblait pas si décalée. Pas ici.

Les habitants de cette ville semblaient occuper des emplois physiques et rudes qui les contraignaient à porter des vêtements simples et pratiques. Il était possible aussi qu'ils n'aient tout simplement pas les moyens d'acheter des tenues plus à la mode.

Le décor de la brasserie se résumait à un seul mot : rouge. Rideaux en voile rouge, nappes à carreaux rouges et blancs sous une protection en plastique transparent, sièges en vinyle rouge… Même le menu était dans le thème.

Une souriante jeune serveuse aux formes avantageuses leur apporta la carte et leur demanda s'ils voulaient un café.

— Une bière pour moi, dit Hale.

— Je veux bien un café, dit Allie.

Une carafe isotherme fut bientôt déposée sur leur table, accompagnée de mugs en céramique blanche et d'une coupelle garnie de sachets de sucre et de capsules de lait.

Allie ne consacra pas beaucoup de temps à consulter le menu.

Un sandwich à la dinde, garni de salade et de rondelles de tomates ? Mais c'était le paradis ! Elle commanda en plus une salade de pousses d'épinards, pour se donner l'illusion qu'elle n'était pas en train de s'empoisonner pour de bon.

Pour la première fois, il lui apparut qu'elle devait ajuster quelque peu sa façon de penser. Au sujet de la nourriture, en particulier. Jusqu'à maintenant, elle n'avait pas réalisé qu'elle était devenue difficile. Peut-être même un peu snob, surtout en ce qui concernait les vêtements.

— J'ai eu de la chance dans mon enfance, dit-elle.

Elle n'avait pas envie de silence, surtout en partageant un repas.

Contre toute attente, Hale saisit la perche qu'elle lui tendait.

— Comment cela ?

— Mon père était policier, et c'était le meilleur ami de Max. Ma mère était institutrice. Ils m'aimaient, et peu de gens peuvent dire cela, d'après ce que j'ai pu voir.

— C'est vrai.

Ni le ton ni l'expression de Hale ne révélaient quoi que ce soit.

— Le monde s'est effondré autour de moi le jour où mon père s'est arrêté pour aider un automobiliste en panne. Une camionnette a foncé droit sur eux, et je ne comprends toujours pas comment le conducteur a pu ne pas voir le gyrophare. Bref, la camionnette a percuté la voiture de patrouille. Mon père se trouvait entre son capot et l'arrière de la voiture accidentée.

— Seigneur !

— Il n'a rien à voir là-dedans, dit-elle, répétant l'expression favorite de Max. Mais savez-vous quel a été le dernier geste de mon père ? Il a poussé le conducteur en panne sur le bas-côté, juste avant l'impact. Avec son dernier souffle, mon père a sauvé une vie.

— C'était un homme remarquable.

— Je le pense aussi. J'ai toujours essayé d'être à sa hauteur, mais je doute d'y être arrivée.

Allie observa ce qu'il restait de son sandwich, l'appétit coupé. Pourquoi avait-elle abordé ce sujet, précisément à ce moment-là ?

Observant à travers la vitrine les passants qui déambulaient sur le trottoir, elle comprit soudain. Son père aurait pu s'identifier à ces personnes auxquelles. En revanche, il ne se serait pas reconnu dans la femme qu'elle était devenue.

— Je peux emporter ce qui reste ? demanda-t-elle.

— Bien sûr. Et n'hésitez pas à commander autre chose à emporter, si vous voulez.

Hale se régalait d'une double portion de frites et d'un sandwich au roast-beef.

— Il peut se passer un moment avant que nous nous arrêtions à nouveau.

Allie relâcha lentement son souffle entre ses lèvres entrouvertes.

— Comme s'il était utile de le préciser !

Après un silence, elle ajouta :

— Comment était votre enfance ?

— Je n'en ai pas eu.

Était-ce la vérité, ou simplement une façon de protéger ses secrets ?

Il y avait soudain chez Hale quelque chose qui la touchait en plein cœur.

Car il était sincère. S'il valait mieux que ce que recelait son passé, et en particulier son enfance, soit oublié, ce devait être terrifiant.

Leur arrêt suivant eut lieu à la tombée de la nuit, dans un relais routier qui devait être plein à craquer, à en juger par le nombre de semi-remorques garés sur le parking.

Hale tendit à Allie un de ses téléphones.

— Faites vite. Ne donnez aucune indication sur l'endroit où vous vous trouvez, ou ce que vous faites.

— En gros, je leur dis que je suis vivante et qu'ils ne doivent pas s'inquiéter, répliqua-t-elle sèchement.

— Pas plus que ça. Et vous n'avez droit qu'à un seul appel. Alors, choisissez bien. Comme je l'ai dit, ce n'est pas la peine de les impliquer dans ce désastre.

Elle haussa les épaules.

— De toute façon, je ne sais pas où je suis.

Le problème, ainsi qu'elle ne tarda pas à le découvrir, c'est qu'elle n'avait aucun numéro en mémoire.

Maudissant les fonctionnalités des téléphones modernes, elle se creusa la cervelle et finit par en faire émerger le numéro de Shawna.

Elle fut soulagée d'être dirigée sur la messagerie vocale, ce qui lui épargna d'avoir à s'expliquer.

— Shawna, je voulais juste te faire savoir que je vais bien. Je t'expliquerai tout plus tard.

Elle coupa ce bref lien avec son amie, regarda Hale se débarrasser du téléphone à l'arrière d'un camion et se sentit embarrassée pour ce pauvre chauffeur qui allait transporter l'appareil à son insu pendant des centaines de kilomètres.

Hale passa un appel depuis un autre appareil, parlant trop bas pour qu'elle puisse comprendre quoi que ce soit avec le bruit des moteurs en arrière-plan.

Quand il mit fin à la communication, il ôta la batterie et la carte SIM, puis se tourna vers elle.

— C'est confirmé. Ellis a lancé son équipe de sécurité à vos trousses. On va manger rapidement et filer.

Quand ils poussèrent la porte, un brouhaha de voix et de rires les accueillit. La salle débordait d'hommes énergiques et bruyants, qui semblaient ravis d'échapper à la solitude de leur cabine et d'avoir de la compagnie. Allie réalisa qu'elle les enviait.

Le menu offrait une profusion d'aliments roboratifs. Faisant taire un nouveau sentiment de culpabilité, elle opta pour de la soupe aux pois agrémentée de lardons, un hot-dog, et même une part de tarte. Rien à voir avec les habitudes diététiques qu'elle avait acquises. Ça ressemblait plus à la nourriture de son enfance.

Quand cette cavale serait terminée, elle pourrait passer des heures à la salle de sport, songea-t-elle. Puis elle balaya cette pensée et se dit qu'elle devrait plutôt se réjouir d'avoir trouvé de quoi se nourrir. Elle ne vit même aucun inconvénient à quitter les lieux avec un sachet rempli de pâtisseries.

Dès qu'ils furent sortis, ils ne perdirent pas de temps. Pas question cette fois de se dégourdir les jambes. Ils repartirent sous un ciel d'encre, pour un hôtel minable quelque part droit devant.

— Ils ne peuvent pas m'avoir prise en chasse aussi vite, dit-elle.

N'essayait-elle pas de se rassurer ?

— Vous faites erreur, répondit Hale.

— Comment cela ?

— Vous oubliez que l'équipe d'Ellis peut agir à peu près partout dans le monde. C'est pour ça que nous restons toujours en mouvement. Nous ne nous arrêterons pas tant que je n'aurai pas identifié et mis fin à la menace.

Le plus agaçant était peut-être qu'elle commençait à croire à ce monde insensé dans lequel elle était tombée.

Sa vie ne ressemblait plus à un mauvais film. Elle en était devenue un.

Hale perçut le changement dans la réaction d'Allie face à la menace qui se rapprochait.

Ce n'était pas facile pour elle, et cela se comprenait d'autant plus qu'elle avait grandi dans une famille heureuse. Comment pourrait-elle imaginer tout le mal qui se cachait derrière son monde enchanté ? Comment pourrait-elle soupçonner que de véritables monstres rôdaient dans l'ombre ?

L'innocence d'Allie se brisait juste sous ses yeux et, pour la sauver, il devait laisser la destruction se poursuivre.

La plupart de ses clients avaient des dangers une appréciation plus réaliste qu'Allie. De toute évidence, celle-ci avait été choyée et protégée toute sa vie.

Il aurait pu se détester à cet instant, mais il refoula cette émotion. Il devait laisser faire. Ça faisait partie de son travail.

Dès son plus jeune âge, il avait appris que la vie pouvait être douloureuse, laide, et même terrifiante. Au bout du compte, il avait fini par croire qu'il ne pouvait se fier qu'à lui-même.

C'était peut-être pour cette raison qu'il avait rejoint

l'armée, où il fallait avoir confiance en son unité et veiller à la sécurité de ses compagnons d'arme.

Mais sa plus grande motivation était probablement le désir de s'endurcir, d'affronter la peur, et de ne plus jamais douter de ses capacités.

La guerre l'avait toutefois fait changer, et il avait pris la décision de consacrer sa vie à aider les autres. Il avait commencé par rejoindre une entreprise spécialisée dans la sécurité des personnes, mais n'y avait pas trouvé de quoi combler ses aspirations. Plutôt que d'être recruté comme mercenaire, il s'était donc lancé à son compte.

À présent, il traversait le pays en compagnie d'une femme qui ne méritait pas de se trouver engluée dans cet enfer.

— Pourquoi faites-vous ce métier, Hale ?

Arraché à ses pensées, il hésita avant de répondre et finit par hausser les épaules.

— Il faut bien que quelqu'un le fasse.

— Mais les gens peuvent engager des équipes de sécurité au grand complet, faire poser des alarmes…

— Tant mieux si certains s'en contentent. Pas moi.

— Pourquoi ?

— Souvent, il vaut mieux faire confiance à une seule personne. Il y a moins de risques de bavardages inconsidérés ou de corruption.

— Je n'y avais pas pensé. Mais ça doit être aussi ennuyeux pour vous que pour moi.

— Pas vraiment. Je dois toujours rester en alerte.

— Oui, j'avais remarqué que vous étiez aux aguets en permanence, mais ça n'explique pas pourquoi.

Max retint un soupir et fournit à Allie une version courte. Peut-être était-ce la seule qu'il avait, d'ailleurs.

— Les gens ont besoin d'être protégés.

— En fait, vous voulez aider votre prochain. C'est très vertueux, comme démarche.

Hale se demanda si elle se moquait de lui, mais elle semblait sincère.

En tout cas, il ne se voyait pas comme un vaillant chevalier. Il ne considérait pas qu'il était en mission de sauvetage. Il possédait seulement quelques compétences utiles aux autres.

— Vous avez dit que vous vouliez mettre fin à la menace. Comment comptez-vous procéder ?

— J'aurai un face-à-face avec un ou deux de ces types, quand je les aurai trouvés. Mes contacts y travaillent.

— Et ensuite ?

— On passera à la phase interrogatoire.

Allie ne demanda pas de détails. Des images horribles extraites de films ou de séries télévisées envahirent son esprit, et elle espéra qu'il ne voulait pas parler de ce genre d'interrogatoire.

Probablement pas, décida-t-elle.

Même si elle avait senti en lui beaucoup de dureté, elle devinait aussi qu'il avait des valeurs. Et il se comportait avec elle comme un gentleman. Elle ne pouvait pas en dire autant des hommes au bureau, qui semblaient incapables de la regarder dans les yeux, mais qui la déshabillaient du regard à la moindre occasion.

Hale n'était pas comme ça.

Satisfaite, du moins autant qu'elle pouvait l'être, elle se cala confortablement dans son fauteuil et s'endormit, ce qui était une façon comme une autre de rendre ce trajet plus supportable.

Le motel semblait aussi peu engageant que les précédents. Une chambre, une salle de bains minuscule et une décoration figée dans le temps. Au moins, il y avait des lits jumeaux, cette fois.

Sa vie lui avait glissé des mains pour devenir ça. Pour le moment, Allie n'avait d'autre choix que de s'en accommoder.

— Demain matin, dit Hale, je nous achèterai de nouveaux vêtements. Surtout pour vous.

— C'est une dépense inutile. Nous avons ce qu'il faut.

— Nous n'allons pas perdre deux heures à attendre dans une laverie automatique.

C'était plutôt sensé.

Assise sur le bord du matelas, elle le regarda déposer à terre deux sacs de voyage. Ils auraient dû être brodés, comme des serviettes de toilette. Elle et Lui.

— Alors, il va me falloir davantage de sous-vêtements, dit-elle.

Se rappelant la précédente excuse de Hale, elle ajouta, narquoise :

— Vous n'aurez qu'à dire que votre femme est malade, et qu'elle ne peut pas se déplacer.

Il ne fit pas de commentaire et se contenta de lui demander sa taille.

Hale se doucha le premier, parce qu'elle avait insisté. C'était au moins quelque chose qu'elle pouvait contrôler, et elle se sentait à nouveau d'humeur morose. D'ailleurs, elle-même ne se doucherait pas du tout. Pour un soir, ce n'était pas vraiment un manquement à l'hygiène. Elle se rattraperait le lendemain matin.

Tandis qu'il occupait la salle de bains, elle enfila la chemise de nuit en flanelle. Elle se révéla douce et chaude, et Allie décida qu'elle l'aimait. Puis elle se glissa dans le lit, sous un couvre-lit discutable, mais entre des draps qui sentaient le propre. C'était déjà ça.

Son erreur fut de ne pas tourner le dos à la porte de la salle de bains. Quand Hale la franchit, il ne portait qu'une serviette autour des hanches.

Elle ferma les yeux à la hâte, mais c'était trop tard.

Elle en avait trop vu. Des muscles sculptés qui n'étaient pas là que pour le show, des abdominaux à couper le souffle… Elle avait des amis qui suaient sang et eau à la salle de sport pour essayer d'avoir ce genre de corps.

Elle aurait bien voulu rouvrir les paupières et l'observer à la dérobée, mais Hale n'invitait pas à ce genre d'attitude. C'était un homme concentré, entraîné pour l'action, et qui n'aimait certainement pas parader.

Des froissements suggérèrent qu'il avait enfilé un caleçon. Puis elle entendit sa respiration s'accélérer un peu, et elle se résolut finalement à ouvrir les yeux.

Il était en train de faire des pompes au pied du lit. Il enchaîna avec d'autres exercices qu'elle ne pouvait pas tous nommer.

Peut-être devrait-elle en faire autant avant de prendre pour de bon la forme du siège de la voiture. Mais pas maintenant. Pas en chemise de nuit.

Elle s'endormit peu après l'avoir entendu se glisser dans le lit voisin. Cette nuit-là, elle cauchemarda comme cela ne lui était plus arrivé depuis des années.

Ils quittèrent le motel bien avant le lever du soleil. Après sa nuit agitée, Allie ne se priva pas de bâiller ouvertement, même si c'était impoli.

La lune argentée qui avait accompagné les débuts de leur voyage avait disparu. Ce devait être la nouvelle lune, se dit-elle, même si d'ordinaire elle ne prêtait jamais attention aux phases de l'astre.

C'était une mauvaise période pour voyager. L'hiver imprimait ses marques un peu partout. Le vent était glacial, et ils avaient même vu quelques plaques de neige ici et là.

Le souffle d'Allie dessinait des petits nuages de buée dans l'air froid.

— Qu'y a-t-il au menu, ce matin ? demanda-t-elle, d'un ton irrité.

— Des montagnes magnifiques. Profitez-en.

Cela ressemblait plus à un ordre qu'à une suggestion.

D'un geste brusque, elle tira sur la ceinture de sécurité. Avait-elle un autre choix ? Elle devait en trouver un très vite, avant d'entrer en éruption comme le Vésuve.

Comme d'habitude, ils prirent leur petit déjeuner dans un relais routier, ni meilleur ni pire que les précédents. Il faisait encore nuit quand ils reprirent la route.

Petit à petit, les voies de circulation se firent plus escarpées, puis les premiers flocons de neige commencèrent à s'écraser sur le pare-brise.

— Nous n'aurions pas pu aller vers le sud ? demanda-t-elle, bougonne.

— Trop de monde

Bon, elle avait sa réponse.

— Si la neige tient, ça va devenir difficile de conduire, fit-elle remarquer.

Surtout pour une Californienne du Sud, qui n'avait vu la neige que dans les sierras et n'avait jamais expérimenté la conduite sur neige.

— Je l'ai déjà fait, répondit Hale.

Elle supposait que c'était dit pour la rassurer, mais cela ne fonctionnait pas vraiment. Rien de ce qui concernait ce voyage n'était rassurant.

Ils roulaient depuis quelques heures quand un panneau indicateur apprit à Allie où ils se trouvaient. *Nez Perce Reservation.*

— Nous sommes dans l'Idaho ! s'exclama-t-elle.

— On dirait.

Elle songea au temps passé sur la route.

À ce rythme, ils auraient déjà dû être bien plus loin à l'est. Ça lui donnait une bonne idée du tracé tortueux que Hale avait choisi, évitant les grandes villes, s'en tenant aux itinéraires secondaires… Ils avaient dû revenir sur leurs pas un grand nombre de fois.

Elle aurait adoré savoir comment il avait planifié tout ça. C'était comme une évasion.

— Vos contacts vous ont fourni de nouvelles informations ? demanda-t-elle.

Elle l'avait entendu passer un appel la nuit précédente.

— Oui. L'équipe d'Ellis semble avoir conclu que nous nous dirigions vers le nord.

— Comment pouvez-vous le savoir ?

— Mes hommes les ont à l'œil.

Ses hommes. Elle se demanda qui composait ce réseau invisible de contacts. Combien étaient-ils ? Étaient-ils ses employés, ou seulement des amis sur qui il pouvait compter ?

Il était peu probable que Hale se livre à des confidences sur ce sujet.

— Nous allons bientôt changer de direction, annonça-t-il.

— Espérons qu'il fera plus chaud là-bas.

Alternant avec de vastes étendues herbeuses sur fond de collines noyées dans une brume bleutée, les villages se succédaient, minuscules, parfois réduits à quelques boutiques de part et d'autre de la route.

Hale finit par s'arrêter dans une petite ville et se gara devant un vieux bâtiment en brique représentatif du reste de cette bourgade. Décrépit aurait été un terme mesuré.

— On va acheter des vêtements, déclara-t-il.

Le bras tendu vers la banquette arrière, il attrapa un bob tout chiffonné, en toile kaki, qui ressemblait aux couvre-chefs des pêcheurs.

— Mettez ça, dit-il, et gardez la tête baissée.

Elle obéit, tout en se demandant en quoi c'était nécessaire.

— Vous venez avec moi, dit-il, à la grande surprise d'Allie. Mais ne choisissez rien qui sorte de l'ordinaire. Sinon, je vous le reprends et vous retournez dans la voiture.

Ça ressemblait à une menace, mais elle accepta sans protester, consciente que ce ne serait pas une bonne idée de se faire remarquer.

Il n'y avait personne à l'intérieur du magasin. Une femme âgée, avec un chignon grisonnant et des lunettes à fine monture dorée, qui était peut-être la propriétaire, s'avança vers eux avec un grand sourire aimable.

— On s'équipe en prévision d'une longue randonnée, expliqua Hale en réponse à la question qu'elle venait de leur poser.

— Par ce temps ?

La vendeuse mima un frisson.

— Vous êtes plus courageux que moi.

Après les avoir invités à la solliciter s'ils avaient besoin d'aide, elle les laissa seuls.

Retenant un soupir, Allie suivit les directives de Hale. Deux chemises en flanelle à carreaux – l'une dans les tons gris et bleu, l'autre marron et beige –, deux jeans, des chaussettes. Et puis des sous-vêtements. Blancs. Sans aucune fioriture.

— Vous venez rejoindre la milice ? demanda la vendeuse en rendant la monnaie à Hale.

— Ça se pourrait, dit-il froidement.

Le sourire de la vieille dame s'élargit.

— Alors, vous reviendrez sûrement pour des tenues de camouflage. À moins que nous ne vouliez les prendre maintenant. J'en ai plein dans l'arrière-boutique.

— On va d'abord voir si nous sommes les bienvenus.

— C'est une bonne idée.

Joviale, elle leur adressa un grand signe de la main tandis qu'ils quittaient la boutique.

De retour à la voiture, Hale mit leurs achats dans le coffre. Dès qu'il fut au volant, Allie lui posa la question qui lui brûlait les lèvres.

— Quelle milice ?

— L'Idaho est un repaire de survivalistes. Surtout au nord. Certains se regroupent en clans.

— Ça alors !

— Vous n'avez jamais rien lu à leur sujet ?

— Je n'ai pas l'impression qu'ils fassent les gros titres.

— Ils préfèrent éviter.

Un nouveau coup d'œil sur un autre monde, songea Allie. Elle savait vaguement qu'il existait des milices, mais elle ne s'était jamais demandé où. Ici, apparemment.

— En tout cas, c'est une bonne couverture pour nous.

Elle tourna la tête, surprise.

— Vous vous y attendiez ?

— Je ne savais pas qu'on nous poserait la question, mais j'étais sûr que les gens y penseraient.

Il anticipait toujours tout et vivait dans un monde tout à fait étranger à Allie. Visiblement, Hale était capable de se débrouiller dans n'importe quelle situation et, à son corps défendant, elle commença à ressentir pour lui un certain respect.

Cette nuit-là, après l'habituel dîner dans une gargote, ils cochèrent une nouvelle case sur leur liste d'hôtels minables. Comment Hale trouvait-il ces endroits ?

Cette fuite constante et ces kilomètres qui s'accumulaient épuisaient Allie.

— Ne pouvons-nous pas au moins passer une nuit de plus quelque part ?

Elle ne savait pas trop ce qu'elle ferait de ce temps, mais peu importait. Le simple fait de ne pas rouler serait un grand soulagement.

— Non.

Si elle l'avait pu, elle l'aurait secoué.

— Je paie vos services, dit-elle d'un ton cassant. Je devrais au moins avoir mon mot à dire.

— Je fais ce pour quoi vous me payez. Il n'a jamais été dit que ça devait vous plaire.

Eh bien, c'était la fin de la dispute. Si dispute il y avait eu.

Il vida le sac de voyage de ses anciens vêtements et y plaça les nouveaux. Au moins, il ne se débarrassa pas de la chemise en flanelle. Ça lui faisait au moins un repère dans un monde en mouvement permanent.

— Ils ne peuvent sûrement pas nous retrouver en l'espace d'une nuit.

Il se redressa et la regarda droit dans les yeux.

— Ce n'est pas impossible.

Elle haussa les épaules mais n'ajouta rien.

Quelque chose lui disait que, si elle refusait tout simplement de monter dans la voiture, il ne l'abandonnerait pas au milieu de la rue. Non, il la jetterait probablement en travers de son épaule et l'installerait de force sur son siège.

Elle lui lança un regard noir tandis qu'elle s'asseyait sur le bord du matelas. Ce soir, il n'y avait qu'un lit. Il dormirait à nouveau par terre.

Hale lui offrait une certaine intimité, mais pas la solitude – une distinction qu'elle avait appris à faire, et qu'elle n'appréciait pas.

— À quel moment saurez-vous que nous sommes en sécurité ? demanda-t-elle, un peu plus tard.

— Je le saurai.

— Grâce à vos contacts invisibles, je suppose.

— Non. Je repérerai nos poursuivants, et je les neutraliserai. Je suis doué pour ça.

— Y a-t-il une chose pour laquelle vous n'êtes pas doué ?

— Parler.

Allie leva les yeux au ciel, prit sa chemise de nuit et se dirigea vers la salle de bains.

— Je vais sortir et passer un appel.

Évidemment ! Les coups de fil semblaient plus fréquents. Avait-il appris quelque chose qui l'inquiétait ? Il ne lui dirait rien, comme d'habitude.

Peut-être devait-elle s'inquiéter aussi ? Mais à quoi bon ? Pour la première fois dans sa vie, elle ne contrôlait rien.

Dehors, par une nuit si calme qu'il pouvait entendre sa respiration, Hale composa un numéro qu'il avait mémorisé.

— Avons-nous de la potée aux choux au menu ? demanda-t-il, selon le code établi avec Stu.

— Absolument, répondit son ami. Et figure-toi que notre hôte a engagé un chef professionnel.

Hale se crispa. Chef signifiait assassin.

— Je vois, dit-il.

— Est-ce qu'elle a la recette ? demanda Stu.

Il voulait savoir si Allie possédait des documents écrits.

— Elle la connaît seulement de mémoire. Elle aurait peut-être dû l'écrire.

— Ce n'est plus la peine, maintenant.

— Quand le chef doit-il arriver ?

— Aucune idée. Je vais me renseigner, histoire que la cuisine soit prête. Je me suis laissé dire que quelques commis sont déjà en route.

— Déjà !

Hale n'avait pas eu de mal à comprendre ce que cela signifiait. Plusieurs membres de l'équipe de sécurité d'Ellis étaient à leurs trousses.

Il mit fin à la communication, ôta la batterie et déposa le téléphone dans une voiture immatriculée en Oregon.

Un tueur à gages avait été envoyé à leurs trousses, en plus des hommes de la sécurité d'Ellis. Pourquoi ?

Et comment Allie et lui étaient-ils traqués ?

Ruminant ces questions, Hale resta dehors un long moment, à se balancer sur ses talons. Ça allait trop loin. Beaucoup trop loin.

Allie savait quelque chose qui la mettait en danger. Peu importe qu'elle ait ou non en sa possession un document ou une clé USB, ils voulaient la faire taire.

Définitivement.

Il jura entre ses dents.

Ce n'était pas le fait de devoir affronter un professionnel qui le perturbait. Il connaissait parfaitement leurs méthodes et leur état d'esprit. Mais cette traque prenait une tournure étrange.

Pourquoi les hommes de la sécurité ne s'étaient-ils pas retirés puisqu'un pro avait pris le relais ? Étaient-ils seulement au courant de sa présence, ou bien recevaient-ils leurs informations d'une autre source ?

Une autre source, cela pouvait indiquer la présence d'une taupe dans sa propre équipe. Ou, a minima, un manque de prudence dans les échanges. Quelqu'un avait-il parlé inconsidérément ?

Soudain, il lui parut trop risqué de rester là. Stu savait qu'ils se trouvaient quelque part entre la frontière du Wyoming et de l'Idaho, mais il ignorait quelle direction ils prendraient. Quoi qu'il en soit, ils devaient filer au plus vite.

Mais il n'était pas question qu'il parle du professionnel à Allie. Elle se faisait déjà bien assez de souci comme ça.

Lorsqu'il retourna dans la chambre, elle était au lit, avec la couverture remontée jusqu'au menton, et elle avait les yeux ouverts.

— Levez-vous, dit-il. Nous partons.

— Pourquoi ? Il est beaucoup trop tôt.

— Faites ce que je dis.

— J'ai droit à une explication.

— Si un crocodile essayait de vous mordre le talon, vous vous poseriez des questions ou vous feriez un bond sur le côté ?

Elle soupira, mais repoussa la couverture.

— Vous m'expliquerez quand nous serons dans la voiture. J'en ai plus qu'assez d'être tenue dans l'ignorance.

Hale ne prit pas le temps d'argumenter. Il était déjà occupé à effacer toute trace de leur passage dans cette chambre.

Il avait toujours respecté cette procédure : ne rien laisser derrière soi. Pourtant, il avait dû commettre une erreur, à un moment ou à un autre.

Il passerait probablement les prochains jours à se demander de quelle manière il avait failli. Ou qui l'avait trahi…

5

Quand ils eurent repris la route, Allie n'insista pas pour avoir une explication.

Au lieu de cela, elle s'endormit sur le siège à côté de lui, ce qui laissa à Hale beaucoup trop de temps pour se triturer les méninges.

Pour la première fois de sa vie, il considéra que le fait de se taire n'était pas toujours la meilleure façon de mener sa vie.

Pourtant, compte tenu du nombre de fois où il avait été rabroué ou puni pour avoir ouvert la bouche, le silence était devenu son ami.

Pas ce soir.

Il aurait volontiers partagé avec Allie quelques anecdotes glanées dans les bars qu'il aimait fréquenter, ou l'aurait questionnée sur sa vie, avant qu'elle travaille pour Ellis.

Tout valait mieux que sentir la lame de trahison lui déchirer les entrailles.

Qu'est-ce qui avait pu mal tourner ? Stu soupçonnerait aussi qu'il y avait un problème. Il commencerait à observer les comportements des autres membres de l'équipe.

En attendant, Hale serait peut-être bien inspiré de

faire profil bas. Et peut-être de ne plus donner à Stu aucune information sur le déroulé de leur trajet.

S'il avait été enclin à ce genre de manifestation, il aurait volontiers tapé du poing sur le volant.

Le jour ne s'était pas encore levé quand Hale repéra un container à ordures le long de la route. Il s'arrêta, en laissant le moteur tourner pour qu'Allie n'ait pas froid, et sortit les sacs du coffre. Il vida leur contenu dans la poubelle, mais conserva les sacs.

Il s'en débarrasserait à l'arrêt suivant. Son mot d'ordre : laisser le moins de traces possible.

Lorsqu'il reprit place au volant, Allie se réveilla.

— Où sommes-nous ?

— Au milieu de nulle part.

C'était en tout cas ce qu'il croyait jusqu'à présent.

Il inclina la bouche de ventilation de façon à ce qu'elle souffle plus d'air chaud sur Allie. Elle avait besoin d'un plaid, décida-t-il. Et peut-être d'un coussin ergonomique pour son cou…

Cette pensée fut balayée par des préoccupations plus urgentes. Quelqu'un devait savoir qu'il était partie prenante de cette cavale. Il avait bien pensé à changer ses plaques minéralogiques au milieu de la nuit, pendant qu'Allie dormait, mais apparemment, ça n'avait pas suffi. Il se pouvait que le propriétaire de la voiture avec laquelle il avait interverti ses plaques ait remarqué le changement et l'ait signalé.

Si vite ? La plupart des gens ne regardaient jamais leurs plaques.

Ou alors, cette personne avait été contrôlée pour une infraction ou un problème de stationnement…

Il retint un soupir. Les pensées qui tournoyaient dans sa tête, tel un hamster actionnant sa roue, menaçaient de le rendre fou.

Puis vint la question d'Allie.

— Pourquoi sommes-nous partis si vite ?

— Parce que j'ai dû, sans le vouloir, laisser des indices derrière nous.

Du coin de l'œil, il la vit se redresser sur son siège.

— Je ne vois pas comment ce serait possible.

— J'essaie d'y réfléchir pour ne pas que ça se reproduise.

— Bon sang, Hale, vous avez emprunté des routes secondaires, vous avez fait demi-tour avant de prendre un autre itinéraire. Pas une fois vous n'êtes allé tout droit. Personne n'a pu nous repérer ni nous suivre. Je n'y crois pas.

Quelques minutes passèrent avant qu'Allie reprenne la parole.

— Est-ce que votre voiture aurait pu être équipée d'un traceur ?

— Il y en avait un, effectivement, mais je m'en suis débarrassé le premier soir.

Comment avait-il été placé là ?

Il avait laissé la voiture dans le parking souterrain de l'immeuble d'Allie pendant que celle-ci préparait ses bagages. Était-elle déjà sous étroite surveillance ? Ce n'était pas impossible.

Ce jour-là, Allie était allée travailler, puis elle s'était rendue chez Max, avant de partir presque immédiatement avec lui. Leur fuite avait été trop rapide pour être irréprochable.

Il ne lui restait plus qu'une chose à faire.

— Dès que l'occasion se présentc, j'achète une nouvelle voiture.

— Ça va demander toute sorte de papiers.

— Pas si je l'achète à la sauvette à un trafiquant. Mais je ne trouverai jamais un modèle aussi parfait que celui-ci.

— C'est bien possible. Et vous devrez démonter un certain nombre d'équipements.

— Je l'ai déjà fait.

Elle se recroquevilla sur son siège, tournant la tête vers sa vitre pour regarder défiler un paysage encore nimbé d'obscurité.

Le froid polaire qui régnait entre eux ne devait rien à la température extérieure.

Allie avait fermé les yeux, mais elle ne dormait pas quand les premières lueurs rosées de l'aube apparurent derrière sa vitre.

Peut-être aurait-il mieux valu affronter la menace à Los Angeles. Au moins, ç'aurait été plus confortable.

D'un autre côté, elle ne pensait pas que Hale faisait tout cela pour le plaisir. Il était sincèrement convaincu que la fuite était nécessaire. À présent, il devait se sentir mal à l'aise. Ou peut-être stupide.

Mais elle ne lui ferait aucun reproche. Certaines épithètes lui étaient peut-être venues à l'esprit au cours des premiers jours de leur fuite, mais elle ne les emploierait plus à présent qu'ils étaient tous les deux en danger. Si ces types la trouvaient, pouvait-on imaginer qu'ils s'en tiendraient à elle et ne s'en prendraient pas à Hale ?

Elle se sentit honteuse de ne pas avoir pensé plus tôt qu'il risquait sa peau, lui aussi.

Le ciel s'était éclairci. Une belle journée lumineuse s'annonçait. À condition qu'ils ne bifurquent pas à nouveau vers le mauvais temps. Quelques nuages menaçants noyaient la crête des montagnes sur sa droite.

De quelles montagnes s'agissait-il ?

Ça lui importait peu.

Elle songea à l'image du crocodile lui mordant les talons. Leurs poursuivants ne devaient pas être loin pour que Hale la tire du lit avant même qu'elle ait eu le temps de s'endormir.

— Vous ne pouvez pas rouler plus vite ? demanda-t-elle.

Cette remarque arracha à Hale un rire inaccoutumé.

— Bien sûr. Comme ça, je serai obligé d'expliquer mon excès de vitesse à un flic.

— Mais vous avez une fausse identité.

— Bien sûr. Ainsi que des plaques volées sur la voiture.

Allie eut un petit hoquet de surprise.

— Quoi ?

— Maintenant, vous êtes au courant.

Elle se mordilla la lèvre, puis une idée lui vint.

— Et si vous me fournissiez une fausse identité aussi ?

— Non.

— Pourquoi ?

— Ma p'tite dame, ce n'est pas parce que je bafoue certaines lois que je vais vous permettre de le faire aussi.

Voilà qu'il recommençait avec ses « ma p'tite dame » !

— En quoi serait-ce un problème ?

— C'est passible de prison.

Allie eut du mal à avaler sa salive. Ce bourbier dans lequel elle se débattait lui semblait de plus en plus profond. Remonterait-elle un jour à la surface, ou allait-elle tout simplement couler ?

Seul le souvenir de Max lui apprenant que d'autres employés de Jasper Ellis avaient disparu, ou s'étaient apparemment suicidés, l'empêcha de siffler la fin de la partie.

Qu'est-ce qu'Ellis pouvait lui faire, au juste ? Beaucoup de choses, très certainement.

Morose, elle regarda le jour se lever, incapable de s'émerveiller devant sa beauté.

Dépité et maussade, Hale avait à cet instant une piètre opinion de lui-même.

Qu'il n'ait pas songé à la présence d'une taupe dans son équipe, cela pouvait encore se concevoir. Mais pourquoi diable avait-il négligé de vérifier régulièrement la présence d'un mouchard sur sa voiture, surtout après en avoir trouvé un au début de leur cavale ?

Un détecteur de fréquences radio occupait un compartiment de son coffre. Il aurait dû l'utiliser plus tôt. Ce serait fait avant la fin de la journée. Au moins, il en aurait le cœur net.

Il était aussi nerveux qu'Allie. Cette course perpétuelle allait contre sa nature. Il préférait l'action et l'affrontement direct.

La situation présente l'obligeait pourtant à procéder ainsi. Les personnes qu'il avait protégées jusqu'à maintenant avaient un nombre limité d'ennemis. Parfois un gang de trafiquants de drogue. Parfois une seule personne.

Ellis jouait à un tout autre niveau. Il représentait un danger bien supérieur à un quelconque gang. Des tentacules partout. Des yeux partout.

Et la capacité de rester hors d'atteinte.

Ellis opérait en plein jour, en tant que respectable homme d'affaires. Ses entreprises avaient une apparence parfaitement saine, et personne à ce jour n'avait réussi à l'épingler.

Hale devait absolument aider Max à coincer ce type. Ou bien Allie ne dormirait plus jamais tranquille.

En attendant, il pouvait tenter d'en apprendre plus sur leur ennemi.

— Allie ?

— Oui ?

— Avez-vous pris des documents ou une clé USB dans votre bureau ?

— Bien sûr que non, enfin !

Elle semblait scandalisée.

— Ce serait du vol.

Il hocha la tête.

— Donc, vous n'avez pas de preuves de l'irrégularité que vous avez découverte ?

— Non.

La voix d'Allie était presque inaudible, trahissant son désarroi.

— Aucune.

— Vous avez votre bonne mémoire.

— Certainement, mais je ne peux rien prouver. C'est pour ça que je ne comprends pas la raison de cette cavale. Je ne représente pas une menace pour Ellis.

— Comment peut-il en avoir la certitude ? Je suppose qu'il aura découvert vos liens avec Max.

Allie s'agita nerveusement sur son siège.

— Hale, rassurez-moi. Max n'est pas en danger à cause de moi, n'est-ce pas ?

Sans attendre sa réponse, elle gémit.

— Oh ! Max, qu'est-ce que j'ai fait ?

Hale crispa les mains sur le volant. Il portait des gants et ses articulations étaient cachées, mais il était certain qu'elles avaient blanchi.

— Allie…

— Quoi ? demanda-t-elle, d'un ton misérable.

— Vous n'avez absolument rien fait de mal. Vous êtes comptable. Vous avez trouvé une erreur dans les registres de l'entreprise. Vous l'avez signalé à votre employeur, qui a dit qu'il s'en occuperait. C'est lui qui a laissé planer une menace indirecte sur vous.

— Mais Max…

— Faites-moi confiance. Max savait exactement dans quoi il mettait les pieds. Cela fait longtemps qu'il sait tout ce qu'il y a à savoir sur Ellis. Et qu'auriez-vous dû faire ? Couper tout lien avec un homme que vous connaissez depuis toujours ?

— Je ne sais pas… Je n'aurais peut-être pas dû lui raconter mon histoire, que je trouvais amusante sur le moment.

Hale desserra les doigts.

— Ellis ne s'en prendra pas à Max.

— Comment pouvez-vous en être aussi sûr ?

— Parce que Max est un flic. Il enquête sur Ellis depuis des années. Si quelque chose devait lui arriver, tous les soupçons de l'équipe se porteraient sur Ellis et plus aucun répit ne lui serait laissé. Max ne risque rien.

Hale espérait l'avoir rassurée. Il aurait dû faire plus pour cette femme dont il était le compagnon d'infortune. Remplir ses jours d'autre chose que de kilomètres d'asphalte et de paysages défilant par la vitre.

Mais l'étau se resserrait, et il ne pouvait pas se permettre de ralentir pour le moment. Peut-être ne le pourrait-il pas avant d'avoir trouvé comment la protéger efficacement.

— Vous avez déjà été mariée ? s'entendit-il demander.

D'où cela venait-il ? D'habitude, il ne posait pas de questions personnelles.

— Non. Je n'ai même jamais vécu en couple.

— Comment est-ce possible ? Une femme aussi belle que vous…

Elle l'interrompit d'un ton sec.

— C'est justement le problème. Certains hommes devraient comprendre que je ne suis pas un fantasme ambulant.

— Eh bien, vous ne mâchez pas vos mots.

— C'est la vérité. Avoir des relations sexuelles n'est pas un problème. Je pourrais en avoir autant que je veux. Et je ne cherche pas nécessairement un engagement à long terme. Mais j'ai besoin d'un minimum de respect avant de m'impliquer dans une relation avec un homme.

— Je suppose que votre opinion sur les hommes est nourrie par une longue expérience ?

— Ça a commencé quand j'avais quinze ans. Et rien n'a changé depuis.

— Vous avez dû connaître votre lot de goujats.

— C'est une façon aimable de le dire.

Peut-être… Combien de fois au cours de leur vie les femmes étaient-elles en butte à des comportements déplacés, insultants ou même agressifs ? Jusqu'à présent, il ne s'était jamais posé la question et n'y avait pas prêté attention, mais c'était probablement fréquent.

— Il serait temps que les hommes apprennent à contrôler leurs yeux et leurs mains, ajouta Allie. Mais ça va plus loin. Quand je sors, je paie toujours ma part. J'ai appris très vite à ne pas laisser un homme m'inviter au restaurant. Sinon, il est persuadé que je lui dois quelque chose.

— Je comprends. Mais tous les hommes ne sont pas comme ça.

Après un silence, elle changea complètement de sujet.

— Où vivez-vous, Hale ?

— Sur une autre planète.

Elle eut un petit rire.

— J'aurais pu le deviner.

Vers midi, un nouvel arrêt dans un relais routier s'imposa. Apparemment, le ravitaillement du pays se faisait via les routes secondaires plutôt que par les grands axes. Tous les camions n'étaient cependant pas de monstrueux semi-remorques. Il y avait aussi des véhicules de taille plus modeste.

Hale sortit quelque chose d'un compartiment à l'arrière du SUV et Allie le regarda en faire le tour, se pencher, et parfois se mettre à genoux. On aurait dit un conducteur cherchant l'origine d'un bruit inhabituel sous le châssis. Puis il souleva le capot.

Un homme vêtu d'une lourde veste en cuir marron

doublée de mouton s'avança vers eux, en remontant son pantalon sur son ventre proéminent.

— Besoin d'aide, l'ami ?

— J'ai trouvé, merci, dit Hale. C'est cette fichue tête d'alternateur qui a tendance à se desserrer. J'ai fait le nécessaire.

— À l'occasion, vous devriez donner un coup de booster à la batterie, histoire d'améliorer la charge, dit le type avant de tourner les talons.

— Bonne idée, merci ! lança Hale dans son dos.

Il claqua le capot et remit son équipement dans le coffre.

— Allons-y, dit-il en remontant dans le SUV.

— On ne déjeune pas ?

— Pas ici. On vient de se faire remarquer.

Dès qu'ils eurent repris la route, il expliqua :

— Je n'ai pas trouvé de traceur.

— Alors, comment… ?

— Aucune idée.

Quelques kilomètres plus loin, il repéra un vieux pick-up qui semblait abandonné sur le bas-côté et se gara derrière.

— Qu'est-ce que vous faites ? demanda Allie.

— Il vaut mieux que vous ne le sachiez pas.

Il alla fouiller dans le coffre et revint à l'avant en tenant à la main ce qui ressemblait à une visseuse. Puis il souleva à nouveau le capot.

Il n'y avait pas âme qui vive dans les parages. Aucun véhicule ne circulait sur la route en ce tout début d'après-midi.

Quelques minutes plus tard, Hale ferma le capot,

contourna le SUV et jeta dans le coffre quelque chose qui fit un bruit de ferraille.

Un instant après, ils roulaient de nouveau.

— Qu'avez-vous fait ? demanda Allie.

— Puisque vous insistez pour le savoir, j'ai pris les plaques du pick-up et les ai fixées sur ma voiture, à la place de celles que j'avais déjà empruntées. Je recommencerai dans quelques heures. Ne m'en demandez pas plus, Allie. Je ne veux pas que vous soyez complice.

— Comme si j'allais le répéter. En plus, ça m'étonnerait que ce soit un crime majeur.

Pour leur arrêt suivant, Hale choisit un drive à la périphérie d'une autre minuscule ville. Au moins, celui-ci proposait un sandwich au poulet et légumes grillés qui paraissait plus appétissant qu'un burger d'origine douteuse. Hale lui en fit commander trois et ajouta un grand soda. Il opta quant à lui pour un menu gargantuesque, qu'il avala tout en conduisant.

— Vous vous comportez comme si quelqu'un était juste derrière nous, remarqua-t-elle.

— Pas si près. Je l'aurais repéré. Je ne veux leur laisser aucune chance.

Bientôt, des décorations de Noël qui avaient connu des jours meilleurs commencèrent à apparaître sur les façades de vastes maisons plantées au milieu des champs. Des ranchs ? Allie n'en avait aucune idée.

Puis, à nouveau, ce fut un paysage de montagne, des routes plus escarpées, un climat plus rude.

Ils s'arrêtèrent pour la nuit dans un chalet au confort

spartiate, sans doute destiné à des skieurs possédant peu de moyens.

— Laissez-moi dormir au moins une nuit complète, demanda-t-elle à Hale. Je resterais bien quelques jours de plus, mais…

— Ce n'est pas possible. Pas maintenant.

— Je sais, dit-elle dans un soupir.

Tandis qu'Allie se préparait pour la nuit, Hale sortit prendre l'air.

Il avait réellement commis une erreur quelque part. À présent, il se demandait s'il devait prendre le risque d'appeler Stu. C'était peut-être trop tôt… Quand il le ferait, il ne lui donnerait aucun indice sur l'endroit où ils se trouvaient. Et peut-être s'en tiendrait-il à cette décision à l'avenir.

À nouveau, il passa son détecteur autour et sous la voiture.

Cette fois, il trouva le traceur, minuscule et n'envoyant un signal que par intermittence, ce qui le rendait difficilement détectable. Il était très facile de passer à côté.

Il le retira et le rangea dans la boîte métallique qui abritait ses téléphones, une cage de Faraday qui empêchait toute transmission électronique entrante ou sortante. Peut-être aurait-il besoin du transmetteur plus tard.

En fait, la seule bonne nouvelle, c'était qu'il n'y avait pas de traître dans son équipe.

S'armant de courage, il retourna à l'intérieur du chalet pour annoncer à Allie qu'ils devaient à nouveau reprendre la route.

Elle allait adorer.

La réaction d'Allie fut pire que ce à quoi il s'attendait. Cette fois, elle se transforma en furie.

— Ça doit s'arrêter, Hale ! Je sais que tu me protèges, mais je ne peux pas vivre comme ça indéfiniment. Et je ne pense pas que tu le puisses non plus.

Dans sa colère, elle était passée au tutoiement sans s'en rendre compte, et il ne releva pas.

— C'est sûr que je n'en ai pas envie, se défendit-il maladroitement.

— Dans ce cas, trouve un moyen pour que nous puissions nous arrêter un moment. Tout ce que je veux, c'est sortir de cette fichue voiture. Marcher. Randonner en montagne. Faire un bonhomme de neige. N'importe quoi plutôt que de rester prostrée sur un siège.

— Ce serait trop dangereux de s'arrêter maintenant. Ils ont notre localisation.

Elle serra les mâchoires.

— Tu parles d'un garde du corps ! Sors, que je puisse m'habiller.

Il l'avait mérité. Amplement. Il y avait eu une faille dans sa façon d'appréhender la situation depuis leur départ de Los Angeles, et il s'en voulait bien plus qu'Allie ne pourrait jamais le faire.

Un autre détail le chiffonnait. Étant donné que sa voiture était équipée d'un mouchard, pourquoi leurs poursuivants ne les avaient-ils pas encore rejoints ? Ça leur prenait trop de temps.

Il avala les kilomètres tout en se creusant la tête pour essayer de comprendre ce qui se jouait.

Jamais Allie n'avait été aussi furieuse.

Ils avaient roulé interminablement, volant des plaques minéralogiques et transportant à leur insu un traceur.

Comment Hale avait-il pu passer à côté de ça, alors qu'il prétendait avoir vérifié la voiture précédemment ? Lui et son équipement digne de James Bond, ses téléphones à carte prépayée et sa voiture débarrassée de tout ce qui pourrait émettre un signal ! Oui, comment s'était-il débrouillé ?

Si elle n'avait pas perçu combien il s'en voulait, elle se serait déchaînée bien plus que ça.

Il était mortifié. Le pauvre chéri !

Elle ricana intérieurement et essaya de resserrer sa parka autour d'elle. La nuit, elle avait souvent un peu froid, mais c'était pire que tout cette fois. Une nuit glaciale combinée au manque de sommeil, il n'y avait pas pire. Elle se demandait même si, un jour, elle aurait chaud à nouveau.

Sans un mot, Hale tendit le bras et augmenta la température dans l'habitacle.

Elle ne prit pas la peine de le remercier.

Des heures s'écoulèrent avant que Hale prenne la parole.

— Je pense que ce traceur a pu être posé avant que nous quittions Los Angeles.

— Quand ? Pourquoi l'auraient-ils mis sur ta voiture plutôt que sur la mienne ?

— Peut-être ont-ils profité du moment où je t'ai accompagnée dans ton appartement. Je pensais qu'il était trop tôt pour qu'ils soient alertés. Tu étais allée travailler normalement ce jour-là. Rien ne laissait présager que tu ne retournerais pas au bureau le lendemain.

— Tu l'as déjà dit, répliqua-t-elle sèchement. Mais je croyais que tu avais déjà trouvé un premier traceur.

— Effectivement. Il était bien en évidence. Peut-être un peu trop. J'aurais dû me méfier. Visiblement, c'était destiné à détourner mes soupçons.

— Ça a dû se faire quand nous étions chez Max, suggéra Allie. Il ne serait pas surprenant qu'un policier qui enquête sur Ellis depuis des années soit surveillé.

— Peut-être.

Cela n'expliquait pas comment on aurait pu connaître la raison de sa présence chez Max. Il s'était efforcé de rester dans l'ombre en permanence. Hors de vue et hors des esprits. Seule une poignée de personnes savait ce qu'il faisait pour gagner sa vie.

Une poignée de personnes, c'était peut-être déjà trop.

— Comment as-tu pu passer à côté de ce mouchard ? demanda-t-elle d'un ton de reproche.

— Il fonctionne sur le principe de la transmission par rafales. Ça veut dire qu'il n'envoie un signal qu'une fois de temps en temps. Je n'ai réussi à le repérer que ce soir.

— Super ! ironisa-t-elle.

La nuit, interminable, offrit à Hale une occasion quasi infinie de considérer son fiasco et d'envisager la meilleure façon d'y remédier. Puis Allie posa la question la plus utile de toutes.

— Dis-moi, monsieur le garde du corps de génie, pourquoi ne sont-ils pas déjà là ?

— J'y réfléchis.

— Accélère la réflexion, dans ce cas !

Il ne la détestait pas de réagir ainsi. Qu'elle soit en

colère contre lui, et contre la situation en elle-même, ça se justifiait tout à fait. Mais Allie avait les nerfs solides. Pas de désespoir, pas de larmes, pas de crise de nerfs.

— J'y ai pensé, répéta-t-il.

— Pense à haute voix, pour l'amour du ciel ! J'en ai assez d'être considérée comme un pion sur un échiquier. Va par ici, va par là, assieds-toi et ne dis rien, comme une gentille petite fille.

Il tiqua.

— Je n'ai fait que mon travail. Je n'ai jamais eu l'intention de…

Il chercha le mot.

— De faire preuve de paternalisme ? suggéra Allie. Laisse-moi te dire que tu as renouvelé la définition de ce mot.

— Ah, mince !

— Exactement.

Quelques jurons lui traversèrent l'esprit, mais il ne les laissa pas franchir ses lèvres.

Partager ses pensées ? Expliquer ses méthodes ? Bon sang, ce n'était pas du tout dans sa nature !

Mais peut-être était-il temps de contrarier sa nature ?

— Ils ne nous ont pas trouvés parce qu'ils ne peuvent pas, dit-il.

Elle soupira.

— Tu viens de dire que nous transmettions notre position depuis notre départ.

— Laisse-moi finir, s'il te plaît.

Elle se tint coite mais, du coin de l'œil, Hale constata qu'elle croisait les bras et affichait un air désapprobateur.

— Comme je l'ai dit, le traceur n'envoie un signal

que de temps en temps. Ils ont dû penser qu'ils n'auraient pas besoin d'en recevoir plus d'un ou deux par jour.

— Pourquoi ?

— La plupart des gens roulent en ligne droite, d'un point à un autre. Dans ces conditions, deux signaux suffisaient pour savoir où nous allions. Le fait que j'aie suivi un tracé irrégulier les a embrouillés.

— Tu pensais donc que nous pouvions être suivis ?

— Je m'attends toujours au pire.

Il laissa passer un silence avant de poursuivre.

— Quoi qu'il en soit, ils devaient penser que, une fois notre destination atteinte, nous y resterions quelques jours. Ils auraient pu intervenir à ce moment-là, car ils auraient été juste derrière nous.

Il marqua une courte pause et conclut :

— Une poursuite classique, en somme. D'un point A à un point B.

— Il n'y a rien de classique dans cette cavale, marmonna Allie.

— Nous avons semé la confusion dans leur esprit. Mais ils doivent quand même avoir deviné que nous avions atteint la côte nord-ouest du Pacifique. Ils se sont peut-être même rapprochés. Ce n'est pas bon. Le traceur envoyait un signal quand je l'ai détecté. Ils ont donc la localisation du chalet.

— Oh ! bon sang !

— Je pense aussi que le traceur n'a pas pu émettre dans certains des endroits où nous avons séjourné, faute de couverture. Tu sais, comme les zones sans réseau pour les téléphones portables. Ou même sans connexion satellite, comme dans les forêts très denses ou dans les montagnes. Donc, il y a eu des moments où ils n'avaient aucune idée de notre position.

— Qu'est-ce que tu suggères, maintenant ?

— Je pense d'abord rouler un bon moment sur l'autoroute, en direction de Bozeman, dans le Montana, histoire de les déstabiliser. S'il reste encore un traceur que je n'ai pas réussi à trouver, ça les conduira dans cette direction.

— Et ensuite ?

— Nous irons vers le sud, dans un endroit vraiment perdu.

— Mais... s'ils nous pistent toujours ?

— Je m'arrêterai dans un garage sur la route, mettrai la voiture sur un pont et inspecterai minutieusement le châssis.

— Et tu changeras les plaques minéralogiques, devina Allie.

— Absolument, ma p'tite dame !

6

Le temps qu'ils s'arrêtent pour déjeuner, la journée était déjà bien entamée, et la région semblait un peu plus accueillante. Il y avait tellement d'ornements de Noël qu'Allie ne savait où regarder.

Après qu'ils eurent filé tout droit dans une large artère animée, elle se demanda quand Hale bifurquerait. D'après elle, ça ne devait pas tarder.

Contre toute attente, il s'arrêta aux abords d'un charmant restaurant dont le menu, affiché sur un chevalet sur le trottoir, offrait un agréable contraste avec la nourriture un peu trop copieuse des relais routiers.

— Noël, dit-elle tandis qu'ils entraient, en passant sous une poutre décorée d'une guirlande clignotante. Je me demande si je vais rater complètement les festivités cette année.

— Tu as de bons souvenirs liés à cette saison ? demanda Hale en s'installant à table.

— Oh ! oui ! Même après le décès de mes parents, ma tante et Max ont toujours fait en sorte que ce soit un moment spécial pour moi.

— C'est gentil.

— Et toi ?

Il ne répondit pas, et le serveur vint prendre leur

commande. Pour accompagner son steak, Allie choisit des pommes de terre vapeur et des brocolis, tandis que Hale optait pour ses sempiternelles frites.

— Quels sont tes souvenirs de Noël ? insista-t-elle quand on les eut servis.

Il tourna la tête vers la vitrine.

— Trop de boissons et de bagarres.

— Quelle horreur !

Il haussa une épaule.

— C'est comme ça. Je suppose que je n'aurais pas dû répondre.

Parce que cela en disait trop sur lui ? se demanda Allie. Ce type était une tombe. Elle avait pourtant vu juste en devinant des ombres dans son passé. Cependant, le fait d'avoir raison ne la faisait pas se sentir mieux.

Elle préféra ne pas insister, sachant combien il tenait à préserver sa vie personnelle.

Le repas à peine terminé, ils reprirent la route. Allie considéra que c'était un peu rapide, mais elle apprécia le trajet, découvrant une région beaucoup plus touristique que celles traversées auparavant.

Peu avant d'arriver dans une nouvelle ville, Hale s'arrêta soudain sur un parking.

— Reste ici, dit-il. Garde les portes verrouillées. Je n'en ai pas pour longtemps.

Elle ne prit pas la peine de discuter. En dépit de ses précédentes incertitudes, elle ne doutait plus de lui, maintenant. Il faisait de son mieux pour la protéger de ses poursuivants.

Tenant sa promesse, Hale revint moins de dix minutes plus tard, avec deux grands sacs qu'il plaça dans le coffre.

— Et maintenant, trouvons un garage, annonça-t-il.

Là aussi, il fut rapide. Allie resta dans la salle d'attente, observant l'atelier derrière une grande vitre. La voiture fut montée sur le pont et les pneus changés en un temps record, sous le regard attentif de Hale. Il se glissa ensuite sous la voiture et inspecta minutieusement la totalité du châssis.

Elle pensait que seuls les mécaniciens étaient autorisés à exécuter cette manœuvre, mais sans doute avait-il trouvé un arrangement financier.

Une demi-heure plus tard, ils étaient de nouveau sur la route. Hale laissa passer quatre sorties avant de s'arrêter sur une aire de repos.

— C'est le moment d'utiliser les toilettes, dit-il. Je vais surveiller les parages.

Bon sang, pensa Allie, cet endroit n'était pas chauffé. Elle allait geler sur place.

Quand elle revint à la voiture, Hale l'attendait avec une surprise.

— Assieds-toi, dit-il.

Puis il déploya une couverture polaire bordeaux et la drapa autour d'elle. Il termina par un coussin de nuque.

— Hale…

— C'est le moins que je puisse faire.

C'était beaucoup plus agréable maintenant. Elle se blottit dans la chaleur de la couverture et cala son cou.

— Le paradis, murmura-t-elle.

— Tant mieux.

— Qu'avais-tu en tête, quand tu disais que nous allions au milieu de nulle part ?

— Le Wyoming. C'est le pays des vaches. La quasi-totalité des terres est consacrée à l'élevage.

Elle ne demanda pas pourquoi ils n'étaient pas déjà là-bas. Elle avait dépassé ce stade.

En fait, pour la première fois, elle avait envie que cette cavale insensée continue. Son compagnon de route avait piqué sa curiosité.

— Tu n'as rien trouvé de plus sous la voiture ?

— Pas même dans les roues ou les pare-chocs.

— Tu as acheté quatre nouveaux pneus uniquement pour ça ?

— Effectivement ! Encore que, en réalité, c'est toi qui as acheté ces pneus.

C'était seulement la deuxième fois, depuis qu'ils avaient entamé ce voyage, qu'il faisait allusion au fait qu'il dépensait l'argent d'Allie. Elle était donc propriétaire de quatre pneus neufs !

Lovée dans la douce et chaude couverture, elle trouva enfin le sommeil qu'elle cherchait depuis un moment.

Un autre jour. Six à sept cents kilomètres obligeamment avalés par le puissant SUV. À ce rythme, ils auraient bientôt atteint le Wyoming.

Hale avait de nouveau changé les plaques. Personne ne les suivait. Il avait peut-être réussi à mettre suffisamment de distance entre eux et leurs poursuivants pour être tranquille un moment. Mais en ce qui concernait le fait de reprendre le cours de sa vie, Allie devrait encore attendre.

Cette nuit-là, il trouva sur un chemin de traverse un motel curieusement peint en rose, à l'ombre de grands arbres. Il installa Allie dans la chambre et verrouilla la porte derrière lui.

Elle ne dit rien, sans doute trop fourbue pour se plaindre. Il se dit qu'il serait ravi de retrouver la vraie Allie, obstinée et réfractaire.

Il commençait à se sentir fatigué, lui aussi. Contrairement à elle, il n'avait pas pu récupérer pendant le trajet. À la place, il s'était rongé les sangs en essayant de trouver une porte de sortie dans ce fichu casse-tête.

D'un côté, il avait voulu trop bien faire, et de l'autre, il avait lamentablement échoué. Au final, sa seule préoccupation était de faire en sorte qu'Allie soit en sécurité jusqu'à la fin de ses jours.

Il marcha longuement aux abords de l'hôtel, emplissant ses poumons d'air frais.

Le bâtiment n'était pas beaucoup éclairé, et il n'y avait aucune décoration de Noël. Le propriétaire devait avoir un budget de fonctionnement très serré, songea-t-il.

Finalement, même s'il n'y tenait pas plus que ça, il sortit un nouveau téléphone de son coffret blindé et marcha jusqu'à une clairière. Le ciel étoilé y était visible. Un esprit plus romantique que le sien l'aurait comparé à un velours noir piqueté de minuscules diamants. Lui y voyait surtout la possibilité de capter du réseau. L'hôtel étant équipé d'un ancien système de parabole, il devait bien y avoir un signal actif.

À sa grande surprise, le réseau était bon, et il songea qu'il devait y avoir une antenne relais à proximité.

Stu répondit après la deuxième sonnerie.

— Quoi de neuf ? demanda-t-il aussitôt. Tu sais qui sont les commis ?

— Je crois. D et J surveillent ça de près. Dis donc, il

s'est passé un truc, hier soir ? Les poupées mécaniques se sont mises à tourner en rond.

— Ouais, j'ai trouvé leur télécommande.

— Tu t'en es débarrassé ?

— Évidemment.

Ce n'était pas tout à fait exact, mais il ne jugea pas utile de le révéler.

— En tout cas, elles ont recommencé à marcher droit au bout de quelques heures.

Hale raccrocha puis détruisit le téléphone et le jeta.

Les poupées avaient commencé à suivre une ligne droite ? Ça voulait dire qu'il y avait une fuite, et il ne savait pas comment y remédier.

Il pouvait s'agir d'une maladresse, quelqu'un qui avait trop parlé sans s'en rendre compte, plutôt que d'un acte malveillant. Mais le résultat était le même : Allie était en danger.

Allie fut réveillée par le soleil qui entrait à flots dans la chambre. Après tous ces jours passés en compagnie de Hale, elle avait fini par s'habituer à déambuler dans le noir.

Alarmée, elle se redressa brusquement dans le lit au confort spartiate et vit Hale, assis dans l'unique fauteuil de la pièce, au velours élimé et à l'assise passablement défoncée.

— Il y a un problème ? demanda-t-elle.

— Aucun. Nous avions tous les deux besoin de repos.

Il se leva et s'étira.

— Prends ta douche. Je vais attendre dehors que tu sois prête.

Tandis qu'il se dirigeait vers la porte, elle perçut des odeurs de savon et de shampooing. Évidemment, il s'était déjà douché. Comment avait-elle pu ne pas l'entendre aller et venir ?

Il fallait croire que les siestes occasionnelles dans la voiture ne lui procuraient pas un repos suffisant.

Quand elle retrouva Hale dans le couloir, il faisait les cent pas. Elle eut le sentiment que quelque chose n'allait pas, mais elle n'osa pas l'interroger. Si elle avait appris une chose au sujet de Hale, c'était qu'il ne lui dirait rien de plus que ce qu'il avait envie de dire.

Après qu'il eut collecté toutes leurs affaires dans la chambre et déposé la clé, il la retrouva dans la voiture et ouvrit un atlas routier.

— Le Wyoming est ici, dit-il en pointant le bout de son index sur la carte.

C'était vague, mais elle saisit quand même qu'ils se trouvaient un peu au sud du parc de Yellowstone.

— J'ai toujours voulu visiter le parc, dit-elle d'un ton rêveur. Voir les débris volcaniques, les deux canyons, le lac…

— Peut-être plus tard, dit Hale en glissant l'atlas sous son siège.

— Ah, Noël ! soupira à nouveau Allie, tandis qu'ils traversaient une autre petite ville croulant sous les décorations.

— C'est quoi, ton truc avec Noël ?

— Pour moi, c'est la plus belle période de l'année. J'en ai de merveilleux souvenirs. J'aime retrouver mes amis, entendre les chansons et la musique. Il y a de la magie dans l'air. J'espère que je ne vais pas manquer ça.

Surprise par le silence de Hale, elle se rappela soudain qu'il n'avait pas la même vision de Noël.

— Désolée. Je suppose que tu as des quantités de raisons de ne pas ressentir la même chose.

Il haussa les épaules.

— Chez moi, à Noël, c'était une zone de guerre. Le seul Noël sans conflit, c'est celui où ma mère est morte.

Allie sentit son cœur se serrer.

— Je suis désolée.

— Tu n'y es pour rien. Oublie ce que j'ai dit.

Oublier ? C'était hautement improbable. L'image qu'il avait évoquée était de nature à briser le cœur. Sagement, elle n'essaya pas d'ajouter quoi que ce soit.

Mais à présent, elle avait matière à réflexion. Les Noëls de Hale avaient été entachés de violences et de bagarres. Sa mère était morte pendant cette période.

Dans ces conditions, c'était normal qu'il ne soit pas sensible à la magie de la saison. Peut-être qu'il haïssait ce moment ou, au minimum, y était indifférent.

Il n'y avait aucun moyen de changer cela. Rien qu'elle puisse dire. Mais elle était bien déterminée à ce qu'il ne lui gâche pas les fêtes.

Quelle que soit l'opinion de Hale, elle ne méritait pas que ses propres sentiments soient négligés. Elle avait déjà fait suffisamment de sacrifices comme ça.

Fermant les paupières, elle essaya de ne plus penser à leurs poursuivants et se laissa aller à rêver d'un magnifique Noël enneigé, avec toutes les personnes qu'elle aimait. Des guirlandes et des couronnes de gui. Une tasse de chocolat fumant, avec une touche de crème fouettée. Du vin chaud aux épices. Des rires. Des chants traditionnels…

Le plus drôle, c'était qu'elle avait grandi en Californie du Sud et n'avait donc jamais vu de neige à Noël, en dehors des cartes postales. Mais elle en avait toujours rêvé.

Lever les yeux et regarder des milliers de flocons descendre doucement du ciel, telle une pluie de paillettes… quoi de plus magique ? Elle s'était promis depuis bien longtemps qu'elle ferait le voyage un jour, juste pour l'expérience.

Et voilà qu'elle se trouvait à la montagne, avec de la neige qui commençait à s'accumuler, en compagnie d'un Grinch plus vrai que nature.

À Los Angeles, ses amis étaient déjà en pleins préparatifs, garnissant leurs balcons de guirlandes lumineuses.

À n'en pas douter, JayZee avait installé son sapin artificiel. Elle était toujours la première à se lancer. Les autres ne tarderaient pas à sortir leurs arbres de leurs lieux de stockage, certains étant pré-décorés et illuminés.

Seule Kay insistait pour acheter un sapin véritable, parce que, comme Allie, elle aimait l'odeur de sève qui envahissait son appartement.

Ensuite, tout le monde devait évidemment l'aider à se débarrasser de son immense sapin. Kay ne supportait pas de le voir passer le nouvel an.

Bon sang, elle commençait vraiment à avoir le mal du pays.

Elle prit néanmoins la résolution de ne plus aborder le sujet de Noël, puisqu'il était douloureux pour Hale.

Quand Allie reprit la parole un peu plus tard, ce fut pour évoquer leurs difficultés présentes.

— Comment vas-tu retrouver ces types s'ils ne peuvent plus nous tracer ? Tu t'es débarrassé du mouchard, non ?

— Je l'ai seulement désactivé, au cas où j'en aurais besoin. Mais je saurai d'une autre manière où ils sont et s'ils se rapprochent.

— Grâce à tes contacts ?

— Oui.

— Comment se fait-il que tu ne leur demandes pas de s'en occuper ?

Hale garda le silence, laissant Allie s'interroger. La seule façon pour lui de se débarrasser de ce tueur à gages qui était à leurs trousses, ce serait de l'éliminer. De façon définitive. En revanche, demander l'intervention de son équipe ne ferait qu'aggraver les choses.

Il connaissait la mentalité de ceux qui faisaient ce genre de travail. Pour s'assurer de futurs engagements, ils devaient aller au bout de toutes les missions qu'ils acceptaient. Quel que soit le prix à payer.

Il savait aussi qu'il n'obtiendrait aucune information de la part de l'assassin professionnel. Ces types-là étaient muets comme des tombes. S'ils révélaient quoi que ce soit, un autre tueur se chargeait de les éliminer.

Pour choisir ce métier, il fallait présenter un profil très particulier et ne pas avoir d'états d'âme. C'était différent des snipers qui, dans une bataille, avaient une autre motivation que l'argent et le frisson que procurait le fait de tuer.

Il se rappela un ancien marine qu'il avait connu, un sniper actif au Vietnam. L'homme lui avait parlé de certains actes qu'il avait dû commettre, et qui étaient gravés à jamais dans sa mémoire.

Certaines choses ne pouvaient s'oublier si vous aviez une âme, un cœur, une conscience. Celui qui pourchassait Allie ne possédait rien de cela. Sa seule qualité, si toutefois on pouvait employer ce terme, était de pouvoir abattre une cible à un kilomètre de distance.

Hale rumina le problème tandis que les kilomètres défilaient. Il prit soin de rester sous le couvert des arbres et d'éviter les lignes droites qui feraient d'eux des cibles plus faciles.

Allie s'efforçait de ne penser à rien, mais les techniques de méditation qu'elle avait apprises ne lui étaient pas d'un grand secours.

Son esprit refusait de se mettre en veille.

Ses pensées la ramenaient à ses amis, qui lui manquaient tellement. Aux Noëls passés. Aux cadeaux qu'elle avait déjà emballés et qui attendaient dans un placard. Aux dons qu'elle avait prévu de faire à des associations s'occupant d'enfants défavorisés.

— Hale, dit-elle, brisant le silence pour la première fois depuis des heures. Tu as déjà entendu parler de l'Arbre des Anges ?

— Non.

Il ne manifesta aucune curiosité, mais elle décida quand même d'éclairer sa lanterne.

— C'est un arbre décoré d'anges découpés dans du papier. Au dos de chacun est écrit le cadeau qu'un enfant souhaite, ainsi que son âge.

— D'accord.

— Les souhaits sont souvent évidents, par exemple pour les pré-adolescents qui rêvent d'une console de jeux.

Il ricana.

— Tu m'étonnes.

— Mais il y a des demandes qui brisent le cœur. Un enfant de quatre ans qui veut un manteau bien chaud, ou une paire de chaussures. Pas des baskets hors de prix, juste des chaussures de tous les jours.

— Eh bien…

— Beaucoup d'enfants vivent dans la pauvreté. J'essaie d'aider différentes associations tout au long de l'année, mais Noël est une période qui me tient vraiment à cœur.

— Tu es généreuse.

— Je ne sais pas si on peut dire ça. J'essaie seulement d'être attentive aux autres. J'ai eu de la chance toute ma vie. Comment pourrais-je ignorer le fait que ce n'est pas le cas de tout le monde ?

— Des quantités de gens semblent très bien s'en accommoder.

— Malheureusement.

Elle soupira et cala sa tête sur son coussin.

— Bien souvent, j'ai l'impression de ne pas en faire assez. Quoi qu'il en soit, j'ai tout un lot de cadeaux dans mon placard, pour les enfants défavorisés. J'espère qu'un de mes amis s'en souviendra et ira les chercher.

Hale laissa passer un silence, puis il demanda :

— Quelqu'un d'autre que toi a une clé de ton appartement ?

— C'est un problème ?

— Ça pourrait le devenir.

7

Les jours se ressemblaient, interminables, dénués d'intérêt… jusqu'à cette nuit où Hale appela Stu pour faire un point.

— Je ne sais pas ce qui s'est passé, vieux, mais les poupées semblent suivre une direction précise.

Hale sentit son estomac se nouer.

— Laquelle ? demanda Hale.

— J'aimerais surtout savoir à quelle distance de vous ils se trouvent.

Stu attendait visiblement une information. Mais Hale n'avait plus l'intention de partager sa position, même vaguement. L'idée qu'il y ait un traître parmi les hommes qu'il croyait être des amis gagnait en force. D'ailleurs, cette intuition vibrait en lui comme un signal d'alarme.

— Je n'en dirai pas plus, répondit-il.

— Bien. Je continue à creuser cette piste.

— Et les poupées ? demanda Hale.

— Je me suis laissé dire qu'elles avaient été achetées dans une boutique près de Bozeman.

Donc, les hommes de la sécurité les avaient suivis jusqu'à Bozeman. Comment ? Et Stu ne savait toujours pas où se trouvait le tueur à gages…

— Je veux toute la série, ainsi que le nom du collectionneur. C'est un cadeau pour ma filleule.

— Je vais voir ce que je peux faire.

Hale se débarrassa d'un téléphone de plus, et il fit entrer Allie dans un restaurant de plus. Elle devait en avoir assez des repas pris dans des gargotes de bord de route, mais cet endroit semblait offrir un petit plus. Petit déjeuner à toute heure. Considérant le nombre de voiture sur le parking, l'offre semblait avoir ses adeptes.

À l'intérieur, le charme se dissipa, mais les clients semblaient heureux et discutaient avec animation. Hale choisit une table à l'écart de la vitrine. Il s'était peut-être fourvoyé avec ses amis, mais il savait quelles étaient les précautions à prendre.

Les quatre pages de menu offraient une possibilité infinie de petits déjeuners. Allie le surprit en commandant des pancakes, des œufs au plat et des saucisses. Bientôt, une carafe isotherme de café et trois flacons de sirops différents furent posés entre eux.

— Où sont passés les légumes verts ? demanda-t-il, narquois.

— Au diable la diététique ! Quitte à faire une entorse à mes principes, autant y aller franchement.

Pour une fois, il sourit.

— Profites-en.

— Oh ! mais j'en ai bien l'intention.

Lorsque la serveuse revint avec leur commande, Allie demanda aussi une petite cassolette de gratin de pommes de terre.

Hale paria avec lui-même qu'elle ne mangerait que la moitié de tout ce qu'elle avait commandé.

Durant le repas, elle lui en apprit un peu plus sur elle.

— J'ai pu aller à l'université grâce à l'assurance de mon père. Son syndicat m'a aussi aidée un peu, mais je me suis sentie coupable d'utiliser cet argent.

— Je suis sûr que ton père aurait approuvé.

— Peut-être, mais c'était un peu comme le prix du sang.

Oh ! pour l'amour du ciel, songea-t-il. Le prix du sang ? Elle ne comprenait même pas le sens de cette expression.

— Quoi qu'il en soit, c'était une époque formidable. Je me suis beaucoup amusée. C'était aussi la première fois que je réalisais que j'avais toute la vie devant moi, et que je pouvais devenir ce que je voulais.

— Ça devait être grisant.

— Ça l'était pendant quelque temps. J'ai fait toutes les erreurs habituelles. À commencer par les petits amis. Ça vous fait quitter le droit chemin assez vite.

— Un déraillement, en quelque sorte.

— On peut dire ça. Mais je me souviens d'une fois où j'ai rompu avec l'un d'eux, et où je me suis sentie soulagée. Je n'avais pas du tout le cœur brisé. Au contraire, j'étais mieux, en accord avec moi-même, comme si je retrouvais ma vie.

Il hocha la tête.

— Je peux comprendre.

— Ça t'est arrivé aussi ?

La question méritait une réponse honnête, même s'il lui en coûtait de se dévoiler.

Il s'accorda le temps de déguster une autre bouchée de jambon fumé avant de parler.

— Je pense que c'est ce que j'ai ressenti chaque fois.

— Jamais de chagrin d'amour ?

— Je ne me suis jamais autorisé à m'impliquer à ce point.

Plus tard, alors qu'ils avaient repris la route, Allie songeait encore à l'étonnante confession de Hale. « Je ne me suis jamais autorisé à m'impliquer à ce point. »

Il était plus qu'un monolithe de silence. Apparemment, il était tellement verrouillé que les sentiments montaient rarement à la surface.

Qu'avait-il bien pu lui arriver pour qu'il soit ainsi ?

Elle n'espérait aucune réponse de sa part, ce qui laissait une vaste part à la spéculation.

La seule chose qu'elle savait réellement de lui, c'était que sa mère était morte à Noël, et que sa vie avait été imprégnée de violence.

Était-ce suffisant pour expliquer ce repli sur lui-même ?

Peut-être… Mais elle aussi avait perdu ses deux parents, et elle continuait à aimer la vie et à chérir les souvenirs qu'elle avait d'eux.

Il y avait forcément autre chose.

Hale attendait le moment où Allie laisserait libre cours à sa curiosité. Il en avait trop dit à propos de ses relations avec les femmes. Elle voudrait des explications. Même lui comprenait que personne ne pouvait trouver cela normal. Et Allie n'hésitait jamais à poser des questions dérangeantes.

Il détestait d'ailleurs ses demandes, qui l'obligeaient à dévoiler des fragments de lui qu'il n'avait vraiment pas envie d'exposer.

Toutefois, il ne pouvait se résoudre à lui mentir. En tout cas, pas directement. Quand c'était nécessaire, il acceptait de mentir par omission, mais pas face à une question directe.

L'hiver s'installait, en tout cas à en juger par les amas de neige qu'il commençait à voir le long des routes, et par le léger verglas qui couvrait la chaussée. Apparemment, ils étaient confrontés à ce qu'il restait du passage d'un blizzard.

Quelle malchance ! Il devait rouler encore moins vite sur ce tronçon sinueux.

Au sortir d'une zone boisée, une maison leur apparut soudain, comme sortie de nulle part, précédée d'une douzaine de sapins artificiels bleus ornés de guirlandes lumineuses blanches. Tout le long du bas de la toiture pendait une cascade lumineuse bleu et blanc, à l'allumage intermittent.

Une telle décoration semblait excessive pour un endroit aussi isolé, songea Hale. Puis il vit le visage d'Allie. Son expression s'était adoucie. Un léger sourire rêveur incurvait ses lèvres.

Il ralentit davantage pour lui permettre de se régaler de la scène. Elle tenait vraiment à son Noël.

Elle ne tarderait probablement pas à faire un caprice. Restait à savoir comment il y ferait face.

Après que la maison eut disparu de leur champ de vision, elle le prit de court en notant :

— Tu as dit que tu avais une femme.

Il essaya de se rappeler quand il avait dit ça, puis se souvint.

— C'était une couverture. Tu m'avais demandé

comment je justifierais le fait d'acheter des vêtements de femme.

— Oh…

Il lui avait dit qu'il ne s'engageait jamais et, naturellement, elle avait sorti ça des tréfonds de sa mémoire. Et lui qui se croyait capable de tenir sa langue ! Pas assez, apparemment.

Tandis que le jour commençait à décliner, Hale s'engagea sur un chemin de traverse, en espérant que Stu pourrait bientôt lui dire à quel point leurs poursuivants se rapprochaient d'eux.

Après quelques kilomètres, Allie parla à nouveau.

— Tu as dit que ta mère était morte à Noël.

— Et alors ?

Il espérait avoir adopté un ton assez hostile pour qu'elle n'insiste pas.

Soit elle ne comprit pas, soit elle ne voulut pas comprendre.

— Comment est-ce arrivé ?

Hale serra les mains sur le volant jusqu'à en avoir mal. Puis la rage l'envahit et il ouvrit les vannes.

— Mon père était alcoolique. Il battait ma mère au moindre prétexte. Il me battait aussi. Nous vivions dans la peur. Nous marchions en permanence sur des œufs, essayant de ne pas attirer son attention. Ça ne fonctionnait jamais. Le pire, c'était qu'il s'excusait le lendemain, en promettant de ne pas recommencer. Quoi qu'il en soit, ça m'a appris à garder le silence. Il ne voulait pas entendre un mot venant de moi.

— Mon Dieu, murmura-t-elle.

— Beaucoup d'enfants grandissent comme ça. C'est monnaie courante, Allie.

— Et ta mère ?

Hale avait dépassé le stade où il se souciait de ce qu'il confiait. Il aurait pu ne pas répondre, mais la colère le galvanisait.

— J'avais douze ans quand il l'a battue à mort, le jour de Noël. J'ai essayé de l'en empêcher, mais il m'a frappé si fort que je ne pouvais plus respirer. J'ai quand même essayé à nouveau, mais il m'a donné des coups de pied dans la tête, et il m'a cassé la mâchoire. J'avais peur de mourir. Alors, je n'ai plus bougé. Je me suis recroquevillé dans un coin, pendant qu'il tuait ma mère.

— Oh ! Hale…

— Après ça, il est allé en prison, et je ne l'ai plus jamais revu.

— Et toi ?

— On m'a placé dans un foyer d'accueil.

Il n'en dit pas plus, et Allie n'insista pas. Elle avait fait remonter à la surface des souvenirs qu'il gardait profondément enfouis. Il voyait rouge à présent, et il aurait probablement dû s'arrêter de conduire. Il allait trop vite, compte tenu de l'état de la route et des conditions climatiques.

Finalement, il repoussa son passé au fond du trou noir où il essayait de l'enfermer. D'une façon ou d'une autre, ces événements avaient joué un rôle dans la construction de l'homme qu'il était devenu, un homme qui essayait de sauver la vie d'une jeune femme.

Ce combat était devenu personnel.

Allie avait désormais de quoi s'occuper l'esprit, au-delà de ce qu'elle avait souhaité. Des images qu'elle n'avait jamais vues elle-même, mais qu'elle n'avait aucun mal à se représenter, la hantaient.

Comment était-il possible qu'un enfant soit traité de cette façon ? Qu'il voie sa mère mourir sous les coups ?

Elle savait que ça existait, bien sûr. Il y avait des reportages télévisés sur ces situations, mais elle se refusait à les regarder. Elle préférait jouer l'autruche, parce que c'était difficile d'être confronté à ces choses-là.

Son cœur souffrait pour l'homme assis à côté d'elle. Maintenant, elle savait pourquoi il était tellement silencieux, et elle ne pouvait pas lui en vouloir.

Elle n'aurait pas dû l'interroger avec autant d'insistance. Elle aurait dû elle aussi se contraindre au silence. Mais le désir de mieux connaître Hale grandissait en elle comme une force douée de sa volonté propre.

Même si elle était agacée qu'il l'ait entraînée dans cet interminable voyage, elle ne le détestait pas. Elle ne l'avait jamais détesté, il la rendait tout simplement folle.

Finalement, elle avait fissuré son mur de défense, et elle avait obtenu exactement ce qu'elle méritait : une laide et rageuse explication qu'elle ne pourrait plus jamais se sortir de la tête, comme c'était le cas pour Hale.

Elle aurait voulu lui présenter ses excuses, mais cela risquait de lui rappeler celles de son père. Des excuses dénuées de sincérité, qui ne voulaient rien dire. Des excuses qui n'avaient pas empêché la mort de sa mère.

Elle fut soulagée quand il ralentit. La vitesse à laquelle il roulait l'inquiétait, mais pas autant que ce qu'il avait révélé. Il devait ronger son frein et lui en vouloir de l'avoir obligé à replonger dans son passé.

Pourquoi lui avait-il répondu ? Il aurait pu rétorquer

que ça ne la regardait pas. Mais elle devait admettre qu'elle n'aurait probablement pas lâché prise.

Certaines personnes la trouvaient obstinée, y compris Max, mais pour elle il s'agissait de persévérance plus que d'entêtement. Du moins, c'était ce qu'elle avait toujours cru. Mais peut-être allait-elle un peu trop loin, parfois.

En tout cas, ce qui était fait était fait. Elle ne pouvait pas y revenir. Ni changer de personnalité en un claquement de doigts.

Un silence tendu planait dans la voiture. De temps en temps, Hale lui décochait un coup d'œil contrarié. Allie chercha un sujet de conversation moins périlleux.

— Max ne risque rien, n'est-ce pas ?

— Il sait comment se protéger. Ellis n'est pas le premier malfrat auquel il est confronté. Toute son équipe est probablement en alerte.

Elle l'espérait.

— Je m'inquiète plus pour lui que pour moi.

— Au moindre faux mouvement d'Ellis, Max lui tombera dessus. Il attend sa chance, et Ellis le sait probablement. De plus, il n'osera pas s'attaquer à un flic, avec toutes les conséquences que cela impliquerait pour lui.

— C'est une bonne chose. Mais d'après Max et toi, Ellis est bien protégé.

— Peut-être, mais il suffit d'une petite erreur.

— Tu crois vraiment que tu vas réussir à lui régler son compte ?

— Je ferai tout pour ça, quitte à y laisser la vie.

La réponse de Hale était directe et sincère, dénuée de tout effet dramatique.

Allie rapetissa dans son siège, songeant à l'homme qui l'escortait en ayant à cœur sa sécurité. Elle s'était grandement trompée en pensant qu'il était dangereux.

Hale commençait à se sentir penaud d'avoir vidé son sac devant Allie. Toute sa vie, il avait gardé le silence sur ce qu'il avait vu. Même quand les services sociaux avaient insisté pour qu'il s'entretienne avec un psychologue, même quand sa famille d'accueil avait essayé de le convaincre de se livrer, il n'avait jamais dit un mot.

Pas même quand ça aurait pu l'aider.

Au lieu de cela, il s'était concentré sur une carrière qui l'obligerait à vaincre sa peur, qui le rendrait suffisamment fort physiquement pour combattre des hommes comme son père.

À douze ans, il n'avait rien pu faire pour sauver sa mère. Même pas appeler à l'aide, car ils n'avaient pas le téléphone. De toute façon, il n'aurait pas pu parler avec sa mâchoire brisée.

Les marines lui avaient appris quelque chose d'utile : il était normal d'avoir peur. Si vous ne ressentiez pas la peur, c'est que vous aviez un problème. Le premier pas vers la bravoure, c'était affronter sa peur. L'affronter et ne pas y céder.

L'homme qu'il était aujourd'hui n'aurait jamais laissé ce monstre battre sa mère. Il n'aurait pas eu peur de parler. Il n'aurait jamais vécu dans la terreur, ou permis que sa mère endure ce cauchemar.

Il haïssait toujours pour sa lâcheté le garçon de douze ans qu'il avait été. Il ne pouvait pas trouver de pardon pour cet enfant qui avait failli misérablement.

Il s'était transformé. Il faisait maintenant en sorte de sauver des vies.

Ça aidait peut-être à racheter ses fautes.

Il ne savait pas. Il ne pouvait qu'espérer.

L'espoir était un fil ténu.

8

Alors que la nuit commençait à tomber et qu'il scrutait les environs à la recherche d'un motel, Hale réalisa qu'Allie n'avait pas parlé depuis des heures.

Recroquevillée sur son siège, elle était silencieuse, mais il ne pensait pas qu'elle dormait.

Il s'éclaircit la gorge.

Une fois n'était pas coutume, le mutisme le mettait mal à l'aise.

— Je n'aurais pas dû me livrer comme ça, déclara-t-il.

Elle s'étira.

— Au contraire. Je suis contente que tu l'aies fait.

Contente ? Elle perdait l'esprit, ce qui n'était guère surprenant après une telle journée.

Lui-même se sentait quelque peu désarçonné.

On les avait suivis au moins jusqu'à Bozeman et il ne se sentait plus en sécurité, même s'il était persuadé qu'il n'y avait pas d'autre traceur sur la voiture.

Même le fait de choisir des routes ombragées par des arbres, ou cernées de montagnes, ne lui semblait plus suffisant pour assurer la protection d'Allie.

Bon sang, il devait coincer Ellis. Mettre un terme à ses agissements.

— Des types comme ton patron ne devraient pas

pouvoir être assis tranquillement sur leur tas d'or, à contourner la loi grâce à leur batterie d'avocats, et à passer entre les mailles du filet alors que, dans des circonstances identiques, un homme ordinaire serait poursuivi pour fraude, ou même pour meurtre.

— Je suis d'accord, mais je ne l'ai jamais vu de cette façon.

— Personne ne l'imagine ainsi. C'est un manipulateur, qui exerce une emprise implacable sur ceux qui travaillent pour lui. Quand il a besoin de leur envoyer un avertissement, il le fait sans que personne puisse remonter jusqu'à lui.

— Tu le décris comme l'un de ces méchants dans les films.

— Il l'est. Mais il n'est pas le seul. Le monde est rempli d'hommes qui possèdent le même genre de ressources et ne tombent jamais sous le coup de la loi, ni n'assument les conséquences de leurs actes.

Comme ils atteignaient une clairière, la lune émergea dans un ciel clair comme le cristal. Pleine à présent, elle créait un halo argenté qui faisait étinceler la neige.

Il s'arrêta, songeant qu'Allie avait besoin de faire une pause.

Il en avait bien besoin aussi.

— Allons respirer, dit-il en coupant le moteur.

Allie saisit l'occasion au bond. Elle descendit de la voiture avant qu'il ait eu le temps d'en faire le tour pour venir de son côté.

Rejetant la tête en arrière, elle observa la pleine lune et prit une profonde inspiration, avant de relâcher son souffle dans un petit nuage.

— Vas-y doucement avec tes respirations, dit-il. Tu vas te refroidir plus vite.

Elle le surprit par un rire, puis elle tourna sur elle-même, les bras écartés.

— Nous pourrions rester ici cette nuit, si nous avions une tente et des sacs de couchage…

Avant qu'il ait eu le temps de protester, elle rit à nouveau.

— Je sais, nous serions transformés en glaçons avant le réveil. Mais ça reste une idée alléchante. Bien plus que ces horribles chambres d'hôtel.

Elle se tourna pour chercher son regard.

—Tu choisis les pires établissements, ou quoi ?

— Je préfère le très bas de gamme, reconnut-il. Les gens qui passent par ces endroits sont quasi invisibles. Tu serais surprise du nombre de fois où on ne me demande pas de m'enregistrer.

— Ça ne me surprend pas tant que ça. J'ai bien compris que tu avais l'art de te faire discret.

— Je pense que ça aide de payer en espèces. Ainsi, les motels ne sont pas obligés de déclarer ce revenu.

— Je suppose que beaucoup de ces endroits tiennent sur le fil du rasoir. Je ne peux pas les blâmer.

Elle se tourna plus lentement cette fois, admirant la clairière et les branches chargées de neige des sapins.

— C'est parfait, dit-elle dans un souffle. Absolument parfait. Juste une question, quand même. Les ours hibernent bien à cette période, non ?

— Plus ou moins.

— Qu'est-ce que cela signifie ?

— Ils sortent de leur tanière de temps en temps pour inspecter les alentours.

— Je l'ignorais. Je suppose que la vie est dure en ce moment pour les animaux.

— Sauf pour les castors.

Elle lui fit face, une expression médusée sur le visage.

— Comment font-ils dans les rivières gelées ?

— Le castor est ce qu'on peut appeler le voisin idéal. Il passe son temps à construire des barrages jusqu'au début de l'hiver, et il les remplit de nourriture. Il fait des provisions. Ça va t'étonner, mais d'autres petits animaux s'y introduisent, et le castor les laisse rester tout l'hiver et puiser dans son stock.

— Ça alors ! Ce serait formidable si tous les humains étaient comme ça. Tu crois que nous allons voir des animaux venir par ici ?

Il esquissa un sourire.

— C'est peu probable. Ils feront tout pour nous éviter. De toute façon, la pleine lune perturbe leur rythme.

— Comment sais-tu autant de choses ?

— Ça m'intéresse. Je ne passe pas tout mon temps à trimballer des jeunes femmes à travers le pays.

— De nulle part jusqu'au milieu de nulle part.

Hale balaya le paysage d'un grand geste du bras.

— Le milieu de nulle part peut être splendide.

Percevant les petits frissons qu'elle essayait de dissimuler, il ne tarda pas à la faire remonter en voiture pour qu'elle se réchauffe. Mais il était ravi d'avoir pu partager ces quelques minutes avec elle.

Bien emmitouflée dans sa couverture, Allie dormit du sommeil du juste jusqu'au lever du soleil. Elle s'étira, s'éclaircit la gorge et attrapa une petite bouteille d'eau derrière le siège passager. Elle en but la moitié puis demanda :

— Nous ne nous sommes pas arrêtés dans un motel, cette nuit ?

— Il est temps de modifier notre routine. Nous nous arrêterons bientôt et nous dormirons pendant la journée plutôt que la nuit.

— Je crois que je n'aurai aucun mal à le faire, dit-elle en bâillant.

— Moi non plus. Je vais essayer de trouver un endroit où nous pourrons nous promener à pied.

— J'adorerais. Mais pourquoi toujours choisir des endroits aussi éloignés de tout ?

— Plus on te verra en ville, plus ce sera facile de…

— De m'identifier sur photo, je sais. Mais je ne ressemble plus à celle que j'étais, à commencer par mes cheveux. Tu sais que ça me contrarie toujours. Ma coiffure était mon meilleur atout.

— Si tu crois vraiment ça, alors il te faut un nouveau miroir.

Allie supposa qu'il s'agissait d'un compliment.

Compte tenu du peu qu'elle savait de Hale, elle ne put s'empêcher de se demander si cela pouvait avoir un autre sens. Il n'avait pas du tout l'air d'être habitué à distribuer des compliments.

En fait, vu sa difficulté à parler, il ne savait probablement pas comment en faire.

Tournant la tête, elle l'observa.

Sa barbe était de plus en plus longue et lui donnait un air négligé qu'elle détestait. D'un autre côté, il y avait ces pommettes ciselées, ce grand front, cette épaisse chevelure…

Quand le regard d'Allie se posa sur sa bouche ferme et bien dessinée, des pensées audacieuses lui vinrent.

Et ce corps !

Il lui avait suffi de le voir quelques instants avec seulement une serviette de bain enroulée autour de la taille pour que cette image reste à jamais gravée dans sa mémoire.

Elle n'avait pas besoin de se demander ce qu'il y avait sous cette veste kaki, cette chemise de flanelle et ce jean.

Elle savait !

Avec un soupir, elle tourna la tête vers sa vitre.

Hale était peut-être agréable à regarder, mais il était aussi dangereux de bien des manières. Elle se brûlerait probablement les ailes à essayer de se rapprocher de lui.

À la mi-journée, juste au moment où Allie se disait qu'elle allait devenir folle si elle ne sortait pas de la voiture, Hale aperçut un motel qui lui parut convenir.

Comme il descendait de voiture pour prendre une chambre, elle lui lança :

— Je te préviens : s'il y a quoi que ce soit de rampant dans cette chambre, ça va barder pour toi.

— Je ne pourrai pas te le reprocher.

— Je suis sérieuse, Hale. Cet endroit ne m'inspire pas du tout.

Elle redressa le menton d'un air buté.

Naturellement, il ignora sa protestation.

Vu son passé de marine, il avait probablement passé beaucoup de temps au sol, entouré de bestioles grouillantes.

Dans ces conditions, elle doutait qu'un cafard suffise à lui donner des frissons, pas comme à elle.

— J'ai séjourné dans des endroits plus huppés où il y avait des problèmes de nuisibles, dit-il. Qu'est-ce qui t'inspire ce genre de commentaire ? Tu n'as jamais rien dit avant.

Elle jeta un coup d'œil au bâtiment.

— Je ne sais pas vraiment… J'ai l'impression que cet endroit dégage de mauvaises ondes.

— Ce n'est quand même pas le motel Bates de *Psychose*.

C'était peut-être supposé la faire rire, mais ça n'eut pas l'effet escompté. Elle n'avait pas besoin d'un Norman Bates pour la faire hurler de terreur sous la douche.

Non, vraiment, tout ce qui rampait pouvait la mettre dans un état second.

Un jour, elle avait appelé un exterminateur professionnel pour régler son compte à une seule et unique araignée. Il faut dire qu'elle était énorme et poilue. Absolument répugnante. Et elle avait lu quelque part qu'une seule araignée pouvait donner naissance à plus de deux cents bébés en une seule fois. Ce n'était peut-être pas vrai, mais l'exterminateur l'avait confortée dans cette idée – peut-être pour justifier son invraisemblable facture.

Pourquoi ce motel était-il le premier à lui inspirer cette réaction ?

Elle n'avait pas spécialement apprécié les précédents, mais elle n'avait jamais pensé qu'ils pouvaient être envahis d'insectes.

C'était peut-être ce trajet perpétuel qui la rendait folle. Pour de bon. Mais il ne semblait pas y avoir de moyen d'y échapper. Max lui avait dit qu'elle devait fuir.

Hale persistait dans son itinéraire dénué de logique, en tout cas pour elle. Et il avait évoqué le fait que leurs poursuivants se rapprochaient.

Il était toujours difficile de croire que quelqu'un lui en voulait à ce point. Difficile d'envisager que l'erreur qu'elle avait trouvée dans le registre d'Ellis ne puisse pas être corrigée.

C'était juste un problème de balance comptable. Quand on gérait des affaires aussi complexes, ce genre de méprise pouvait se produire.

Cela aurait dû en rester là. Elle avait signalé le problème, et Jasper Ellis aurait pu y remédier.

Elle avait dû découvrir la partie émergée d'un iceberg. Un fil de laine sur lequel il n'aurait pas fallu tirer.

Peut-être aurait-elle pu se sentir un peu moins perdue si elle savait au moins quel processus elle avait enclenché.

Elle vit Hale sortir du bureau. Au lieu de revenir vers la voiture, il se dirigea vers l'escalier donnant accès à une galerie qui desservait les chambres par l'extérieur.

Il n'avait jamais fait cela avant. Pensait-il vraiment tomber sur Norman Bates ?

De plus en plus nerveuse, elle attendit son retour pendant dix minutes. Finalement, il frappa à sa vitre et elle l'abaissa, laissant entrer un vent glacial dans l'habitacle.

— J'ai tout inspecté de fond en comble. Pas de bestiole indésirable.

— Merci, dit-elle, avec toute la dignité dont elle était capable, dans la mesure où elle se sentait incroyablement embarrassée.

— Tout va bien, la rassura-t-il avec une gentillesse qu'il la laissa sans voix.

Jamais elle ne l'avait entendu employer, de près ou de loin, un tel ton.

— Je n'aurais pas dû faire toute une histoire.

Pourtant, elle avait ressenti une intuition très forte.

— Ce n'est rien, vraiment.

Il se pencha un peu.

— Il arrive qu'on ait des phobies. Ce n'est pas un choix délibéré. Quoi qu'il en soit, je pense que ni toi ni moi n'avons envie de perdre toute la journée à essayer de te désensibiliser.

— Non, admit-elle, horrifiée par cette pensée.

— Ça ne marcherait probablement pas, de toute façon.

Il y avait toujours cette gentillesse dans sa voix…

Bon sang, il ne fallait pas que ses sentiments malmenés se laissent troubler. Elle ne pouvait pas s'autoriser à être attirée par lui.

Elle essaya de se convaincre qu'elle ne l'appréciait même pas.

En plus, il travaillait pour elle. Elle ne voulait pas se rendre coupable de harcèlement sexuel, même involontairement.

Ou peut-être que si ?

Cette question lui arracha un petit sourire tandis qu'elle pataugeait dans la neige derrière Hale, qui transportait leurs sacs de voyage.

Allie avait-elle la moindre idée de la façon dont elle enflammait ses sens en faisant ses exercices de gymnastique sur le sol douteux ? se demanda Hale. Il avait étendu par terre des serviettes de bain, pour ne pas qu'elle se sente dégoûtée, et il était allé en réclamer d'autres à la réception.

Il avait à présent une vue de choix sur ses fesses, moulées dans un legging noir. Ce délicieux tableau lui fit marquer un temps d'arrêt sur le seuil, puis il se raisonna.

Non, absolument pas ! Il ne pouvait en aucun cas laisser libre cours à ses désirs, alors qu'Allie était sous sa protection. Ce serait en totale contradiction avec son éthique professionnelle.

En revanche, il n'était pas interdit de rêver quelques instants.

Il la contourna et déposa les serviettes sur le rebord du lavabo de la salle de bains, sans prendre la peine de les disposer sur le rack.

Puis il remplit la bouilloire mise à disposition dans la chambre et se prépara une tasse de café instantané.

— Tu en veux ? demanda-t-il à Allie quand elle eut terminé ses exercices. Ou bien ça risque de t'empêcher de dormir ?

— Avec plaisir, mais après ma douche.

Un peu plus tard, quand elle s'assit sur le bord du lit unique, les cheveux enveloppés dans une serviette, il lui apporta une tasse de café. Puis il s'installa dans le fauteuil placé près de la fenêtre.

— Je ne vais pas tarder à sortir pour passer un appel.

— D'accord. Tu espères avoir du nouveau ?

— Si ces types se sont vraiment rapprochés, je veux savoir comment ils ont fait. Je serai peut-être amené à utiliser bientôt le dernier traceur que j'ai trouvé.

Allie se tourna un peu sur le lit pour mieux le voir.

— À quoi ça va servir ?

— À envoyer un signal très éloigné de nous.

— Ne vaudrait-il pas mieux, au contraire, les laisser approcher pour en finir définitivement avec eux ?

— Pas tout de suite. Je ne suis pas encore prêt.

— Quand le seras-tu ? Le trente-six du mois ?

Il ne répondit pas. Quel était l'intérêt ?

Cette situation commençait à le frustrer plus que de raison. Il était persuadé du bien-fondé de sa stratégie lorsqu'il avait emmené Allie en cavale, mais l'entrée en jeu d'un tueur à gages avait changé la donne.

Il avait vaguement caressé l'espoir qu'Ellis abandonnerait après quelques jours de vaines recherches, concluant qu'Allie était partie trop loin pour lui causer des ennuis. Il se disait aussi que toutes les précautions prises durant ce voyage rendraient la tâche quasi impossible à leurs poursuivants.

Tout ce qu'il voulait, c'était mettre la main sur l'un des hommes de la sécurité pour l'interroger. La présence du professionnel portait les choses à un autre niveau.

Un niveau extrêmement dangereux.

Même si le type de la sécurité renonçait, le professionnel ne le ferait jamais. Ce dernier avait pourtant besoin des types qu'Ellis avaient envoyés en éclaireurs, il ne perdrait jamais son temps s'il n'avait pas des pistes sérieuses.

Quelqu'un devait guider Ellis vers Allie.

La question qui le taraudait était de savoir qui et pourquoi. Ce qui l'inquiétait le plus, c'était de découvrir trop tard que la menace s'était rapprochée.

Il commença à envisager des façons de mettre Allie en sécurité pendant qu'il partirait en chasse de son côté.

Peut-être n'était-ce pas une si mauvaise idée de lui

procurer une fausse identité, après tout. Elle avait besoin de reconstruire sa vie, et elle ne pourrait pas retourner chez elle tant qu'il n'aurait pas totalement éliminé tout danger.

Allie perdrait tellement. À commencer par ses amis. Quand on bénéficiait du programme de protection des témoins, il fallait couper tous les liens avec son passé.

Il ne supportait pas l'idée de lui faire vivre ça. D'ailleurs, il ne souhaitait une telle expérience à personne. Sauf peut-être à un épouvantable criminel.

— Je vais passer cet appel maintenant, déclara-t-il soudain en se levant.

— J'espère que tu me feras un compte rendu, cette fois. Je déteste avancer dans le brouillard.

— Je ferai ce que je peux.

Il ne promettrait rien. Il savait qu'il ne fallait pas s'y risquer. Allie ne le ferait pas déroger à ses principes.

Son entêtement était de retour, ce qui n'était pas très étonnant. Elle commençait à trouver une stabilité dans ce nouveau mode de vie, et ses traits de caractère refaisaient surface.

Stu répondit après la deuxième sonnerie, et Hale alla droit au but.

— Du nouveau ?

— Direction le sud, sur la route 85.

Hale se figea.

— Pourquoi ?

— Je ne lis pas dans les pensées. C'est un problème ?

Hale refusa de livrer sa position, ou de commenter le fait que les types suivaient une route parallèle à la sienne. Quelqu'un en savait beaucoup, et il ignorait de qui il s'agissait.

— Je trouve que c'est un choix d'itinéraire curieux.

— Je pense que leur prochaine destination est Cheyenne. De ton côté, ça m'étonnerait que tu sois parti vers l'est, en direction des Badlands ou autres.

Donc, Stu essayait lui aussi de deviner sa position.

Une sensation de malaise s'empara de lui.

Stu ne pouvait pas être le traître.

Pas lui.

Pour l'amour du ciel, il avait sauvé la vie de cet homme !

Mais d'autres que lui dans l'équipe pourraient avoir été motivés à fournir des informations à Ellis. Des hommes en qui il avait confiance, mais qui se creusaient la tête pour savoir où il était.

— Cheyenne n'est pas une si grande ville, remarqua-t-il.

— Ce n'est pas la capitale ?

— Je ne suis pas sûr. En tout cas, il n'y a pas trop de monde dans le coin.

Le Wyoming était un vaste État, avec des terres agricoles à perte de vue, mais peuplé seulement d'environ six cent mille personnes.

— C'est encore moins peuplé dans les Badlands, dit-il, histoire de brouiller un peu plus les pistes.

— Je pensais que tu chercherais un endroit animé, maintenant.

De toute évidence, il allait à la pêche aux informations.

Hale grinça des dents. Ça ne pouvait pas être Stu !

— Tu en surveilles encore combien ? se renseigna-t-il.

— Deux.

Cela pouvait vouloir dire que son réseau avait perdu

la trace des autres, ou qu'Ellis les avait rappelés au bercail. Mais pourquoi aurait-il agi de la sorte ?

— Cela fait trop longtemps qu'on parle, dit-il.

Il coupa la communication et, dérogeant à ses habitudes, il remit le téléphone dans sa boîte blindée après en avoir ôté la batterie. Cette fois, une personne innocente n'allait pas le transporter à son insu à travers la région.

Quelque chose devait émettre un signal, et il commençait à se méfier de ses téléphones, malgré toutes les précautions qu'il avait prises.

Levant les yeux, il se demanda si la menace ne venait pas d'en haut.

Ellis pouvait-il les suivre par satellite ?

Si c'était le cas, ses hommes de main ne seraient-ils pas plus près d'eux maintenant ? Ou alors, ceux-ci perdaient régulièrement leur trace parce qu'il circulait le plus souvent possible à couvert ?

Pour la première fois depuis bien longtemps, Hale se sentait complètement démuni.

Ses talents seraient-ils en train de l'abandonner ?

Quand Hale regagna la chambre, il trouva Allie profondément endormie sur le lit, et il s'installa par terre, dans un sac de couchage.

Il ne parvint pas à trouver le sommeil. Il avait les yeux fermés, mais son esprit tournait à plein régime, cherchant un moyen de se protéger contre cette nouvelle menace, quelle qu'elle soit.

Peut-être vaudrait-il mieux voyager de nuit, désormais.

Sauf bien sûr si Ellis obtenait aussi des images infrarouges via ce satellite. Dans ce cas, le SUV serait visible comme le nez au milieu de la figure, de jour comme de nuit.

Et s'il n'avait pas été aussi prudent qu'il le pensait avec ses téléphones ? Il avait appris la méthode d'un expert de la sécurité électronique, mais il avait pu négliger un détail. À moins que la technologie des téléphones n'ait changé.

Il ouvrit les yeux et roula sur le côté, ignorant la dureté du béton recouvert de quelques millimètres de lino et la pression exercée sur ses épaules.

La lumière extérieure filtrait à travers les rideaux disjoints, lui permettant de distinguer la forme rebondie d'Allie sous la couverture.

Elle avait besoin de se reposer. Elle avait besoin de confort, et de beaucoup d'autres choses qu'il ne pouvait lui procurer durant ce voyage infernal.

Jusqu'à présent, il avait réussi à semer leurs poursuivants, mais ceux-ci se rapprochaient dangereusement.

Allie avait raison. Le moment était venu de les affronter et de la libérer.

Mais pas avec elle au milieu. Certainement pas. Il allait devoir la cacher dans un endroit absolument sûr. Et ce genre d'endroit ne courait pas les rues…

Il ferma les yeux et s'ordonna de dormir.

En tant que soldat, il avait appris à dormir sur commande.

Apparemment, c'était encore un talent qu'il semblait avoir perdu.

9

Hale organisa leur départ juste après le coucher du soleil.

Allie semblait groggy après son long sommeil.

— D'abord, la nourriture, décida-t-il.

— Bien sûr ! Cet endroit déborde de restaurants.

Ensommeillée ou pas, elle n'avait pas perdu son mordant !

Hale retint un sourire. Il adorait qu'elle ait autant de répondant.

Elle était bien plus amusante à côtoyer que la plupart des personnes qu'il avait protégées. Mais… elle avait cessé de parler de Noël, et il était sûr que c'était sa faute. Il n'aurait jamais dû se laisser aller à confier son histoire.

Enfin, le mal était fait. Il ne pouvait pas revenir en arrière.

— Je suis désolé de ne pas pouvoir t'emmener dans de meilleurs endroits.

— Oh ! franchement, Hale. Nous sommes en cavale. Ce n'est pas supposé être un voyage gastronomique.

— C'est vrai. En avant pour un nouveau boui-boui qui sent le graillon.

Elle s'esclaffa, d'une façon qui contrastait avec ses allures de lady.

Mais l'humeur ne resta pas longtemps à la plaisanterie.

— Tu as appris quelque chose d'intéressant ?

Elle faisait allusion à son coup de téléphone.

Que devait-il lui dire, exactement, pour ne pas l'effrayer outre mesure ?

— Il semblerait qu'ils se dirigent vers Bozeman, expliqua-t-il d'un ton prudent, et peut-être ensuite vers Cheyenne.

Elle ne dit rien le temps d'un ou deux battements de cœur, puis demanda :

— C'est là que nous allons ?

— Pour le moment, nous nous dirigeons vers l'ouest, et tout va bien.

— Ils vont bien finir par se rapprocher, non ? Il faut que tu les arrêtes.

On en revenait encore à cela. Sa réponse fut brutale.

— Quand je serai prêt.

— Oh ! bon sang ! Tu l'as déjà dit. Quand sauras-tu que tu es prêt ?

— Je le saurai, c'est tout. Fais confiance à mon sens du combat.

— Je te fais confiance sur beaucoup de plans.

— Je sais. Laisse tomber, Allie. N'y pense plus.

Mais elle n'obéit pas, naturellement.

— Comment peuvent-ils savoir dans quel État nous nous trouvons ?

— J'y travaille. En attendant, j'ai semé un faux indice. On verra s'ils mordent.

— Ensuite, nous serons libérés ?

— Pas exactement.

Mais ça permettrait assurément à Hale de comprendre comment ils étaient tracés. Le plus probable, c'était l'existence d'une taupe dans son réseau, et cette pensée lui remuait l'estomac.

— Sérieusement, Hale, pourquoi ne pas les attirer maintenant ?

— Parce que c'est moi qui choisis le moment et l'endroit.

Son ton excluait toute conversation ultérieure, et il vit qu'Allie avait compris.

De façon surprenante, son silence pouvait être plus éloquent que ses paroles.

Finalement, elle brisa la glace.

— Est-ce que je suis insupportable ?

— Seulement quand tu le décides.

— C'est ce qu'on appelle une réponse diplomatique, répliqua-t-elle vertement.

— Probablement ce qui se rapproche le plus de la vérité.

Hale fut content de voir se profiler au loin un restaurant. Planté au milieu de nulle part. Probablement fréquenté par des ranchers et des employés agricoles qui n'avaient pas le temps ou l'argent pour se rendre en ville.

Le parking était seulement à moitié plein, et on ne voyait personne dans les parages. Hale aurait préféré un endroit plus animé, où ils auraient pu se fondre plus facilement dans la foule. D'un autre côté, dans des endroits comme celui-ci, les gens avaient tendance à rester sur la réserve avec les nouveaux venus.

À l'intérieur, sur les murs lambrissés de planches teintées acajou, des publicités pour de la bière et des photos de stars de rodéo étaient affichées. La musique country qu'on y diffusait devait dater des années 1970.

Le menu du jour était inscrit sur un grand tableau noir accroché au-dessus du comptoir. À première vue, on ne servait pas d'autre boisson que de la bière.

Allie regarda autour d'elle, puis elle se dirigea vers une table à l'écart de la vitrine.

— Tu veux boire quelque chose ? demanda Hale. Je serais surpris qu'il n'y ait pas de café.

— Juste de l'eau, s'il te plaît.

Il alla au comptoir et demanda un café et un verre d'eau. Impossible d'avoir une bouteille d'eau minérale ici.

— Tu as eu le temps de regarder le menu ? demanda-t-il en revenant.

— Vu le peu de choix, je crois que je n'hésiterai pas longtemps.

Des clients entrèrent, leur jetèrent un vague coup d'œil et saluèrent d'autres habitués. Cette communauté devait être assez repliée sur elle-même, songea Hale, et peu s'intéresser aux gens de passage.

Allie tiqua devant le menu. Pas de légumes ni de salade. Des œufs avec des frites. Des œufs avec des saucisses. Des toasts. Des pancakes.

Il fallait qu'elle mange quelque chose. Elle avait faim. Son dernier repas remontait à un bon moment. Mais elle se demandait si son estomac accepterait un aussi mauvais traitement.

Son choix se porta finalement sur des pancakes. Hale haussa un sourcil, puis il se dirigea vers le comptoir pour passer la commande. Devant elle se trouvait un distributeur de serviettes en papier, flanqué du sel et du poivre, et de l'inévitable ketchup. Les couverts étaient déjà sur la table.

— Tu es sûre que ça te suffira ? demanda Hale.

— Je n'ai pas très faim, prétendit-elle.

Comme d'habitude, Hale avait commandé un repas gargantuesque. Cet homme devait avoir un estomac en acier. Sa façon de s'alimenter risquait de le conduire tout droit à la crise cardiaque, même s'il faisait du sport et semblait en bonne forme.

Quand ils eurent terminé, Hale paya l'addition, et ils se dirigèrent à nouveau vers la voiture.

— C'est bizarre, dit Allie. J'ai toujours rêvé de voir la neige, et maintenant je ne la supporte plus.

— Tes palmiers et tes jacarandas te manquent ?

— Je voudrais juste un peu de soleil, c'est tout.

Autre chose que du blanc, du vert sombre et des enseignes au néon ici ou là.

Ils trouvèrent bientôt un autre trou à rats déguisé en motel et y passèrent la journée. Changement de procédure. Allie se demanda si ça fonctionnerait.

Plus tard, Hale la surprit en s'arrêtant sur le parking de l'unique supérette d'une petite ville.

— Je reviens tout de suite, dit-il.

Allie aurait pu l'accompagner, histoire de changer de décor, mais elle se sentait languide, tout autant que dénuée d'appétit.

Il revint une quinzaine de minutes plus tard avec deux sacs en plastique.

— Une vraie corne d'abondance, dit-il en déposant les sacs dans le coffre.

— Qu'as-tu acheté ?

— Nous nous arrêterons bientôt pour la journée. Tu verras.

Le motel suivant avait meilleure allure, mais peut-être le niveau d'exigence d'Allie avait-il baissé de plusieurs crans.

Elle ne fit aucun commentaire tandis que Hale emportait tout à l'intérieur.

— Au prochain arrêt, on achète des vêtements, annonça-t-il.

— Tant mieux. J'en ai plus qu'assez de porter ces vieilleries.

La conversation était vraiment passionnante…

— Tu n'as pas envie de regarder dans les sacs ? demanda-t-il en retirant sa veste.

Elle lui adressa un regard surpris.

— Je peux ?

— Je crois.

Lorsqu'elle les ouvrit, un petit cri lui échappa. Une barquette de framboises fraîches, un grand sachet de raisins sans pépins, des pots de yaourts aux fruits, des bananes, du houmous et des chips de pita.

— Je ne m'attendais pas à un tel choix dans ce magasin, dit Hale. Il y a des couverts en plastique au fond du sac. Sers-toi.

Elle leva les yeux vers lui.

— Pourquoi tout ça ?

— Parce que je t'ai fourni assez de nourriture de

mauvaise qualité pour le reste de ta vie. Sauve tes artères, vas-y.

Le geste de Hale lui fit presque venir les larmes aux yeux. C'était tellement attentionné et bien observé !

Il avait même acheté des assiettes en carton, et elle n'eut aucun mal à en garnir une. D'abord avec des framboises, puis des raisins, et enfin un yaourt.

— Tu ne manges pas ? s'étonna-t-elle.

— Dans un instant. Laisse-moi profiter du plaisir de te voir te régaler.

— Je ne sais pas comment te remercier. Comment as-tu deviné ?

— J'ai peut-être pensé que des pancakes ne constituaient pas à eux seuls un petit déjeuner. Ou peut-être que je ne prends pas tous mes repas dans des relais routiers… Quoi qu'il en soit, j'aurais dû faire ça plus tôt.

— Tu ne voulais pas t'arrêter trop longtemps.

— C'était rapide.

— Mange, s'il te plaît, dit-elle en ouvrant un autre yaourt. Je crois que je vais arrêter. Je n'ai presque plus faim.

— Je suggère de garder le houmous et les chips pour notre réveil.

— Bonne idée.

Quand elle eut terminé son repas, Allie s'allongea sur le lit, les bras en croix.

— Je crois que je vais faire un coma alimentaire, annonça-t-elle.

— Fais-toi plaisir.

Il ne lui fallut pas longtemps pour se laisser emporter par des rêves délicieusement plaisants.

Hale regard Allie dormir pendant un moment, en songeant qu'elle ressemblait à un ange, puis il sortit un autre achat du fond du second sac.

Une heure plus tard, il quitta la salle de bains emplie de vapeur après sa longue douche fumante. Il était rasé de frais.

Généralement, il portait la barbe, courte ou longue, mais le moment était venu d'arborer une apparence différente.

Allie serait probablement surprise.

Il ressentit un vague amusement en imaginant sa réaction. Il était temps de cesser de ressembler à Jim Bridger, le célèbre explorateur et trappeur de l'Ouest américain.

Quand Allie se réveilla, la fraîcheur de la précoce nuit hivernale se faisait sentir.

Hale était assis dans un fauteuil placé près de la fenêtre et lisait à la lumière de la lampe.

Elle se redressa et se frotta les yeux.

Était-ce vraiment Hale ?

La barbe fournie avait disparu, révélant une mâchoire carrée et une fossette au menton.

— Que s'est-il passé ?

Il leva les yeux de son atlas.

— Mon visage a rencontré un rasoir. Le rasoir a gagné.

Il était splendide. Elle l'avait pressenti mais, maintenant qu'elle pouvait voir ses traits nus, elle n'en doutait plus.

— Quel changement de look !

— Mes amis ne me reconnaîtraient pas. Laisser pousser sa barbe est un bon moyen de changer d'apparence, et la raser peut avoir le même effet, au bout d'un certain temps. Tu es surprise ?

— Je t'aime bien comme ça.

Il retourna à son atlas sans répondre.

Soit il se moquait de ce qu'elle pensait, ce qui était grandement possible, soit, après son brusque élan attentionné de la veille, il retournait à sa personnalité monolithique.

Elle se leva et se sentit sale après avoir dormi tout habillée.

— Combien de temps avant le départ ?

— Assez pour que tu prennes une douche, si tu veux.

Elle le prit au mot et revint bientôt, vêtue de sa dernière tenue disponible. Elle se sentait remarquablement mieux.

Son humeur s'améliora encore quand elle vit que Hale avait disposé le houmous et les chips de pita sur une assiette, avec des couteaux en plastique.

— Mange un peu, dit-il. La nuit va être longue.

Elle n'en doutait pas. Quand Hale était au volant, quasiment rien ne pouvait l'arrêter. Il occupait toujours le fauteuil solitaire, et elle se percha donc sur le bord du lit, face à lui.

Il fit glisser la petite desserte entre eux.

— Il reste encore des fruits, si tu veux.

Elle lui sourit.

— À moins que tu en veuilles, je préfère les garder pour plus tard.

Elle essayait toujours de s'accoutumer à sa nouvelle apparence. L'absence de barbe le rendait plus séduisant encore. Pas séduisant à la façon gentille et proprette des stars d'Hollywood, mais d'une manière plus rude et sensuelle.

Il lui paraissait toujours dangereux, ce qu'il était probablement, et elle préférait ne jamais connaître cet aspect de lui.

Elle espérait qu'ils finiraient par se sortir de tout cela sans violence. Les rares fois où Hale avait abordé le sujet laissaient entendre que ce ne serait pas facile, surtout à cause des hommes qui les suivaient.

Ils reprirent la route sous un ciel bleu éclatant. Le soleil faisait étinceler la neige, qui semblait s'accumuler sans fin sur les bas-côtés. Allie se réjouit que la voiture soit équipée de vitre teintées, faute de quoi elle aurait regretté l'absence de lunettes de soleil.

— Mets ton chapeau, lui demanda Hale un peu plus tard dans l'après-midi.

— Pourquoi ?

— Nous allons acheter des vêtements, tu te souviens ?

Ils traversaient ce qui semblait être la rue principale d'une ville paisible, où se faisait sentir une influence western et édouardienne. D'après le panneau indicateur vert et blanc qu'ils avaient dépassé, il s'agissait de Conard City.

— C'est charmant, dit Allie en admirant les guirlandes lumineuses qui reliaient les réverbères de part et d'autre de la rue, et le grand sapin décoré sur la place.

La ville n'avait pas lésiné sur la décoration de Noël, et toutes les boutiques et les habitations avaient joué le jeu. Il s'en dégageait une impression magnétique de beauté et de joie.

Hale se gara à proximité d'une boutique dont l'enseigne annonçait « Freitag's Mercantile ». Peint en vert, avec un filet décoratif bordeaux et des lettres or, le panneau en bois trahissait une autre époque, à la fois dans son style et dans son apparence.

— Allons-y, dit Hale en coupant le moteur. Nous avons besoin de vestes chaudes et de quantité d'autres choses. Souviens-toi seulement…

Elle l'interrompit.

— Je sais. Je ne dois rien acheter qui pourrait me plaire.

— Exactement.

Dans les boutiques, quelques clients déambulaient entre les portants, tirant derrière eux un panier à roulettes. Ils étaient tous souriants et semblaient heureux de faire leurs achats de Noël.

Allie soupira d'envie et commença à inspecter les rayons. Délaissant les couleurs ternes, elle opta pour un sweat-shirt rouge vif. Comme Hale ne faisait pas d'objection, elle ajouta un pantalon de jogging en molleton assorti.

Pour lui faire plaisir, elle se tourna ensuite vers le bleu marine. Mais il y avait un pull vert qui lui faisait de l'œil. Elle ne put résister à son motif brodé de pingouins. S'enhardissant, elle glissa dans son panier un pyjama imprimé de petits pères Noël, de paquets-cadeaux et de sucres d'orge.

Contre toute attente, Hale ne fit pas de commentaire. Il se contenta de conseiller :

— N'oublie pas de prendre une veste chaude.

Outre deux jeans et deux chemises en flanelle, elle choisit donc un trois-quarts en loden vert forêt qui n'irait pas du tout avec son ensemble en molleton rouge, sauf à vouloir ressembler à un ornement de Noël. Mais qu'y avait-il de mal à cela ?

Elle acheta aussi des sous-vêtements, des chaussettes et des gants. Puis Hale la dirigea vers le rayon des bottes.

— Celles avec une doublure en laine sont les plus chaudes, dit-il, mais je te laisse choisir.

Retrouvant l'esprit pratique, Allie se fia à sa recommandation, puis ce fut au tour de Hale.

Rien de ce qu'il choisit ne sortait de l'ordinaire, à l'exception d'une tenue de ski entièrement blanche, dont le tissu ne produisait aucun bruit de frottement. Exactement ce qu'aurait pu choisir un chasseur.

Elle eut un léger coup au cœur. Une tenue de camouflage pour évoluer dans la neige ?

— Moi aussi, je devrais choisir du blanc ? demanda-t-elle, d'une voix légèrement tremblante.

— Ce ne sera pas nécessaire. Laisse-moi m'occuper de ça.

Il avait donc un plan en tête. C'était loin de la réconforter. Au contraire, elle se sentait de plus en plus nerveuse.

Et ça ne s'arrangea pas quand il choisit une cagoule blanche.

De retour à la voiture, avec leurs sacs entassés sur la banquette derrière eux, Allie demanda :

— Tu as appris quelque chose ?

— Pas encore.

À sa grande surprise, il ne quitta pas la ville et se dirigea vers un autre de ces motels bas de gamme qui étaient devenus leur quotidien. Celui-ci se situait juste en face d'un relais routier décrépit.

La nuit était tombée quand il ouvrit leur chambre et commença à remplacer les anciens vêtements par les nouveaux.

— Hale ?

— Oui ?

— J'aimerais bien aller marcher et admirer les décorations.

Allie savait qu'elle poussait le bouchon un peu loin, mais tant pis. S'ils continuaient à arpenter le pays en tous sens comme ils l'avaient fait jusqu'à présent, elle ne verrait pas les décorations de Noël cette année.

— Attends que je puisse t'accompagner.

Elle ne perdit pas un instant pour se rendre dans la salle de bains et enfiler sa tenue de jogging rouge. Puis elle revint dans la chambre, chaussa ses bottes de marche fourrées et passa son loden vert.

En se découvrant dans le miroir, elle éclata de rire.

— J'ai une sacrée dégaine ! s'exclama-t-elle.

Hale lui jeta un coup d'œil, et elle le vit presque sourire.

— Tu n'es pas très différente des gens du coin. En ce moment, tout le monde se prend de passion pour le rouge et le vert.

Un quart d'heure plus tard, Hale était prêt. Il avait revêtu sa nouvelle parka blanche.

— Allons voir tes lumières de Noël, dit-il.

Au début, Allie trouva bizarre de marcher dans ses nouvelles bottes, avec leurs épaisses semelles et leur doublure en laine. Mais elle s'y fit assez vite et reconnut que Hale avait raison à propos de la chaleur qu'elles procuraient.

Soudain, il lui prit la main et elle tourna vers lui un regard interrogateur.

— Nous sommes supposés être un couple, expliqua-t-il. Comportons-nous comme tel.

C'était peut-être une ruse, mais Allie sentit nettement une sorte de courant éclectique courir tout le long de son bras.

Plus ils approchaient du centre-ville, plus les rues s'illuminaient. Même le bureau du shérif ne dérogeait pas à l'esprit de Noël.

— Oh ! s'exclama Allie, telle une enfant émerveillée. On dirait une carte postale.

— C'est vrai, marmonna Hale.

Elle se rappela alors ce qu'il lui avait confié à propos de Noël.

— Je suis désolée. Si tu veux retourner au motel…

— Ne t'en fais pas pour moi. Amuse-toi.

Elle le regarda. Son expression était grave, mais il ne semblait pas malheureux. Encore qu'il était difficile de se faire une opinion, avec lui. Elle ne pouvait qu'imaginer.

Ils continuèrent à déambuler sur les trottoirs déneigés et sablés, au son des chants de Noël diffusés par des haut-parleurs.

Elle s'arrêta devant l'entrée du parc municipal.

— Oh ! regarde ! Il y a des concerts sous le kiosque à musique le…

Déçue, elle ajouta :

— Ce n'est pas ce soir.

Hale restait sur le qui-vive. Il fut surpris par le nombre de personnes qui leur souhaitèrent de bonnes fêtes en les croisant. Tout le monde avait le sourire.

Comment se faisait-il que cette ville soit aussi accueillante ?

Il redoutait que des étrangers à la communauté se soient glissés parmi les habitants, mais rien ne le laissait penser. Équipés de sacs de shopping, les joues rougies et le sourire aux lèvres, tous semblaient vivre dans la fièvre d'un prochain événement festif.

Il imagina des enfants surexcités comptant les jours, des parents qui essayaient de cacher les cadeaux, le salon déjà décoré, avec son sapin et ses chaussettes accrochées à la cheminée…

Le genre de Noël qu'il n'avait jamais connu.

Tournant au coin d'une rue, ils furent bientôt alléchés par de délicieuses odeurs émanant d'une pâtisserie.

— Tu veux entrer ? demanda Hale.

— Et comment !

Ce soir, toutes les restrictions étaient levées. La réalité du matin se rappellerait à eux bien assez tôt.

À l'intérieur, une ravissante quadragénaire les accueillit. Quelques tables, recouvertes de vraies nappes blanches en tissu, étaient disposées près d'une série de présentoirs. Seules deux d'entre elles étaient occupées.

— D'habitude, nous ne sommes pas ouverts à cette heure-ci, leur dit la vendeuse avec un grand sourire. Mais, à cette époque de l'année, qui pourrait se passer de biscuits de Noël et d'un chocolat chaud ?

Allie lança un regard à Hale, qui comprit sa supplique muette.

— Pas nous, dit-il.

— Je suis Melinda, se présenta la vendeuse.

— Alice et Hank, répondit Hale. Ravi de vous rencontrer.

— Je vous laisse regarder notre sélection de biscuits. Nous avons aussi du thé et du café.

En dehors des traditionnels sablés recouverts de glaçage vert ou rose et parsemé de vermicelles en chocolat, il y avait des bonshommes en pain d'épices et des *pfeffernusse*.

Hale n'avait pas vu ces petits biscuits ronds au poivre recouverts d'un glaçage blanc depuis l'Allemagne, et il ne put résister à l'envie d'y goûter à nouveau.

Allie était plus dans une démarche de dégustation, et elle se retrouva bientôt avec une assiette débordant d'une sélection variée.

— Bon appétit, dit Melinda. J'ai des sachets à emporter, au cas où vous ne pourriez pas tout finir.

Le chocolat chaud était crémeux et onctueux et, tandis qu'il observait l'expression heureuse d'Allie, Hale éprouva le besoin de partager un souvenir.

— J'ai vu beaucoup d'endroits comme celui-ci quand j'étais en Allemagne.

Elle releva la tête.

— Oh ! tu as visité l'Allemagne ? C'est un des nombreux endroits où je rêve d'aller.

— Il y en a tant que ça ?

— Oh ! oui, j'ai toute une liste : l'Écosse, l'Irlande, la France…

— Tu iras un jour.

Elle grimaça un sourire.

— Si je survis à ça.

Hale ne sut pas quoi répondre. Il n'avait pas la certitude absolue de la sauver. Personne ne pouvait prendre un tel engagement. Surtout avec un mystérieux tueur à gages sur les talons.

Immanquablement, ses pensées voguèrent bien loin de cet heureux intermède. Jamais il n'avait vue Allie aussi détendue et insouciante. Il était quant à lui dans un tout autre état d'esprit.

Il sentit le masque de l'impassibilité recouvrir son visage – la meilleure attitude à adopter selon lui, compte tenu des circonstances. De plus, depuis qu'il avait fait la connaissance d'Allie, il avait l'impression d'être devenu un livre ouvert.

Du moins parlait-il plus qu'il n'en avait l'habitude.

Après leur collation, ils déambulèrent encore un peu dans les rues qui commençaient à se vider, puis ils regagnèrent le motel.

De l'autre côté de la route, le relais routier avait allumé des guirlandes multicolores. Certaines cabines de camions étaient également décorées. Tout le monde était prêt pour Noël.

— Tu veux dîner ? demanda Hale à Allie. Les biscuits ne comptent pas.

— Sur le plan calorique, ils pèsent lourd, au contraire.

Il secoua lentement la tête, et elle comprit.

— Bien sûr, ce n'est pas suffisant pour toi. Allons-y.

Le restaurant avait contracté la fièvre de Noël. À l'intérieur, on jouait des chants traditionnels, et chaque table était garnie d'un poinsettia rouge dans un pot doré. Un sapin décoré trônait en bonne place.

Hale retint un soupir. Entendre en boucle *Jingle Bells* et *Silent Night* ne le rendait pas particulièrement heureux, mais il avait fini par s'y faire, avec le temps.

Allie lui glissa un regard, comme si elle réalisait que ça pouvait être inconfortable pour lui. Si seulement il ne s'était pas confié ! Il s'interdit de bouger le moindre muscle du visage, même quand il consulta le menu.

Comme d'habitude, il commanda un burger et une bonne portion de frites, et fut ravi de voir qu'Allie avait encore assez d'appétit pour un muffin-saucisse.

Ils allaient bientôt devoir reprendre la route, mais il voulait lui offrir encore une journée.

Jusqu'ici, il n'avait reçu aucune information suggérant que le danger était imminent, et elle avait vraiment besoin d'une pause.

Lui aussi, d'ailleurs.

Allie fit l'impasse sur la douche habituelle. La chambre était glaciale et Hale n'avait pas trouvé de thermostat.

Économie d'énergie, songea-t-il. Et puis, cette température paraissait peut-être normale à des personnes habituées à l'hiver.

Quoi qu'il en soit, elle se hâta d'enfiler son nouveau pyjama en flanelle puis, après lui avoir souhaité une bonne nuit, elle disparut sous la couverture.

Livré à ses pensées, Hale réfléchit à la suite.

Il devait trouver un moyen de mettre fin à cette situation.

Il était alors loin d'imaginer quelles difficultés lui réservait le lendemain.

10

Allie avait fini de s'habiller, et Hale était presque prêt lui aussi.

Ce fut alors qu'elle lâcha une bombe :

— Je ne pars pas.

Voilà, songea-t-il. On y était. Il s'attendait à ce que son entêtement provoque des problèmes tôt ou tard. Le moment était arrivé.

Il s'efforça d'adopter son ton le plus raisonnable.

— Allie, nous devons y aller. Tant que je n'aurai pas identifié ces types, on ne sera pas en sécurité.

— Je m'en moque.

Elle avait levé fièrement le menton et, même s'il ne l'admettrait jamais, il aimait bien cette attitude belliqueuse.

— Je suis sérieux, dit-il. Ta vie…

— Je n'ai plus de vie. Tu ne me voleras pas Noël.

Lui voler Noël ? Il ne voulait pas être comparé au Grinch, ni au Scrooge du conte de Charles Dickens.

— Ellis essaie de te prendre ta vie !

— Je te paie pour me protéger. Alors, protège-moi. Si nous n'arrêtons jamais de courir, tu ne risques pas de pouvoir les arrêter.

Hale avait l'impression que sa tête allait exploser de frustration.

Allie fut à la porte avant qu'il ait pu l'intercepter. Il finit de lacer son bottillon militaire et se lança à sa poursuite, tout en enfilant sa parka.

— Je te protège, dit-il en la rattrapant.

— De quoi ? De tous les plaisirs de la vie ?

Il ne comprenait pas où elle voulait en venir, ni la raison de cette querelle subite.

— Allie…

— N'essaie pas de me faire la morale ! Tu sais que c'est vrai. Ce n'est pas parce que tu souffres que je dois souffrir aussi.

— Discutons-en pendant le petit déjeuner

— Discuter de quoi ? Je ne vais nulle part. Et puis j'en ai assez des relais routiers !

— Pour tout dire, je n'en suis pas fan non plus. J'ai vu un café en ville.

— Ils servent probablement la même chose. C'est à croire que, par ici, les gens ne connaissent pas les bases de la diététique.

— Ce n'est pas juste de dire ça, répliqua calmement Hale. Essayons le café. Il n'est probablement pas très fréquenté à cette heure-ci.

— Tu ne réussiras pas à me faire changer d'avis.

Elle cessa de marcher et lui fit face.

— Bon sang, Hale, tu travailles pour moi. J'en ai plus qu'assez d'être bringuebalée dans tous les sens comme un bagage.

Il se retint de lui rappeler la véritable raison pour laquelle il avait été engagé. Ce n'était pas la peine de lui gâcher son plaisir.

Comme elle acceptait finalement de se rendre au café, il s'arma de courage pour affronter un océan de musiques de Noël et de décorations vert et rouge. Sans oublier le sapin.

Bon sang, cette ville prenait l'esprit de Noël vraiment au sérieux !

Une fois à l'intérieur, Hale constata qu'il avait au moins raison pour une chose : le café était modérément fréquenté ce matin, et ils purent avoir une table éloignée de la vitrine.

Il détestait les vitrines. C'était là qu'ils étaient le plus vulnérables.

Au moins, il n'y avait pas de menu spécialement imprimé sur un bristol encadré de feuilles de houx, ou de guirlandes. Les tables étaient dénuées de décoration. Et la nourriture proposée différait de tout ce qu'ils avaient pu voir jusqu'à présent.

Malgré sa mauvaise humeur, Allie fit honneur au petit déjeuner. Elle choisit une salade de fruits, qui lui fut servie très copieusement, et du thé.

Hale se détendit un peu. Il réglerait le reste plus tard.

Le petit déjeuner terminé, ils firent le tour de la ville. Contrairement à lui, Allie semblait y prendre un grand plaisir, répondant aux saluts des personnes qui les croisaient, chargées de grands sacs.

— Pourquoi les gens font-ils leurs achats au dernier moment ?

— Je ne sais pas. Tous les jours, je me dis que je vais m'y mettre, et puis je me retrouve toujours au pied du mur. Et, naturellement, le cadeau bien spécifique

que j'avais prévu pour telle ou telle personne n'est plus disponible.

Elle rit, se moquant d'elle-même.

— On pourrait croire que j'en tirerais une leçon, mais c'est chaque année la même chose.

Ils marquèrent une pause devant le palais de justice, flanqué d'un monument aux morts, et s'avancèrent jusqu'au jardin municipal.

Allie joignit ses mains gantées.

— Oh ! regarde ! Il y a des cadeaux sous le sapin, maintenant. Ils ne risquent pas de s'abîmer ?

Deux couples, qui l'avaient entendue, s'approchèrent. Il semblait s'agir de parents avec leurs enfants adultes.

— C'est juste pour le décor, expliqua la jeune femme. Bonjour, je suis Josie.

Elle présenta les trois autres :

— Marty, Jacob et Wesley.

— Je suis Alice, lui répondit Allie. Et voici mon fiancé, Hank. C'est une bonne idée, ces cadeaux. Tellement festive.

— Ils servent de leurre en attendant les vrais, dit Marty. Le soir de Noël, à partir de minuit, nous apportons à la mairie tous les cadeaux que les gens ont donnés, et nous les mettons à disposition des plus démunis.

— Quelle bonne idée, approuva Allie. Il est encore possible de faire des dons ?

— Naturellement, dit Josie.

Hale sentit venir une expédition shopping.

— Quel est le meilleur endroit pour acheter des choses pour les enfants ?

— Freitag's Mercantile, répondirent en même temps la mère et la fille.

Après avoir salué le petit groupe, Allie fila tout droit vers le magasin. Apparemment, elle se rappelait où il était situé. Quoiqu'il ait été difficile de le manquer.

En chemin, elle s'arrêta fréquemment pour admirer les façades et les jardins abondamment décorés.

— Ils se donnent du mal, par ici, marmonna Hale. À croire qu'ils font un concours du plus beau décor.

— Je trouve ça très joli, dit Allie.

Et il sentit comme un petit reproche dans sa voix, comme si elle ne comprenait pas qu'il soit insensible à l'esprit de Noël qui régnait ici.

Une heure plus tard, ils regagnaient le motel, chargés comme des mules, et se lançaient dans la confection de paquets-cadeaux. Fusées, briques de construction, poupées, ours en peluche, vêtements… leur chambre ne tarda pas à ressembler à une annexe de l'atelier du Père Noël.

— Je suis impressionné, reconnut Hale.

— Ce n'est pas grand-chose. Je voudrais pouvoir faire tellement plus !

Quand ils eurent terminé, Allie demanda à sortir à nouveau. Elle voulait cette fois manger une soupe et écouter les chants de Noël sous le kiosque à musique.

Hale soupira. Il préférait ne pas penser combien chaque minute passée en public augmentait le niveau de la menace qui planait sur eux.

Il en était presque à se demander si Allie ne cherchait pas à s'afficher comme un appât pour que leurs poursuivants se manifestent.

Allie entendit Hale soupirer, et elle se demanda si elle avait réveillé des souvenirs douloureux. Elle s'était promis de ne pas le faire, mais c'était sans doute ce qui s'était produit à cause de son insistance à profiter de Noël.

— Désolée, dit-elle. Tout ça te rend triste.

— Non.

— Tu es sûr ?

— Je n'en suis pas au point de jouer les Scrooge.

Elle rit.

— Tu peux être agréable parfois, Hale.

Il ne dit rien, et elle n'insista pas.

Au cours des deux derniers jours, elle avait peut-être obtenu de lui plus de mots qu'il devait en avoir prononcé en deux ans.

Il détestait probablement qu'elle soit à découvert comme ça, réalisa-t-elle. À l'exception de brèves périodes, il s'était toujours efforcé de la garder hors de vue.

Il n'avait pas fait d'objections, cependant. Peut-être pensait-il que la menace était suffisamment éloignée pour le moment.

En tout cas, elle avait beau retourner le problème dans tous les sens, elle ne voyait pas comment il allait arrêter les malfrats. S'il passait son temps à l'éloigner de ces types, comment les confronterait-il ?

Il devait avoir un plan, car il semblait confiant.

De plus, Max ne l'aurait pas recommandé s'il ne se fiait pas pleinement à lui.

— Max me manque, déclara Allie, tandis qu'ils étaient assis devant une tasse de soupe à la tomate fumante.

Nous passons toujours beaucoup de temps ensemble pendant les fêtes de fin d'année. Max les adore.

— Ah bon ? Je l'ignorais. À cette époque-là, je travaille généralement.

— Il fait un *irish coffee* exceptionnel. Généralement, mes amis passent du temps en famille à Noël, mais Max invite toujours quelques collègues du commissariat, et ces types-là savent vraiment s'amuser.

— Je n'en doute pas. Même quand mon unité était déployée à l'étranger, les hommes trouvaient toujours un moyen de fêter Noël.

Tandis qu'ils discutaient, la nuit avait commencé à tomber. Les décorations qui n'avaient pas encore été allumées prirent vie. Les gens se pressaient dans les rues, chargés de sacs et de paquets. Une longue file d'attente s'étirait devant le Freitag's Mercantile. La pâtisserie avait installé des tables et des chaises en plastique sur le trottoir pour faire face à l'affluence.

Et Allie se montrait infatigable dans son désir de tout admirer, et de profiter du moment.

Partout où ils allaient, elle entamait la conversation avec des inconnus. En un rien de temps, elle se retrouva au milieu d'un groupe de locaux, à rire avec eux.

Elle avait le don de se faire accepter partout.

À côté d'elle, il devait passer pour un vieux bougon.

Ça lui allait bien. Il détestait parler pour ne rien dire, échanger sur la pluie et le beau temps.

Quoi qu'il en soit, il se retrouva bientôt à porter quatre des six sacs qu'Allie avait remplis, afin d'aller les déposer au pied du sapin installé dans le hall de la mairie.

Tandis qu'ils montaient les marches du perron, Allie

remarqua qu'une petite foule s'était réunie au milieu du jardin public.

— Oh ! dit-elle, les chants vont commencer. Déposons vite les cadeaux. Je ne veux pas manquer ça.

Planté là comme ça, avec ses grands sacs aux couleurs vives, Hale avait l'impression d'être devenu lui-même un arbre de Noël. Il n'avait qu'une hâte : s'en débarrasser.

Dans le hall, un autre groupe de gens piétinait le tapis rouge, en attendant de déposer leurs présents. Il fallut encore discuter et sourire.

Loin de se laisser distraire, Hale inspectait soigneusement chaque visage, à l'affût d'un détail inhabituel.

Il était temps de faire le point avec Stu, décida-t-il. Il avait besoin de connaître la progression de leurs poursuivants.

Mais, pour le moment, tout ce qu'il pouvait faire, c'était regarder et attendre.

Et supporter les chants de Noël.

Une heure plus tard, le concert prit fin et la foule commença à se disperser. Il était temps de retrouver les maisons bien chauffées, avec les sapins décorés, et les enfants surexcités.

Plusieurs personnes invitèrent à Allie à venir prendre un verre de cidre chaud chez eux, mais l'expression de Hale lui fit comprendre qu'il ne valait mieux pas.

Il avait atteint les limites de sa patience.

Traversée par un élan de culpabilité, elle déclina gentiment les invitations, expliquant qu'elle était fatiguée après une longue journée.

— Peut-être demain, suggéra un homme.

— Peut-être.

En chemin vers l'hôtel, Hale lui dit deux choses :

— Nous devons trouver de la nourriture, et nous partons demain.

Allie grinça des dents.

Elle avait trouvé l'émerveillement et la magie, et elle considérait qu'il n'avait aucune bonne raison de les lui arracher. Elle en avait assez d'avancer pour avancer, d'autant que cela ne faisait que reporter le moment d'affronter la menace.

Elle décida de garder cette conversation pour plus tard. D'autant qu'elle avait faim.

Il y avait une longue file d'attente devant le City Café, et Hale préféra opter pour le relais routier.

Allie n'y vit pas d'inconvénient. Du moment que le repas était chaud et fortifiant, elle ne ferait pas la difficile.

Il y avait du monde, mais il restait encore des tables vides. Allie remarqua que Hale l'éloignait de la vitrine pour la guider vers une table dans un coin.

Il s'assit face à la salle, observant l'assemblée.

— Tu ne te détends jamais ? demanda-t-elle.

— Pas quand je travaille.

Exact, songea-t-elle en commandant des œufs brouillés, du porridge et du café. Elle n'était qu'un travail pour lui.

Peut-être devait-elle lui être reconnaissante de lui avoir accordé cette journée. Si ce n'était qu'il ne la lui avait pas donnée. Elle l'avait prise.

Et, sauf s'il avait une vraiment bonne raison à lui donner, elle ne partirait pas.

— Je voudrais tellement pouvoir appeler mes amis…, dit-elle d'un ton songeur.

Elle y pensait de plus en plus, surtout en cette période.

— J'ai le mal du pays.

— Comment ça ?

— Du vague à l'âme. Mon appartement me manque. Je ne peux pas continuer comme ça indéfiniment.

— Ce n'est pas mon intention.

Elle se rembrunit et finit son porridge.

— Comment comptes-tu faire, si tu ne laisses jamais ces types approcher ?

— J'y travaille.

Il avait à nouveau tiré le rideau de fer.

Elle soupira.

Parfois, il l'entrebâillait pour laisser filtrer une confidence, mais seulement par bribes. Quelque part en lui devait se trouver un homme absolument fascinant, mais elle ne le saurait jamais s'il persistait à ne pas vouloir baisser sa garde.

Un homme de grande taille, avec une cicatrice sur la joue, entra en boitant. Vêtu d'un coupe-vent marron sur un uniforme de même couleur, il n'avait pas besoin de porter un insigne sur sa poitrine pour qu'on comprenne qu'il était policier.

Au lieu de se diriger vers le comptoir ou une table libre, il vint vers eux.

— Bien le bonjour, dit-il en tirant une chaise. Je suis le shérif Gage Dalton. Soyez les bienvenus dans notre petite contrée.

Allie lui adressa un grand sourire.

— Mon père était policier.

Dalton hocha la tête.

— On est de la famille, alors.

Elle allait répondre, quand Hale prit le relais.

— Les gens s'interrogent sur notre présence ?

— Pas trop, mais on a tendance à remarquer les étrangers, par ici. Vous êtes un vétéran ?

Hale hocha la tête.

— Marines.

— Ça se voit à votre allure, et à votre attitude silencieuse et en retrait. Alors, qu'est-ce qui vous amène par ici ? Nous ne sommes pas vraiment sur les grands axes touristiques.

Allie se crispa un peu. Les gens pensaient-ils qu'ils étaient dangereux ? Elle n'avait pas eu cette impression en discutant avec tous ceux qu'elle avait rencontrés.

— Nous faisons un long voyage à travers le pays. L'autoroute nous a dirigés par ici et Alice n'a pas pu résister. Noël est sa période préférée. On peut dire qu'elle est gâtée, avec cette débauche de décorations.

— Vous n'avez pas encore tout vu ! Il y a aussi la parade avec le Père Noël et ses rênes, la chorale des étudiants…

Une serveuse passant à proximité, il commanda un café et une part de *mincemeat pie*.

Puis il reporta son attention sur Hale.

— Vous n'aviez pas l'air très heureux, aujourd'hui.

Ainsi, sous des dehors amicaux, les gens les avaient surveillés.

Allie regarda Hale, percevant sa tension.

— Alice vous dirait que je suis un vrai Grinch, répliqua-t-il. Ce n'est pas mon truc, désolé.

Le shérif eut un sourire bon enfant.

— Chacun ses goûts, comme on dit.

Il remercia la serveuse, qui venait de lui apporter sa commande.

— J'aime bien regarder les gens s'imprégner de l'esprit de Noël, dit-il. Comme tout le monde, nous avons notre lot de querelles et d'incivilités, mais pendant cette période tout est oublié.

— Ça doit faciliter votre travail, dit Hale.

Dalton se mit à dévorer sa tarte avec appétit. Entre deux bouchées, il demanda :

— Qu'est-ce que vous faites dans la vie ?

— Je suis comptable, dit Allie. Généralement, les gens pensent que c'est un métier assommant.

— Chaque métier a ses avantages et ses inconvénients, nota Dalton avec diplomatie.

Il se tourna vers Hale.

— Et vous ?

— Sécurité privée.

Dalton haussa un sourcil.

— Mercenaire ?

Allie retint son souffle.

— Plus maintenant. J'ai fait un essai, et ça ne m'a pas plu.

— Tant mieux pour vous.

Dalton finit son café d'un trait.

— Eh bien, je ne vais pas vous déranger plus longtemps, les amis. Ravi de vous avoir rencontrés.

Après un signe de tête courtois, il mit son chapeau qui portait un insigne de shérif brodé sur l'avant.

Allie réalisa alors qu'il était armé et portait une matraque télescopique. C'était une démarche officielle.

— Eh bien, dit-elle à mi-voix. Qui avons-nous dérangé ?

— C'est probablement juste un bon flic qui fait son travail. Je n'ai pas senti de suspicion particulière.

— Je suppose que non.

Mais d'autres questions taraudaient Allie.

Hale avait été mercenaire ? Pourquoi ? Qu'avait-il fait ? Quelles séquelles psychologiques en avait-il conservées ?

Tandis qu'ils regagnaient leur motel, Hale se dit qu'il avait vraiment joué de malchance. Allie avait de nouvelles raisons de s'interroger à son sujet. Ils avaient été repérés, et il en avait peut-être trop révélé.

Mince !

Ils n'étaient assurément plus invisibles, même au milieu d'une foule.

L'urgence de reprendre la route faisait naître des picotements au creux de sa nuque, et il sentait comme un souffle froid courir le long de sa colonne vertébrale.

Il avait absolument besoin de davantage d'informations. Dès que possible, il choisirait son propre terrain pour livrer bataille. Pour le moment, il procédait plus ou moins à l'aveugle, sachant seulement qu'il devait réduire le nombre de leurs poursuivants.

Ce soir, il appellerait Stu.

De retour à leur chambre, Hale suggéra à Allie d'enfiler son pyjama et de se mettre au chaud dans le lit.

— Tu vas encore devoir dormir par terre ce soir, remarqua-t-elle.

— J'ai dormi dans des endroits pires que ça. Au moins, il n'y a pas de pierres qui me rentrent dans le dos.

La joie avait disparu de son visage, remarqua-t-il. La conversation avec le shérif l'avait perturbée.

Pour tout dire, ça l'avait inquiété aussi. Tu parles d'un comité d'accueil ! Ils avaient été repérés, et il se demandait à présent si Dalton allait essayer de prendre des renseignements sur eux. De toute façon, il n'aurait pas grand-chose à se mettre sous la dent… à l'exception des plaques volées sur son SUV.

La barbe ! Il allait devoir les changer à nouveau. Mais pas dans cette ville.

Peut-être vaudrait-il mieux partir sur-le-champ.

Il sortit dans la nuit glaciale et prit un de ses téléphones.

Comme toujours, Stu répondit après la deuxième sonnerie.

— Alors ? dit Hale.

— Les poupées ont été revendues. Elles sont retournées un peu au nord, et maintenant elles vont vers l'est.

Hale serra les mâchoires si fort que ses muscles lui firent mal.

— Qu'est-ce que ça t'évoque ? demanda Stu.

— Moi ? Simplement que quelqu'un a prononcé le nom de Badlands.

Et c'était Stu. En avait-il fait mention devant un autre membre de l'équipe ?

— Qu'est-ce que ça t'évoque, à toi ? demanda-t-il.

— Pas grand-chose pour le moment. Mais je commence sérieusement à penser que je vais devoir me débarrasser d'un tamanoir. Cette fichue bestiole est en train de creuser sous mes fondations.

— Remplis le trou de ciment. Empêche-le de creuser plus profond. Au moins à cet endroit-là.

— Bonne idée.

Hale raccrocha, convaincu que quelqu'un dans sa petite équipe soudée s'était laissé acheter et passait l'information à l'ennemi. Ellis avait assurément les moyens de détourner quelqu'un du droit chemin.

D'un autre côté, ses contacts étaient des types qu'il avait connus autrefois, et qui offraient occasionnellement leur expertise dans un domaine ou un autre.

Ils étaient parfaitement invisibles aux yeux du commun des mortels.

En tout cas, ils étaient censés l'être.

Il détruisit le téléphone et traversa la route pour jeter la batterie dans un camion et la carte SIM dans un autre.

Il n'était pas prêt à livrer bataille. Pas dans cette ville tellement investie par l'esprit de Noël.

Lorsqu'il regagna la chambre, Hale perçut une odeur de shampoing et de gel douche. Allie était assise dans le lit, emmitouflée dans la couverture, et l'attendait. Il aurait préféré qu'elle soit endormie, pour avoir le temps de réfléchir à cet imbroglio avant d'avoir à lui répondre.

Il ôta sa veste, s'assit dans le fauteuil et défit ses bottes.

— Tu as appris quelque chose ? demanda-t-elle.

— Oui, mais je ne suis pas prêt à en discuter.

Apprendre qu'il y avait peut-être un traître dans son équipe ne ferait que l'effrayer davantage, et il n'osait imaginer le moment où il devrait lui dire qu'un tueur à gages était à ses trousses.

Il changea de chaussettes, enfilant une paire en laine bien chaude, et commença à installer une couche de fortune sur le sol.

— Hale ?

— Quoi ?

— Il y a de la place dans le lit, si tu en as assez de jouer les martyrs.

Il stoppa net, le souffle coupé. Que suggérait-elle exactement ?

— Je ne suis pas en train de te faire des avances, dit-elle avec brusquerie. Simplement, je déteste te voir dormir sans arrêt par terre. Tu n'as qu'à te coucher par-dessus les couvertures.

Il se remit à respirer normalement.

Allie était tout à fait désirable, mais ce n'était pas le moment de penser à cela. Il devait garder l'esprit clair et ne pas se laisser dévier de son devoir par ses émotions.

— Je vais y réfléchir, dit-il. Merci.

— À toi de voir. Et je garde mes questions pour plus tard. Tu as l'air d'avoir déjà assez de soucis comme ça.

Bon sang ! Était-il devenu transparent ?

— Tout va bien, dit-il. Je dois juste élucider certains points.

Il ne savait pas qui, de lui ou d'elle, il cherchait à rassurer.

Si vraiment il y avait une taupe, il pourrait s'en servir. Il lui restait simplement à décider comment.

11

— Il est temps de reprendre la route, annonça Hale.

— Je ne pars pas !

Allons bon, voilà qu'ils en étaient revenus au même point.

— Bon sang, Allie, nous n'avons plus rien à faire dans cette ville !

— Je me plais ici. J'aime Noël. J'aime la façon dont les gens le célèbrent. Et puis, tu ne trouveras jamais ces types s'ils ne s'approchent pas de moi. Donc, c'est décidé, je ne bouge pas.

Elle marquait un point, aussi entêtée soit-elle.

Il ne dit rien de plus et enfila ses bottes. Pour le moment, il lui suffisait de rester en alerte, en attendant que Noël soit passé. Il pouvait sûrement y arriver. Et puis, il n'allait pas la balancer en travers de son épaule et la mettre de force dans la voiture. Ce serait un enlèvement, travail ou pas.

Qui plus est, l'ennemi avait pris la mauvaise direction. Pour le moment, en tout cas.

Il fallait vraiment qu'il trouve un moyen d'utiliser cette taupe à son avantage.

Renonçant à se disputer avec Allie, il se prépara à

une autre journée en immersion dans le monde magique et joyeux de Noël.

Il n'avait qu'à voir cela comme une mission, se dit-il pour s'encourager. Au moins, les gens du coin ne lui lanceraient pas de grenades.

— D'accord.

Elle lui lança un regard surpris.

— C'est vrai ? Je ne suis pas en train de te rendre dingue ?

— Tu y réussis rien qu'en respirant. Prépare-toi pour une autre journée dans le grand froid. Nous boirons jusqu'à la lie ton cher Noël. Et ton fichu entêtement.

Son Noël. Pas celui de Hale.

Allie avait bien saisi la différence et s'en voulait un peu. Mais elle se ressaisit très vite et s'interdit de culpabiliser. Elle payait pour ce voyage. Elle devait avoir son mot à dire.

En plus, elle devenait folle à force de rester prisonnière de cette voiture. Elle avait besoin de sortir, de voir du monde, de parler à quelqu'un d'autre que M. Masque-de-pierre, dont l'unique mot semblait être « non ».

Quoi qu'en pense Hale, il lui semblait qu'ils en étaient arrivés au point où fuir semblait une option inutile.

À la lumière du jour, Conard City n'avait pas perdu de son charme. La neige tombée la veille renforçait l'impression d'un manteau blanc recouvrant la ville.

Encore plus plaisant pour Allie, des gens l'arrêtèrent

pour discuter un peu, l'appelant par son prénom et lui demandant si elle s'amusait.

— Je passe un excellent moment, répondait-elle. La ville est magnifique.

Certains manifestèrent l'espoir qu'elle resterait au moins jusqu'à Noël.

— Vous n'allez quand même pas manquer la cérémonie de remise des cadeaux.

— Bien sûr que non ! affirma-t-elle, avec un sourire.

Elle se garda bien de regarder Hale, car il devait ressembler à une cocotte-minute sur le point d'exploser.

Elle n'était pas stupide. Elle comprenait ses inquiétudes. Mais ce n'était pas quelques jours de plus qui poseraient problème. D'après ce qu'elle avait réussi à soutirer à M. Silence, les poursuivants ne s'étaient pas rapprochés. Ou pas suffisamment.

Vers quelle région se dirigeraient-ils ensuite ?

Sur cette question aussi, Hale était muet. Parler de « plan », comme il le faisait sans cesse, ne voulait rien dire du tout.

Elle décida qu'ils iraient bruncher au City Café, que tout le monde ici appelait « Chez Maude ».

— Cette Maude, c'est vraiment un personnage, dit une femme prénommée Betty. Elle possédait déjà cet établissement quand j'étais petite, et je ne crois pas l'avoir jamais vue sourire. Sa fille est aussi rude et abrupte. Il y a de sacrés caractères par ici.

— Je n'ai pas eu l'occasion de m'en rendre compte, dit Allie.

— Oh ! ça viendra ! assura Betty. Attendez de voir Maude ou sa fille déposer les couverts devant vous en les claquant vigoureusement sur la table. Parfois, elles vous disent même ce que vous devez manger.

— Non !

Betty hocha vigoureusement la tête.

— Je me souviens encore de la fois où l'ancien shérif, Nate Tate, s'était résolu à perdre du poids. Il avait décidé d'arrêter de commander des parts de tarte avec son café.

— Ça semble raisonnable.

— Eh bien, figurez-vous que Maude n'a rien voulu savoir. Elle lui a collé une assiette sous le nez, en décrétant que ses tartes ne faisaient pas grossir.

Allie éclata de rire.

Elle avait toujours le sourire aux lèvres quand ils se dirigèrent vers le café.

— J'adore cette ville, dit-elle.

— Pour le moment, tempéra Hale.

La salle ne désemplissait pas, la foule du petit déjeuner cédant la place à celle du lunch. Il restait quand même des tables libres, et Hale en choisit une au fond.

Alice drapa son manteau sur le dossier de la chaise et prit un menu.

Puis elle dit :

— Qu'est-ce que tu as contre les vitrines ? Moi, j'aime bien regarder dehors.

Comme il ne répondait pas, elle leva les yeux. Voilà qu'il affichait à nouveau son visage de marbre.

— Hale ?

Il secoua la tête, puis il se pencha pour murmurer :

— Nous serions trop exposés. Tu ne peux pas avoir tout ce que tu aimes.

Elle sentit un frisson la parcourir.

Par ces seuls mots, Hale venait de la rappeler à la

réalité. Mais elle n'allait pas le laisser lui gâcher tout son plaisir. C'était peut-être sa dernière occasion avant longtemps de goûter à un monde normal.

Non, elle ne lui permettrait pas de lui retirer ça.

Ça lui apportait aussi un éclairage sur la façon dont cet homme pensait. Mais peut-être n'avait-il pas le choix. Les choses qu'il avait dû voir, ce qu'il avait vécu… Elle préférait ne pas essayer de l'imaginer.

En plus de son enfance épouvantable, d'autres choses avaient dû l'inciter à devenir garde du corps, à risquer sa vie pour protéger celle des autres. Il était prêt à tout pour qu'il ne lui arrive rien à elle.

Baissant à nouveau les yeux sur le menu, elle essaya de se concentrer. Elle découvrit finalement que son appétit s'était évanoui.

— Mange, dit-il. Trouve quelque chose qui te plaît. Ça doit bien exister. Il fait froid dehors, et tu as besoin d'énergie pour conserver ta chaleur.

Elle ne pouvait pas le nier, et elle n'avait pas envie de devoir retourner au motel pour fuir le froid.

Elle finit par passer commande et eut droit cette fois aux couverts claqués sur la table.

Elle gloussa et croisa le regard amusé de Hale.

— Tu dois me haïr, dit-elle avant d'attaquer son plat.

— Pas du tout.

— Tu détestes Noël, et je te fais vivre tout ça. Je me dispute avec toi quand tu dis qu'il faut partir.

Pendant une minute ou deux, il ne dit rien. Et, au moment où elle n'attendait plus de réponse, il s'exprima finalement :

— Je ne déteste pas Noël, mais quand je vois tous

ces visages réjouis, je me dis que ces gens ont subi un lavage de cerveau.

— Comment ça ?

— Tout le monde est convaincu que c'est une période formidable, qu'ils sont heureux et que le monde est merveilleux.

— Mais ?

— Tu ne sais pas combien rentreront chez eux et découvriront que rien n'est parfait. Ou se sentiront esseulés après tout ce déballage festif. La paix et la joie ne durent pas plus d'un quart d'heure.

— Oh ! Hale…

Elle se sentait vraiment désolée pour lui.

— Désolé de te faire redescendre sur terre, mais j'ai vécu une expérience très différente.

— Écoute…

Allie n'appréciait pas le terme de « lavage de cerveau » employé par Hale. Elle aurait décrit cela autrement.

Néanmoins, si les gens avaient gardé l'esprit de Noël toute l'année, le monde en aurait été drastiquement changé.

Hale avait une vision très sombre de la vie. Le peu qu'il avait confié lui avait permis d'en comprendre la raison. Ce qu'il avait vécu était extrêmement triste.

Elle avait envie de lui dire qu'ils pouvaient partir maintenant et laisser tout ça derrière eux, pour lui épargner cette souffrance.

Il secoua la tête.

— Tu n'aurais pas dû demander. Et, surtout, je n'aurais jamais dû répondre. Profite de l'illusion, Allie. Tu le mérites.

Eh bien, ça ne la réconfortait pas vraiment. Son appétit était vraiment aux abonnés absents, maintenant.

Il lui jeta un coup d'œil tout en sortant son portefeuille pour payer le repas.

— Crois-moi, Allie, il ne vaut mieux pas que tu essaies de mieux me connaître. Tu risquerais de le regretter.

Ne lui en déplaise, elle pensait exactement le contraire.

C'était une bonne journée pour se faire des reproches, songea Hale, tandis qu'ils empruntaient à nouveau la rue principale.

D'habitude, il savait tenir sa langue. Mais, étrangement, Allie semblait avoir le don de le faire parler.

Il fallut un peu de temps à cette dernière pour retrouver son enthousiasme, et il se réjouit de la voir s'émerveiller et s'amuser à nouveau.

Bon sang, il devait cesser de la heurter avec ses douloureuses révélations. Si elle avait envie de voir la vie à travers des lunettes roses, qui était-il pour les lui ôter ?

Comme il fallait s'y attendre, Allie découvrit une épicerie bio, où elle fit une razzia sur les bananes, les pamplemousses, les raisins et même les avocats. Les prochains repas seraient végétariens… au moins pour elle.

Quand ils eurent déposé leurs emplettes dans leur chambre au motel, elle voulut découvrir l'église, qui accueillait une crèche grandeur nature.

Tandis qu'elle s'extasiait sur la qualité de la réalisation, Hale l'abandonna pour aller inspecter le clocher.

Outre que ce serait l'endroit idéal pour un sniper, on y avait une vue imprenable sur la ville.

La bibliothèque était pourvue d'un dôme. Il y avait

deux autres églises avec des flèches. Quelques maisons dominaient la ville, évoquant la richesse de son passé.

Hale était prêt à parier qu'elles étaient devenues des établissements de santé. En fait, d'après ce qu'il en avait vu, il avait du mal à comprendre comment cette ville avait survécu. Peut-être grâce aux ranchs ?

Quand il eut terminé de cartographier mentalement les alentours, il retourna dans la nef. Allie était assise sur un banc et semblait pensive.

Elle tourna la tête en entendant ses pas.

— Comment étaient les cloches ?

— Je n'ai trouvé ni nid d'oiseau ni toile d'araignée.

Elle rit doucement.

— Allons boire quelque chose de chaud, et tu pourras décider ce que tu veux voir ensuite.

— Bonne idée.

Après le chocolat chaud, Allie eut envie de quitter le centre-ville pour déambuler à travers les quartiers résidentiels. Dans Front Street, ils découvrirent une rangée de ravissantes vieilles maisons victoriennes à trois étages. L'une d'elles présentait même une promenade des veuves, sorte de plate-forme courant autour d'un petite tour carrée érigée au centre de la toiture, flanquée d'une rambarde en fer forgé. Elle permettait de contempler la ville.

Ici, la décoration changeait un peu. Au lieu de rideaux de lumière dégoulinant des toitures et d'ours polaires ou de bonshommes de neige lumineux, on voyait quelques discrets ornements rouges et verts, et des couronnes sur les portes.

— Je pense qu'à une époque, c'était le quartier des gens riches et importants, dit-elle.

— On dirait.

— Ça a beaucoup de charme. J'aime l'architecture, et aussi la décoration. On dirait que tous les gens de la rue se sont mis d'accord pour assortir leurs ornements.

— Moi aussi, approuva Hale. C'est moins exubérant.

— Ça ne m'étonne pas que tu penses ça.

Ils marchèrent en silence pendant un moment, puis Allie trouva le courage de demander :

— Ça consiste en quoi, être un mercenaire ?

Hale ne répondit pas tout de suite.

Ils bifurquèrent dans une autre rue. Elle était déserte, constata Allie, et c'est peut-être pour cette raison qu'il se décida finalement à parler. Il n'y avait pas d'oreilles qui traînaient.

— J'ai intégré une agence de sécurité privée quand j'ai quitté les marines. Je pensais protéger les gens. Au lieu de quoi, j'ai appris que cette agence détachait ses hommes auprès d'armées étrangères, pour mener leurs guerres. J'ai démissionné aussitôt.

— Pourquoi ?

— Je ne suis pas un tueur à louer.

Ces mots la firent frissonner. Elle n'osait imaginer ce qu'il avait pu voir.

— C'est pour ça que tu es devenu garde du corps.

— J'ai créé ma propre affaire. Protéger des personnes est un travail très différent.

Ils marchaient maintenant le long d'une rue dont les trottoirs étaient totalement vierges de neige, tant ils avaient été arpentés par la foule convergeant vers le centre-ville.

— Je suppose que tu as dû renoncer à une jolie paie.

— Tu n'as pas idée.

Cet homme était admirable, songea-t-elle.

Elle soupira paisiblement, réalisant que sa vision de la vie était en train de changer.

D'abord, elle avait dû fuir la menace que faisait planer sur elle son ancien employeur. Puis elle avait suivi toutes les recommandations de Hale pour demeurer cachée. Elle s'était rebellée contre les restrictions qu'il imposait, mais elle commençait à comprendre qu'il savait ce qu'il faisait.

Elle aurait simplement aimé en savoir un peu plus. Pourquoi il était tellement sur le qui-vive, même ici. Avait-elle perturbé son plan en insistant pour rester quelques jours de plus ?

Ils ne s'étaient pas réellement disputés mais, plus elle y réfléchissait, moins elle supportait d'être traitée comme un bagage.

Elle voulait apporter son aide.

À nouveau, elle soupira. Il n'avait de toute évidence pas l'intention de la laisser faire à sa guise.

Il fallait qu'elle suive les ordres, et elle détestait ça. D'autant plus qu'elle n'en comprenait pas le sens.

Lorsqu'ils furent à nouveau dans Main Street, Allie réalisa combien elle avait soif de compagnie. Elle avait l'habitude des gens. Si on lui avait dit qu'elle passerait des semaines avec un homme solitaire et mutique, elle aurait ri.

C'était pourtant ainsi que serait sa vie tant que Hale n'aurait pas mis un terme à la menace qui pesait sur elle.

Comme allait-il faire ? Comment pouvait-il être sûr d'y parvenir ?

— Hale ?

— Oui ?

— Quel est ton plan pour en finir avec cette menace ? Tu n'as rien dit.

Elle le vit crisper la mâchoire.

— Je vais choisir mon propre terrain.

Elle était persuadée qu'il pouvait être un homme très dangereux quand il le fallait, et elle était soulagée de le savoir son côté, et non à sa poursuite. Mais elle ne put s'empêcher de faire un commentaire.

— Je continue à croire que tu devrais les piéger avec un appât.

Hale grommela, mais garda son opinion pour lui.

Bon sang, comment cette femme faisait-elle pour lui arracher ainsi des confidences ?

Il n'était pas fier des mois qu'il avait passés avec cette prétendue agence de sécurité. Le dégoût l'avait gagné peu à peu, jusqu'à ce qu'il réalise que, s'il voulait sauver ce qu'il restait de son âme brisée, il devait se sortir de là.

Il n'avait même pas donné de préavis. Un jour, il était entré dans le bureau du responsable des ressources humaines, et il avait annoncé son départ, définitif.

Étrangement, dans la mesure où il était sous contrat avec eux, il n'y avait pas eu de protestation, et il avait retrouvé sa liberté immédiatement.

Sans doute avaient-ils pensé qu'ils seraient mieux sans lui – une forte tête qui ne voulait pas exécuter les ordres. Ils avaient eu raison car, s'il avait été contraint de rester, il aurait trouvé un moyen de saboter leurs opérations. Il ne voulait pas être utilisé de cette façon.

Il aurait dû mieux se renseigner avant de signer. Ç'avait été son erreur.

Beaucoup d'hommes qu'il avait connus à l'armée s'étaient engagés avec ces types-là et semblaient très heureux. Autrefois, il avait été fier de les connaître. Plus maintenant.

Heureusement, il avait réussi à réunir quelques bons camarades qui n'étaient pas impliqués dans ce genre de choses.

De bons camarades, à l'exception d'une personne, à ce qu'il semblait. Quelqu'un avait forcément indiqué à leurs poursuivants qu'Allie et lui se rendaient dans les Badlands.

Un mélange de colère et de profonde déception le rongeait à cette pensée.

La trahison était le pire des crimes.

12

— Et si tu me parlais de ta vie ?

Allie fut surprise par cette demande. Aurait-il renoncé à son vœu de silence ?

— Elle a été bien plus heureuse que la tienne, me semble-t-il.

— Je t'écoute. Puisque tu m'as tiré les vers du nez, c'est à ton tour.

Tiré les vers du nez ? Elle avait seulement posé quelques questions, et personne n'avait obligé Hale à répondre.

J'ai été très heureuse. Rien d'intéressant.

— Tu as quand même perdu tes parents quand tu étais jeune. Ça a dû être une épreuve. En particulier à cause de la façon dont ton père est mort.

— Bien sûr. Ma mère est décédée quelques années après lui. Je venais d'entrer au lycée. Ellc a fait une chute dans un escalier.

— Je suis désolé.

— Il ne faut pas.

Un silence passa.

— Qu'est-ce qui t'a décidée à devenir comptable ?

— Ça, c'est ennuyeux, non ?

— Je n'ai pas dit ça. Je suis simplement curieux.

Elle réfléchit, cherchant un moyen de répondre de façon à être comprise.

— J'aime les chiffres.

— Intéressant. Mais il y a d'autres domaines où on utilise les chiffres.

— Je voulais de vrais chiffres, pas des extrapolations. Ils sont fiables. Ils donnent des réponses précises. Ils ne changent pas. Un 7 reste un 7. Les chiffres ne mentent pas.

— On peut quand même les manipuler.

— Pas indéfiniment. Il suffit que quelqu'un d'expérimenté y regarde de près, et l'erreur est aussitôt exposée.

— C'est comme ça que tu as identifié un problème dans les livres comptables d'Ellis.

— Les chiffres ne mentent pas, répéta Allie.

Elle ne savait pas comment expliquer de façon adéquate son amour, sa fascination pour les chiffres.

— Tu crois que la perte de tes parents a quelque chose à voir avec ça ? Ou peut-être que quelqu'un t'a menti ?

— Les gens mentent tout le temps.

Elle agita la main avec indifférence

— C'est la nature humaine, je suppose.

— Il semblerait.

Elle décida de changer de sujet. Elle n'avait pas besoin de d'une analyse de psychologue amateur.

— On peut aller dans une épicerie ?

— Encore ? Et tous ces fruits et légumes que tu as déjà achetés ?

— Ça, c'est pour moi. Toi, tu as besoin de quelque chose de plus consistant.

Elle ne fut pas surprise qu'il accepte. Les gens pouvaient être extrêmement prévisibles, parfois. Surtout Hale et son appétit.

Ils trouvèrent une épicerie dans une rue transversale. C'était un vieux bâtiment en brique, flanqué d'un parking avec seulement six emplacements.

Allie déambula dans les allées tandis que Hale la regardait faire. Elle finit par choisir des sandwichs sous vide.

Naturellement, elle privilégia ceux aux légumes et au thon, tandis qu'il optait pour les classiques sandwichs jambon-fromage.

En retournant vers leur motel, ils croisèrent une femme prénommée Kerri, qu'ils avaient rencontrée la veille. Allie discuta un moment avec elle, et elles se donnèrent rendez-vous le lendemain après-midi à la pâtisserie, pour prendre un thé.

Le lendemain ? Hale eut l'impression qu'un nœud coulant se resserrait autour de son cou.

Puis Allie tourna la tête vers lui et remarqua :

— Je suppose que tu voudras m'accompagner.

Comme s'il allait prendre le risque de la perdre de vue !

Il s'imaginait déjà, assis entre deux femmes réunies pour le thé. On allait sûrement le prendre pour un de ces hommes jaloux et possessifs qui interdisaient à leur femme de sortir sans eux.

Cela attirerait encore plus l'attention. Pourquoi Allie refusait-elle d'ouvrir les yeux ? Elle ne pouvait pas mener une vie normale, comme si de rien n'était.

Quand ils eurent déposé leurs achats au motel, ils sortirent à nouveau. Allie voulait absolument découvrir les moindres recoins de Conard City, comme si elle n'avait pas conscience qu'on pouvait la prendre pour cible à tout moment.

À la tombée de la nuit, il se remit à neiger. Allie devait avoir froid, car il commençait à ressentir la morsure de la bise. Pourtant, ses années passées sur les champs de bataille l'avaient habitué aux températures extrêmes.

— Avec ce froid, tu vas finir par avoir des engelures ou souffrir d'hypothermie, dit-il. Et tu devras être hospitalisée.

Elle haussa les épaules. Mais, quand elle croisa son regard, son expression amusée se ternit.

— Tu ne plaisantes pas.

— Non.

Elle hocha lentement la tête et fit demi-tour vers le motel.

De retour dans leur chambre, ils se débarrassèrent de leurs manteaux et Hale chercha de nouveau un thermostat. Sans succès.

— Tu dois me haïr, dit Allie.

— J'en serais bien incapable. Qu'est-ce qui te fait penser ça ?

— Parce que je suis contrariante. Tu veux continuer à avancer, et tu es coincé ici à cause de moi. Mais il faut me comprendre, aussi. J'ai envie d'être associée à tes décisions, mais tu ne fais que me donner des ordres.

Il secoua la tête. La façon dont le cerveau féminin fonctionnait le surprendrait toujours. Jamais un homme ne ruminerait autant sur de petits détails.

— Je suis tout à fait capable de t'embarquer dans cette voiture, que tu le veuilles ou non. Est-ce que je l'ai fait ?

— Non, mais je vois que la situation te déplaît. Et puis, tu te fais du souci pour moi.

Il s'assit pour délacer ses bottes.

— Tu avais besoin d'une pause.

— C'est vrai. Mais tu penses aussi que j'ai besoin de protection. Pourquoi n'essaies-tu pas d'argumenter ?

— Parce que j'aime te voir heureuse.

Voilà, c'était dit ! Il aurait peut-être dû s'abstenir de cette remarque, mais tant pis.

Il se demanda s'il venait d'ouvrir une vanne, mais Allie ne releva pas et s'occupa de préparer les fruits qu'elle avait achetés un peu plus tôt et de déballer les sandwichs.

— Mange, dit-elle. Tu en as plus besoin que moi.

— Avec ce froid, tu en as besoin aussi, même si tu ne t'en rends pas compte.

— Je ne peux pas dire le contraire.

— Au moins, il y a une chose sur laquelle nous sommes d'accord.

Un silence bienvenu était tombé sur la pièce. Pendant ce temps béni, Hale échappa aux questions.

Allie provoquait certaines émotions en lui, et il n'était pas sûr de l'apprécier.

Quelque chose de profondément enfoui se réveillait. Une certaine forme de douceur, qu'il ne pouvait pas se permettre.

Le voyant terminer la dernière grappe de raisins, Allie s'exclama :

— Ah ! j'étais sûre que ça te plairait.

— Je ne suis pas un dingue des fast-foods, contrairement à ce que tu as l'air de croire.

Il l'aida à remettre de l'ordre dans la pièce, puis il sortit pour jeter les détritus dans la benne à ordures. Il n'avait pas vu le moindre cafard dans la chambre, mais il ne voulait pas prendre le risque de les attirer avec des restes de nourriture.

Lorsqu'il revint, Allie était sous la douche. De la vapeur filtrait sous la porte, accompagnée de l'odeur de son shampooing et de son gel lavant. Une odeur qui lui était devenue familière, et qu'il aimait.

Réprimant un juron, il se rappela à l'ordre. Allie le tolérait à peine, et il ne pouvait pas prendre le risque de s'adoucir.

Il se demanda s'il devait rappeler Stu et décida de ne pas le faire. Il n'était pas prêt à laisser de nouveaux indices.

Lorsque Allie sortit de la salle de bains, les cheveux enroulés dans une serviette, elle portait le nouveau pyjama qu'elle avait acheté chez Freitag's Mercantile, celui qui était décoré d'un Père Noël avec ses rennes. Évidemment !

Il retint un sourire. C'était quand même un sacré personnage. Le lendemain, elle voudrait probablement acheter des décorations festives pour la chambre.

Baissant les yeux, il vit qu'elle portait des chaussons de lutin vert et rouge. Il ne l'avait pas vue les acheter. Loin de trouver cela enfantin, il se dit que c'était là le signe qu'elle était suffisamment sûre d'elle pour se permettre quelques petites fantaisies, sans éprouver le besoin de se justifier.

Elle lui proposa à nouveau de partager le lit. Cette fois, il accepta et s'installa au-dessus des couvertures.

Allie sentit le matelas s'enfoncer sous le poids de Hale. Elle somnolait déjà et ne s'en inquiéta pas du tout. Elle avait confiance en lui.

Dès le début, il lui avait donné l'impression d'être un homme d'honneur.

Mais, dans la nuit, elle se réveilla et découvrit qu'elle était blottie dans ses bras.

Affolée, elle ouvrit brusquement les yeux.

Que se passait-il ?

Hale ronflait doucement. Ses bras étaient détendus. Il dormait profondément.

Et le couvre-lit leur servait toujours de séparation.

Elle rougit en commençant à réaliser ce qui s'était probablement passé.

Tout en dormant, elle avait inconsciemment cherché la chaleur qui émanait de lui, comme elle l'aurait fait avec une bouillotte. Cela lui procurait un délicieux confort, d'autant plus que Hale sentait bon après sa douche.

Il n'avait rien dit à propos de son pyjama. Ça la fit sourire, parce qu'elle s'était attendue à une critique. Ou même à un simple froncement de sourcils. Mais rien.

Elle se sentait si bien qu'elle ne bougea pas. On verrait bien ce que le lendemain matin leur réserverait.

Tandis qu'elle se laissait à nouveau emporter par le sommeil, elle songea qu'il était aussi très sexy.

Hale se réveilla de bonne heure, comme il en avait l'habitude. Allie dormait encore.

Il avait été médusé de la découvrir blottie contre lui, et horrifié de constater qu'il avait passé un bras autour de sa taille.

Il se trouvait à présent bel et bien coincé. Il lui était impossible de se lever sans la réveiller, et elle avait bien besoin de sommeil après les épreuves des derniers jours.

Il n'avait donc rien d'autre à faire que de laisser divaguer ses pensées, tout en essayant d'ignorer la sensation des douces rondeurs d'Allie pressées contre lui.

Une taupe dans son équipe.

Cette pensée l'obsédait d'autant plus qu'il n'avait aucun moyen de l'identifier.

Peut-être était-il temps d'attirer les hommes de la sécurité et le tueur à gages dans un endroit où il aurait le dessus sur eux.

Il devait d'abord s'assurer que l'opération ne ferait courir aucun risque à Allie. Il préférait mourir plutôt que de la mettre en danger, malgré son insistance.

Elle s'étira un peu, et il fut rappelé au présent. Il fallait vraiment qu'il sorte de ce lit. D'autant qu'elle serait probablement horrifiée si elle se découvrait dans cette situation.

À présent déterminé, il commença à dégager tout doucement son bras. Finalement, il réussit à se lever et à aller s'asseoir dans le fauteuil sans la réveiller.

Apparemment, il était encore capable de mouvements furtifs. Il n'avait pas tout perdu de son entraînement militaire. Pourtant, cette femme l'avait fait changer en peu de temps, anéantissant quelques-unes des certitudes qu'il avait à propos de lui-même.

Prenant son mal en patience, il décida d'attendre qu'elle se réveille. Pourtant, il commençait à avoir faim.

L'idée de l'abandonner quelques instants, juste le temps d'aller acheter quelques victuailles, lui traversa l'esprit.

Mais ce serait de la folie. Il ne la laisserait pas seule tant qu'il n'aurait pas trouvé un endroit parfaitement sécurisé, ce qui n'était pas le cas de cette chambre.

Ressentant le besoin de bouger, il se leva et enfila son holster. Allie savait qu'il était armé en permanence, mais elle ne s'était jamais intéressée à son matériel, comme si elle n'approuvait pas. Ou alors, peut-être que cela lui rappelait son père, ou Max.

Les poches remplies de quelques chargeurs d'avance, il se mit à faire les cent pas.

Patience, se dit-il. C'était supposé être son maître mot depuis des années.

Pourquoi cela lui paraissait-il si difficile à présent ?

Enfin, Allie bougea, s'étira et bâilla.

Elle lui adressa un sourire ensommeillé.

— Nous sommes toujours vivants ?

— Si on est au paradis, alors je ne veux pas imaginer à quoi ressemble l'enfer ! On pouvait s'attendre à un palace plutôt qu'à ce boui-boui.

Le sourire d'Allie s'élargit.

— Il fait tellement chaud sous ces couvertures que je n'ai pas envie de me lever.

C'était pourtant indispensable. L'estomac de Hale choisit cet instant pour protester.

Elle rit.

— J'ai compris, je me lève. Il faut nourrir le fauve.

Elle disparut quelques minutes dans la salle de bains.

— Le relais routier ? suggéra-t-elle en enfilant son manteau.

— C'est ce qu'il y a de plus simple et de plus rapide.

Après son orgie de fruits et légumes de la veille, Allie ne fut pas découragée par le menu.

Ce matin, le parking était bondé, et de nombreux chauffeurs de camion, hommes et femmes, étaient attablés. Hale parvint cependant à trouver une table loin de la vitrine.

Elle se demanda s'il perdrait un jour cette habitude. Probablement pas.

Ce matin-là, elle commanda des œufs au plat, du bacon et des toasts. Elle se laissa aussi tenter par les petites coupelles de confiture.

Après avoir passé sa propre commande, Hale lui fit remarquer :

— On dirait que mes habitudes alimentaires ont fini par déteindre sur toi.

Elle sourit.

— Comme tu me l'as fait remarquer, il fait froid, et il faut que j'engrange des calories.

Leur petit déjeuner leur fut servi, et ils l'attaquèrent avec appétit.

— Quels sont tes projets pour la journée ? demanda Hale.

— Le thé avec Kerri. J'ai hâte de la retrouver. Sinon…

Elle haussa les épaules.

— On verra bien ce qui se présentera.

Cette réponse ne devait pas plaire à Hale. C'était un

homme qui aimait tout planifier. Aller à l'aventure… Cela lui arrivait-il parfois ?

En tout cas, il la laissait faire à peu près ce qu'elle voulait depuis qu'ils séjournaient à Conard City.

Il devait probablement détester toutes ces nouvelles expériences, et elle aurait aimé en savoir plus sur ce qu'il y avait dans sa tête.

Puis elle se rappela la nuit qu'elle avait involontairement passée dans ses bras, et combien elle s'était sentie à l'aise et rassurée. Ça allait bien au-delà du simple souhait, somme toute naturel, de se réchauffer.

Bon sang ! Elle sentit qu'elle rougissait à nouveau.

Elle baissa les yeux sur son assiette, comme si c'était la chose la plus fascinante au monde. Et ça l'était peut-être, car elle ne se rappelait pas la dernière fois où elle avait dégusté un bacon si parfaitement cuit.

Quelques heures plus tard, Allie avait épuisé toutes les ressources que pouvait offrir la ville. Conard City n'était pas si étendue que cela, et elle avait fait le tour de toutes les boutiques et attractions. Elle était même passée à la bibliothèque pour se renseigner sur l'histoire locale.

Ce soir, elle avait prévu d'assister à la parade mais, en attendant, elle n'avait plus grand-chose à se mettre sous la dent.

Elle ne pouvait cependant se résoudre à retourner au motel, même si elle se rendait bien compte que Hale était de plus en plus tendu.

À un moment ou à un autre, ils devraient plier bagage, elle le savait, mais elle n'était pas encore prête à avaler des kilomètres à n'en plus finir.

— Demain, c'est le réveillon de Noël, dit-elle. Avant, il y aura la fête des enfants et la distribution des dons. J'ai hâte d'assister à tout ça.

Voilà ! Elle avait fait connaître ses souhaits pour le lendemain.

Si Hale s'énervait, elle tempérerait sa mauvaise humeur et camperait sur ses positions.

La menace que représentait Ellis semblait s'être dissipée, au point d'être presque reléguée aux oubliettes, au moins en ce qui la concernait. Hale n'était pas d'accord, mais il faudrait bien que tout cela s'arrête un jour !

Ellis ne pouvait pas avoir renoncé, se raisonna-t-elle. Et peut-être Hale savait-il des choses qu'il lui cachait.

C'était tellement frustrant !

— Hale ? Jusqu'où devrons-nous fuir ?

— Aussi loin que ce sera nécessaire.

— Mais comment ça va se régler, pour finir ?

Ce n'était pas la première fois qu'elle posait la question.

Il lui fit face. La rue était calme, presque vide. La plupart des gens avaient sans doute fini leurs achats, et ils étaient chez eux, à préparer le réveillon.

Des enfants surexcités. Des parents souriants. De la farine qui volait dans l'air, des biscuits et des tartes qui cuisaient, emplissant les maisons de délicieuses odeurs.

Elle se sentait songeuse et envieuse tout à la fois.

— Hale ? répéta-t-elle.

Il la regardait toujours, comme s'il se demandait quelles informations il pouvait lui livrer.

— Nous avons semé un certain nombre de poursuivants, dit-il enfin. À ma connaissance, il n'en reste plus que trois ou quatre. Mais ils ne renonceront pas.

— C'est une bonne chose si leur nombre est réduit, non ?

— Considérant que je ne dispose pas d'une armée, oui. C'est pour ça que je tiens à ce que nous bougions sans arrêt.

Tous ces déplacements avaient donc vraiment servi à quelque chose.

— Ils se sont rapprochés ?

— Oui.

— Comment ont-ils su… ?

— Je l'ignore encore, mais je finirai bien par le découvrir.

Elle observa ses mâchoires crispées et son regard dur.

C'était en effet un homme dangereux.

Le but de cette cavale n'était pas seulement de mettre Allie hors de portée d'un danger immédiat. C'était également pour Hale un moyen de mieux identifier ses poursuivants, pour pouvoir renverser la vapeur et les neutraliser. Le fait que leur nombre ait été réduit représentait un avantage pour lui, car il serait en mesure de les affronter sans l'aide de renforts. Mieux encore, il pourrait les questionner et obtenir qu'ils livrent des informations capitales sur Ellis.

Restait la question épineuse du tueur à gages.

Hale se demanda s'il pouvait prendre le risque d'appeler Stu. Si la conversation était trop longue, il risquait d'être localisé.

Peut-être était-il temps de passer à la vitesse supérieure et de leur tendre un piège…

— J'ai besoin que tu me rendes un service, dit-il à Allie.

— Lequel ?

— Va à la pâtisserie et restes-y jusqu'à mon retour. Ne t'assieds pas trop près de la vitrine, d'accord ?

Elle pâlit, malgré ses joues rosies par le froid.

— Il s'est passé quelque chose ?

Il secoua la tête.

— Pas encore. J'ai besoin de faire quelques recherches et je veux être sûr que tu seras à l'abri à l'intérieur, en compagnie d'autres gens.

Elle hocha la tête.

— Compris.

— Promets-moi d'être prudente.

— C'est promis.

— Je vais t'accompagner jusqu'à la pâtisserie.

Il ne put détacher les yeux du clocher, cherchant confusément quelque chose.

Allie retrouva sa bonne humeur en voyant arriver Kerri avec un magnifique husky blanc et gris. Sur son harnais étaient inscrits les mots : chien d'assistance. Kerri expliqua qu'elle en avait besoin pour l'aider au quotidien.

— Il est magnifique, dit Allie. Comment s'appelle-t-il ?

— Snow.

Elles commandèrent une sélection de pâtisseries danoises et deux cafés, et discutèrent de choses et d'autres.

— Qu'est-ce qui vous amène par ici, vous et votre fiancé ? demanda Kerri. Nous sommes pourtant à l'écart du circuit touristique.

— Des vacances d'hiver. Nous avions envie de partir à l'aventure, et de voir où les chemins nous mèneraient. Je suis heureuse d'être arrivée jusqu'ici.

— Que faites-vous dans la vie ?

— Je suis comptable. Et vous ?

— J'étais flic. J'ai reçu une balle dans la tête et, depuis, je suis sujette à des crises d'épilepsie, d'où la présence de Snow. Il est capable de détecter les crises avant qu'elles surviennent.

— Je suis vraiment désolée.

— Je l'ai été aussi, au début. J'adorais mon métier. Mais je me suis reconvertie. Maintenant, j'enseigne le droit criminel à l'université. Je travaille aussi en lien avec le shérif, en tant que conseillère auprès des victimes. Ça me fait du bien de me sentir utile.

— Vous êtes vraiment courageuse.

Hale scrutait les abords de la ville. C'était probablement une perte de temps, mais il avait besoin de cela pour se tranquilliser.

Il s'était équipé de ses jumelles à infrarouge et balayait régulièrement les vastes étendues autour de Conard City, cherchant une source de chaleur. Saurait-il toutefois faire la différence entre un humain et un animal ? Il y avait beaucoup de bêtes sauvages par ici.

Aucune voiture suspecte ne stationnait dans les parages, et le tueur ne pouvait en aucun cas arriver à pied. Il lui fallait se mêler brièvement à la foule, avant de s'enfuir… peut-être avec l'aide d'un complice.

Écœuré par sa propre impuissance, Hale décida de retourner en ville.

Il ne voyait pas comment il allait pouvoir repérer le tueur, alors que de nombreux habitants se promenaient avec une arme à la ceinture, ou un fusil en bandoulière. Il n'y avait pas de restriction au port d'arme dans le Wyoming, en souvenir sans doute des traditions de l'Ouest sauvage.

Il trouva une place de stationnement juste devant la pâtisserie. Quelques personnes sortaient de la boutique, et il s'écarta pour les laisser passer, répondant à leurs salutations et leurs sourires.

À l'intérieur, Allie devisait gaiement avec sa nouvelle amie. Elles avaient vraiment l'air de passer un bon moment.

Il ne pouvait pas rester dans un coin et ignorer sa fiancée, au risque de faire jaser.

Il s'approcha donc de la table et se pencha pour déposer un baiser sur les lèvres d'Allie.

Il fut surpris par le courant électrique qui le traversa.

— Comment vas-tu, ma chérie ? demanda-t-il.

Les yeux légèrement écarquillés, Allie semblait médusée.

— Allie et moi passons un excellent moment, dit Kerri avec enthousiasme. Vous devriez vous joindre à nous, Hale.

Hale tiqua en découvrant qu'Allie avait révélé leurs vrais prénoms. Il n'avait pas envie de s'asseoir. D'abord, il n'aimait pas parler pour ne rien dire. Ensuite, il était certain qu'il allait être questionné sur ses occupations.

Il fut sauvé par le téléphone de Kerri qui émit une alerte pour lui rappeler un événement inscrit sur son agenda.

— Oh ! mince, je n'ai pas vu le temps passer !

s'exclama-t-elle. J'ai failli oublier que j'avais une conférence à l'université ce soir. Il faut que je m'y prépare.

Les deux femmes se donnèrent une accolade, puis Hale suggéra à Allie de le suivre.

— Où ?

— Tu verras.

Devant le bureau du shérif, Allie marqua un temps d'arrêt.

— Il est arrivé quelque chose ?

Il secoua la tête.

— J'ai juste une vérification à faire. Rien de grave.

Elle ne semblait pas le croire, mais elle le suivit à l'intérieur. Lorsqu'il demanda le shérif Dalton, on lui indiqua un bureau au fond.

— Attends-moi ici, dit-il à Allie.

— Mais je veux savoir !

— Il n'y a rien à savoir. Je veux seulement le mettre au courant de la situation. Juste au cas où.

Elle hocha lentement la tête et prit place dans l'un des fauteuils de la zone d'accueil. Elle avait l'air triste, et Hale n'eut aucun mal à le comprendre.

Vêtu de son uniforme brun, Gage Dalton était assis à son bureau. Il fit signe à Hale d'entrer et lui désigna une chaise.

— Alors, dit-il sans autre forme d'introduction. Quelle est la véritable histoire ?

— La véritable histoire ?

— Un couple inconnu qui débarque en ville et prétend

faire du tourisme, avec un homme qui ressemble à un privé en mission, avouez qu'il y a de quoi se poser des questions. D'autant que vous n'avez aucune attention romantique l'un envers l'autre.

Reconnaissant en Dalton un véritable professionnel, Hale décida qu'il pouvait lui faire confiance.

— Je ne suis pas le fiancé d'Allie. Je suis son garde du corps.

— C'est bien ce que je pensais. Qui est-elle ? Une héritière menacée d'enlèvement ?

Hale secoua la tête.

— C'est une femme ordinaire. Une comptable qui a découvert les malversations d'un dangereux homme d'affaires.

Dalton se pencha en avant, les coudes sur son bureau.

— Dangereux comment ?

— Très puissant. Des tentacules partout. Certains de ses employés ont disparu mystérieusement. La police est sur son dos depuis des années, mais ne parvient pas à rassembler de preuves. Bref, Allie a découvert une erreur, l'a signalée et a fait l'objet d'une menace déguisée. Son meilleur ami, qui est policier, s'en est inquiété et m'a demandé de la protéger.

— Vous êtes donc en cavale ?

— Temporairement. Si elle n'était pas aussi entêtée, nous aurions déjà repris la route, mais elle adore la période de Noël, et elle voulait en profiter ici.

— Ça peut se comprendre, dit Dalton avec un sourire bon enfant.

Puis il redevint sérieux.

— Il y a quelqu'un que je peux contacter pour vérifier tout ça ?

Hale plongea la main dans sa poche pour y prendre son portefeuille et en sortit une des cartes de visite de Max.

— Voyez avec lui, mais faites attention à ce que vous dites.

— J'ai l'habitude des conversations cryptées. J'étais à la brigade des stupéfiants avant d'atterrir ici.

Hale retourna à l'accueil, où Allie personnifiait l'ennui.

— Alors ? demanda-t-elle dès qu'ils furent dehors, à nouveau confrontés au froid.

— Rien que tu ne saches déjà.

— Pourquoi voulais-tu parler au shérif ?

Il soupira.

— Parce que si ça commence à canarder dans le coin, je veux qu'ils sachent que nous sommes du bon côté. Et maintenant, allons faire un tour à l'épicerie.

Allie fulminait. Elle en avait plus qu'assez d'être traînée d'un endroit à un autre comme un chien en laisse. En plus, Hale lui avait pris la main, comme s'il avait peur qu'elle lui échappe.

Elle ne connaissait peut-être pas tous les aspects de la protection des personnes, mais elle estimait avoir droit à un minimum d'informations.

— Pourquoi on ne se contenterait pas de dîner au relais routier ? demanda-t-elle, avant qu'ils entrent dans l'épicerie.

— Comme si tu étais fan de malbouffe ! Choisis des aliments qui tiennent au corps. Il va faire froid ce soir, pendant la parade.

— Tu pourrais arrêter de me parler comme à une idiote ? Je suis assez grande pour faire mes choix.

— Eh bien, vas-y.

Il l'énervait à un point ! En plus, elle n'avait même pas tellement faim.

Elle opta finalement pour l'épicerie et, le pire, c'est qu'il savait probablement qu'elle finirait par faire ce choix.

À défaut de pouvoir cuisiner, elle se rabattit sur les plats à emporter. Sushis, émincé de poulet aux poivrons, salade de pomme de terre, saumon fumé, fromage frais, bagels… tout la tentait, et elle se trouva bientôt avec assez de nourriture pour deux jours.

Hale fit sa propre sélection et la surprit en achetant une cafetière électrique bon marché, du café moulu, une bouilloire, du thé et de la soupe en sachets. Il pensa même à de la vaisselle en carton et à des couverts recyclables en bambou.

Sur le chemin du retour, elle commença à souffrir du froid. Même si elle s'émerveillait de ce magnifique décor de Noël, elle devait reconnaître qu'elle commençait à en avoir assez de la neige.

Si seulement elle avait pu se réchauffer devant un feu de cheminée ! Hélas, leur chambre ne disposait pas d'un tel confort.

De retour au motel, Allie ôta son manteau et se laissa tomber sur le lit. Épuisée, elle s'y étendit un moment et ferma les yeux. Aussitôt, le souvenir des lèvres de Hale sur les siennes occupa ses pensées.

Ce n'était qu'une mascarade destinée à donner le change, mais son corps ne semblait pas faire la différence.

Avec un soupir, elle roula sur le côté et observa Hale. La meilleure vue de toute la ville, songea-t-elle, avec un petit gloussement intérieur digne d'une adolescente rêvant de son premier flirt.

Sa barbe avait commencé à repousser et, finalement, elle trouvait que ça ne lui allait pas si mal. Qui était cet acteur, déjà, qui arborait toujours une barbe de deux jours ? Ils étaient probablement des dizaines.

En fait, même si Hale l'irritait toujours autant, elle commençait à ressentir de l'attirance pour lui.

Elle devait perdre l'esprit.

Le syndrome de Stockholm, se dit-elle, mais elle n'y crut pas. Elle n'était pas sa captive, même si elle en avait parfois l'impression.

De toute façon, il ne valait mieux pas qu'elle s'attache à lui. Le jour où la menace disparaîtrait, il retournerait dans le néant de son monde secret.

Elle soupira. Comme s'il était aussi facile de contrôler ses sentiments !

— Qu'est-ce qu'il y a ? demanda Hale. Je t'énerve ?

— Tu as besoin de poser la question ?

Elle le vit sourire. Il était de moins en moins impassible, avec le temps.

Quand leurs regards se croisèrent, une étincelle enflamma tout son corps.

Elle ferma un instant les paupières, pour essayer de se protéger.

Comme si elle en était capable.

Des désirs oubliés l'enflammèrent, faisant battre son ventre au même rythme que son corps.

Soudain, elle rêvait de voir Hale s'approcher pour la séduire. Ce n'était pas très courageux de s'en remettre à lui, et même un peu démodé de laisser l'homme faire le premier pas.

Elle se croyait plus audacieuse. Mais elle avait peur d'être rejetée et, à cet instant, elle ne se sentait pas en état de l'encaisser psychologiquement.

De toute façon, il ne tenterait rien, pour une raison d'éthique. S'il y avait quelque chose dont elle était certaine à propos de Hale, c'est qu'il était un homme d'honneur.

Soudain, elle sentit le matelas s'affaisser à côté d'elle et ouvrit les yeux.

— Allie ? Tu sais qu'il existe des millions de raisons pour lesquelles je ne devrais pas te toucher, n'est-ce pas ?

— Hale Scribner, l'homme qui ne laisse personne fendre son armure, dit-elle d'un ton amer. Surtout pas une simple femme.

— Tu n'es pas une simple femme. Je t'ai dit des choses que je n'avais jamais confiées à personne.

— Très bien. Préserve ta précieuse solitude et laisse-moi.

Bien au contraire, il se pencha et lui prit gentiment le menton entre les doigts, puis il lui fit tourner la tête pour pouvoir l'embrasser.

Et ce ne fut pas un simple effleurement. Non. Elle eut droit à un long baiser passionné.

— Allie, murmura-t-il contre sa bouche, j'ai envie de toi. J'ai envie de ta flamme, de ton entêtement, de ta peur et de ton courage. Tu me coupes le souffle.

Elle aurait voulu répliquer sur le ton de l'ironie, mais rien ne lui vint.

Nouant les bras autour de son cou, elle murmura :

— Qu'est-ce que tu attends ?

13

Dehors, dans l'air glacé, Hale exhuma un autre de ses téléphones. Il en avait encore une poignée, mais le stock avait drastiquement diminué.

Sans insérer la batterie, il l'enfouit dans une de ses poches intérieures.

Après avoir fermé la porte du coffre, il vérifia que l'amas de neige masquait en partie sa plaque minéralogique. Très bien. Avec ce temps, ça n'attirerait pas l'attention.

Puis il partit à pied vers le centre-ville et fit un saut au Freitag's Mercantile. Il se rangea au passage de la parade, avant de chercher un endroit tranquille pour téléphoner.

— Stu.

— Oui. Mes chats se sont enfuis vers l'ouest. Tu es sûr que tu n'as pas d'herbe à chats ? Ça pourrait les attirer.

— Je ne pense pas.

— Tu devrais vérifier. Je ne sais pas où elle est, mais ça pourrait expliquer le changement de direction.

Hale comprenait totalement. Quelqu'un avait trouvé le moyen de suivre ses déplacements. Et, comme cela faisait un moment qu'il ne renseignait plus Stu sur ses faits et gestes, la fuite ne pouvait pas venir de lui. Ni d'aucun autre membre de son équipe.

Comment l'expliquer, alors ?

Il se débarrassa du téléphone et de la puce selon sa méthode habituelle, puis regagna le motel.

Il n'entra pas tout de suite dans la chambre, cependant. Il devait réfléchir, et la présence d'Allie ne l'aiderait pas, surtout après l'étreinte passionnée qu'ils avaient partagée.

À quelle distance se trouvait la menace ?

Jusqu'à présent, il l'avait jugée encore assez éloignée. Mais Stu venait de confirmer que la traque était efficace.

Était-ce à cause de ses téléphones à carte prépayée ? Une simple requête ping sur une antenne relais suffisait-elle à les localiser ?

Étant donné les ressources d'Ellis, il n'en aurait pas été surpris. Ça voulait dire qu'ils pouvaient être repérés ici… Et dans ce cas, il serait bien inspiré de lever le camp.

Encore un jour, décida-t-il.

Il était persuadé de pouvoir assurer la sécurité d'Allie jusqu'au lendemain du réveillon de Noël. Ensuite, ils reprendraient la route.

Un jour. Oui, il pouvait faire cela. Il n'avait pas envie de la priver de son bonheur.

Il lui suffisait de rester en alerte constante, comme sur le champ de bataille.

À son retour dans la chambre, Hale constata qu'Allie avait préparé le repas.

— Un festin de roi, dit-il en déposant sa veste sur le dossier de la chaise.

— Il fallait bien que je m'occupe en ton absence. Sers-toi, j'ai déjà commencé. Je meurs de faim.

Elle le prouva en jetant dans sa bouche un cube de gouda au cumin.

— Tu as pu voir la parade ?

— Vaguement. Tu n'as pas manqué grand-chose. Un Père Noël sur un traîneau installé à l'arrière d'un pick-up, avec deux rennes mécaniques… même moi, je m'attendais à mieux. En plus, la musique diffusée par les haut-parleurs était assourdissante.

Allie éclata de rire.

— Charmant !

— Les seuls à être ravis étaient les enfants, à qui le Père Noël jetait des sucres d'orge.

— En parlant d'enfants, je suppose que tu ne voudras pas rester jusqu'à la distribution des cadeaux.

Devant son expression emplie d'espoir, il n'osa pas refuser tout net.

— C'est quand ?

— Demain midi.

— Dans ce cas, nous partirons juste après.

Il ne pensait pas que quelques heures de plus feraient une grande différence. Si l'affrontement survenait ici, il avait au moins l'avantage de connaître la configuration de la ville.

Allie fut déçue que Hale ne vienne pas au lit avec elle. Une répétition de la nuit précédente ne lui aurait pas déplu. Mais elle le connaissait assez bien maintenant pour réaliser qu'il avait l'esprit ailleurs, et que la tension commençait à peser sur ses épaules.

Fermant les yeux, elle songea à son propre égoïsme. Elle faisait la difficile, elle voulait son Noël… Tout cela causait de sérieux problèmes à Hale.

S'il l'avait traînée d'un bout à l'autre du pays, conduisant pendant des kilomètres, ce n'était pas pour le plaisir. Ça lui déplaisait probablement autant qu'à elle.

Il mettait tout en œuvre pour la protéger, et elle lui compliquait la tâche en exigeant d'être tenue au courant à chaque étape. Elle essayait même de lui dicter sa conduite, en suggérant qu'il pourrait se servir d'elle comme d'un appât, au mépris du danger.

Elle prenait conscience seulement maintenant que son entêtement risquait de les placer dans une situation vraiment difficile.

Il aurait pu la jeter de force dans la voiture et quitter la ville depuis longtemps.

Pourquoi ne l'avait-il pas fait ?

14

À l'aube, alors qu'Allie dormait profondément, Hale eut soudain un curieux pressentiment et décida de rappeler Stu.

— Du nouveau ?

— Je crois que ma maison est hantée. Des objets ont été déplacés chez moi. Ça ne peut être qu'un fantôme. Tu ne connaîtrais pas un exorciste ?

Hale sentit son pouls s'accélérer. Stu devait faire allusion à la ville de Casper, située à quelques heures seulement à l'est de Conard City.

— Asperge-le d'eau bénite, dit-il. Je te préviens quand j'ai trouvé l'exorciste.

Il détruisit son téléphone, tout en sachant que c'était maintenant une mesure de sécurité inutile.

Comment diable ses poursuivants arrivaient-ils à le tracer ?

Il eut soudain une idée et retourna vers son coffre pour fouiller la boîte contenant les téléphones. Tout au fond, il en découvrit un équipé de sa batterie et de sa carte SIM.

Il rappela immédiatement Stu avec l'appareil qu'il venait d'utiliser.

— Quelqu'un a trafiqué mes portables. Trouve de qui il s'agit.

Il jeta ensuite l'appareil au sol et l'écrasa sous le talon de sa botte.

Le jeu avait commencé.

Sauf que ce n'était pas un jeu.

Maintenant, il allait devoir tout raconter à Allie.

— Un sniper ? répéta Allie.

Un long frisson la secoua.

— Je croyais que ça n'arrivait que dans les films.

— Si seulement…

D'une main tremblante, elle porta son gobelet de café à ses lèvres et but une gorgée.

— Qu'allons-nous faire ?

— Tout dépend de toi. Je n'ai aucune idée de l'endroit où il se trouve. Pour l'obliger à se démasquer, il faudrait que tu te montres en ville…

— Je veux le faire ! déclara-t-elle avec force.

— Tu es sûre ? Le risque est considérable.

Elle hocha la tête.

— Certaine. Mon père n'aurait pas fui.

— J'ai bien étudié le plan de la ville. J'ai une idée des endroits où il pourrait se poster. Mais, avant de lui tendre un piège, tu vas me suivre chez le shérif. Il te faut un gilet pare-balles.

Allie n'avait pas l'intention de se défiler. Sûrement pas. La peur lui tordait le ventre, mais elle avait toujours demandé à être associée à la mission de Hale, et le moment était venu.

— Je peux t'exfiltrer, proposa ce dernier tandis qu'ils s'habillaient.

— Non.

Elle n'était pas surprise par cette proposition, mais sa décision était prise.

Peut-être son attitude était-elle suicidaire, mais il fallait que cela s'arrête.

Quoi qu'il en coûte.

Hale les conduisit chez le shérif. Il faisait encore nuit, mais l'aube commençait à teinter l'horizon à l'est.

— Tu crois que le sniper est déjà en poste ? demanda-t-elle.

— Très certainement. Mais il ne tirera que lorsqu'il fera assez jour et qu'il aura une vue dégagée sur toi.

— Nous ne pouvons pas essayer de le débusquer ?

— Je n'ai pas le temps. Il faudrait que je cherche dans trop d'endroits. Je vais donc surveiller tous les mouvements inhabituels en hauteur.

À leur grande surprise, Gage Dalton était déjà là.

— Vous êtes matinal, remarqua Hale.

— Que voulez-vous, je suis accro à mon métier. Je vous écoute.

— J'ai des raisons de croire que le professionnel est déjà en ville, et j'ai besoin d'un gilet pare-balles pour Allie. Elle va servir de cible dans le jardin public.

— Vous voulez que j'y envoie une unité ?

Hale secoua la tête.

— Non, il faut rester discrets, ou bien il pourrait se méfier.

Gage s'adressa à Allie.

— Vous êtes prête à courir le risque ?

— Maintenant ou plus tard, ça aura lieu de toute façon. Je préfère être maîtresse de ma destinée.

Bon sang, c'était une sacrée femme, pensa Hale. Vraiment courageuse.

— Vous voulez aussi un gilet ? lui demanda Gage.

— Non. Ça me ralentirait.

— Eh bien, quelle veille de Noël ! conclut le shérif. Je m'en souviendrai.

Allie connaissait à présent le poids et l'inconfort d'un gilet pare-balles, et elle n'en admirait que plus ceux qui le portaient dans le cadre de leurs fonctions. Certes, ils étaient entraînés, mais quand même !

C'était chaud également. Surtout sous son manteau. Au moins, elle ne risquerait pas d'avoir froid ce matin.

— Jure-moi que tu es vraiment prête à faire ça, lui demanda Hale.

— Oui, c'est décidé. Je ne veux plus continuer à vivre de cette façon.

Les gens commençaient à se rassembler dans le jardin public. Ils accueillirent Allie en amie et l'entraînèrent avec eux.

Hale suivait, aux aguets. Il avait rabattu la capuche de sa parka, devenant blanc de la tête aux pieds, se confondant avec la neige.

Allie lui jetait un coup d'œil de temps en temps. Il ne l'avait pas dit, mais lui aussi était une cible. La pensée qu'elle risquait de ne jamais le revoir l'effrayait plus que le risque d'être tuée elle-même.

Elle fut contente de voir que Kerri était là avec son chien. Il lui sembla aussi repérer d'autres policiers qu'elle avait dû croiser au hasard de ses déambulations en ville.

Ils étaient tous en civil. Portaient-ils aussi des gilets pare-balles ? Elle l'espérait. Elle ne voulait pas que quelqu'un soit blessé à cause d'elle.

Un homme, grand et musclé, s'adressa à Hale.

— Je suis Seth Hardin, ancien marine. Si tu as besoin de quelque chose, dis-le-moi.

— Merci. Je vais juste me balader dans le coin. Surveille les étages. J'aurai peut-être besoin de toi pour une arrestation.

— Compris.

Hale s'éloigna de la foule, certain que le sniper devrait attendre que les gens se dispersent un peu.

Allie se sentait de plus en plus nerveuse.

— Je vais commencer à m'éloigner doucement, dit-elle. Il faut qu'il puisse ajuster son tir.

Six paires d'yeux la fixèrent avec inquiétude.

— Ne bougez pas trop vite, dit Seth. Ne lui facilitez pas la tâche.

— Promis. J'ai le droit de dire que j'ai peur ?

Seth lui sourit.

— Vous le cachez bien. Mais vous savez, le courage, ce n'est pas de ne pas avoir peur. C'est de faire des choses dangereuses en dépit de sa peur.

— Je suppose que vous connaissez ça mieux que moi. Tous autant que vous êtes.

Elle prit une profonde inspiration.

— C'est parti.

Juste quelques pas, se dit-elle. Elle doutait de pouvoir faire plus avec ce fichu gilet, de toute façon.

Hale aurait pu exploser en voyant agir Allie. Il ne savait pas s'il devait l'admirer ou lui en vouloir.

Peu importe. Pour le moment, il vibrait tellement sous l'effet de l'adrénaline qu'il ne ressentait pas grand-chose d'autre.

Levant les yeux, il aperçut un éclat métallique dans le clocher de l'église.

Un moment d'inattention de la part du sniper. C'était exactement ce qu'il attendait.

Il se mit à courir, en ouvrant sa parka pour extraire son arme du holster. Il était à moins de deux cents mètres. C'était une vraie promenade de santé.

Arrivé à l'église, Hale se rua dans l'escalier en colimaçon.

Sa propre respiration résonnait bruyamment à ses oreilles.

Il entendit un coup de feu au-dessus de lui.

Le sniper avait repéré sa cible dans la foule.

Allie !

Il vit rouge.

Plus rien ne pouvait l'arrêter.

Il accéléra le rythme, faisant trembler les marches métalliques sous son poids. Il ne se souciait plus d'être discret. Le type avait déjà tiré et ne pourrait pas utiliser son fusil contre lui dans cet espace réduit.

Allie sentit un choc violent à la poitrine.

Le sniper avait tiré, et le gilet l'avait protégée.

Elle sentit ses genoux vaciller. Peut-être devait-elle faire semblant d'avoir été grièvement touchée.

Pistolet en main, Hale trouva l'homme dans la partie qui abritait les cloches, comme il s'y attendait. Il tira six coups à la suite. L'homme tituba et tomba. La quantité de sang se déversant dans l'escalier apprit à Hale qu'il était mort, ou qu'il le serait dans moins d'une minute.

Allie entendit les coups de feu, amplifiés par la caisse de résonance que constituait le clocher.

Cette fois, elle s'effondra pour de bon sur la neige.

— Hale, murmura-t-elle. Hale.

— Je vais voir, dit Seth, avant de s'éloigner au pas de course.

Hale était au pied de l'escalier, son téléphone à la main, quand Seth le rejoignit.

— Tout va bien ? demanda l'ancien marine.

— Il y a encore deux types dans la nature. Je dois passer un coup de fil. Mon contact a intérêt à savoir où ils sont.

Quelques instants plus tard, Seth et Hale partaient en voiture dans deux directions différentes.

Hale ne perdit pas de temps à vérifier comment allait Allie, ou à la rassurer. Il savait qu'elle était entre de bonnes mains.

Et il devait boucler sa mission.

15

Une heure plus tard, débarrassée du gilet pare-balles et entourée par son groupe d'amis dans le bureau du shérif – des amis qui avaient risqué leur vie pour elle –, Allie sirotait un café qu'un officier de police avait rapporté de chez Maude.

Brûlant, mousseux, ce *latte* atteignait la perfection. Pourtant, elle ne parvenait pas à en apprécier le goût.

C'était terminé. Ou presque.

Elle avait l'impression qu'elle allait s'évanouir de soulagement. Et elle continuait à trembler de la tête aux pieds. Le contrecoup, sûrement.

Elle s'obligea à croire que Hale allait bien. Elle l'avait vu courir, accompagné de Seth, vers des véhicules garés à proximité, puis démarrer dans un crissement de pneus.

Ils devaient avoir pris en chasse les malfrats dont Hale avait parlé. Ceux qu'il voulait interroger.

C'était la dernière ligne droite. Si ces hommes en révélaient suffisamment, Ellis tomberait. Ça devrait suffire pour assurer durablement sa sécurité.

Si toutefois elle arrivait un jour à se sentir de nouveau en sécurité.

Finalement, Hale et Seth Hardin apparurent avec deux hommes menottés. Dalton les attendait.

Gage s'adressa à Hale.

— Tu veux les interroger maintenant, ou plus tard ?

— Tu peux les surveiller pour moi ? L'interrogatoire risque de prendre du temps, et je veux qu'Allie prenne un bon repas avant que je la dépose à notre chambre pour qu'elle puisse décompresser.

Gage hocha la tête.

— Je m'en occupe. J'ai justement deux cellules disponibles. Nous allons gagner du temps, ça nous permettra d'établir d'autres charges contre eux. Nous avons six témoins du coup de feu tiré sur Allie. Je suis sûr que ce n'est pas tout.

Hale rejoignit Allie.

— Allons chez Maude, lui proposa-t-il. Tu peux aussi attendre dans la voiture pendant que j'achète des plats à emporter. D'une façon ou d'une autre, après ce déferlement d'adrénaline, nous devons tous les deux reprendre des forces.

Le seul désir d'Allie était de se blottir dans les bras de Hale. La chambre lui semblait une perspective plus attrayante, mais il avait raison à propos de la nourriture. Surtout pour lui.

— À emporter, fut tout ce qu'elle parvint à articuler.

Quelques minutes plus tard, Hale essayait de la convaincre, d'un ton enjôleur.

— Je t'ai pris une salade et un club sandwich. S'il te plaît, fais un effort. Tu ne t'imagines pas combien d'énergie tu as brûlé ce matin. Je ne veux pas que tu sois malade.

— Ça ira mieux dans une minute, répondit-elle.

Sa voix tremblait, et elle s'assit sur le lit sans même enlever ses vêtements d'extérieur.

— J'en suis persuadé. Tu es forte.

Il s'assit à côté d'elle et passa un bras autour de ses épaules, puis il tira sur le zip de sa parka.

— Tu vas avoir trop chaud. Il faut t'alléger un peu de tout ça.

Elle ne résista pas et le laissa lui ôter son manteau et ses bottes.

Finalement, elle se retrouva en jean, sweat-shirt et chaussettes.

À son tour, Hale se débarrassa de sa parka, de son pantalon de neige, ainsi que de son holster.

— Regarde, dit-il, je nous ai pris des *latte*. Buvons-les avant qu'ils soient froids.

Allie prit le sien et réalisa qu'elle revenait de loin. Elle avait frôlé la crise de nerfs. Peu à peu, les choses revenaient à la normale.

— C'était vraiment angoissant, dit-elle. Bien pire que dans les films.

— Dans la réalité, quand c'est toi qui deviens la cible, ça prend une tout autre dimension.

— J'étais surtout inquiète pour toi. Moi, j'avais un gilet pare-balles, et je pouvais compter sur l'aide d'amis. Pendant ce temps, tu avais pris en chasse un forcené à toi tout seul.

— Rien de nouveau sous le soleil en ce qui me concerne.

— Je sais. Je n'arrive pas à comprendre que tu puisses continuer à faire ça, à mettre sans arrêt ta vie en danger.

— L'insouciance de la jeunesse, dit-il sur le ton de la plaisanterie. Et la croyance en ma propre immortalité.

Enfin, elle sentit son humeur s'alléger, et un sourire lui vint.

— Ce n'était pas ton excuse aujourd'hui, remarqua-t-elle.

Mais elle préféra changer de sujet.

— Ton contact a-t-il trouvé le traître ?

— Oui. Le type s'appelle Dan, et c'est à cause de lui que nos informations étaient si défaillantes.

— Tu dois te sentir tellement trahi !

— Effectivement, mais Stu va s'occuper de ça.

Déposant sur la table de chevet la boîte en carton contenant un sandwich, il insista :

— Mange un peu.

Puis il se tourna pour attraper la parka qu'il avait jetée sur le dossier d'une chaise et sortit de la poche un petit sachet en papier froissé.

— Je sais que ce n'est pas encore Noël, dit-il en revenant s'asseoir à côté d'elle sur le lit, et ce n'est pas dans mes habitudes de faire ça, mais je t'ai acheté un cadeau.

Elle eut un petit rire tremblant et lui prit le sachet. À l'intérieur se trouvait un petit écrin en velours noir.

Soudain, elle eut du mal à trouver son souffle.

— Hale ? dit-elle en écarquillant les yeux.

— Ce n'est pas grand-chose, mais j'ai pensé que ça te plairait.

Lentement, d'un geste presque intimidé, elle souleva le couvercle et découvrit un papillon en argent délicatement ciselé, au bout d'une fine chaîne également en argent.

— Il est magnifique, murmura-t-elle.

— Et ce n'est pas du toc !

— Ça n'aurait rien changé.

Elle était sincère.

— Quel collier fabuleux ! Tu es un homme surprenant, Hale Scribner.

— Oui, je sais. Je ne suis pas l'incarnation du prince charmant, mais je peux apprendre.

Déposant l'écrin sur le matelas, Allie pivota et noua les bras autour de son cou.

— Merci ! Merci !

Quelque part entre le premier et le second merci, ils se retrouvèrent étendus sur le lit, face à face, étroitement enlacés.

— La garniture de ton sandwich va se faner.

— Le sandwich peut attendre, répliqua-t-elle. Si j'ai faim, c'est de toi.

Et elle l'attira plus près pour échanger avec lui un baiser passionné.

Épilogue

Deux jours plus tard – des jours de folle passion amoureuse en ce qui concernait Allie –, Hale se félicitait d'avoir obtenu des aveux complets de la part des deux sbires.

Immédiatement, il fit suivre l'information à Max, en l'assurant que le bureau du shérif de Conard County se faisait fort de transférer les prévenus.

Max était aux anges, pour autant que cette expression pût s'appliquer à un dur à cuire comme lui.

Allie s'entretint quelques instants avec son vieil ami, et elle conclut en couvrant Hale de louanges – au grand embarras de ce dernier.

— Ne revenez pas tout de suite, lui dit Max. Je dois m'assurer que tout est bien verrouillé pour assurer ta protection.

Devinant probablement qu'elle allait protester, il s'empressa d'ajouter :

— Fais-moi une faveur, Allie. Pour une fois, ne sois pas têtue. Ellis n'est pas du genre à renoncer facilement.

Après avoir mis fin à la communication, Allie se tourna vers Hale.

— Ma vie est toujours en danger ? Je n'y crois pas ! Alors, tout ça n'a servi à rien ?

— Ce n'est que temporaire. Nous avons ce qu'il faut pour le faire tomber, ainsi que ses acolytes. S'il reste encore quelques complices non identifiés, ils auront trop peur de continuer cette traque après avoir vu ce qu'il en coûtait.

— J'espère que tu as raison.

— J'ai toujours raison.

Elle éclata de rire.

— Tu es un sacré numéro, Hale Scribner.

— Je ne t'ai jamais menti, tu le sais.

Après un silence, il ajouta :

— Je ne serais pas contre l'idée de passer une semaine ou deux dans ton paradis de Noël. Ça nous laisserait le temps de mieux nous connaître.

Elle esquissa une petite moue.

— Et dans quel but, monsieur Bouche-cousue ?

Ce fut au tour de Hale d'éclater de rire.

— Combien de surnoms as-tu en réserve pour moi ?

— Un certain nombre. J'ai eu tout le temps d'y réfléchir pendant ce voyage. Mais tu n'as toujours pas répondu à ma question.

— Parce que…

Il parlait lentement, en détachant les syllabes, comme pour s'assurer qu'elle comprenne bien chaque mot.

— Malgré tous mes efforts pour rester détaché, je n'y suis pas arrivé. Tu étais comme une fascinante, charmante et tenace épine dans mon pied. Et, bizarrement, madame Sensationnelle, je crois que je commence tout doucement à tomber amoureux.

Écarquillant les yeux, Allie chercha son souffle, puis elle rétorqua :

— Accélère la chute, Hale, car je suis déjà amoureuse de toi.

Il la serra de toutes ses forces contre lui, comme s'il avait l'intention de ne plus jamais la laisser s'échapper.

— Fais-moi confiance, ça ne prendra pas longtemps. J'y suis presque. Et maintenant, veux-tu aller faire un tour dans cet endroit « sur-Noëlisé » ?

Allie afficha un sourire rayonnant.

— Je suis prête à aller n'importe où avec toi.

— Presque, rectifia-t-il.

Elle lui tendit ses lèvres, et ils s'embrassèrent longuement, passionnément.

— Une nouvelle vie, murmura-t-elle tandis qu'ils reprenaient leur souffle. Je crois que ça va me plaire.

Retrouvez prochainement,
dans votre collection

BLACK ROSE

Au-delà du mensonge, de Carla Cassidy - N°742

ENQUÊTES À COYOTE CREEK – 2/3

« Nous ferons comme si nous étions amoureux... » Muette de stupeur, Carri fixe Luke King. A-t-elle rêvé ou, pour piéger l'homme qu'il soupçonne d'avo tué son père, Luke lui demande de faire semblant d'être sa petite amie ? Un rôl de composition, risqué sans doute, mais qu'elle est prête à jouer car son cœu depuis longtemps, bat en secret pour le beau cow-boy...

La maison des mystères, de Rita Herron

En arrivant dans la maison de son enfance, Macy Stark n'a qu'une envie : l vendre au plus vite et fuir son passé douloureux. Mais une macabre trouvaille vie bientôt contrecarrer son projet. Une découverte qui ravive en elle souvenirs cauchemars, et la lance dans une quête dangereuse. Seul soulagement dans cett épreuve : le soutien de Stone Lawson, le séduisant shérif de la ville...

Un allié inattendu, de Leslie Marshman - N°743

Dans la petite bourgade de Resolute, des jeunes filles disparaissent... Déjà focalisé sur l'enquête concernant le meurtre de son père, Cassie Reed, shérif de la ville, s demande comment elle va réussir à mener de front les deux affaires. Mais, alc qu'elle sent la panique la gagner, un homme se présente à elle : Tyler Bishop, u détective privé très charismatique qui recherche sa nièce et lui propose son aide...

L'angoisse dans tes yeux, de Danica Winters

Veiller sur Natalie DeSalvo... Pour Evan Spade, garde du corps efficace, mission ne semble pas très compliquée. Bientôt pourtant la menace contre jolie juge se précise et les attaques se multiplient. Qui veut sa mort et pourquoi Décidé coûte que coûte à protéger celle dont il est en train de tomber amoureu Evan découvre que des secrets entourent le passé de Natalie...

Retrouvez prochainement, dans votre collection

BLACK ROSE

Enquête à Grizzly Creek, de Cindi Myers - N°744

Quel secret cache Courtney Baker derrière ses silences et ses regards d'animal blessé ? Persuadé qu'une menace pèse sur elle et sa fillette de trois ans, Ronin Doyle, nouveau policier à Eagle Mountain, fait des recherches discrètes… Sur le compagnon de Courtney d'abord, un personnage ambigu qu'elle « couvre » pour une raison inconnue, et sur ses fréquentations qui semblent plus que suspectes…

Emma a disparu, de Juno Rushdan

En apprenant la disparition d'Emma Rhodes, Madeline Striker sent son cœur se serrer : car sa propre sœur – enlevée à l'âge de six ans, comme Emma –, n'a jamais été retrouvée. Touchée personnellement, émue par la détresse de Jackson, le séduisant P-DG qui élève seul sa fille, elle se lance dans une enquête aussi complexe que risquée…

Un père à l'épreuve, de Barb Han - N°745

Maribel a été enlevée… Le cœur étreint par l'angoisse, Dylan repose le téléphone. Ainsi, l'homme qui, des années plus tôt, a kidnappé plusieurs enfants vient de frapper à nouveau. Mais, aussitôt, Dylan se ressaisit. Il va retrouver sa fille de trois ans et arrêter le criminel qui a osé s'en prendre à elle. Et pour cela, il sait déjà qui l'aidera : Samantha, son amour de jeunesse…

Une mystérieuse menace, de Cassie Miles

Comment a-t-elle pu accepter que Dylan Timmons, cet as de l'informatique, devienne son garde du corps ? C'est la question que se pose Jayne Shackleford, fille d'un magnat du pétrole. Pourtant, alors que le danger grandit autour d'elle, elle comprend que son intuition ne l'a pas trompée : sous ses allures d'intellectuel, Dylan est bien plus qu'un simple agent de sécurité…

Retrouvez prochainement,
dans votre collection

BLACK ROSE

Les brumes de Coral Cove, de Carol Ericson - N°746

Impossible, et pourtant… C'est bien Kieran qu'elle aperçoit sur la plage de Coral Cove. Gagnée par une indicible joie, Devon se jette dans les bras de son fiancé, qu'elle croyait mort depuis cinq ans… Mais, très vite, son bonheur se teinte d'angoisse. Car le Kieran qui se tient devant elle est froid, distant – l'exact opposé de celui qu'il était autrefois…

Rencontre avec le passé, de Tyler Anne Snell

La directrice de l'agence l'a prévenu : la femme avec laquelle il va enquêter sur une affaire d'adultère risque de lui compliquer la tâche. Mais, en entendant le nom de sa coéquipière, Oliver retient une exclamation de surprise et des images défilent dans sa tête : celles de Darling, la jeune fille blonde avec laquelle, huit ans plus tôt, il a vécu une brève aventure…